Heinrich Steinfest
Nervöse Fische

SERIE PIPER

Zu diesem Buch

Es gibt Dinge, die sind ein Rätsel. Und es gibt Rätsel, die die Welt nicht nur in Gang halten, sondern auch in ein beträchtliches Tempo versetzen. Für Richard Lukastik aber, den Wiener Chefinspektor, Logiker und gläubigen Wittgensteinianer, steht fest: »Rätsel gibt es nicht.« Das meint er selbst noch in jenem Moment, als er an einem Julimorgen hoch droben auf dem Dach eines Wiener Hochhauses im Pool einen toten Graphologen sieht, der offensichtlich von einem Hai angegriffen worden ist. Mitten in Wien, achtundzwanzigstes Stockwerk – bei einem Haiangriff ums Leben gekommen? Die Wunden sind noch frisch, und von einem Hai selbstverständlich weit und breit keine Spur. Nun steht der Wiener Chefinspektor nicht nur vor einem Rätsel, das es für ihn ja eigentlich nicht gibt, sondern vor unzähligen: Ein Hörgerät taucht auf, zwei Assistenten verschwinden, ein Friseur kommt ins Spiel. Und irgendwo da draußen lauern die Haie …

Heinrich Steinfest ist Österreicher mit Geburtsort Australien, gelernter Wiener, zwischenzeitlich auch gelernter Stuttgarter. 2003 erschien sein sechster Kriminalroman »Ein sturer Hund«, für den er 2004 mit dem dritten Platz des Deutschen Krimipreises ausgezeichnet wurde.

Heinrich Steinfest
Nervöse Fische

Kriminalroman

Piper München Zürich

Von Heinrich Steinfest liegen in der Serie Piper vor:
Ein sturer Hund (3832)
Nervöse Fische (4280)

Originalausgabe
November 2004

Umschlag/Bildredaktion: Büro Hamburg
Isabel Bünermann, Heike Dehning,
Charlotte Wippermann, Katharina Oesten
Foto Umschlagvorderseite: plainpicture/enzo
Foto Umschlagrückseite: Bernhard Adam
Satz: EDV-Fotosatz Huber/Verlagsservice G. Pfeifer, Germering
Druck und Bindung: Clausen & Bosse, Leck
Printed in Germany ISBN 3-492-24280-4

www.piper.de

Zuerst Wien

1 Der Mann, der hier das Sagen hatte, blickte hinauf in den Himmel. Eine halbe Minute und mehr betrachtete er die schweren, grauen Wolken, betrachtete die Veränderungen an den Rändern, das Ausstrecken kleiner Arme und Tentakel, die auch gleich wieder verschwanden oder sich abstießen, um für einen Moment ein flüchtiges Eigenleben zu führen.

Mit diesen Wolken war ein kühler Wind gekommen und hatte nach zwei Wochen Hitze und Schwüle der Stadt eine Erleichterung beschert, als wäre einem Atemlosen ein Sauerstoffgerät übergestülpt worden. Es war ein Heer von Wiederbelebten, das an diesem Morgen zu den Arbeitsplätzen strebte. Ein ungeheurer Fleiß, ein großer Schwung in einem jeden Tun und Handeln würde an diesem Tag zu verzeichnen sein. Und würde solcherart diesen heißen Juli in ein Davor und ein Danach spalten. Denn bereits am nächsten Tag sollte sich eine weitere Hitzeperiode ergeben, so daß die Menschen erneut in einen betäubten Zustand verzögerter Bewegung und nur halb gedachter Gedanken verfallen würden.

Jetzt aber, an diesem einen Tag, der seinen Sonnenaufgang drei Stunden zuvor erlebt hatte, zog eine klare, belebende Frische in die Hirne der Menschen ein und zwang die meisten von ihnen, ihre Gedanken als einen Schnürschuh zu empfinden, der nur mittels einer gebundenen Schleife auch einen echten Nutzen ergab. Was einmal leichter und einmal schwerer fiel: eine Schleife binden.

Letzteres – die Umständlichkeit manch gedanklicher Schnürung – mußte wohl ausnahmslos für jenes gute Dutzend Personen gelten, das sich auf dem Dach eines Wohnhochhauses eingefunden hatte. Die freiliegende Plattform im achtundzwanzigsten Stockwerk wurde von der Vertiefung eines gefüllten Pools beherrscht. Eine gläserne Brüstung grenzte die Längsseiten ab, während die Breiten von den kaffeebraunen Fassaden überstehender Gebäudeteile abgeschirmt wurden. Pool ist ein zu harmloses Wort. Es handelte sich um ein regelrechtes Schwimmbad, das sich in luftiger Höhe über die Fläche erstreckte, von wo man beinahe sämtliche Teile der Stadt übersehen konnte.

Der Mann, der hier das Sagen hatte, war aber nicht an der Stadt interessiert, weder am Zentrum, das im Strahl einiger durchbrechender Lichtstrahlen gesegnet anmutete, noch an den Ausläufern im Westen, die an bewaldete Hügel stießen. Vielmehr hatte er seinen Kopf in den Nacken gelegt und sah gerade nach oben. Er genoß die kühle Luft, als gäbe es nichts Schöneres und Besseres auf dieser Welt. Tatsächlich wäre ihm in diesem Moment auch kaum etwas eingefallen, was er dem vorgezogen hätte.

Die anderen freilich gingen davon aus, daß Richard Lukastik schlichtweg nachdachte. Daß seine ganze Haltung einen Ausdruck hochkonzentrierter Grübelei darstellte.

Da nun aber andererseits eine Menge Leute darauf warteten, ihre Arbeit zu erledigen, trat Lukastiks Assistent von der Seite an seinen Chef heran, feuchtete sich die Lippen mit seiner belegten Zunge und fragte mit gedämpfter Stimme: »Was sollen wir tun?«

Das Gedämpfte seiner Stimme war spöttisch gemeint. Ohne einen gewissen Spott hätte er die vielen Jahre der Zusammenarbeit nicht überstanden. Er verachtete Lukastik. Was sicher auch darin begründet lag, daß er nun mal nicht der jugendliche oder zumindest jüngere Mitarbeiter an der Seite seines Vorgesetzten war, sondern wie Lukastik siebenundvierzig Jahre zählte. Wer genau von den zweien der ältere war, wußten beide nicht. Dieses lächerliche kleine Geheimnis zwischen ihnen war erhalten geblieben wie ein letztes Band, das nicht verbindet, sondern trennt. Natürlich hätte es kaum eine Mühe bereitet, das genaue Geburtsdatum des jeweils anderen herauszufinden. Aber beide Männer schreckten davor zurück. Und das war auch gut so. In ihrer Scheu steckte nichts weniger als eine tiefe Moral.

Es muß noch gesagt werden, daß auch Lukastik für seinen sogenannten Assistenten eine ähnliche Abneigung verspürte wie dieser für ihn. Alles an diesem Mann erzeugte bei Lukastik einen Ekel, der einem leichten Frösteln gleichkam: dessen Gang, dessen Kleidung, das Klappern genagelter Schuhe, die stets blanke, vom Rasieren wie geschmirgelt wirkende rötlich-silbrige Gesichtshaut, vor allem aber seine Art, die Lippen zu befeuchten und sie nahe an den Kopf und die Ohren des Gegenübers heranzuführen, bevor er etwas sagte. Eine solche Nähe war Lukastik zuwider. Er meinte ein jedes Mal zu spüren, wie der Speichel von den Lippen weg verdampfte und einen blasenartigen Raum tropischen Klimas erzeugte.

In den Kreisen der Wiener Polizei jedoch galten die beiden Männer als kongenial. Manche meinten sogar, die zwei seien sich freundschaftlich verbunden. Lukastik und Jordan nahmen solche Gerüchte und Vermutungen mit der Gelassenheit langjährig Leidender hin.

Während Peter Jordan gesprochen hatte, war Lukastik einen kleinen, schnellen Schritt zur Seite getreten. Dennoch hatte die »tropische Blase« flüchtig seine Wange berührt. Er verzog unmerklich das Gesicht, nahm seinen Blick vom Himmel und sah hinunter auf die stellenweise glatte, dann wieder vom Wind gefaltete und gekämmte Wasserfläche des Schwimmbades. Endlich sagte er: »Holt ihn raus!«

»Wie rausholen?« fragte Jordan und stützte die Hände in seine geraden Hüften. Der ganze Mann war in erster Linie gerade. Nicht steif und schon gar nicht straff, sondern einfach gerade, so wie Wände gerade sind oder Fassaden oder gewisse runde, große Flächen, wenn man mit der Nase an ihnen klebt. Seine Geradheit war ohne Charme, aber auch ohne Aufdringlichkeit. Alle sahen das so. Nur Lukastik nicht, welcher Jordans Geradheit einen buckligen Hintergrund unterschob. Und somit irgendeine Verlogenheit witterte.

»Vorsichtig halt«, sagte Lukastik. »Die Taucher sollen das machen. Und auch gleich nachsehen, ob sie auf dem Boden des Bassins etwas finden. Etwas, das uns weiterhilft.«

»Ja, das wäre nicht schlecht. Vielleicht ein paar Zähne.«

Der jetzt gesprochen hatte, war der zuständige Polizeiarzt Dr. Paul, ein kleiner Mann mit schiefer Krawatte, der vor allem bekannt war für die Schönheit seiner viel jüngeren Frau, deren selbstverständliche und radikale Treue den meisten ein Rätsel und ein Ärgernis war.

Wenn Jordan in erster Linie gerade war, dann war Dr. Paul primär gekrümmt. Er besaß eine gebeugte, arthritische Haltung, eine rundliche Figur, brünettes, gekräuseltes Haar sowie ein volles Gesicht, das auch an trockenen Tagen einen feuchten Glanz besaß. Er war weder reich noch eine bedeutende Persönlichkeit. Er war verglichen mit seinem akademischen Grad ein absolutes Nichts. Er erfüllte eine Rolle, wie Polizeiärzte sie auch in Filmen verkörpern, wenn sie als erste eine Leiche begutachten und völlig unbedeutende und zudem ungenaue Kommentare zu Tatzeit und Hergang abgeben, um in der Folge von weit kompetenteren Gerichtsmedizinern abgelöst zu werden.

Dennoch war Dr. Paul geachtet wie kaum jemand innerhalb des kriminalistischen Apparates dieser Stadt. Der Umstand, ohne ersichtlichen Grund eine als umwerfend geltende Frau erobert zu haben, provozierte ja nicht nur Unverständnis und Neid, sondern bestätigte auch den romantischen Verdacht, daß manche unscheinbaren Männer einen namenlosen Reiz aufwiesen, etwa in der Art einer unsichtbaren und geruchlosen, jedoch wirksamen Duftwolke. Und eine solche »reizende« Wolke schien Dr. Paul zu verströmen. Indem diese eine attraktive Frau sich in ihn verliebt, ihn zumindest geheiratet hatte, war Dr. Paul auch für große Teile der ihn umgebenden Damenwelt so etwas wie ein unbedingter Anziehungspunkt geworden.

Er selbst stand diesem Phänomen mit kontrollierter Fassungslosigkeit gegenüber. Man spürte seine kleine Unsicherheit in einer jeden seiner Bewegungen. Es war, als würde dieser Mensch über den eigenen Zweifel balancieren. Wankend, aber nicht ohne Geschick. Und darin besteht ja ein Drahtseilakt: gekonnt unsicher zu sein.

Wenn Dr. Paul nun davon sprach, daß man eventuell ein paar Zähne auf dem Grund des Pools finden würde, so hatte das seinen guten Grund. Menschenzähne freilich waren nicht gemeint. Obgleich es durchaus ein menschlicher Körper war, der auf der Oberfläche des Wassers trieb. Aber wenn etwas unbeschadet geblieben war, dann der Kopf des Toten und damit auch seine Zähne. Alles andere an ihm war verletzt worden oder gar verschwunden. Das rechte Bein fehlte von der Mitte des Oberschenkels an. Von einer Hand war nur noch ein Hautfetzen übriggeblieben. Die anderen Teile des Körpers waren mit Bißwunden übersät, was aussah, als sei dieser Leib mit einem großen Falleisen traktiert worden. Allerdings mußte auch dem Nichtzoologen klar sein, daß derartige Verletzungen allein von einem Fisch stammen konnten, genauer gesagt von einem Hai.

So eindeutig dies war, so völlig unmöglich erschien dieser Umstand angesichts des Ortes. Man befand sich schließlich nicht in der Umgebung eines einschlägigen Aquariums, schon gar nicht am Strand eines Meers, sondern im luftigen Freizeitbereich einer Gebäudeanlage, die aus mehreren solcher Wohntürme und solcher Schwimmbecken bestand und aus einer Stadt aufragte, die weitab des Lebensraums jener Fische lag, welche eine derartige Zerfleischung zu leisten imstande waren.

In diesen Etagen lebte ein in Fragen alltäglicher Auseinandersetzungen gemäßigter Mittelstand. Zehntausend Leute, nicht lauter Heilige, versteht sich. Jedoch kaum klassisches Gesindel. Ein paar Kampfhundbesitzer. Auch Aquarien, aber keine, in die ein Hai gepaßt hätte. Putzkolonnen waren tagaus, tagein unterwegs, um in den Hallen, Gängen und Liften jenen Gesichtsverlust zu verhindern, den vergleichbare Objekte in der Regel hinnehmen mußten. Nach zwanzig Jahren hatte die Anlage kaum an Substanz und Frische verloren, vorausgesetzt, man meinte überhaupt, daß es hier etwas zu verlieren gab. Bloß in den Schächten der Fluchttreppen zeugten Filzstift-Graffiti, zertretene Kartoffelscheiben und hin und wieder ein demoliertes elektronisches Gerät vom intimen, codierten Unmut Jugendlicher.

Nun, es gab also gefährlichere Orte in dieser Welt und in dieser Stadt. Andererseits war kein weltlicher Platz so sakrosankt, also auch dieser nicht, um vor einer Grausamkeit oder Monstrosität gefeit zu sein. Wobei wiederum eine jede Grausamkeit, so monströs sie wirken mag, einen logischen, vernünftigen Hintergrund besitzt. Gespenster, wenn sie denn existieren, verbleiben klugerweise in den Köpfen der Menschen. Nie und nimmer fungieren sie als Illusionisten oder Zirkuspferde. Und schon gar nicht verwandeln sie sich aus dem Nichts heraus in fleischfressende Knorpelfische, die in bürgerlichen Schwimmbassins Badegäste anfallen und töten, um dann wieder in jene Unsichtbarkeit zu verschwinden, aus der sie gekommen sind.

Nein, es mußte eine nachvollziehbare Erklärung dafür geben, daß dieser von einem Haifisch entstellte Körper einbeinig in einem Pool trieb. Einem Pool, der – weitab mariner Gefilde oder auch nur zoologischer Einrichtungen – im Süden Wiens einen komfortablen Gebäudeabschluß bildete. Ein wäßriges Dach.

Aber das Logische einer Erklärung ergibt sich in der Regel vom Ende her gesehen. Lukastik und seine Leute standen hingegen erst am Anfang. Und obgleich die erwähnte Kühle dieses Morgens eine große Wachheit verursacht hatte, empfand ein jeder von ihnen angesichts dieses völlig unpassenden Toten eine frustrierende Ratlosigkeit. Allein diverse Assoziationen halfen in diesem Moment, sich selbst eine bestimmte Richtung zu weisen. So erinnerte sich Lukastik an jene lang zurückliegende Zeitungsmeldung, in der man von einer Leiche berichtet hatte, die in einem niedergebrannten Waldstück gefunden worden war und dadurch größte Aufmerksamkeit erlangt hatte, daß sie mit einem Taucheranzug und einer Druckluftflasche ausgestattet gewesen war. Erst später hatte man eruiert, daß der Taucher – offensichtlich beim Aufnehmen von Meerwasser – in den Tank eines der Löschflugzeuge geraten und schließlich beim Auswerfen des Wassers von beträchtlicher Höhe – quasi im Moment der Löschung – auf den Boden des Einsatzgebietes aufgeschlagen war. In der Folge war dieser Vorfall nicht nur in den Zeitungen behandelt, sondern auch von einem berühmten Schriftsteller aufgegriffen worden. Allerdings konnte sich Lukastik nicht mehr daran erinnern, welcher berühmte Schriftsteller es gewesen war. Jedenfalls empfand er diese erstaunliche Geschichte als ein schönes Beispiel dafür, wie hinter der Skurrilität, ja Regelwidrigkeit eines ersten Eindrucks eine vollkommen logische, Punkt für Punkt nachvollziehbare, eine wahre, eine gott- und geisterlose Abfolge von Geschehnissen stehen konnte, nein, stehen mußte.

Gut möglich, daß irgendein krankes Hirn sich diese deplazierte Haifischopfer-Inszenierung ausgedacht und mittels eines erheblichen Aufwands auch realisiert hatte, aber dann steckte eben noch immer das Faktum eines kranken Hirns dahinter und nicht irgendein übernatürlicher oder naturgesetzloser Vorgang. Am Ende würde es wie immer sein: banal. Gleich diesem Taucher, dessen mit einem Neoprenanzug umhüllter Körper inmitten verkohlter Bäume geradezu zauberisch, engelhaft und symbolträchtig angemutet haben mußte. Während das tatsächliche Geschehen zwar tragisch zu nennen war, aber dieselbe Ingredienz besaß wie jeder andere tödliche Unfall: dort gewesen zu sein, wo man nicht hätte sein sollen, das Schicksal einen jedoch hingeleitet hatte. Als schicke man einen Blinden über die Autobahn. Es existiert eine Fürsorge, die tödlich sein kann.

Die Mehrzahl der Tauchgänge erwies sich freilich als ungefährlich. Einen solchen bewerkstelligten nun die beiden Polizisten, die in voller Montur ins Wasser des Pools glitten und die Leiche vorsichtig an den Beckenrand schoben, wo selbige von zwei Beamten der Spurensicherung nicht minder sorgsam herausgehoben und auf eine weiße Plane abgelegt wurde. Überhaupt war anzunehmen, daß dieser tote Mann nie in seinem Leben mit einer vergleichbaren Behutsamkeit angefaßt worden war (der Begriff »Zärtlichkeit« verbietet sich natürlich, und dennoch muß gesagt werden, daß die meisten Spurensicherer mit den aufgefundenen Leichen und Leichenteilen einen Umgang pflegen, der ein wenig an die leise Hingabe von Philatelisten erinnert).

Während die beiden Taucher im von Blutschlieren aquarellartig verfremdeten Wasser untertauchten, um nach etwaigen Zähnen und anderen Beweisstücken zu suchen, bildeten die übrigen Anwesenden einen Kreis um den aufgebahrten Körper.

»Ein Sportler«, sagte Dr. Paul und trat in das Innere des Kreises. Er ging neben der Leiche in die Knie und legte eine Fingerkuppe auf die Brust des Toten, wie um einen Schalter zu drücken und somit einen sinnlos gewordenen Stand-by-Betrieb außer Kraft zu setzen. Diese kleine Handlung vollzog er an einer jeden Leiche, ohne daß jemand hätte sagen können, ob sich dahinter auch ein medizinisch relevanter Akt verbarg. Jedenfalls unternahm er selten mehr. Auch jetzt erhob er sich gleich wieder und präzisierte: »Ein Sportler, aber kein ausgesprochener Schwimmer. Zumindest kein typischer. Auch keiner von diesen neumodischen ... Ironmen ... ich muß dabei immer an Ironie denken. Wobei ich finde, daß viel zu viele dieser Sportskanonen ins Ziel kommen. Das kann doch nicht ernsthaft der Sinn einer Konkurrenz sein. Überall herrscht Selektion. Und das zu Recht. Warum aber in Teufels Namen will ausgerechnet der Sport demokratisch sein. Wenn mehr als drei Leute ins Ziel kommen, verliert dieses Ziel jeden wirklichen Wert. Auch im philosophischen Sinn. Das Ziel zerfällt. Ich glaube ...«

»Dr. Paul, bitte!« mahnte Jordan.

»Sie sehen ja selbst«, sagte Dr. Paul ein wenig beleidigt, »der Mann ist nicht sonderlich groß. Vielleicht ein Ringer oder Gewichtheber. Kein aktiver mehr, aber dennoch voll austrainiert. Etwa in Ihrem Alter, Chefinspektor.«

»Kann sein«, meinte Lukastik und betrachtete nicht ohne Neid die makellose Bauchmuskulatur des Toten, auf der freilich ebenfalls die Spuren eingedrungener Zahnreihen klafften. Dann sagte er: »Lassen Sie uns über die Todesursache sprechen. Ich meine das ernst. Gibt es eine Möglichkeit außerhalb jener, die uns ins Auge sticht?«

»Die gibt es immer«, meinte Dr. Paul, »aber auf den ersten Blick kann ich auch nicht mehr sagen, als daß es sich bei dem Mörder um einen Fisch der Gattung Hai handeln muß. Wir werden einen Experten hinzuziehen müssen, um die Art genau zu bestimmen. Aber ein Katzenhai war es wohl nicht.«

»Was ist mit einer Simulation?«

»Woran denken Sie? An ein motorenbetriebenes Haifischgebiß?«

»Ich versuche mir vorzustellen, wie es gewesen sein könnte. Soll ich glauben, der Hai sei aus einem Flugzeug gefallen? Was ja noch irgendwie vorstellbar wäre, wäre das Tier noch im Becken.«

Dr. Paul zuckte mit den Schultern, erklärte dann aber, der

Tote weise keinerlei Deformationen auf, die vermuten ließen, daß *er* es gewesen war, der da vom Himmel gefallen sei. Nein, dieser Mann scheine ganz einwandfrei zu den seltenen Opfern eines Haifischangriffes zu zählen.

»Ein Badeunfall also«, sagte Jordan und machte ein verächtliches Gesicht, indem er seinem Mund die Form eines eingedrückten Lederballs verlieh.

»Wenn Sie so wollen«, sagte der Arzt und zuckte erneut mit den Schultern. Er zuckte gern und viel und wollte damit sagen, daß er als Mediziner noch lange nicht für das Unglück und die Fatalität dieser Welt verantwortlich war. Dann äußerte er, sich den Toten so bald als möglich auf dem Tisch seiner – wie er das nannte – *Studierstube* zu wünschen, um eine eingehende Untersuchung vornehmen zu können. Jetzt aber müsse er los. Auf ihn warte ein Frühstück mit seiner Frau, welches man traditionsgemäß in einem kleinen Café in Ottakring einnehme. Daran führe kein Weg vorbei, solle auch gar keiner vorbeiführen. Rituale und ihre strenge Einhaltung seien das Salz im Leben zweier Menschen. Unverzichtbar.

Die Sache mit dem Café erläuterte Dr. Paul so gut wie jede Woche. Entweder, weil er immer wieder vergaß, wie oft er bereits darüber gesprochen hatte, oder wie um seinen Kollegen, Männern wie Frauen, ein Geheimnis zu offenbaren. Was aber die wenigsten begriffen. Vor allem Leute wie Jordan erkannten nicht, wie sehr Dr. Pauls mysteriöse Attraktivität davon lebte, sich an Vereinbarungen, die er mit seiner Frau traf, auch rigoros zu halten. Natürlich bestand darin nicht sein ganzer Reiz. Irgendeine verrückte kleine Teufelei mußte da schon noch im Spiel sein, vielleicht auch bloß die Art, mit der er seine Fingerkuppe eben nicht nur auf tote, sondern auch auf lebende Brustkörbe aufsetzte. Was weiß man schon? Und doch war Dr. Pauls unbedingte Verläßlichkeit in Sachen gemeinsames Frühstück so viel wert wie ein ebenmäßiges Gesicht, ein flotter Spruch, ein gut gefülltes Bankkonto oder ein flacher Bauch. Ja, eigentlich mehr. Denn über ein gut gefülltes Bankkonto verfügte Frau Paul schon selbst und brauchte es deshalb nicht anderswo zu suchen. Und was mit flachen Bäuchen passieren konnte, das war deutlich an diesem Toten zu sehen, der hier im Kreis irritierter Polizisten lag und im silbergrauen Licht des Tages an die delikat verrenkten Gestalten von Théodore Géricaults Genieschinken *Floß der Medusa* erinnerte.

Dr. Paul schlug ganz leicht mit den Haken zusammen, was seiner rundlichen Gestalt weniger einen soldatischen, denn einen musikalischen Eindruck verlieh. Als stelle der ganze Dr. Paul nichts anderes als ein Triangel dar und somit ein selbstklingendes Schlaginstrument. Ein Musikwerkzeug, welches zwar selten zum Einsatz kam, aber dennoch immer wieder die allergrößte Aufmerksamkeit erlangte. So ein Triangel war den meisten nichts ganz geheuer. Man vermutete, daß mehr dahintersteckte, als zu sehen und hören war.

Indem Dr. Paul also die rückwärtigen Innenseiten seiner Schuhe kurz aneinanderstieß – eher schlug der eine Schuh sanft gegen den anderen – ergab sich so etwas wie ein unhörbarer, aber wirksamer Triangelton, der noch eine Weile nachklang und sämtliche Umstehende in eine leichte Schwingung versetzte. Dann wünschte der Polizeiarzt einen schönen Vormittag und verließ den Tatort über eine Treppe, die auf die nächste Etage und von dort zur Liftanlage führte.

Ein paar Minuten später tauchte einer der Froschmänner aus dem Bassin auf, in welchem das Blut an einen gerade erst beigefügten Badezusatz erinnerte, bewegte sich an den Beckenrand und streckte seinen Arm aus. Lukastik, der sich soeben ein Paar lilafarbene Schutzhandschuhe übergezogen hatte, in denen seine Finger wie in zehn kleinen Badehauben steckten, griff nach dem Gegenstand, den ihm der Taucher entgegenhielt. Bei dem Objekt, das der Chefinspektor nun für alle sichtbar zwischen Daumen und Zeigefinger in die Höhe hielt, handelte es sich allerdings nicht um den erwarteten Zahn, sondern um ein etwa zwei Zentimeter großes, fleischfarbenes und knorpelartiges Gebilde. Bei genauer Betrachtung war zu erkennen, daß an dem einen, etwas dickeren Ende sich die Linie einer winzigen, geschlossenen Klappe abzeichnete. Zudem war die Oberfläche an dieser Stelle von dünnen, roten Bahnen durchzogen, was den Eindruck einer stark geäderten Haut ergab. Noch weit schwerer wahrzunehmen war der transparente Faden, der ein paar Millimeter von der Gehäusefläche abstand. Die meisten der Anwesenden befanden sich jedoch viel zu weit weg, um diesen zu bemerken. Aus der Ferne konnte man das ganze Ding eher für den abgebrochenen Daumen einer kleinen Puppe halten oder schlichtweg für ein Stück Knetmasse. Allein eine Frau von der Spurensicherung führte ihr Gesicht nahe heran, stellte ihren Kopf ein wenig schräg und sagte schließlich: »Wenn unser Toter und diese Winzigkeit zusammengehören, dann hatte der Mann ein Problem mit seinen Ohren, zumindest mit einem davon. Das hier ist ein Hörgerät.«

Lukastik blickte zweifelnd, weshalb die Frau erläuterte, es handle sich um eine Apparatur, die kaum sichtbar in den Bereich des äußeren Ohrs eingeführt werden könne. Der kleine Abschnitt, welcher nach außen gerichtet und für einen eventuellen Betrachter zu sehen sei, weise jene imitierten Blutgefäße auf. Hinter der Öffnung liege der Raum für die Batterie. Die kleine weiße Schnur stelle wiederum einen Zugfaden dar, mit dem der Träger seine Gerät aus dem Ohr nehmen könne.

»Ein modernes Ding«, erklärte die Frau. »Neueste Technologie. Und, wenn man so will, perfekte Tarnung. Muß eine Spezialanfertigung sein, eine dem Gehörgang des Trägers angepaßte Form.«

»Wie ein Fußabdruck?« fragte Lukastik.

»Könnte man so sehen«, sagte die Frau. »Gehörgänge unterscheiden sich. Jedenfalls dürfte es nicht schwer sein, zu überprüfen, ob der Tote diesen kleinen Verstärker getragen hat. Es wäre schon ein sehr merkwürdiger Zufall, wenn jemand anders, dessen Ohr eine vergleichbare Kontur besitzt, gerade jetzt sein Hörgerät in diesem Schwimmbecken verloren hätte. Kaum vorstellbar. Nein, wenn das Gerät paßt, dann stammt es von unserer Leiche. Mittlerer Hörverlust, schätze ich.«

Sie beugte sich hinunter, sah in das eine Ohr des Toten, schob dann seinen Schädel auf die andere Seite und betrachtete das zweite Ohr. Beide Gehörgänge waren leer. Entweder hatte der Mann nur in einem seiner Ohren über eine Hörhilfe verfügt oder ein weiteres Exemplar befand sich noch im Pool. Oder aber das digitale Maschinchen gehörte eben doch zu einer ganz anderen Person.

Lukastik betrachtete mit einigem Widerwillen diese Abformung einer Körperöffnung zwischen seinen Fingern. Es kam ihm jetzt vor, als halte er ein Bruchstück des Leichnams in der Hand, und zwar einen lebendig gebliebenen Teil, der losgekoppelt von seinem toten Wirt noch immer in der Lage war, genauestens zu hören, was da um ihn herum gesprochen wurde. Vielleicht sogar ein wenig mehr, als ein konventionelles Ohr aufzunehmen imstande war. Auch meinte Lukastik eine bestimmte Elastizität zu spüren. Nicht, daß er wirklich an die Beseeltheit oder gar einen hinterlistigen Zerstörungs- und Unterdrückungswillen technischer Geräte glaubte, aber er ahnte eine gewisse Eigenständigkeit. Als führten diese Apparaturen und Maschinen abseits ihrer Funktion ein unabhängiges, durchaus tiefschürfend zu nennendes Leben. Als sei ihnen die reale Welt bloß ein Traum.

»Stecken Sie's ein«, sagte Lukastik und reichte der Frau das Hörgerät.

Sie öffnete eine handtaschengroße Plastikhülle, in die sie das Objekt behutsam gleiten ließ. Genau da war er wieder, der liebevolle Umgang mit den kleinen Dingen, die wie gefallenes Laub einen Toten umgaben.

Lukastik wies an, das Hörgerät an Dr. Paul zu schicken, damit dieser feststellen könne, ob es tatsächlich dem Ohr des Toten entstamme. Welcher übrigens nicht nackt war, sondern im Einklang mit der Vorstellung, daß jemand in ein solches Becken nicht zum Sterben ging, sondern zum Schwimmen, eine Badehose trug. Und zwar eine sportiv geschnittene, dunkelblaue, auf der das Logo eines bekannten Sportausstatters in dottergelber Farbe dreifaltig leuchtete.

Ansonst fand man nichts, was von Bedeutung schien. Einige Knochensplitter und kleine Fleischteile, die wohl vom Toten stammten. Außerdem ein Kinderspielzeug, das mit der Sache höchstwahrscheinlich nichts zu tun hatte. Unauffälliger Kleinkram: Haare, Zehennägel, Dreck, was eben in jedem Schwimmbad so zusammenkam. Auch wurden mehrere Wasserproben entnommen. Zusätzlich gab Lukastik Anweisung, feine, großflächige Filter durch das Wasser zu ziehen. Er wollte keinesfalls etwas unversucht lassen, um eine optimale Spurenausbeute zu gewährleisten. Die vier Aufzüge, sämtliche Zugänge, die Nottreppe, der unterirdische Garagenbereich, alles sollte penibelst durchleuchtet werden.

Jemand von der Spurensicherung, der mit einem weichen Pinsel über den Boden einer Liftkabine strich, fragte laut, wonach man hier eigentlich suchen würde. Etwa nach Spuren eines meterlangen Hais?

Gegen zehn, kurz bevor die Leiche abtransportiert werden sollte, erschien Lukastiks Vorgesetzter zusammen mit einem blutjungen Mitarbeiter des Bürgermeisters. Trotz seiner blutigen Jugend fiel dem Mann eine bedeutende Aufgabe zu, indem er alles und jedes, was in dieser Stadt an Öffentlichem geschah, auf Nutzen und Schaden zu untersuchen hatte. Für einen modernen Menschen wie ihn gab es nichts Schreckliches, in dem nicht auch ein Nutzen gärte. Dinge zu verbergen, zu unterdrücken war passé, pure Vertuschung eine Methode der politischen Steinzeit. Freilich verbarg sich umgekehrt auch in einem jeden Nutzen der Wille zur Katastrophe.

Der Vorgesetzte, seines Zeichens Major, sowie der blutjunge Mensch standen mit verschränkten Armen und ein klein wenig breitbeinig vor der Leiche. Ein Handy klingelte. Es blieb ungehört.

»Meine Güte, was ist davon bloß zu halten?« richtete sich der Major an Lukastik, wobei seine Stimme die übliche Genervtheit verriet. Das war nichts Neues. Er tat stets so, als könne man die Kompliziertheit eines bestimmten Falles dem untersuchenden Beamten anlasten. Der Major witterte gerne Schlampereien, im Zuge derer das Einfache sich ins Schwierige verkehrte. Dieser Verdacht war prinzipiell und durch kein Faktum wirklich außer Kraft zu setzen. Was wohl daran lag, daß der Major eine ganz grundsätzliche Aversion gegen Polizisten hegte, eine Aversion, die selbstverständlich uneingestanden bleiben mußte. Er war wie ein Arzt, der ständig die Gesundheit im Mund führend selbige für einen schlimmen Betrug hielt.

»Der Mann wurde von einem Hai getötet«, erklärte Lukastik und bemühte sich dabei, wie von einer Nebensächlichkeit zu sprechen.

»Was Sie nicht sagen, Kollege Lukastik. Ein Hai also. Können Sie mir das vielleicht näher erklären?«

»Nein«, sagte Lukastik. Und nach einer kurzen Pause: »Ich will nicht unhöflich sein. Schon gar nicht in Anwesenheit eines Vertreters des Bürgermeisters. Aber was verlangen Sie von mir? Daß ich diese Leiche durch eine andere ersetze? Eine plausiblere? Eine, die gewissermaßen ins geographische Bild paßt?«

»Wir wollen nur hören, was Sie darüber denken«, sagte der Jungblüter.

»Es wäre unsinnig, eine Meinung abzugeben, bevor der Leichnam eingehend untersucht wurde. Am Nachmittag kann ich Ihnen mehr sagen. Jedenfalls sollte man die Medien zunächst einmal heraushalten. So verführerisch obskur diese Angelegenheit auch sein mag.«

»Nicht doch«, meinte der junge Mann, »wir leben in einer Demokratie. Wir können das Obskure nicht aussparen.«

»Am Ende wird von dieser Geschichte ein einfaches, blödsinniges, kleines Verbrechen bleiben«, prophezeite Lukastik.

»Das mag schon sein«, sagte der moderne Mensch, »aber da unten vor dem Gebäude wartet bereits eine beträchtliche Schar von Reportern. Diese Leute – vergessen wir das bitte nicht! – sind unsere Freunde.«

»Wessen Freunde?« fragte Lukastik. »Ihre oder meine?«

»Unsere natürlich. Die Presse ist das Organ der Politik wie der Polizei. Darüber darf ein mitunter beleidigender Tonfall nicht hinwegtäuschen. Ich halte es für überholt, Journalisten am Gängelband zu halten, nur weil sie sich die Freiheit nehmen, Klagen auszusprechen, die ohnehin ein jeder sich denkt. Ich meine, wir sind den Medien verpflichtet. Und gerade eine obskure Geschichte wie diese sollte von Beginn an öffentlich diskutiert werden dürfen.«

»Das bringt Unruhe«, sagte Lukastik. »Betrachten Sie meine Arbeit und die meiner Mannschaft als ein Theaterstück, das geprobt werden muß. Es geht nicht an, gleich zu Beginn der Probenarbeit die Kritikerköpfe ins Auditorium zu lassen.«

»Soll ich diesen Vergleich wirklich ernst nehmen?«

»Ich bitte darum«, sagte Lukastik, wandte sich von den beiden Männern ab und gab Anordnung, die Leiche einzupacken und in Dr. Pauls *Studierstube* zu überführen.

»So geht das nicht«, rief Lukastiks Vorgesetzter hinterher. »Sie können uns nicht einfach stehenlassen wie dumme Buben.«

Nun, so ging es wirklich nicht, obgleich Lukastik keine Angst zu haben brauchte, eine Impertinenz würde ihn seinen Job kosten oder eine Versetzung nach sich ziehen. Auch war es undenkbar, daß man ihn zwang, den Fall abzugeben. Das Abgeben von Fällen war bloß ein beliebtes Element in Kriminalfilmen, nicht in einer von Personalnot gestrafften Wirklichkeit. Andererseits war auch der Major in seiner Position wie eingeschweißt, eine Beförderung so unwahrscheinlich wie eine Degradierung. Er und Lukastik waren nicht minder aneinandergekettet, als dies zwischen Lukastik und Jordan der Fall war. Weshalb ein gewisses laues Verhältnis erhalten werden mußte.

Lukastik ging noch einmal auf seinen Vorgesetzten und dessen Begleiter zu und erklärte, daß er derzeit für die Presse nicht zur Verfügung stehe. So wenig, wie er sich zu einer Spekulation hinreißen lassen wolle.

»Ich kann doch nicht einmal sagen«, sagte Lukastik, »von welcher Art Hai wir eigentlich reden.«

»Aber ist denn wenigstens erwiesen«, ließ der Major so etwas wie ein Flehen anklingen, »daß der Mann *nicht* hier oben getötet wurde? Das wäre ja wohl kaum möglich. Man müßte sich dann überlegen, wo denn der Fisch abgeblieben ist.«

»Das ist genau die Frage, die wir uns stellen.«

»Irgendein Hinweis auf die Identität des Toten?«

»Nichts«, sagte Lukastik. »Keine Kleidung, kein Ausweis, keine Wohnungsschlüssel. Die Leiche wurde von einem Angestellten des Reinigungsdienstes gefunden. Der Mann war außer sich vor Angst. Ich habe ihn wegbringen lassen, damit unsere Freunde von der Presse gar nicht erst in Versuchung geraten, ihre demokratische Pflicht zur Ausquetschung eines Zeugen zu erfüllen.«

»Was heißt *wegbringen lassen*?« empörte sich der Berater des Bürgermeisters. »Das klingt nach vorgestrigen Schutzhaftmethoden.«

»Ach, wenn Sie so wollen«, blieb Lukastik gelassen und verabschiedete sich. Er behauptete nicht einmal, zu tun zu haben. Die Lächerlichkeit, den Gestreßten zu spielen, ersparte er sich. Er spielte bloß den Gelangweilten.

Der Major sah hinter Lukastik her, als bemerke er eine Unregelmäßigkeit, etwa unterschiedlich lange Hosenbeine oder einen dunklen Fleck auf der Rückseite des hellen Jacketts. Freilich war weder das eine noch das andere der Fall. Die Unregelmäßigkeit, die der Major zu erkennen meinte, lag gewissermaßen hinter allem Materiellen.

»Schrecklicher Mensch«, sagte der Jungblüter. »Rückständig und gleichzeitig eitel. Eine schlimme Kombination.«

»Ein Polizist«, antwortete der Major vielsagend. Nicht, daß er seufzte. So weit ging er nun doch wieder nicht.

2

Die Studierstube Dr. Pauls war weit weniger gemütlich, als der Name dies hätte vermuten lassen. Vielmehr handelte es sich um einen der üblichen Sezierräume, nicht ganz neu, nicht ganz alt. Die Fensterreihen waren von pastellfarbenen Jalousien verdeckt. Von der Decke strömte Bürolicht. Drei metallene Flächen thronten auf quadratischen Sockeln. Man konnte darauf, so Dr. Paul, liegen wie auf schwebenden Betten. Traumhaft, weit besser als auf Zahnarztstühlen oder auf jenen Operationstischen, die einem möglichen Überleben gewidmet waren.

Es sei so typisch wie traurig, erklärte der Arzt weiter, daß es sich ausgerechnet auf einer solchen, dem Zerschneiden von toten Körpern zugeeigneten Liegefläche besonders gut ausruhen lasse. Er könne das beschwören, habe den einen oder anderen Mittagsschlaf darauf verbracht, im bekleideten Zustand, versteht sich, und mit einer Decke als Unterlage. Weniger der Bequemlichkeit wegen. Mehr als eine Geste, um den Unterschied zum eigentlichen Zweck dieser Konstruktion zu bekunden.

Als nun Lukastik nachmittags den Raum betrat, war allein der mittlere der drei Tische belegt. Darauf lag der um ein Bein und eine Hand verminderte Körper jenes unbekannten Toten. Dr. Paul saß hinter seinem Schreibtisch, hatte sich zurückgelehnt und rauchte. Er rauchte in der Art wie jemand, der beim Ausblasen Ringe erzeugt, nur daß er eben nicht wirklich welche hervorbrachte, sondern sozusagen Variationen zum Thema »Ringe«. Der Begriff der Variation ließ auch noch das kümmerlichste Gebilde als Ring durchgehen. Jedenfalls wirkte Dr. Paul entspannt. Die Ecke, in der er saß, war so gestaltet, daß der Begriff der »Studierstube« doch noch eine Entsprechung fand, indem nämlich zwei überlebensgroße hölzerne Regale den Rücken des Mediziners abdeckten, Regale, in denen abgegriffene und an vielen Stellen weit in den Raum stehende Folianten den Eindruck unbedingten Studierwillens dokumentierten. Keine zehn Computer hätten eine solche Wirkung vollbracht. Es bleibt dabei: Allein Bücher – am besten, wenn ihre Umschläge blaß anmuten wie blutarme Prinzessinnen – sind dazu imstande, die Intelligenz und Bildung eines Menschen optisch und exemplarisch zur Schau zu stellen.

Auf dem Tisch lagen ein paar bemalte Knochen, Geschenke von Dr. Pauls Kindern aus erster Ehe. Ein Diktiergerät stand aufrecht wie ein Bergkreuz auf einem hohen Stoß von Büchern. Zwei Bildschirme waren auf einem abseits positionierten Tischchen untergebracht, als stelle ihre Benutzung nicht die Regel dar, sondern sei bloß Folge eines Notfalls.

Dr. Paul wies Lukastik mit einer Armbewegung einen freien Stuhl zu, während er mit der anderen Hand hinüber auf die Leiche zeigte und sagte: »Kein Zweifel mehr. Der Mann wurde von einem Hai getötet.«

Auf der Schreibfläche vor Dr. Paul, auf einer mit Papier unterlegten Glasplatte aufgereiht, befanden sich mehrere kleine Splitter. Eins dieser Fragmente hob er mit einer Pinzette in die Höhe, hielt es gegen das Licht und erklärte, daß es sich dabei um das Bruchstück eines Haizahns handle.

»Und sehen Sie das hier«, sagte Dr. Paul und präsentierte ein winziges, kieselsteinartiges Gebilde, das einen metallischen Schimmer besaß. »Ein typischer Hautzahn.«

»Hautzahn?«

»Ich hatte selbst keine Ahnung und mußte schnell einmal im Internet nachschlagen. Mir ist das immer ein bißchen peinlich.«

»Was ist Ihnen peinlich? Ins Internet gehen?«

»Ja«, bestätigte Dr. Paul. »Es hat etwas von einer Schummelei an sich. Als beziehe man sein Wissen aus einer verbotenen Zone. Als wildere man im Revier der Ungebildeten und Unsportlichen, die sich quasi auf Tastendruck bedienen wie in einem Supermarkt.«

»Und in diesem Supermarkt sind Sie also auf Hautzähne gestoßen«, folgerte Lukastik.

»Plakoidschuppen«, präzisierte Dr. Paul, »auf denen schöne, ungemein harte Emailzähnchen aufsitzen. Eine wirklich praktische Einrichtung: vermindert die Reibung und schützt wie ein Kettenhemd. Denn auch so ein Hai besteht ja aus einer einzigen fleischlichen Verletzbarkeit. Man vergißt das gerne, wenn man die Viecher sieht. Haie sind keine Insekten, nicht wirklich robust, eher sensibel, scheu und träge. Melancholisch. Die meisten gehören zu den Lebendgebärern, noch dazu mit langer Tragezeit. Das erzwingt geradezu die Melancholie.«

»Das ist jetzt aber nicht mehr sehr wissenschaftlich«, stellte der Kriminalist fest.

»Stimmt. Ich vergesse mich. – Also! Ich habe im Körper des Toten Fragmente von Gebißzähnen und Hautzähnen eines Hais entdeckt. Die Größe und Art der Verletzungen sowie der Umstand, daß unserem Toten nicht bloß eine Hand, sondern auch gleich ein ganzes Bein abgerissen wurde, setzt eine gewisse Größe des Fisches voraus. Gleichzeitig brauchen wir schon angesichts der geringen Wassertiefe des Beckens keine von den filmreifen Sechsmeterphantasien zu entwickeln.«

»Angesichts eines Beckens mit gechlortem Süßwasser sollten wir eigentlich gar keine Phantasien entwickeln können.«

»Ich bin Ihrer Meinung. Der Mann wurde anderswo getötet. Und natürlich müssen wir davon ausgehen, daß ihm die markanten Verletzungen auf künstlichem Wege beigebracht wurden. Daß jemand fein und säuberlich und fachkundig – hoffentlich nicht *zu* fachkundig – einen Angriff durch einen

Hai vorgetäuscht hat, Bein und Hand in Haimanier abgetrennt und Segmente eines Haikörpers dem Toten appliziert hat.«

»Und das viele Blut?«

»Viel? Ich würde sagen viel zu wenig. Wäre der Mann in diesem Bassin auf diese Weise getötet worden, hätten wir ihn aus einer roten Suppe ziehen müssen und nicht aus einem leicht verfärbten Wässerchen. Einer hellen Brühe. Nein, von viel Blut kann wirklich nicht die Rede sein. Eher davon, daß es sich so ziemlich ausgeblutet hatte, als man den Toten umquartierte. Trotzdem war die Leiche ... nun, man kann sagen, sie war frisch.«

»Und das heißt?«

»Daß der Mann in derselben Nacht, wahrscheinlich sogar während der zweiten Nachthälfte zu Tode kam. Es muß alles sehr schnell gegangen sein, die Präparation in Richtung auf einen Haiangriff und die Beförderung an den neuen Ort. Zwischen zwei und vier in der Frühe, schätze ich.«

»Prämortale Verletzungen? Eigentlicher Todesgrund?«

»Schwer zu sagen. Am ehesten ist der Mann während seines Todeskampfes ertrunken. Jedenfalls deutet nichts darauf hin, daß er die längste Zeit tot oder zumindest betäubt gewesen war, als die vermeintliche Haiattacke erfolgte.«

»Ertrunken?«

»Vielleicht wurde er anfänglich untergetaucht und erstickt und erst daraufhin die Amputation und die Zufügung simulierter Bißverletzungen vorgenommen. Vielleicht geschah alles gleichzeitig. Nicht auszuschließen, daß der Täter auch den Todeskampf eins zu eins nachgestellt hat.«

»Wie denn? Etwa als Weißer Hai kostümiert?«

»So weit würde ich nicht gehen. Wenngleich im Bereich der Rollenspiele einiges denkbar ist.«

»Hinweise auf Sex?«

»Der Bereich des Anus ist unbeschadet, wenn es das ist, was Sie hören möchten. Auch sonst keine Verletzungen, die über das Wirken eines Hais hinausgehen würden. Keine veralteten Hämatome, keine Einstiche, die Genitalien unauffällig, die Mundhöhle unversehrt. Ich spreche von einer ersten Untersuchung. Wir werden da noch ins Detail gehen müssen. Ich glaube aber nicht, daß wir auf eine sexuelle Komponente stoßen werden. Beziehungsweise hoffe ich das. Ehrlich gesagt, nervt mich alles Sexuelle. Und vor allem das Sexuelle im Verbrechen.«

»Wir können uns das nicht aussuchen.«

»Man kann einiges übersehen, wenn man will«, erklärte Dr. Paul und schien diese Bemerkung durchaus ernst zu meinen. Tatsächlich war er der Ansicht, daß es besser wäre, so manches Verbrechen unter den Teppich zu kehren. Vieles mußte bestraft, vieles verhindert werden. Gar keine Frage. Aber nach seinem Dafürhalten hätte es höchster kriminalistischer Reife entsprochen, all das zu vertuschen, was im Zuge lückenloser Aufklärung voraussichtlich zu noch größerem Schaden führte. Manche Dinge heilten, indem man sie einfach unberührt ließ. Dies galt für eine ganze Reihe von Themen. Es wurde keineswegs zuviel, sondern – im Gegenteil – viel zu wenig vertuscht. Dabei von einer gläsernen Gesellschaft zu sprechen empfand Dr. Paul als ausgesprochen verharmlosend. Er selbst bevorzugte den Begriff einer nackten, einer entblößten Gesellschaft. Das Bedürfnis nach Aufklärung und Offenlegung hatte vielerorts einen Zustand der Schamlosigkeit erreicht. Die Nacktheit oder, noch schlimmer, die freie Sicht, die sich mittels gehobener Röcke und heruntergelassener Hosen ergab, galt sonderbarerweise als Indiz für eine gelebte Demokratie.

Und genau daran mußte Dr. Paul jetzt denken. Es war wie ein Anfall, der ihn schlagartig packte, als er jetzt, ohne wirklichen Anlaß, ausrief: »Eine schöne Demokratie ist das!«

»Nicht doch«, bat Lukastik, der Dr. Pauls plötzliche Ausbrüche zur Genüge kannte.

Aber der Arzt war in diesem Moment unerbittlich. Lautstark beschwerte er sich, es würden immer wieder die persönlichen Verfehlungen gewisser Politiker über deren politische Konzepte gestellt werden.

»Ich frage mich«, sagte Dr. Paul, »was nützt uns ein idiotischer Ehrenmann? Dann doch lieber ein Schweinepriester, der gute Ideen verbreitet. Man würde ja auch nicht auf die Idee kommen, die Qualität etwa eines Philosophen nach seinen Eßgewohnheiten, seiner Verdauung oder an seinem Drogenkonsum zu beurteilen. Nehmen Sie Wittgenstein. Ich habe vor kurzem gelesen, er und sein Freund David Pinsent hätten 1913 in Norwegen versucht, ein ihnen lästiges Wespennest mit Petroleum, dann mit Benzin zu zerstören, um schließlich im Zuge eines dritten, halbwegs geglückten Manövers halbbetäubte Wespen zu zertreten. Zur gleichen Zeit leistete genau dieser Wittgenstein entscheidende Vorarbeiten zu seinem frühen Hauptwerk, dem *Tractatus*. Man bedenke also, der Mann war erwachsen. Und gerade darum muß sein Angriff auf ein Wespennest als degoutant, hysterisch und dümmlich empfunden werden. Trotzdem hört sein *Tractatus* natürlich nicht auf, ungemein geistreich zu sein. Auch dann nicht, wenn Wittgenstein es mit Schafen und Hühnern getrieben hätte, was man sich sogar ganz gut vorstellen kann. Sexuell war der Mann ja indiskutabel. Was aber keinen seiner Sätze auch nur kratzt. Und ebenso hört ein guter Politiker nicht auf, ein guter Politiker zu sein, selbst wenn er sich schmieren läßt oder im privaten Kreis Frauenkleider trägt. Sich schmieren zu lassen oder Frauenkleider zu tragen, das wäre erst dann von Bedeutung, wenn es die Politik dieses Mannes maßgeblich beeinflußt. Das muß aber keineswegs der Fall sein. Wäre es der Fall, wäre er wiederum kein guter Politiker, sondern eben bloß ein korrupter oder perverser Kerl.«

»Lieber Dr. Paul!« unterbrach Lukastik den Redeschwall und intonierte solcherart eine Warnung. Denn weder war er sonderlich scharf auf die außermedizinischen Kommentare des Arztes noch wollte er sich weitere Ausführungen hinsichtlich Wittgensteins Verhältnis zu Wespen und Hühnern anhören müssen. Es war allgemein bekannt, daß er, Lukastik, in der intensivsten Weise für die philosophischen Überlegungen Wittgensteins schwärmte, weshalb der gebildete Teil der Polizei gerne diesbezügliche Anspielungen fallenließ. Nichts konnte Lukastik weniger leiden.

Dr. Paul hob abwehrend die Hände. Die Erregung fiel so rasch von ihm ab, wie sie gekommen war. Er versprach, einen haarscharfen Bericht abliefern zu wollen. Dann beugte er sich beschwerlich über den Tisch und legte ein Stück Papier vor Lukastik hin, auf dem ein Name und eine Adresse notiert waren.

»Was soll ich damit?« fragte der Chefinspektor.

»Nehmen Sie die Zahnfragmente und Schuppen und suchen Sie diesen Mann auf. Herr Slatin ist ein alter Freund. Er ist besessen, verschroben und ziemlich unerträglich. Aber er scheint ein begnadeter Meeresbiologe zu sein. Wenngleich er sich aus dem Wissenschaftsbetrieb heraushält. Und zwar rigoros.«

Lukastik erklärte, sich eine Begnadung in dieser Disziplin nicht so richtig vorstellen zu können.

»Der Triumph des Geistes kennt keine Standesdünkel«, verkündete Dr. Paul ein wenig hochtrabend. »Es gibt geniale Radfahrer, geniale Theaterbesucher und geniale Installateure. Es besteht keine Disziplin, in der nicht irgendein Genie tätig wäre, mindestens eines. Das ist eine Regel in der Natur des Menschen.«

»Und dieser Herr Slatin ist also ein solches Genie.«

»Kann ich nicht wirklich sagen«, gestand Dr. Paul. »Jedenfalls heißt es, kaum jemand würde sich so gut mit Haien auskennen. Wenngleich die akademische Zunft ihn mißachtet. Aber das gehört natürlich dazu. Die Mißachtung ist das wichtigste dekorative Element im Leben eines wirklichen Genies. Ein Genie, das man anerkennt, was wäre das? Nun, es käme einem Sturm ohne Sturmschaden gleich. Also einem Sturm, der weder Bäume knickt noch Dächer abträgt. Der nicht einmal Hüte von Köpfen reißt. Und schon gar nicht Poeten anregt. Keine Krämpfe verursacht, keine schlaflosen Nächte. Also ein Sturm im Wasserglas, wie man so sagt.«

»Wäre es nicht sinnvoller«, zweifelte Lukastik, »wir würden uns bei dieser Recherche an die Universität halten. Schließlich benötigen wir weniger ein verwirrend brillantes Gutachten als eine präzise Analyse.«

»Mein Bester, Sie können doch machen, was Sie für richtig halten. Zwar habe ich Herrn Slatin bereits angekündigt, Sie würden vorbeisehen – nur, um keine Zeit zu verlieren. Aber das kann man ja rückgängig machen.«

»Schon gut«, winkte Lukastik ab, nahm den Zettel vom Tisch, steckte ihn ein und erhob sich. Dann bat er: »Seien Sie so nett und packen Sie mir die Zähne ein.«

»Gerne«, sagte Dr. Paul und nahm eine Telephonkarte zur

Hand, mittels derer er die einzelnen Fragmente zu einer geraden Linie zusammenschob und sie in einer Aluminiumhülse mit Schraubdeckel verschloß. Es sah aus, als portioniere er Kokain. Dann stand er auf und trat hinüber zu Lukastik, der sich über die Leiche beugte, die unter dem grellen Licht einer Operationsleuchte durchaus selbst wie ein großer, heller Fisch aussah. Noch deutlicher als im Wasser und am Beckenrand war nun die verrenkte Haltung zu erkennen, der weit in den Nacken geschobene Kopf, die nach oben gerichteten, paarig spitzen Schulterteile, der zu einer Brücke gebogene Rumpf, die gegen die schlanke Taille gepreßten, kegelförmigen Unterarme sowie die verkrallte Stellung der Finger der rechten Hand, während das Fehlen der linken Hand eine Pathetik des leeren Raums schuf. Das vorhandene Bein wies vom Knie abwärts zahlreiche Bißstellen auf und war wie ein verdrehtes Puppenbein aus der Symmetrie des Körpers ausgebrochen. Der Hai, oder wer auch immer, schien versucht zu haben, auch diesen Teil vom Körper loszusägen.

Im Kontrast zur krampfartigen Verbogenheit des Körpers und des Kopfes stand das Gesicht des Mannes. Nicht, daß sich im Moment des Todes eine Gelöstheit der Züge ergeben hätte, ein Erschlaffen, wie dies immer wieder gerne beschrieben wird. Vielmehr besaß das Antlitz einen interessierten Ausdruck, als sei dieser Mann gerade dabeigewesen, eine Frage zu stellen. Keine dramatische Frage, wie etwa die nach dem Sinn des Lebens oder erst recht des Todes. Eher eine alltägliche Erkundigung. Überhaupt offenbarte sich hier ein Mensch, der dem Alltäglichen und Handfesten verbunden gewesen war. Er trug einen modischen Spitzbart, in dem einzelne graue Haare das Schwarz linierten. Dasselbe Schwarz, das gewissermaßen unliniert seine Kopfhaut füllte. Haarausfall war nicht sein Problem gewesen. Wenn er tatsächlich annähernd so alt wie Lukastik und Jordan gewesen war, hatte er sich gut gehalten. Kein schönes, aber ein markantes Gesicht. Um die offenen Augen herum spannte sich ein feines Netz, das man für ein Relikt attraktiver Lachfalten halten konnte. Die Lippen waren zwar nicht wulstig zu nennen, aber doch auffallend groß. Der Mund halb geöffnet.

»Schöne Zähne, nicht wahr?« sagte der Arzt. »Ich schau mir immer zuerst die Zähne an. Erstklassiger Zustand. Da gibt's nichts zu meckern. Dieser Mann hat sich auf ein langes Leben vorbereitet. Schade.«

»Die Ohren?«

»Stimmt. Die Sache mit dem Hörgerät.« Dr. Paul griff nach einer Pinzette, zog die kleine Hörhilfe aus dem linken Ohr heraus, hielt sie ein paar Sekunden in die Luft und schob sie sodann wieder zurück an ihren Platz. Dazu kommentierte er: »Paßt! Es ist, als gleite man mit einem Schlüssel in das richtige Schloß. Der Mann scheint wirklich einen Gehörfehler gehabt zu haben. Und war eitel genug, keins von den Geräten zu tragen, die wie kleine Geigenkästen hinter den Ohrmuscheln stecken. Aber so scheint ja alles bei ihm gewesen zu sein: perfekt! Die ganze Figur, der ausrasierte Bart, Zähne, manikürte Nägel, eine makellos sitzende Badehose, gestutzte Haare in den Nasenlöchern, dazu rasierte Beine, beziehungsweise *ein* rasiertes Bein. – Haben Sie schon eine Ahnung, um wen es sich handeln könnte?«

Lukastik schüttelte den Kopf und erklärte, man sei gerade dabei, zu überprüfen, ob jemand aus dem Haus oder zumindest der Wohnanlage in Frage komme. Bisher allerdings fehle jeglicher Hinweis. Kein Vermißter, zu dem dieses Gesicht passen würde. Auch der Computer sei ratlos.

»Entweder Computer lügen, oder sie haben keine Ahnung«, betonte Dr. Paul, der ein gestörtes Verhältnis zu Rechnern hatte und sich ihrer – wenn unvermeidbar – mit Todesverachtung bediente. Gleich einem Schiffsbrüchigen, der Salzwasser trinkt. Und ja ganz gut weiß, welche Folgen das hat.

»Ihre Zähne!« erinnerte Dr. Paul und drückte dem Chefinspektor die schlanke, zigarrenförmige Hülse in die Hand. Dann lachte er und meinte: »Wenn wir den Hai gefunden haben, können wir ihn damit überführen.«

»Richtig«, stimmte Lukastik zu, der alles andere als ein humorvoller Mensch war. Er schob die Dose in seine Jackentasche, wies Dr. Paul an, das Hörgerät zurück an die Leute von der Spurensicherung zu leiten und ging.

Wenn zuvor gesagt worden war, daß Dr. Paul einen Gang besaß, der einem geschickten Balancieren gleichkomme, so konnte im Falle Lukastiks der Eindruck entstehen, hier trete jemand von Stein zu Stein. So gerade und eben konnte ein Weg gar nicht sein, daß Lukastiks kräftiger Schritt und seine leicht angewinkelten, schwingenden Arme nicht an eine Person erinnerten, die sich auf einer Bergwanderung befand. Lukastik hielt das Leben für eine durch und durch anstrengende Angelegenheit. Und das merkte man seiner Art zu gehen auch deutlich an.

3

»Ich habe Sie erwartet«, sagte der Mann, der Lukastik die Tür öffnete. Er mochte auf die Sechzig zugehen. Seine ganze Erscheinung widersprach der Vorstellung von einem Haiforscher. Seine Gesichtsfarbe dokumentierte ein frischluftarmes Leben, in welchem Sonne und Meer und herzhafte Brisen mit Sicherheit keine Rolle spielten. Unter dem weißen, durchscheinenden Hemd flatterte ein schmächtiger Körper. Nur um den Bauch herum ging das Flattern in eine stationäre Gewölbtheit über, die den weißen Stoff spannte. Der schmale, längliche Kopf steckte im viel zu großen Hemdkragen wie in einer Krause. Das kurze, graue Haar begrenzte eine glatte Stirn, auf der einige Schweißtropfen wie Tau standen. Ein strenges Augenpaar lag unter buschigen Brauen. Die Nase wies eine deutliche Schramme auf. Die Wangen erinnerten an weiße Vorhänge, die im Dunst einer Raucherwohnung einen gelblichen Stich angenommen hatten. Die Lippen waren gerade, schmal und verbissen. Bartstoppeln markierten das Kinn. Die Ohren lagen so dicht am Kopf, als seien sie zurückfrisiert worden.

Lukastik wurde in einen großen Raum gebeten, der im Schatten eines Hinterhofs und einer hohen Buche lag, weshalb mehrere Spots eingeschaltet waren. Entgegen Lukastiks Erwartung herrschte Übersicht, Ordnung und Reduktion. Keine bis zum Anschlag offenen Haigebisse, keine fossilen Zähne, keine Amphoren, keine Schaukästen, keine lädierten Tauchanzüge, die das eigene Gerade-noch-überlebt-Haben zur Schau stellten. Statt dessen wurde das Zentrum des Raums von einem weiten Arbeitstisch beherrscht, über den mehrere Graphikblätter verteilt waren, alte Stiche, soweit Lukastik sehen konnte, Stadtansichten, jedenfalls nichts, was mit Fischen zu tun hatte. Zwei Stühle standen weitab des Tisches, die Vorderkanten der Sitzflächen zueinander gerichtet, als dienten sie einem Duell. An den Wänden hingen alte Fotographien, die von hellen, hölzernen Leisten umrahmt und von entspiegeltem Glas abgedeckt waren. Historische Aufnahmen – so schien es zumindest im ersten Moment. Auch hätte Lukastik zunächst gar nicht sagen können, was genau darauf abgebildet war. Der Eindruck des Historischen ergab sich wohl nicht nur aus dem Umstand der bräunlichen Farbgebung, der körnigen Struktur und überhaupt einer neblig-nebulösen Wirkung, sondern auch, da jene alten Drucke sorgfältig über den Tisch verteilt lagen und im gesamten Raum eine Atmosphäre des Antiquarischen hervorriefen.

Slatin unterließ es, Lukastik einen von den duellierenden Stühle anzubieten, stellte sich seinerseits hinter den Arbeitstisch, auf den er seine schmalen Finger pianistisch aufstützte, und erklärte, daß Dr. Paul ihn darum gebeten habe, der Polizei behilflich zu sein. Was er gerne tun würde. Die Polizei verdiene Unterstützung. Auch sei er Dr. Paul einiges schuldig. Allerdings müsse er vorausschicken, daß seine Fachkompetenz sich in Grenzen halte. Natürlich, er handle mit alten Radierungen und Lithographien, sei aber mehr ein Sammler als ein Händler und mitnichten ein Götterliebling unter den Experten.

»Es geht nicht um Radierungen«, unterbrach Lukastik.

»Nein?«

»Es geht um Haie. Um einen bestimmten Hai«, sagte der Polizist und verteilte ein Dutzend Farbfotographien, von denen er eine jede aus einer Hülle zog, über die noch freie Fläche des Tisches. Slatin bemühte bloß seinen Kopf in Richtung der Abbildungen, schien es aber für überflüssig zu halten, gleich den ganzen Körper zu bewegen.

Einige der Aufnahmen zeigten den Toten in der Totale, sowohl im Wasser des Bassins als auch auf der weißen Plane. Andere waren allein den Bißverletzungen und der blanken Öffnung eines abgetrennten Beines gewidmet. Gestochen scharf.

Slatin schenkte den Fotos einen kurzen, emotionslosen Blick und fragte: »Was soll das?«

»Diese Bilder wurden heute früh aufgenommen.«

»In Australien?«

»Nicht ganz. In einem Schwimmbecken auf dem Dach eines Wohnhauses. Hier in Wien.«

»Und Sie möchten, daß ich das glaube«, sagte Slatin und machte ein Gesicht, als habe er einen schlechten Geschmack im Mund.

»Ja, das müssen Sie wohl. Auch wenn es grotesk erscheinen mag. Aber der Tote wurde nun mal an diesem Ort, in diesem Pool aufgefunden.«

»Wenn das so ist«, meinte Slatin, der jetzt doch einen Schritt näher getreten war, die Hände in den Hosentaschen, »hat sich jemand einen mehr als schlechten Scherz erlaubt.«

»Ja. Und diese Person gab sich auch noch alle Mühe, die tödliche Attacke so authentisch wie möglich aussehen zu lassen.« Lukastik nahm die Hülse aus seiner Sakkotasche und reichte sie Slatin. »Dr. Paul hat diese Fragmente aus dem Körper des Toten gezogen. Zahnsplitter und Hautzähnchen. Es würde mich interessieren, was Sie dazu sagen.«

»Ich würde Ihnen lieber meine Graphiksammlung zeigen«, äußerte Slatin.

»Ich dachte, Sie schwärmen für Haie.«

»Für Haie ja, nicht für schwachsinnige Inszenierungen.«

»Trotzdem. Seien Sie so nett und sehen sich die Teile einmal an.«

Slatin machte ein Geräusch, als zerbeiße er einen Wurm. Dann stellte er die Hülse ab, rieb sich die Hände an seiner Hose und öffnete mehrere Laden eines unter dem Tisch montierten Stahlschrankes, worin er seine graphischen Blätter verwahrte. Er hantierte mit der größten Sorgfalt. Nicht minder sorgfältig fuhr er mit einem weichen Tuch über die nun freie Fläche und legte ein weißes Blatt Papier auf, auf das er den Inhalt der Hülse leerte. Er klemmte sich eine kleine Lupe, die an ein kurzes Stück dunkler Wurst erinnerte, ins linke Auge und beugte sich über die Ansammlung der Fragmente. Hin und wieder hob er das Blatt an den Rändern an, wodurch sich eine neue Verteilung der Bruchstücke ergab. Es sah aus, als bediene er ein Spielzeug und versuche, die Gebilde in bestimmte Anordnungen zu manövrieren. Seine anfänglich so glatte Stirn zerbrach in Falten. Die Schweißtropfen standen jetzt dichter beieinander. Es war unangenehm warm im Zimmer. Die Hitze der letzten beiden Wochen staute sich dank verschlossener Fenster. Ohne zu fragen, machte Lukastik sich daran, eines zu öffnen.

»Lassen Sie das!« herrschte Slatin ihn an, behielt sein Auge aber an der Lupe und seinen Blick an den zu untersuchenden Objekten.

»Es ist heiß hier«, bemerkte der Chefinspektor.

»Ich kann jetzt keinen Windzug gebrauchen«, erklärte Slatin. Auf dem Rücken seines Hemds zeichnete sich eine dunkle, feuchte Stelle ab, ein Rorschach-Test von Schweißfleck. Der aber nicht allein von der Wärme herrührte. Eine Fiebrigkeit hatte den Mann erfaßt. Dennoch schien er nicht kopflos, im Gegenteil. Sein Fieber entsprang einem Übermaß an Konzentration, welches seinen Kopf geradezu plombierte.

Lukastik hätte gerne etwas eingewandt, schwieg aber und fuhr sich mit einem Tuch über die Stirn. Er trat von den Fenstern weg und begann sich für die gerahmten Fotographien an den Wänden zu interessieren. Erst jetzt realisierte er, daß es sich dabei nicht um verschleierte Burgen und im Dunst verlorene Alleen handelte, sondern passenderweise um Aufnahmen von Haifischen, auch wenn er eine Weile brauchte, bis er die Gestalt einzelner Tiere aus der diffusen Umgebung herausgefiltert hatte. Zumeist konnte er bloß die charakteristische Form einer Rückenflosse oder den scharfen Bug einer Schnauze erkennen. Mitunter war eigentlich nicht mehr zu sehen als die Kontur eines Riffs, so daß der Hai nur noch in der Erwartung des Betrachters existierte.

Haie im Stil der Fotographie des späten neunzehnten Jahrhunderts, eingebunden in eine verklärte Romanze zwischen Licht und Schatten. Solcherart entsprachen diese Fische nun tatsächlich jener von Dr. Paul angesprochenen »Melancholie mancher Lebendgebärer«. Darüber hinaus vermittelten die Bilder allerdings einen Horror, der sich dadurch ergab, etwas *nicht* zu sehen. Denn entgegen der Deutlichkeit, mit der fiktive und dokumentarische Filme »fletschende« Haie zeigen und deren elegante Beweglichkeit im Licht der Kameras oder in einem sonnendurchfluteten Schönwettermeer herausstellen, besteht ja wohl der eigentliche Schrecken, der von einem jeden natürlichen Wasser und erst recht von einem jeden Lebewesen in einem solchen Wasser ausgeht, für den Menschen darin, wenig bis gar nichts zu erkennen.

Jenes Zwielicht war es, das diese Fotographien zum Thema hatten. Jene unhaltbare Sphäre, in der die Gegenstände der Beobachtung sich kaum von ihrer Umgebung unterschieden und man als Betrachter das Gefühl bekam, selbst im Visier einer Beobachtung zu stehen.

Lukastik, der natürlich ein ausgeprägtes Gefühl für horrible Momente besaß, erschien diese Fotoserie wahrhaftiger als die übliche ausgeleuchtete Farbenpracht, die den meisten Unterwasserwelten das Flair von Vergnügungsparks verlieh.

Merkwürdig daran war allerdings, daß selbst bei genauerem Hinsehen der Eindruck erhalten blieb, es handle sich um historische Aufnahmen, was schier unmöglich war. Denn obgleich die Machart und Qualität der Bilder auf eine Zeit verwies, als die Fotographie noch in Konkurrenz zur Malerei gestanden hatte, stellte sich natürlich die Frage, wie eine solch frühe Lichtbildnerei den Weg ins Meer gefunden haben sollte.

»Aus welcher Zeit stammen diese Aufnahmen?« erkundigte sich Lukastik.

Ohne seinen Blick zu heben, antwortete Slatin: »Aus dem letzten Jahrhundert.«

Lukastik drückte sich auf den Fußballen ein wenig in die Höhe und fragte: »Welches letzte Jahrhundert meinen Sie?«

Die meisten Leute hatten noch immer ein Problem, das zwanzigste als das vergangene Jahrhundert anzusehen. Erst recht Menschen wie Lukastik, die wußten, niemals so viele gute Jahre in diesem neuen Jahrhundert ansammeln zu können, wie sie im gewesenen zurückgelassen hatten.

»Ich rede davon«, sagte Slatin, »daß diese Bilder etwa 1995 entstanden sind. Was dachten Sie denn? Daß die Pioniere der Fotographie unter Wasser gehen konnten?«

»Es hätte sich um frühe Studioaufnahmen handeln können«, gab Lukastik zu bedenken.

»Nein«, sagte Slatin, »die Bilder stammen von einem Freund. Er hat mir nicht erklärt, warum er seinen kleinen Kunstwerken einen altertümlichen Anstrich verliehen hat. Daß diese Bilder hier hängen, bedeutet mehr eine Höflichkeit meinerseits. Damit sie überhaupt irgendwo hängen. Und jetzt wäre ich Ihnen dankbar, wenn Sie mich in Ruhe ließen. Sie können ja draußen warten, wenn Sie wollen. Ich meine, wegen der Hitze hier.«

»Gute Idee«, parierte Lukastik die Unfreundlichkeit Slatins und verließ nicht nur den Raum, sondern auch gleich die Wohnung hinunter in den Hof, wo er unter dem hohen, dunklen, vom Wind bewegten Baum wartete. Nicht anders als ein Hai am Rande eines großen Schwarms kleiner Fische.

Wie bereits am Morgen, gab er sich auch jetzt der Kühle hin, welche nun allerdings in einem schwülen Korsett steckte. Lukastik entledigte sich seiner Jacke, rieb sich den Nacken und sah hinauf in den Wirbel der Blätter, welcher so dicht war, daß das wenige Licht wie Wasser durch ein Gestein sickerte.

Lukastik mochte solche Hinterhöfe, die er als typisch für diese Stadt empfand, schachtartig enge Plätze, in denen einzelne Bäume standen, deren Äste an die Fenster heranwuchsen und an sonnigen Tagen lockere Schatten in die Wohnungen warfen. Während natürlich zu bewölkten Zeiten diese sommerlichen Hinterhofbäume eine massive Dunkelheit hervorriefen, wie nicht einmal der Winter sie zustande brachte. Diese spezielle Nacht am Tage besaß etwas von einer in Schwarzweiß gefilmten Sonnenfinsternis und erzeugte eine ebensolche Stille. Die Leute in diesen Wohnungen und in diesen Hinterhöfen bewegten sich dann mit einer größeren Vorsicht oder tendierten überhaupt dazu, sich wenig oder gar nicht zu bewegen. Weshalb solche Räume völlig ungeeignet waren, jene Wendigkeit zeitgenössischen Privat- und Berufslebens zu entfalten.

In diesen Momenten großer Ruhe fühlte sich Lukastik mit dieser seiner Stadt versöhnt. So wie man sich mit einem Menschen versöhnt fühlt, der endlich tot auf der Bahre liegt und außerstande ist, zurückzureden. Was nicht heißen soll, Lukastiks Verhältnis zu Wien sei ein primär belastetes gewesen. Das nun wirklich nicht. Der Chefinspektor war keiner von denen, welche die Atmosphäre eines Ortes für das eigene Unglück verantwortlich machten und in jedem Häufchen Hundedreck, über das sie steigen mußten, ein Bild persönlichen Elends sahen. Auch litt er wenig an den politischen Verhältnissen der Stadt und des ganzen Landes. Er war allein darauf bedacht, sich aus allem Politischen herauszuhalten, sich am Politischen, ob verführerisch oder schändlich oder beides, vorbeizuwinden. Er stellte sich, wenn es nötig war, blind und taub und verwies auf das rein Faktische seiner Arbeit, wobei sein Vorgesetzter, jener Major, eine Art von Schutzschild bildete. Den Spruch, »nur seine Arbeit zu tun«, setzte Lukastik nicht bloß nach unten hin ein, um die eine oder andere Unhöflichkeit gegen Verdächtige, Zeugen oder Mitarbeiter zu begründen, sondern auch, um sich gegen Ansprüche von oben zu wehren. Neben der »Freiheit der Kunst« existierte für ihn auch eine »Freiheit der Polizei«, und damit meinte er im Grunde sich selbst. Was nicht bedeutete, daß er ausgesprochen ungesetzliche Handlungen vollzog, aber er war nun einmal extrem zielorientiert. Ein Verbrechen, vor allem die vermeintliche Exklusivität eines Verbrechens, schien ihn persönlich zu beleidigen, so daß er alles unternahm, um aus dem Besonderen einer kriminellen Handlung das Allgemeine wie das Alltägliche herauszuschälen. Das war sein großer Antrieb: Entmystifizierung.

Beim Durchsetzen dieses Ziels nahm er wenig Rücksicht, verhielt sich selten diplomatisch. Was wiederum dazu führte, daß er sehr wohl als ein politischer Mensch galt. So wie man ja auch glaubte, er sei ein enger Freund Peter Jordans. Nun, er war kein politischer, sondern ein musikalischer Mensch. Nicht in Dr. Pauls Sinn, welcher mit seinen Schuhen und seinem Körper den unhörbaren Ton einer Triangel erzeugte, sondern auf sehr konkrete Weise. Lukastik hatte nämlich, nachdem er von seinem Geburtsort Eisenstadt nach Wien gezogen war, Musikwissenschaften studiert und eine Diplomarbeit über den Einfluß atonaler Kompositionstechniken auf die Filmmusik der sechziger und frühen siebziger Jahre in Angriff genommen. Das Fach der Kriminalistik, das er nebenbei belegt hatte, war zunächst ein gemischter Akt aus Juxerei und Trotz gewesen. Einerseits, weil Lukastik mit seiner musiktheoretischen Arbeit ins Stocken geraten war und etwas vollkommen anderes tun wollte, um nicht verrückt zu werden. Andererseits, da er zu dieser Zeit eine Phase durchlebt hatte, die er später als »allürenhafte Ablehnung rechtsstaatlicher Prinzipien« definierte. Jedenfalls war ihm ein Studium der Kriminalistik als ein originelles und durchtriebenes Unternehmen erschienen. Von wegen Studium des Klassenfeindes.

Man könnte nun meinen, Lukastik hätte sich im Laufe der Zeit und in der bekannten Weise dem System angepaßt, die Seite gewechselt und so weiter, doch genaugenommen war es die Schönheit der Kriminalistik gewesen, die ihn überzeugt und die er alsbald als eine vom gesellschaftlichen Zweck unabhängige Disziplin erlebt hatte. Nicht anders als die Musik. Und dabei war es auch geblieben. Denn obgleich ja Lukastik hinter jedem komplizierten Verbrechen eine eher banale Wahrheit zu entdecken glaubte, hielt er den Weg, der zu dieser Entlarvung führte, für potentiell »schön«, vergleichbar einer musikalischen Idee.

Das mag seltsam anmuten, aber der Kriminalist Lukastik hatte eben nie aufgehört, ein Musikwissenschaftler zu sein. Und als solcher war er natürlich auch ein verkappter Komponist, ein in bloß geträumten und phantasierten Klangstücken schwelgender Mensch.

»Kommen Sie herauf!« rief Slatin aus dem zweiten Stock in den Hof hinunter, ohne daß er für Lukastik sichtbar geworden wäre.

Lukastik warf die halb gerauchte Zigarette auf den betonierten Boden, unterließ es aber, sie auszutreten. Was er prinzipiell nicht tat. Niemals hätte er eine Zigarette auch nur in einen Aschenbecher gedrückt oder deren Glut unters Wasser gehalten. Er vermied in jeder Hinsicht, ein solches »Glimmen« zu zerstören.

Dabei von Aberglauben zu sprechen wäre der Sache nicht gerecht geworden. Lukastik hatte – wie viele andere Menschen auch – rein persönliche Verbote und Vorschriften entwickelt, die außerhalb der üblichen Zweckgebundenheit oder Konvention standen. Derartige Handlungen (berühmt ist das Überspringen von Bodenlinien) dienten einer inneren Ordnung.

Und genau darum, weil der Sinn nicht offenkundig zutage trat und streng besehen auch gar nicht bestand, lag die Einhaltung der Regeln außerhalb jeder Diskussion. Lukastik hätte sich lieber seine Hand abschlagen lassen, bevor er eine gerauchte Zigarette ausgetreten oder ausgedrückt hätte. Vielmehr warf er die Kippen zur Erde oder ließ sie in der Kerbe eines Aschenbechers verglühen.

Wer nun meinte, Lukastik wollte damit etwas bewirken, vielleicht auch nur seine verstorbenen Ahnen ehren oder ähnlichen Unfug, der irrte. Lukastik hielt sich an dieses Gesetz nicht des Gesetzes, sondern der damit verbundenen »Haltung« wegen. Wie er ausgerechnet auf Zigaretten gekommen war, konnte er selbst nicht sagen. Dies war auch gar nicht von Bedeutung. So wenig wie die Frage, warum Lukastik niemals zwei Bücher gleichzeitig aus einem Regal zog, jedoch ausschließlich mit beiden Beinen voran sein Bett verließ, Früchte nur mit der linken Hand pflückte, außerhalb der elterlichen Wohnung Suppenlöffel mied, folglich auch die meisten Suppen (nicht zwingend, denn schlürfen durfte er ja), des weiteren Fotos keinesfalls direkt übereinanderlegte, niemals in einem Satz die Worte »Nachmittag« und »müde« zusammen gebrauchte und peinlichst darauf bedacht war, beim Betreten eines neuen Raums einen seiner beiden Zeigefinger kurz auf die Lippen des geschlossenes Mundes zu legen. Dies alles blieb ohne eigentlichen Zweck. Aberglaube hätte ja bedeutet, ein Unglück abwehren oder ein Glück erzwingen zu wollen. Doch über den Niederschlag von Glück und Unglück machte sich Lukastik keine Illusionen.

Ein Glück war es freilich, daß Lukastik seinen Zigarettenkonsum so weit im Griff hatte, nur selten in Innenräumen zu rauchen, wo man ihn natürlich immer wieder auf die unausgedämpften, erst im Bereich des Filters verglühenden und verkohlenden Zigaretten aufmerksam gemacht hätte. Um so mehr, als dabei ein unangenehmer Geruch entstand. Verständlicherweise hatte Lukastik nicht das geringste Bedürfnis, eine Eigenart zu erklären, die zu begreifen die wenigsten Menschen in der Lage waren. Auch jene nicht, die selbst einen vergleichbaren Tick entwickelt hatten.

Durch die unverschlossene Wohnungstür kam er in den schmalen Vorraum und von dort in das nun leere Arbeitszimmer.

»Kommen Sie weiter«, hörte er Slatins Stimme aus einem Nebenraum.

Lukastik betrat ein Kabinett, wobei er in der üblichen Weise die Fingerkuppe seines linken Zeigefingers kurz an die geschlossenen Lippen hielt. Vor dem kleinen, offenen Fenster schaukelten die Blätter des Baums wie eine Schar winkender Schulkinder. Die Wände waren mit schnörkeligen Tapeten verkleidet, doch wegen der Dunkelheit war das Muster kaum auszunehmen. Am Rande des einzigen Möbels, eines tiefliegenden, ausgesessenen Sofas, hockte Slatin im Licht einer bogenförmigen Stehlampe und erinnerte an eins dieser Küken, die unter Höhensonnen schlummern. Er wirkte nicht ganz so putzig, aber ähnlich verdrückt und verschlafen wie alles frisch Geschlüpfte. In der einen Hand hielt er Dr. Pauls verschlossene Hülse, die andere ruhte auf der Lehne. Er forderte Lukastik auf, sich zu setzen. Dieser nahm am anderen Ende Platz, wobei er meinte, das Sofa greife nach ihm, ziehe ihn ein Stück nach unten. Es fiel ihm nicht gerade leicht, aus diesem lokusartigen Sitzmöbel heraus die Beine übereinanderzuschlagen, aber er tat es. Dann drehte er seinen Körper in Richtung Slatin und sagte: »Also?«

Slatin hob die Hand von der Lehne und offenbarte zwischen seinen Fingern das größte der Fragmente, einen mehrere Zentimeter großen Splitter, der etwa die Hälfte eines vollständigen Zahnes ausmachte, über eine sägeblattförmige Zackung verfügte und auf eine dreieckige Gesamtform hinwies.

»Es gibt zwei Haiarten, zu denen dieser Teil paßt«, erklärte Slatin. »Der eine nun ist der Weißhai. Sie wissen, das ist der Fisch aus dem Film, welcher dieses läppische Boot zertrümmert und diese läppischen Seeleute massakriert. Ich fände es ein wenig billig und aufdringlich, wenn ausgerechnet eine derart populäre Art nun auch noch daran schuld sein soll, daß jemand auf dem Dach eines Wiener Hochhauses zu Tode gekommen ist. Ohnehin wird der Weiße Hai für allzu vieles verantwortlich gemacht. Die Leute lieben ihn, aber sie lieben den falschen.«

»Wie soll ich das verstehen?«

Slatin legte dar, daß es sich bei dem anderen Hai, der in Frage käme, um den sogenannten Gemeinen Grundhai handle, Carcharhinus leucas, einen mehr als ungewöhnlichen Fisch, weit ungewöhnlicher und bemerkenswerter als jener Große Weiße, der gleichsam zur Ikone versteinert sei. Wenn man sich neuere dokumentarische Aufnahmen von Weißhaien ansehe, so entstehe manchmal der Eindruck, die wirklichen Exemplare versuchten, sich jenen Modellen der Jaws-Filme anzupassen. Wie diese zu sein.

»Eine interessante Vorstellung, nicht wahr?« meinte Slatin.

»Was?«

»Daß die Natur die Fiktion imitiert oder karikiert. Daß Löwen zu schielen beginnen, nur um wie dieser Clarence zu sein. Daß unsere Freunde, die Delphine, weniger aus einer evolutionären Bedingung heraus sich liebenswürdig verhalten, sondern vielmehr, um einem Vorbild namens Flipper gerecht zu werden. Daß Hunde sich klug geben, nicht, weil sie es sind, sondern wegen all der Hunde im Kino und Fernsehen, die sich gescheit gebärden. Was halten Sie davon? Wäre es möglich, daß auch ein echter Hase Eier versteckt?«

»Na, das wohl kaum.«

»Sie haben recht«, sagte Slatin, »ich gehe zu weit. Aber in bezug auf Weißhaie bin ich mir da ziemlich sicher. Ich behaupte nicht, daß diese Fische fernsehen können. Und doch müssen sie etwas mitbekommen haben. Die Weißhaie vor Jaws, also vor 1975, waren anders als die danach. Dieser Film hat eine Veränderung des natürlichen Verhaltens mit sich gebracht, so verwunderlich das auch sein mag. Ich rede von einer gewissen theatralischen Gebärde, etwa wenn sich so ein Hai in das Gitter eines Käfigs verbeißt. Doch was die wirklich tödlichen Angriffe angeht, scheint der Weißhai weit hinter eine andere Haiart zurückzufallen. Eine Haiart, die quasi im Schatten des Weißhais steht und Menschen verletzt und getötet hat, ohne dafür namentlich genannt zu werden.«

»Und Sie wollen mir jetzt sicher sagen, daß es sich dabei um diesen Gemeinen Grundhai handelt, dessen Zahnsplitter Sie in der Hand halten.«

»Ja!« rief Slatin aus. »Am Mundwerkzeug liegt es. Weißer Hai und Carcharhinus leucas verfügen über ausgesprochen ähnliche Zähne. Und die Spuren der Zähne sind es nun mal, an denen man sich im Falle einer Attacke, im Falle eines verstümmelten Menschen orientieren kann. Seit jeher – aber natürlich erst recht seit 1975 – ist man im Zweifelsfall lieber davon ausgegangen, es habe sich um einen Weißhai gehandelt. Der Gemeine Grundhai ist auf den ersten Blick weit weniger attraktiv; er ist kleiner, langsamer und, wenn man so will, langweiliger. Dazu fehlt seiner Schnauze jene vorspringende, keilförmige Dominanz. Sie ist eher stumpf und rund. Wie ja der ganze Fisch eine pyknische Erscheinung besitzt. Pykniker werden gerne übersehen, das ist nicht neu. Die Franzosen etwa nennen diese Haiart *Requin bouledogue*. Was für ein dummer Terminus. Franzosen sind ignorant, aber auch das ist ja nicht neu. Denn bei genauer Betrachtung ist dieser Fisch hochinteressant, außergewöhnlich. Und alles andere als eine lächerliche französische Bulldogge.«

Slatin legte den Zahnsplitter und die Hülse auf der Lehne ab und sprach wild gestikulierend davon, daß Gemeine Grundhaie – nein, er verwende eigentlich viel lieber einen der Spezialnamen, nämlich die australische Bezeichnung *Swan River Whaler* –, daß also der Swan River Whaler nicht nur im Meer und dort vor allem im Küstenbereich auftreten würde, sondern auch in Flüssen oder sogar Seen, denn er vertrage Süßwasser, wie übrigens auch hohe Dosen an Salz.

»Amazonas, Sambesi, Mississippi, dazu eine Menge australischer Flüsse, Herbert River, Brisbane River und natürlich Swan River, auch Seen wie der St. Lucia Lake oder der Lago de Nicaragua«, referierte Slatin, dessen Begeisterung nun vollends ausgebrochen war und in jedem Ton mitschwang. »In all diesen Gewässern ist er heimisch. Nicht zuletzt im Ganges. Was zu einem weiteren Mißverständnis geführt hat, wegen des extrem seltenen Gangeshais, der einzigen weiteren Art, die gleichfalls in Süßwasserbereichen beheimatet ist. Es hat Unfälle gegeben, Leute wurden getötet, aber auch bereits Tote, sozusagen Beigesetzte, die auf dem Ganges dahintrieben, verschwanden. Was aber nicht, wie lange Zeit angenommen, auf das

Konto des Gangeshais ging. So ein großes Konto besitzt allein unser Carcharhinus leucas. Wobei ich finde, daß ein derart breiter Speisezettel nicht *gegen*, sondern *für* dieses Tier spricht. Wenn es etwa heißt, er würde alles fressen, was ihm zwischen die Zähne kommt, stimmt das nicht. Vielmehr frißt er alles, was ihm schmeckt. Das ist ein Unterschied, ein kultureller, wenn Sie so wollen. Alles fressen, was man zwischen die Zähne bekommt, das tun die Leute, die unter mir wohnen und deren Geräusche beim Zerbeißen von Kartoffelchips durch meinen Fußboden dringt. Es hört sich an, als würden diese Menschen sich von Knochen ernähren.«

»Sie übertreiben«, gab Lukastik ein seltenes Schmunzeln zum besten.

Slatin blieb ungerührt und sagte: »Wenn Sie zum Essen bleiben, können Sie sich davon überzeugen.« Und gleich darauf: »Sie wollten wissen, von welcher Art Fisch dieser Mann getötet wurde. Bloß auf Grund eines halben Zahns hätte ich es nicht sicher sagen können. Und auch die Bißspuren lassen eine eindeutige Bestimmung nicht wirklich zu, da sie von einem Weißen Hai wie von einem Swan River Whaler stammen können. Aber die Farbe und Art der Hautzähnchen schließt einen Weißhai aus. Wenn also morgen ein Journalist schreibt, ein Bürger der Stadt Wien sei einem Großen Weißen zum Opfer gefallen, dann lügt er oder hat eben keine Ahnung. Sie können natürlich noch eine chemische Analyse vornehmen lassen, aber wenn alles zusammengehört, die einzelnen Fragmente wie die Verletzungen an der Leiche, dann können Sie gewiß sein, daß es sich um einen Swan River Whaler handelt. Ich kann Ihnen auch gleich verraten, daß Exemplare dieser Art in unserer schönen blauen Donau nicht vorkommen. Einfach zu kalt, versteht sich. Wobei, trübes Wasser mag er.«

»Ich darf doch davon ausgehen«, versicherte sich Lukastik, »daß in keinem der heimischen Aquarien ein solcher Fisch beherbergt wird.«

»Natürlich nicht. Der Swan River Whaler ist alles andere als ein geeigneter Aquariumsfisch. Übrigens weisen die männlichen Exemplare den höchsten Testosterongehalt sämtlicher Lebewesen auf. Wozu auch immer das gut sein soll.«

»Sie wissen es nicht?«

»Es gibt keinen einleuchtenden Grund, über mehr Testosteron im Körper zu verfügen als ein ausgewachsener Elefantenbulle. Es ist ja auch nicht einsichtig, warum Leute mit zwei Beinen, zwei Händen und einem Hirn drei Autos in der Garage stehen haben. Überfluß in der Natur ist wie Überfluß in den Kulturen: rätselhaft, ein wenig burlesk und – wie man so sagt – Ausdruck einer Laune.«

»Können Sie ausschließen«, fragte Lukastik, »daß jemand versucht, uns an der Nase herumzuführen, indem er diese Leiche präpariert und die Verletzungen maschinell zugefügt hat?«

»Ich müßte mir das Opfer im Original ansehen, um eine definitive Antwort geben zu können. Aber ich denke, es war ein wirklicher Hai im Spiel. Ein Hai, den man gewähren ließ. Ich gehöre übrigens nicht zu den Leuten, die meinen, allein Menschen würden am Töten ihren Spaß haben. Es gibt eine Wahrheit, denke ich, die zwischen Steven Spielberg und der gängigen Verniedlichung der Tierwelt angesiedelt ist. Einer Verniedlichung, die auch dadurch entsteht, daß wir sämtliche Tiere auf ihren Erhaltungstrieb herunterstufen. Gerade, indem wir ihnen alles Bestialische absprechen, degradieren wir sie zu Automaten Gottes. Ich glaube jedoch, um so intelligenter eine Kreatur ist, um so eher beginnt sie, ein Gefühl der Langeweile zu entwickeln. Ich halte jede Tötung und jeden Krieg für eine Reaktion auf diese Langeweile. Man tötet nicht den anderen, sondern tötet die Zeit, die nicht vergehen will. Und ich halte gerade Swan River Whalers für ziemlich intelligent.«

Es war mehr ein verbales Ausrutschen, als Lukastik die Bemerkung machte, davon gehört zu haben, Slatin hätte unter seinen Kollegen in der Meeresbiologie mehr Feinde als Freunde.

»Es gibt keine Kollegen. Und es gibt niemand, dessen Meinung mich kümmert«, stellte Slatin klar. »Außerdem: Sehe ich aus wie ein Mensch, der unter Wasser geht?«

»Eigentlich nicht.«

»Eben. Ich wäre nie so verrückt, auch nur eine meiner Zehen in einen Bach zu stecken. Schon gar nicht bin ich bereit, mich – wie ein mit der Heckenschere abgeschnittenes Stück

Obst – mitten in einen Ozean fallen zu lassen. Ohne Boden unter den Füßen, vielleicht hundert Meter unter sich, vielleicht ein paar Tausend. Mir graut bei der Vorstellung. Die Fotos draußen an der Wand, Sie haben sie gesehen, die kommen mir wie eine Warnung vor. Nur nie ins Wasser gehen. Auch nur seinen Fuß in einen Tümpel setzen gehört zu den unheimlichsten Handlungen, zu denen sich Menschen, Gott weiß warum, hergeben. Wer bis zum Bauch im Meerwasser steht, kommt nicht umhin – da kann er noch so sehr einen auf lustig machen –, sich höchst unwohl zu fühlen, so, als befinde er sich mit beiden Beinen in einem fremden Grab, zumindest in einer undefinierbaren Sphäre von Jenseitigkeit. Die Leute aber, die mit Hilfe von Neoprenanzügen, Masken und Sauerstoffgeräten versuchen, den natürlichen Ekel vor dem Wasser zu überwinden, radikalst zu überwinden, verlieren nach und nach ihren Verstand und damit auch ihre Furcht. Wer einem Taucher begegnet, hat zumeist das Gefühl, es mit einem debilen Astronauten zu tun zu haben, der zu lange im All war. Nein, ich sage Ihnen, wer einen intakten Verstand besitzt, der fürchtet das Wasser, der fürchtet Fische, kleine wie große. Und der fürchtet sich vor allem vor der Dunkelheit, welche in erster Linie ein jedes Wasser beherrscht. Es genügt, den eigenen Kopf in der Badewanne unterzutauchen. Kein Mensch hält das lange aus, von der Atmung einmal abgesehen.«

»Wenn man Ihnen zuhört, fragt man sich, wie Sie dann ausgerechnet auf den Hai kamen.«

»Nun, ich habe als junger Mann Ozeanographie in Chicago studiert. Nicht aus Begeisterung für die Materie, sondern für die Stadt. Ich war ein dürftiger Student, unbegabt, uninteressiert, aber auch irgendwie konsequent. Konsequent aus der Not heraus. Manche Leute sind fleißig, weil ihnen für die Faulheit ein passendes Konzept fehlt. Jedenfalls kam ich so weit, eine Doktorarbeit schreiben zu müssen. Und zwar über Haie. Das war keineswegs meine eigene Idee gewesen. Für eine eigene Idee hatte es mir an Leidenschaft gefehlt. Das war vor 1975. Haie als Thema waren noch nicht so gänzlich ausgelutscht und popularisiert. Meine Aufgabe bestand darin, ein Verzeichnis über sämtliche Makrelenhaie zu verfassen und dabei neue

Erkenntnisse der Verhaltensforschung einzuflechten. Wobei niemand von mir eine aufregende Theorie erwartet hat. Warum denn auch? Ich war ein Streber und keine Koryphäe. Und vor allem wasserscheu. Ein wasserscheuer Streber.

Also habe ich mich brav hingesetzt und wie ein Buchhalter gearbeitet. Aber dann hat es mich eben doch gereizt. Jeder Streber, jeder Buchhalter hat so einen Moment. Und ich habe diesem Reiz nachgegeben. Ohne über einen echten Hinweis zu verfügen, nahm ich in mein Verzeichnis einen Fisch auf, von dem ich behauptete, er müsse existieren, auch wenn er noch nie gesichtet worden sei. Ja, ich erfand einen Hai, nannte ihn Schwarzhai und beschrieb ihn als einen reaktionsarmen, massigen Tiefseeschwimmer mit ungewöhnlich breitem Maul. Wobei ich mir als Höhepunkt dieses Entwurfs den Umstand ausdachte, daß dieses dramatische breite Maul in seinem Inneren mit einer Silberschicht bedeckt sei, welche der Anlockung von Nahrung diene. Ich benahm mich geradezu literarisch, indem ich diese Beschichtung mit einem Spiegel verglich, in den der Betrachter quasi hineinfalle. Ich bemühte Mythen, bemühte den Cocteaufilm *Orphée*, bemühte aber auch eine konstruierte Logik. Ich behauptete die Existenz dieses Fisches als notwendig, als unumgänglich, weil er ein fehlendes Glied innerhalb der Haifischarten darstelle. Mein Doktorvater war mehr als erstaunt. Eine solche Verrücktheit hätte er mir niemals zugetraut. Keine Ahnung, was ihn antrieb, meine Arbeit zu akzeptieren und sogar ihre Veröffentlichung zu fördern. Und dann kam also Steven Spielbergs Film, und die Leute kauften auch wissenschaftliche Bücher über Haie. Ich wurde bemerkt und kritisiert. Man belächelte meinen Schwarzhai. Ich lächelte zurück, das war's auch schon. Und dann kam 1976. Vor Hawaii zog man einen Fisch nach oben, wie noch nie zuvor einer gesehen worden war. Ein Hai, schwarz und breitmaulig. Sie können es sich denken: Seine Mundhöhle funkelte in Silberfarbe. Eine Sensation. Eine wahre Sensation. Niemand war so überrascht wie ich selbst. Eine verrückte Sache, plötzlich galt ich als Wunderkind der Meeresbiologie. Verstehen Sie, es blieb mir gar nichts anderes übrig, als mich weiterhin mit Haien zu beschäftigen. Das wurde von mir erwartet. Im Grund erfülle ich bis heute diese Erwartung und tue es nicht einmal ungern. Bloß, daß ich mich, seitdem ich wieder in Wien bin, aus dem universitären Betrieb heraushalte und mein Geld damit verdiene, mit alten Drucken zu handeln. So, wie ich mich auch aus dem Wasser heraushalte. Was natürlich dazu führt, daß die Leute meinen, ich sei überheblich.«

»Ja, das drängt sich ein wenig auf«, fand Lukastik.

»Ich kann nicht schwimmen«, erklärte Slatin. »So einfach ist das. Und Gott hat mich davor bewahrt, es lernen zu wollen. Ich brauche keinen Hai zu streicheln, um mir über sein Wesen eine Meinung zu bilden. Es genügt, sich die Lügengeschichten jener anhören, die da als kleine Jacques-Yves Cousteaus das Meer verschmutzen. Cousteau – ein schlimmer Franzose. Er hat großen Schaden angerichtet mit seinem dummen Ehrgeiz. Er hat die Leute in Massen ins Meer getrieben. Heute taucht schon jeder Hausmeister.«

»Ohne diese Leute würden Ihnen die Informationen fehlen.«

»Das stimmt. Es wäre besser gewesen, ein Studium zu betreiben, das ohne Wasser auskommt. Ein Haibiologe, der nicht schwimmen kann, klingt abartig. Aber Sie sehen ja, ich habe es mir ganz gut eingerichtet. Ich verdiene mein Geld nicht mit Wissenschaft, sondern mit dem Verkauf alter Graphiken. Über Haie äußere ich mich rein privat.«

»Und der Schwarze Hai?«

»Man hatte geplant, ihn nach mir zu benennen, hat sich dann aber für *Großer Gähner des offenen Meeres* entschieden. Was soll's? Die Leute vom Fach wissen ganz gut, der Fisch ist *mein* Fisch. Er war in meinem Kopf, da gab's ihn noch gar nicht. Seither hat alles, was ich zum Thema Haie von mir gebe, eine spezielle Bedeutung. Selbst wenn ich Unsinn rede, werden die Leute hellhörig. Man kann ja nie wissen.«

»Ich hoffe, es war kein Unsinn, den Sie mir ...«

»Keine Angst. Meine Analyse ist korrekt. Allerdings würde ich doch gerne den Leichnam sehen.«

»Das läßt sich machen«, sagte Lukastik. »Heute abend noch? Oder morgen früh?«

»Man soll nichts aufschieben«, meinte Slatin.

Lukastik warf einen Blick auf seine Uhr. Es ging auf fünf zu. Er mußte noch ins Büro, um Jordan und die anderen zu unterrichten und die weitere Vorgangsweise zu besprechen. Um sieben wurde er zu Hause zum Abendessen erwartet. Wie Dr. Paul hatte er diesbezüglich einen täglichen Termin, den er sich bemühte einzuhalten. Freilich waren die Folgen seiner Disziplin nicht ganz so erfreulich wie im Falle des Polizeiarztes. Niemand liebte Lukastik, nur weil er die Regel befolgte, zum Abendessen zu erscheinen. Nun, es war ja auch nicht seine Ehefrau, die ihn erwartete.

»Ich könnte Sie«, schlug der Chefinspektor vor, »um acht herum von hier abholen und zu unserer Leiche bringen. Wenn Ihnen das nicht zu spät ist. Vielleicht möchte auch Dr. Paul dabeisein.«

»Wenn er will«, sagte Slatin. »Aber nötig wird es nicht sein. Es gibt nichts, was er mir erklären könnte. Er ist ein netter Mann, nicht dumm, aber bei Gott kein Meister der Anatomie.«

Lukastik verwies darauf, daß die Leiche noch ungeöffnet sei. Soweit man das bei derartigen Verletzungen sagen könne. Jedenfalls würde keine Sektion ohne Einverständnis der Staatsanwaltschaft erfolgen. Einer Staatsanwaltschaft, von der man bisher noch keinen Mucks gehört habe.

»Gut«, sagte Slatin, »holen Sie mich ab. Acht Uhr.«

»Acht Uhr«, wiederholte Lukastik und erhob sich.

Als er bereits an der Wohnungstür stand, wandte er sich um, streckte seinen Arm aus, öffnete die Hand und sagte: »Meinen Zahn! Bitte, Herr Slatin.«

»*Ihr* Zahn?«

»Sie wollen ihn doch nicht etwa behalten?«

Slatin öffnete die Hülse, ließ den halben Zahn hineingleiten, verschloß das Behältnis und legte es in Lukastiks wartender Hand ab.

4

»Der Zahn zum Hai«, sagte Lukastik und plazierte das Fragment einer dreieckigen Form mit der schmalen Unterseite in die Mitte seines Schreibtisches, und zwar mit einer Vorsicht, als komplettiere er ein Kartenhaus. Das Objekt blieb stehen.

»Und das Ohr zur Leiche«, ergänzte die Frau, die ihr blondes Haar wie ineinander verschalte Blütenblätter trug. Haarspangen waren keine zu sehen, obwohl sie natürlich existieren mußten. Mußten sie denn wirklich? Vergleichsweise war es doch auch möglich, ohne den Einsatz von Klebestreifen einen Gegenstand in Geschenkpapier zu wickeln. Einwandfrei und felsenfest. Eine intelligente Technik vorausgesetzt.

Lukastik zwang sich, seinen Blick von den Haaren zu nehmen und ihn auf das kleine Hörgerät zu richten, das die Frau von der Spurensicherung neben dem halben Haifischzahn abgestellt hatte.

Man befand sich in einem angenehm temperierten, hohen Raum, der einst dem österreichischen Bundesheer als Garage und Werkstätte gedient hatte. Die weite Halle war renoviert und in mehrere Abschnitte unterteilt worden. Allerdings war es bei der Zuordnung der künftigen Funktion zu einigen bürokratischen Wirrnissen gekommen. Denn nicht nur die Wiener Kriminalpolizei hatte im Zuge einer Neustrukturierung für einige ihrer Einheiten ein längerfristiges Ausweichquartier beantragt, sondern auch die Museumsleitung der österreichischen Galerie war vorstellig geworden, da man Räumlichkeiten zur Lagerung und Restauration vor allem großformatiger Gemälde benötigte. Und irgendwie hatte es sich nun ergeben, daß jene »entmilitarisierte« Zone von diversen zuständigen Beamten auch diversen Zwecken zugedacht worden war. Selbst während der einschneidenden Renovierungsarbeiten war niemandem aufgefallen, wie sehr sich die verschiedenen Anforderungen voneinander abhoben. Es war zu einer Verschmelzung der zweigleisigen Planungen gekommen, gewissermaßen auch zu einer Verschmelzung der beiden beauftragten Baufirmen. Jedenfalls war man erst nach Fertigstellung der Räume, als bereits der Einzug der Polizisten wie der Restauratoren anstand, auf die unglückselige Verquickung aufmerksam geworden.

Derartiges geschieht und ist nicht immer Ausdruck von Dummheit oder Schlamperei. In manchen Dingen steckt der Wurm, wie er eben auch in der Erde, im Holz und in so manchem guten Apfel steckt. Der Wurm gehört dazu. Der Schaden,

den er anrichtet, hat eine offenkundige oder auch tiefere Bedeutung.

Freilich wird nicht jeder Schaden sofort als sinnstiftend oder notwendig erkannt. Die Wiener Polizei und die Österreichische Galerie, zwei Institutionen von ausgezeichnetem Ruf, beanspruchten mit gutem Recht die Räumlichkeiten für sich. Daß dabei der alte Antagonismus zwischen den Notwendigkeiten des Alltags und der langfristigen Bewahrung kultureller Werte ins Spiel kam, versteht sich. Andererseits ist es völlig unmöglich, die Aufklärung eines Verbrechens gegen den Erhalt etwa eines Bildes von Gustav Klimt zu stellen. Natürlich würde jeder vernünftige Mensch die Ergreifung eines Mörders der Rettung eines durch falsche Lagerung bedrohten Klimt-Bildes vorziehen. So wie man ja wohl auch bereit wäre, sämtliche Opern Mozarts aus der Geschichte zu streichen, könnte man damit zwei Weltkriege ungeschehen machen. Doch was wäre eine Menschheit, erst recht eine wienerische Menschheit denn wert ohne Mozart und Klimt? Man kann einen leeren Brotkorb vielleicht essen, aber kann man ihn auch verdauen?

Es war also in keiner Weise legitim, wenn die Wiener Polizei auf den augenfälligen Vorrang ihrer Arbeit verwies, wie ein Fleischhacker, der seinen Ernährungsauftrag betont, um die Stellung des benachbarten Buchhändlers zu unterwandern. Andererseits durfte wegen eines Klimt-Bildes die Qualität polizeilicher Ermittlungstätigkeit nicht beeinträchtigt werden. Der Bürgermeister persönlich nahm die Sache in die Hand und zwang die Beteiligten, einen Kompromiß einzugehen und eine Koexistenz zu begründen, wie sie wohl einmalig in der Welt dasteht. Von den Räumen gingen vier an die Kriminalpolizei und vier an das Museum, während im neunten und letzten eine Kantine eingerichtet wurde, in der Polizisten und Restauratoren zusammenfanden. Oder zumindest hätten zusammenfinden sollen. Denn man blieb distanziert und vermied jene Symbiose, die das Gebäude suggerierte. Man hatte sich arrangiert, nicht mehr. Und der Bürgermeister besaß nun mal nicht die Zeit und Nerven, sich noch weiter um die Annäherung von Kultur und Kriminalistik zu kümmern.

Und doch war es zu vereinzelten, wenn auch nicht kameradschaftlich motivierten Überschneidungen gekommen. Jede der Gruppen kämpfte naturgemäß mit einem Platzproblem. Vor allem standen in den vier Museumsräumen viel zu viele Bilder und Skulpturen herum, weshalb die Polizeibeamten mit der Förmlichkeit einer offiziellen Anfrage ersucht worden waren, einige der Kunstwerke in den ihnen zustehenden Zimmern unterzubringen. Dabei muß bedacht werden, daß es sich um nicht ganz unbedeutende Arbeiten handelte, zumindest um Arbeiten nicht ganz unbedeutender Künstler. Dennoch hatten sich die Kriminalbeamten wenig begeistert gezeigt. Man fürchtete eine Überflutung, von der Überreizung einmal abgesehen, und lehnte ab. Lukastik jedoch machte eine Ausnahme und erklärte sich bereit, eines jener Gemälde, die da den Weg versperrten, zu übernehmen. Er gab durchaus zu, daß ihm die Repräsentanz eines monumentalen Bildes recht attraktiv erscheine.

Offenkundig entsprach es nicht der Vorstellung der Museumsleute, das Geltungsbedürfnis eines einzelnen Polizisten zu befriedigen. Man ignorierte Lukastiks Bereitschaft. Monatelang. Eines Tages aber erschienen ohne jede Ankündigung vier Arbeiter und zogen ein etwa zwei Meter breites und drei Meter hohes Bild herein, das in einem mit Blattwülsten und stilisierten Rosenknospen ausgestatteten, zwei Kinderhände breiten Goldrahmen eingefügt war. Wie gesagt, die Türen, Wände und Gänge auch der Kriminalabteilung waren so konstruiert, daß man ein derartiges Monstrum von Bild problemlos transportieren und im Raum anbringen konnte. Gefragt wurde Lukastik nicht, ob ihm dieses ursprünglich als Altarbild fungierende Gemälde auch gefalle. Immerhin handelte es sich um eine Arbeit des Paul Troger und damit eines der wichtigsten Vertreter des österreichischen Spätbarock, und es war wirklich nicht an Lukastik, irgend etwas bemängeln zu wollen. Tat er auch nicht. Er war der spätbarocken Malerei durchaus freundlich zugetan und hatte kein Problem damit, daß auf dem Bild die Steinigung des heiligen Stephanus dargestellt war. Lukastik erkannte allein das Erbauliche delikater Figuration und dramatisch-düsterer Farbgebung. Und erkannte den Vorteil, den es bedeutete, vor dem Hintergrund eines solchen Bildes einen höheren Grad an Wirkung zu erlangen. Umgeben von der Aura des Kunstwerks produzierte er selbst einen auratischen Kreis, den er ansonsten nicht besaß. Freilich war er davon ausgegangen, das Bild würde nur kurz in seinem Büro untergebracht werden, erhalte hier eine Art von Zwischenlagerung. Doch das Intermezzo dauerte bereits zweieinhalb Jahre an, und daß Lukastik einmal nicht mehr unter und vor diesem Bild sitzen könnte, war eigentlich kaum vorstellbar. Das Gemälde und der Chefinspektor schienen zusammenzugehören. Füreinander geschaffen.

Das fand übrigens auch Peter Jordan, der angesichts jener Symbiose, die Lukastik und die Heiligenfigur in einem optischen und sphärischen Sinn eingingen, von einer »christlichen Vermählung« sprach. Daß er dies tat, und es auch sicher nicht freundlich meinte, wurde von einigen seiner Kollegen als typischer Reflex des »Juden Jordan« gewertet. Wobei Jordan so gut wie nie im Bewußtsein seiner jüdischen Abstammung lebte, selbige eher wie einen verlorenen Socken empfand. Verliert man den einen, wird auch der andere sinnlos, landet in einem Haufen anderer »entzweiter« Socken. Solche Haufen entstehen beileibe nicht in der Hoffnung, einer dieser verschwundenen Socken würde je wieder auftauchen. Das tun sie nicht. Und daß sie es *nicht* tun, gehört zum Kanon allgemeiner Weisheit.

Peter Jordan war nun keinesfalls jemand, der seinen Hintergrund verdrängte. Ein Verdränger hätte den Haufen alter, einzelner Socken beseitigt. Nicht so Jordan. Allerdings gehörte er ebensowenig zu jenen, die im ständigen Bewußtsein dieses Haufens oder erst recht der verlorengegangenen Socken lebten. Wenn der Antisemitismus zur Sprache kam, der in dieser Stadt wie ein schöner, robuster Brombeerstrauch gedieh, so war das zwar auch für Jordan ein Thema, aber es war nicht *sein* Thema. Er war kein Betroffener. Er war es wirklich nicht.

Um so mehr hielt er die eigene Position für sachlich. Den Gedanken, wie passend es sei, daß der »Christ« Lukastik es sich ausgerechnet unter der Darstellung des Heiligen Stephanus eingerichtet habe, also des ersten christlichen Märtyrers. Daß dieser Märtyrer im Streit um die Fortgeltung des jüdischen

Gesetzes seinen Heldentod erlitten hatte, daß er von Diasporajuden gelyncht worden war, das wußte Jordan. Freilich konnte er nicht ahnen, wie gering diesbezüglich Lukastiks Bildung war. Wie gesagt, Lukastik schätzte eher den ästhetischen Gehalt solcher Kunst. Im übrigen war er so wenig ein Christ wie Jordan ein Jude. Sie waren Polizisten. Und ein Polizist hört auf, irgend etwas anderes zu sein. Das mag ein Mythos sein. Aber sicher nicht der schlechteste.

Vor dem Hintergrund von Paul Trogers Märtyrerdarstellung saß also Lukastik in einem breitarmigen, schwarzen Lederstuhl und sah hinunter auf das Zahnfragment und die verwaiste kleine Hörhilfe. Der Anblick erinnerte ihn an eine jener Werbungen, in denen die Kleinheit, die erstaunliche Miniaturität eines Artikels beworben wird. Neben dem Zahn wirkte das Hörgerät verschwindend.

Die Frau von der Spurensicherung, die zusammen mit Jordan an der Vorderseite des Tisches saß, sagte, welches Glück man habe. Gerade darum, weil es sich bei dieser Hörhilfe nicht um eines der gängigen Produkte handle. Was rein äußerlich schwer zu erkennen sei, um so mehr als die Schale des Geräts mit einiger Sicherheit hier im Land hergestellt worden sei. Die Elektronik jedoch stamme von einem amerikanischen Erzeuger, dessen Produkte in Europa kaum vertrieben würden.

»Wir haben das Ding auseinandergenommen«, sagte die Frau. »Auf den Prozessoren, so winzig sie sind, steht der Firmenname und die Seriennummer. Die Produzenten nennen sich *HOH. Heaven Of Hearing.* Die sitzen an der Ostküste. Ich habe mir erlaubt, dort einmal anzurufen. Nette Leute, zugänglich und kooperativ. Ich hatte das Gefühl, sie seien ein wenig stolz auf diese Leiche.«

»Ich hoffe«, sagte Lukastik, »Sie haben den Fisch unerwähnt gelassen.«

»Was denken Sie denn? Ich will mich doch nicht lächerlich machen. Also, die Leute von *HOH* haben einen Blick in ihren Computer getan und festgestellt, daß ein Gerät mit dieser Seriennummer zu einer kleinen, für Österreich und Deutschland bestimmten Lieferung gehört hat. *Heaven Of Hearing* vertreibt die Produkte nicht selbst, zumindest nicht in Europa. Das würde den Aufwand nicht lohnen. Dafür gibt es Zwischenhändler. Man war auch so freundlich, mir den Namen der Person zu nennen, welche besagte Lieferung erhielt. Ein Mann in Hamburg, der wiederum ein Fachgeschäft hier in Wien angab, an das er das fragliche Gerät weitergeschickt hat. Ich war bereits dort und habe mich informiert. Der Geschäftsführer war nicht ganz so erbaut. Er hätte wohl lieber einem waschechten Chefinspektor seine Datenbank geöffnet.«

»Verständlich«, sagte Lukastik. »Aber ich hoffe, Sie brauchten dem Mann nicht zu drohen.«

»Ich habe ihn vor die Wahl gestellt.«

»Vor welche Wahl?« fragte Jordan.

»Ich weiß nicht. Einfach vor die Wahl. Es ist manchmal besser, denke ich, die Dinge im unklaren zu lassen. Im unklaren reifen sie bisweilen zu ungeahnter Blüte.«

»Und?« drängte Lukastik, der den Ehrgeiz dieser Frau, welche die Grenze ihrer Kompetenzen leichthändig verschob, durchaus zu schätzen wußte.

»Der Mann, der dieses Hörgerät gekauft hat, heißt Sternbach. Egon Sternbach.«

»Schön! Unser Toter also«, folgerte Jordan.

»So ganz sicher ist das nicht«, sagte Edda Boehm, welche übrigens längst nicht mehr diesen häßlichen, unförmigen, milchigweißen Overall der Spurensicherung trug, in dem ein jeder Mensch wie ein Müllsack seiner selbst aussieht, sondern ein Abendkleid, das enganliegend und zinnoberfarben ihre kräftige, aber in keiner Weise derbe Figur herausstrich. Eben nicht den Körper, sondern vielmehr die Figur kleidete. Der Körper wurde quasi zugunsten der Figur zurückgenommen. Der Körper verschwand, die Figur blieb.

Boehms ungewöhnlich festlicher Aufzug war nicht ungewöhnlich. Wie so oft, hatte sie an diesem Abend geplant, in die Oper zu gehen. Die Opernhäuser der Stadt waren ihr eine zweite Heimat. Eine bessere Heimat, wie sie nicht müde wurde zu betonen.

»Was soll das heißen, nicht sicher?« kniff Jordan seine Augen zusammen, als tauche er in einen Sandsturm.

Boehm erklärte, daß der Mann mit dem Namen Sternbach zwar das Gerät bestellt und gekauft habe, aber eben nur jenen elektronischen Teil von *Heaven Of Hearing*. Auf ein dazugehöriges Gehäuse, dessen Herstellung ihm natürlich angeboten worden war, hätte er verzichtet. Ohne dafür einen Grund anzugeben. Auch habe er in keiner Weise die Kostenbeteiligung einer Krankenkasse beansprucht oder das Gutachten eines Ohrenarztes vorgelegt, sondern nur eine sehr präzise Order getätigt.

»Es ist somit völlig unklar«, schloß Boehm, »wer das Gehäuse hergestellt hat und ob es überhaupt für Sternbach bestimmt gewesen ist. Möglicherweise für eine ganz andere Person, in dessen Auftrag Sternbach stand.«

»Haben Sie den Leuten ein Bild des Toten gezeigt?«

»Ja. Aber die waren sich nicht sicher. Der Geschäftsführer so wenig wie seine beiden Angestellten. Die übliche Sache: Widersprüche: älter, jünger, dicker, dünner. Der Verkauf des Hörgerätes liegt drei Jahre zurück. Das ist einfach zu lange her. Für Menschen, nicht für einen Computer. Der hatte wenigstens noch immer Sternbachs Adresse und Telephonnummer gespeichert.«

»Ich bin sicher«, sagte Lukastik, »Sie können uns bereits etwas über diesen Herrn sagen.«

Boehm strich sich über den bis zum Ellenbogen reichenden linken Ärmel ihres Kleides. Auf der samtenen Fläche glänzte die Spur ihres Fingers und erinnerte an eine dieser ominösen Spuren inmitten von Kornfeldern. Dann reichte sie Lukastik einen Computerausdruck, auf dem Sternbachs Name, eine Telephonnummer und eine Adresse notiert waren.

»Das wäre ja wohl unverschämt gewesen«, sagte Boehm, »diese Adresse aufzusuchen, ohne mich vorher mit Ihnen abgesprochen zu haben. Ich investigiere nicht, ich sichere Spuren. Ich tanze nie aus der Reihe.«

»Sie tanzen selten *in* der Reihe«, bemerkte Lukastik. Dann betrachtete er das Papier und fragte: »Was ist das für eine Adresse?«

»Eine Tankstelle im Waldviertel, zwischen Grafenschlag und Zwettl.«

»Wie? Dort soll Sternbach wohnen? Oder gewohnt haben?«

»An die Tankstelle ist ein Supermarkt, ein Friseursalon und eine Kneipe angeschlossen. Und ein paar Zimmer für Gäste und Angestellte. Das Ganze heißt *Rolands Teich*.«

»Wer sagt das?« fragte Jordan.

»Keine Angst. Ich habe niemanden von der dortigen Gendarmerie um Amtshilfe gebeten. Keine Amtshilfe ohne verheerende Folgen, ich weiß. Deshalb habe ich mit einer Freundin telephoniert, die in Zwettl lebt.«

»Auch die Hilfe von Freundinnen kann verheerend sein«, insistierte Jordan auf einem Fehlverhalten.

»Sie brauchen mich nicht zu mögen«, meinte Boehm.

»Was soll das jetzt heißen?« erkundigte sich Jordan. Seine Augen war bloß noch schmale Schlitze. Er schien nun im Zentrum des Sandsturms zu stehen.

»Sie haben gute Arbeit geleistet, Frau Boehm«, beendete Lukastik den kleinen Disput.

Jordan schloß seine Augen.

Lukastik sah auf die Uhr. Es blieb ihm nicht allzu viel Zeit, wollte er pünktlich zum Abendessen erscheinen. Also beeilte er sich, von seinem Besuch bei Erich Slatin zu berichten, dem erwachsen gewordenen Wunderkind der Haibiologie, welcher einen vielleicht zweihundert Kilo schweren Swan River Whaler in Verdacht hatte, jenen Mann getötet zu haben, in dessen Gehörgang ein Chip von *Heaven Of Hearing* seine Dienste verrichtet hatte.

Boehm und Jordan enthielten sich eines Kommentars. Was hätten sie auch sagen sollen? Keiner von ihnen hatte je mit einem Carcharhinus leucas zu tun gehabt. Es war offenkundig, daß Boehm wie Jordan die Tankstellen-Spur als die weit sympathischere, weil konkretere empfanden. Zwettl war ein Ort, den man kannte, ein Ort mit Stiftskirche, Handschriftensammlung und Brauerei, ein Ort als Stadt, keine zweihundert Kilometer von Wien entfernt. Die verschiedenen Heimaten des Carcharhinus leucas hingegen erschienen in diesem Zusammenhang so weit entlegen wie Kleingartensiedlungen auf Mars oder Venus. Die Hai-Geschichte verstörte. Die Hörgerät-Geschichte nicht.

»Der Fisch ist meine Sache«, sagte Lukastik. Dann fragte er Boehm: »Welche Oper heute abend?«

»*Wozzeck*.«

»Ich bin überzeugt, Frau Boehm, daß Sie *Wozzeck* schon unzählige Male gesehen haben.«

»Nicht in dieser Inszenierung. Was soll das überhaupt?«

»Es wäre töricht«, meinte Lukastik, »einfach nach dem Telephon zu greifen und diese Nummer hier zu wählen, um damit möglicherweise jemanden zu warnen, den man nicht warnen sollte. Oder gar die Gendarmerie von Zwettl zu ersuchen, sich diese Tankstelle vorzunehmen. Vielmehr drängt sich eine behutsame Vorgangsweise auf. Ich möchte, daß Sie beide sofort an diesen Ort fahren, um sich dort umzusehen. Behutsam, wie gesagt. Behutsame Befragungen. Und wenn nötig, eine behutsame Festnahme.«

»Kommt nicht in Frage«, sagte Boehm. »Warum fahren Sie nicht selbst?«

Natürlich ließ Lukastik unerwähnt, daß ein Abendessen auf ihn warte, welches er sich scheue, ausfallen zu lassen. Statt dessen erwähnte er seinen Termin in Dr. Pauls Studierstube. Auf daß Erich Slatin ein definitives Urteil abgeben könne.

Doch auch Jordan wehrte sich. Weniger, weil er sich seinen Abend nicht verderben lassen wollte, als aus einem Unbehagen heraus, mit Edda Boehm zusammenzuarbeiten. Er wußte ja, wie wenig sie ihn leiden konnte. Auch wollte er nicht neben einer Frau im Wagen sitzen, die möglicherweise seinen Anzug für geschmacklos hielt, seine Kompetenz bezweifelte, seine Fahrweise bemängelte oder auch noch anfing, eine Diskussion über Opern vom Zaun zu brechen. Opern waren nicht seine Sache. Die wenigen, die er kannte, hatten sein Vorurteil begründet, es handle sich um eine outrierte, überflüssige Kunstform. Um einen Knochen für Spießer.

Nicht, daß er Frau Boehm für spießig hielt. Eher für verrückt. Verrückt und anmaßend. Arrogant und gebildet. Und wenn schon Spießer, dann der schlimmste Snob unter allen Spießern. Jedenfalls erklärte Jordan jetzt mit vorgeschobener Großzügigkeit, die Kollegin Boehm solle ruhig in ihre Oper gehen, er könne die Sache ja mit Lindner oder Röder erledigen.

Lukastik schüttelte den Kopf wie über eine kindische Dummheit seines Assistenten. Dann machte er klar: »Wenn ich sage, daß ich möchte, daß *Sie* beide fahren, und nicht etwa irgendein Lindner oder Röder, dann denke ich mir dabei etwas.«

»Wie Sie wollen«, meinte Jordan und lehnte sich zurück. Seine Augen waren offen und ruhig. Der Sandsturm hatte sich gelegt, so, wie sich alles legt, wenn man nur ein wenig wartet. Oder auch bloß seine Einstellung zu den Dingen ändert.

Boehm aber protestierte noch immer. Sie sei schließlich kein Eigentum der Polizei. Auf eine Oper zu verzichten, für die sie bereits Karten habe, sei ihr ein Greuel. Dafür gebe es ja Dienstpläne, um sich an selbige tunlichst zu halten.

»Niemand hat Sie gezwungen«, sagte Lukastik, »sich derart zu engagieren. Es hätte genügt, mir das Hörgerät auf den Tisch zu legen und den Namen des Herstellers zu nennen.«

»Wollen Sie mich für meinen Fleiß bestrafen?«

»Ich versuche Ihnen zu verdeutlichen, daß jemand, der vom Brett ins Wasser springt, nicht auf der Hälfte des Weges umkehren kann. Wenn Sie meinen, über die konventionelle Spurensicherung hinausdenken und hinaushandeln zu müssen, dann müssen Sie auch mit Konsequenzen rechnen. Man kann keine halbe Karriere machen.«

»Sie können mich nicht zwingen«, sagte Boehm.

»Natürlich kann ich das. Ich ziehe Sie ganz einfach von der Spurensicherung ab und ordne Sie Jordan zu. Ich will, daß so wenig Leute wie möglich über die Details in diesem Fall informiert sind. Fürs erste. Sie wissen schon, die vielen Köche und der Brei.«

»Soll ich vielleicht mit diesem Kleid ...?«

»Es steht Ihnen, das Orange.«

»Zinnober«, sagte Boehm im Ton der Verachtung.

»Wie Sie meinen, Frau Boehm. Jedenfalls wird es nicht nötig sein, sich einen unbequemen Kampfanzug überzustreifen. Sie und Jordan fahren jetzt zu dieser Tankstelle, um sich nach Sternbach zu erkundigen.«

»Was ist«, fragte Jordan, »wenn wir auf einen Mann dieses Namens treffen, einen lebenden Mann?«

»Behutsame Befragung. Und sehen Sie sich seine Ohren an.«

Jordan gab zu bedenken, daß es spät sein würde, bis man die Tankstelle erreicht habe.

»Trotzdem«, sagte Lukastik. »Die Sache duldet keinen Aufschub. Wenn nötig, übernachten Sie dort. Zimmer gibt es ja. Und rufen Sie mich an, sobald Sie sich einen Überblick verschafft haben.«

Es war nicht so, daß Lukastik eine mögliche Gefahr außer acht ließ. Andererseits war es unmöglich, wegen der Verbindungslinie, die zwischen Sternbach und der elektronischen Innerei eines Gehörgerätes bestand, eine Tankstelle im schönen Waldviertel umstellen oder gar stürmen zu lassen. Vielleicht war Sternbach das Opfer. Vielleicht war er bloß ein Freund des Opfers gewesen. Noch immer stellte ein Gehörschaden für viele Menschen eine Peinlichkeit dar. Vielleicht also hatte dieser Egon Sternbach sich einfach nur hilfsbereit verhalten und jemand einen Dienst erwiesen. Und im übrigen nicht die geringste Ahnung von Haifischen. Vielleicht aber ...

»Ich werde Ihnen den *Wozzeck* ersetzen«, sagte Lukastik, als man sich erhob.

»Meine Güte«, stöhnte Boehm. »Was denken Sie eigentlich? Daß es mir ums Geld geht? Allein wie das klingt: *Wozzeck ersetzen*. Sie stehlen mir einen Opernabend. Darum geht es.«

»Da kann man nichts machen«, meinte Lukastik. Er stand jetzt vor Paul Trogers monumentalem Altarbild gleich einem Priester, der in seinen Kirchenraum hineinhorcht und hinter dem hallenden Schnaufen von Schafen und Wölfen das Wort Gottes sucht.

Jordan und Boehm verließen das durch eine Stellwand abgetrennte Büro. Von hinten betrachtet, hatten sie etwas von einem Pärchen. Einem Pärchen in tonlosem Streit, verbunden durch den Abgrund zwischen sich. Manche Menschen bildeten mittels ihrer gegenseitigen Abneigung geradezu einen Knoten, einen schillernden Knoten.

Lukastik drängte sich das Gefühl auf, soeben eine Ehe gestiftet zu haben. Zumindest eine Art von Ehe. Das war ein abstruses Gefühl, aber nicht unedel.

Er ging um seinen Tisch herum, griff nach Zahn und Hörgerät und steckte die beiden Beweisstücke in einen Klarsichtbehälter, den er in die Tasche seiner Anzugjacke schob. Erneut blickte er auf seine Uhr und ging hinaus, wandte sich aber noch einmal nach dem Gemälde um. Ein gutes Bild. Manchmal schien ihm, als habe er selbst es gemalt.

Beim Verlassen des Gebäudes kam ihm der Major entgegen. Von draußen drang eine Abendsonne in den Gang, die bereits wieder jene alte Schärfe der Vortage besaß. Staub stieg auf im Licht, als schneie es von unten nach oben.

»Haben wir etwas?« fragte der Major. Er wirkte verlegen, wie die meiste Zeit. Er stellte nicht gerne solche Fragen. Lieber wäre ihm gewesen, die Erledigung eines Falles bloß zu quittieren. Im Grunde sah er sich als jemand, dessen Tagwerk darin hätte bestehen sollen, Unterschriften auf ungelesene Dokumente zu setzen. Er war ein Mann von gestern und war es gern. Auch er gehörte zu denen, die lieber in der Oper saßen.

Obgleich er ständig Fehler witterte, wäre er nie auf die Idee gekommen, Druck zu machen. Druck zu machen empfand er als ordinär und unsinnig. Was hätte er auch sagen sollen? Finden Sie einen Mörder, aber dalli? Also fragte er bloß nach dem Stand der Erhebung. Wie um nicht aufzufallen.

»Da ist eine Spur, die in die Nähe von Zwettl führt«, berichtete Lukastik. »Scheint vielversprechend zu sein. Ich habe Boehm von der Spurensicherung abgezogen. Sie ist jetzt mit Jordan unterwegs dorthin. Keine Staatsaktion, sondern kontrollierte Ermittlung.«

»Dieser Berater des Bürgermeisters ...«, begann Lukastiks Vorgesetzter unsicher. Es klang, als beiße er Fingernägel.

»Soll ich ihn verhaften lassen?«

»Wie bitte?«

»Ein Grund würde sich finden lassen. Und Sie hätten endlich Ruhe von diesem Menschen.«

Der Major machte ein irritiertes Gesicht. Er konnte sich nicht vorstellen, daß Lukastik das ernst meinte. Andererseits enthielten die Bemerkungen seines Untergebenen selten eine ironische Note.

»Vergessen wir das«, schlug der Major vor. »Sie informieren mich, sobald Sie über etwas Konkretes verfügen.«

»Gerne«, sagte Lukastik, froh darüber, keinen Vortrag über

Swan River Whalers halten zu müssen. Ohnehin war er überzeugt, daß der Fall in wenigen Tagen gelöst sein würde. Alles Dramatische und Obskure verkümmerte rasch, alles Aufgeblasene zerplatzte und hinterließ einen traurigen Rest.

Er trat hinaus in die Wärme. Geblendet vom Licht, hielt er die Hand über die Augen. Ein Uniformierter, den Lukastik gar nicht gesehen hatte, erwiderte salutierend den vermeintlichen Gruß.

5 Pünktlich um sieben trug die Schwester den Topf mit Suppe auf. Es gab immer Suppe, an einem jeden Abend. Die Suppe stellte das eigentliche Hauptgericht dar, so heiß konnte ein Tag nicht gewesen sein. Danach wurde in der Regel eine kalte Platte serviert, kaltes Huhn, Pasteten, Wurst, Käse, entfächerte harte Eier und gefächerte Gurken. Aber das war dann nur noch ein Nachschlag. Auch ergab sich nach dem Verzehr der Suppe eine baldige Auflösung, ein Auseinanderdriften der einzelnen Familienmitglieder, dem sich allein der Vater widersetzte, indem er oft bis acht, halb neun an seinen Käse- und Wurstbroten »handwerkte«. Die Sorgsamkeit und Ruhe, mit der er ein Stück Brot gerade vom Laib schnitt und so mit Wurst oder Käse belegte, daß keine Stelle der Auflagefläche freiblieb, jedoch auch kein Teil des Belages über den Rand stand, konnte einen Anwesenden nachgerade nervös machen.

Richard Lukastik nahm selten mehr als die Suppe zu sich. Nicht, daß ihm der Anblick von Wurst Übelkeit bereitete, doch »kaltes Fleisch« war nicht seine Sache. Etwas, das tot war, sollte zumindest in einem erhitzten Zustand auf den Tisch kommen. Jedenfalls meinte Lukastik mit dem Genuß zweier Teller Suppe seine Pflicht erfüllt zu haben. Eine Pflicht, an die er sich absolut gebunden fühlte, die ihm aber gleichzeitig – angesichts des Umstandes, in drei Jahren seinen fünfzigsten Geburtstag zu feiern – ein Gefühl der Scham bescherte. Weshalb er in Gegenwart seiner Kollegen und Bekannten dieses Ritual unerwähnt ließ. Es war schlimm genug, daß er zusammen mit seinen Eltern und seiner Schwester lebte. Es gab Leute, die etwas Derartiges grundsätzlich für krank hielten.

Für wie krank wäre denselben Leuten dies alles erst erschienen, wäre ihnen die ganze Wahrheit bekannt gewesen?

Um überhaupt von normalen Umständen sprechen zu können, hätte Lukastik ein Witwer sein müssen. Ein solcher war er nun mal aber nicht. Wobei er freilich erst wenige Jahre zuvor zu seinen Eltern zurückgekehrt war, genauer gesagt, zwei Räume in der elterlichen Wohnung bezogen hatte. Räume, für die er Miete bezahlte, nicht anders und nicht weniger als ein Untermieter. Auch lag es allein an ihm selbst, den Zustand dieser beiden auf den Hinterhof weisenden Zimmer zu bestimmen. Es war also nicht so, daß seine siebenundsechzigjährige Mutter hinter ihm her räumte oder her schnüffelte. Ohnehin war ihre Begeisterung bei seinem Einzug eine geringe gewesen.

»Was willst du eigentlich?« hatte sie ihn gefragt.

»Ich weiß es nicht.«

»Soll das eine Antwort sein?«

»Ich weiß es nicht«, hatte er wiederholt.

Die Verpflichtung zum Abendessen empfand Lukastik als unausgesprochene Regel. Die Möglichkeit, daß dies gar nicht von ihm verlangt wurde, kam ihm zwar hin und wieder in den Sinn, dennoch hielt er hartnäckig daran fest. Vergleichbar jenem Reglement, das ihn davon abhielt, eine Zigarette auszudrücken. Er glaubte nicht, eine Wahl zu haben. Über die Pflicht, zum heimatlichen Abendmahl zu erscheinen, brauchte gar nicht erst diskutiert zu werden.

Nachdem die Schwester die bauchige Schüssel auf den metallenen Aufsatz gestellt hatte, erhob sich Lukastik und faßte nach dem kleinen Deckelgriff in Form eines Pferdekopfes. Was ihm stets ein wenig ungehörig vorkam, den emailenen Pferdekopf quasi an den Ohren zu packen und in die Höhe zu ziehen. Um so mehr, als es ihm widerstrebte, einen Zusammenhang zwischen Suppen und Pferden herzustellen.

Dampf stieg auf. Lukastik spürte die Hitze, die sein Gesicht feucht umgab. Der Geruch von frischem Schnittlauch wiederum besaß die Wirkung einer Air-Condition. Solcherart in einem Zwiespalt stehend, Schweiß auf der Stirn, Kühle in der

Nase, verteilte Lukastik die mit eingetropftem Ei versetzte Fleischbrühe in die vier Teller. Dann griff er noch einmal nach dem Pferdekopf, setzte den Deckel auf die Schüssel und nahm wieder Platz.

Zunächst war ein jeder mit sich und seiner Suppe beschäftigt, wobei auch hier der Vater – beinahe achtzigjährig, klein, von zahllosen Spaziergängen rüstig und sonnengebräunt – mit artistischer Langsamkeit den Löffel in die Flüssigkeit gleiten ließ und herumrührte, als suche er einen bestimmten, beim Kochen verfestigten Teil des verquirlten Eies. Wenn er dann endlich den niemals vollen, immer nur halb vollen Löffel an seinen fast jugendlich glatten Mund führte, blieb seine Hand vollkommen ruhig. Bei den meisten Tätigkeiten, oder auch im Zustand der Bewegungslosigkeit, zitterte diese Hand. Nicht aber, wenn sie einen Suppenlöffel hielt oder mit einem Messer eine Scheibe Brot präzise herunterschnitt.

Es war die Schwester, die jetzt unvermutet zu sprechen begann, man könnte auch sagen, wie aus der Suppe geschossen erklärte, im Radio wäre die Nachricht gekommen, die Leiche eines Mannes sei auf dem Dach eines Wiener Wohnhochhauses entdeckt worden. Mitten im Pool. Wobei der Mann einige merkwürdige Bißverletzungen aufgewiesen hätte. Möglicherweise sei er von einem freilaufenden Kampfhund angefallen worden, um dann schwerverletzt in das Schwimmbecken zu fallen und dort zu sterben. So oder so ähnlich.

»Können wir vielleicht über etwas anderes reden?« erkundigte sich die Mutter, eine betont elegante und kultivierte Person, die in so gut wie jedem Umfeld den Eindruck hinterließ, von Barbaren umgeben zu sein. Es war nicht unbedingt affektiert zu nennen, was sich da in ihrem Gesicht abspielte, denn Grimassen vermied sie natürlich. Eher handelte es sich um eine minimale, aber wesentliche Verschiebung der Züge, wie wenn jemand in dem Moment, da er einen gerade noch genießbaren Wein konsumiert, daran denkt, daß dieser Wein demnächst gekippt wäre.

Lukastiks Schwester ignorierte jedoch die Bemerkung der Mutter und fragte ihren Bruder, was er über diesen Fall wisse. Ober ob man ihn gar mit den Ermittlungen beauftragt habe.

Immerhin sei im Radio die Rede davon gewesen, es gebe erste Hinweise auf ein Verbrechen. Und zwar eines, das über die mangelnde Sorgfaltspflicht eines Hundehalters weit hinausgehe.

»Wer behauptet das?« fragte Lukastik.

»Hörst du nicht zu?« beschwerte sich die Schwester. »Ich sagte doch, ich habe die Nachricht aus dem Radio. Also, hast du was damit zu tun?«

»Ja«, sagte Lukastik knapp. Er hatte keine Lust, zu lügen. Freilich hatte er auch keine Lust – schon aus Rücksicht auf seine Mutter –, von der tatsächlichen Schwere der tödlichen Verletzungen zu sprechen. Ein abgerissenes Bein war kein Thema, das zu einer Suppe von dieser Qualität paßte.

Vater selbst kochte all diese Suppen. Er hatte gut siebzig Jahre seines Lebens keinen einzigen Kochtopf auch nur angerührt, um dann ohne ersichtlichen Grund, von einem Tag zum anderen, damit zu beginnen, das Kochen zu erlernen, Suppen herzustellen, Rezepte zusammenzutragen und befreundeten Restaurantköchen über die Schulter zu sehen. Gleichzeitig war der bis dahin äußerst gesprächige pensionierte Diplomat beinahe völlig verstummt. Er redete nur noch das Notwendigste. Und dieses Notwendigste kreiste um die Vorbereitung der abendlichen Suppe. Bei Tisch sagte er dann kein Wort, wobei er weder unfreundlich noch verbittert, sondern konzentriert wirkte. Sein Schweigen war wie ein schwebender Kranz, der den Suppenesser umgab und glorifizierte. Ein kleiner, alter Mann als Suppenheiliger.

»Laß dir doch nicht alles aus der Nase ziehen«, bat die Schwester und schenkte sich und ihrer Mutter einen Schluck Riesling ein.

Lukastik war verärgert. Er erklärte, er würde keine Lust haben, über seine Arbeit zu sprechen.

»Was ist das überhaupt für eine Arbeit?« fiel ihm jetzt die Mutter in den Rücken. »In den schäbigsten Bereichen der menschlichen Seele herumzuwühlen? Und zwar nicht wie ein Künstler oder Psychologe, sondern wie ein primitiver Goldschürfer.«

»Nicht schon wieder, bitte!« meinte Lukastik gequält. Er hatte es seit langem satt, sich dafür rechtfertigen zu müssen,

Polizist geworden zu sein, auch wenn natürlich die Stellung und Profession eines Chefinspektors nicht so völlig ohne Charme war wie die Tätigkeit jener uniformierten Beamten der Sicherheitswache. Seine Mutter machte jedoch diesbezüglich kaum einen Unterschied. Sie hatte ihren Sohn bereits als Musikwissenschaftler gesehen und somit in einer Disziplin, die ihr als eine der wenigen frei vom Dreck des Alltäglichen erschienen war. Während sie fand, daß die Kriminalistik den Dreck herausstellte, eben in der Art der Goldschürferei, alles außer der zu beweisenden Tat durch ein Sieb rinnen ließ.

Frau Lukastiks Widerwille war fundamental. Etwas rein Körperliches trieb sie dabei an. Es ging ihr wie dem Major. Die Gegenwart eines Polizisten war ihr unangenehm. Ein wenig erschien es ihr, als sitze mit ihrem Sohn auch das Verbrechen am Tisch, und zwar das Verbrechen abseits des Vorstellbaren. Ein Umstand übrigens, den sie in den vielen Jahren, da Lukastik nur hin und wieder zu Besuch gekommen war, nie so stark empfunden hatte. Das aber hatte sich geändert. Und hätte sie es geahnt gehabt, so wäre ihr wohl ein Argument eingefallen, um den Einzug ihres Sohnes zu verhindern. Jetzt aber war es zu spät. Sie konnte ihn nicht hinauswerfen. Unmöglich.

Sie wäre schon froh gewesen, hätte man über etwas anderes gesprochen. Es gab wunderbare Themen. Doch ihre Tochter blieb hartnäckig, wollte über den Toten informiert werden, der da hoch oben, in einem Hauspool gefunden worden war. Wobei Lukastiks Schwester nicht eigentlich ein sensationssüchtiger Mensch war oder eine Vorliebe für Grausamkeiten besaß. Es war vielmehr ihre Art, lästig zu sein. Wenn ihr gerade danach war, lästig zu sein.

»Ich kann dir nichts sagen«, wiederholte Lukastik und beugte sich tiefer über den Teller.

»Weil du nichts sagen willst oder nichts sagen kannst?«

»Die ganze Sache ist noch viel zu unausgegoren«, äußerte der Bruder. Und wie um das Wesen der Kriminalistik auf den Punkt zu bringen, beschrieb er: »Ein Mann ist tot, wir sehen uns seinen Körper an, stellen Vermutungen an, fragen uns, warum ausgerechnet er und nicht ein anderer. Und wieso überhaupt.«

»Goldwäscherei«, kommentierte die Mutter.

»Nach dem ersten Tag«, fuhr Lukastik fort, »kann man nicht verlangen, daß alles schön sauber und vollkommen logisch vor einem auf dem Tisch liegt. Selbst Geständnisse muten in dieser frühen Phase unwirklich an. Jeder ist verdächtig. Der Geständige dadurch, gestanden zu haben. Darf man ihm überhaupt glauben?«

»Habt ihr denn einen verdächtigen Geständigen?«

»Ja«, entfuhr es Lukastik. Das war eine Lüge, die ihm nun doch noch herausgerutscht war, eine Lüge, an der er festhielt. Er erzählte, ein älterer Mann würde darauf bestehen, seine beiden Rottweiler auf das Opfer gehetzt zu haben.

»Klingt doch gut«, sagte die Schwester.

»Der Mann behauptet«, dichtete Lukastik, »bei dem späteren Opfer habe es sich um eine hausfremde Person gehandelt, die er da mitten in der Nacht, bekleidet mit einer Badehose, auf dem Dach angetroffen und zur Rede gestellt habe. Es sei zu einer heftigen Debatte gekommen, zu beleidigenden Worten, und da habe er eben seine Tierchen gerufen.«

»Und du glaubst ihm nicht?« zeigte sich die Schwester verwundert. »Menschen sterben für weit weniger als einen unbefugten Zutritt.«

»Mag sein«, sagte Lukastik und wechselte nun zur sehr viel unglaubwürdigeren Wahrheit über, indem er darlegte: »Die Verletzungen unseres Toten stammen aber sicher nicht von zwei Rottweilern, sondern von einem Hai. Einem ausgewachsenen Exemplar von der Sorte Gemeiner Grundhai. So ein Ding, das drei Meter mißt.«

»Was soll der Blödsinn?« erregte sich die Schwester. »Warum verarschst du mich?«

Lukastik überlegte, daß man im schlimmsten Fall eine solche nachvollziehbare Hundegeschichte konstruieren müßte. Nicht, weil es seiner eigenen Art oder überhaupt der Art der Polizei entsprach, Ermittlungsergebnisse zu fälschen. Aber manche Wahrheit war eben unverkäuflich. Denn auch wenn hinter jedem Mysterium ein logischer Sachverhalt stand, das Mysterium also gar nicht vorlag, sondern eben nur scheinbar, so hieß das umgekehrt nicht, daß man diesen Sachverhalt auch lückenlos nachvollziehen konnte. In manchen Konstellationen verfing sich der Blick des Betrachters. So mußte man ja auch etwa in der Physik zu Hilfskonstruktionen und mitunter auch zu unverschämt-grandiosen Schwindeleien greifen, um gewisse Bodenlosigkeiten zu überbrücken oder auch nur über die Verfangenheit des Blickes hinwegzutäuschen.

Hunde waren nun mal leichter zu begreifen als Haie. Zumindest solange es sich um einen *Wiener* Mordfall handelte.

Aber noch gab es keinen Grund, zu resignieren. Lukastik hatte ja eben erst begonnen, seinen Blick durch das Geflecht des vermeintlichen Mysteriums zu schlängeln. Er fühlte die Klarheit, die in diesem Blick lag. Wenigstens den Willen zur Klarheit. Und mit Sternbach verfügte er ja auch über eine vielversprechende Spur. Eine Spur, die hoffentlich in den Ursprung dieser Geschichte münden würde.

»Was für ein Unfug!« tönte die Schwester.

»Ich kann nichts dafür«, meinte Lukastik, löffelte seinen zweiten Teller aus und genoß die Widerborstigkeit des Faktischen. »Der Mann wurde Opfer eines Haifischbisses. Oder sagen wir, mehrerer Bisse.«

»Ach was. Und? Habt ihr den Hai schon gefaßt?«

»Noch nicht. Wir suchen nach dem Tier. So einen Hai kann man kaum die Toilette hinunterspülen.«

»Denk dir was Witzigeres aus«, empfahl die Schwester.

»Ihr benehmt euch wie Vierzehnjährige«, sagte die Mutter und füllte ihr Glas und das ihrer Tochter. Alkoholismus wäre das falsche Wort gewesen, aber es waren die Frauen in dieser Familie, die sich der Linderung hingaben, welche aus einer leichten Betrunkenheit resultierte. Der Vater bezog seine Linderung aus der Herstellung von Suppen. Der Chefinspektor hingegen lebte ohne Linderung, wenn man von ein paar unausgelöschten Zigaretten absah. Obgleich er ab und zu ein Glas Wein trank, so tat er dies, ohne darin einen Trost zu erkennen.

Lukastik erhob sich und sagte: »Ausgezeichnet, die Suppe.«

Sein Vater, der noch immer beim ersten Teller saß, unterbrach kurz sein Essen, ließ den Löffel in der Luft stehen, blickte auf und sah sich suchend um. Endlich nahm er einen Salzstreuer, auch ein wenig Pfeffer, und würzte seine Suppe nach. Es mochte ein reiner Zufall sein, daß diese Verbesserung der Brühe so unmittelbar auf das Lob des Sohnes gefolgt war. Sehr wahrscheinlich hatte der Vater gar nicht realisiert, wer da gerade seine Suppe gewürdigt hatte. Er schien oft abwesend. Dennoch verspürte Lukastik einen kleinen, stechenden Schmerz. Er wandte sich um und verließ den Raum. Immerhin war er noch nicht so tief gesunken, sich bei seiner Mutter und Schwester abzumelden, bevor er nochmals aus dem Haus ging.

Zunächst aber ging er in eines seiner beiden Zimmer. Auch ohne Baum vor dem Fenster war es hier recht dunkel. Das südfruchtige Licht der Abendsonne glühte auf dem gegenüberliegenden Dach. Lukastik schlüpfte aus seinem Hemd und nahm ein frisches aus dem Kasten, welches er über die Stuhllehne hängte. Halbnackt stand er in der Mitte des schmalen, karg eingerichteten Zimmers, blickte auf den Schrankspiegel und überlegte, wie viele Jahrzehnte seine Großmutter sich darin betrachtet und an keinem Ort so sehr wie in diesem Spiegel die Veränderungen ihres Körpers hatte registrieren müssen.

An sich selbst hatte Lukastik in den dreieinhalb Jahren, seit er hier lebte, kaum eine Veränderung bemerkt. Sein Körper schien in der Zeit festzustecken, konserviert im Zustand der Mitte, zwischen jung und alt, kräftig und schwach, dick und schlank, pelzig und unbehaart, fleckig und rein, hoffnungsvoll und hoffnungslos.

So, als hätte er genug gesehen, wandte er seinem Spiegelbild den Rücken zu und betrachtete die beiden Fotographien, die über einem kleinen, dünnbeinigen, gegen die Wand geschobenen Tisch hingen. Die zwei Porträts waren peinlich genau auf gleicher Höhe angebracht. Ihre äußeren Seiten bildeten eine Linie mit den Außenkanten des Tisches, in dessen Mitte ein aus seinem schwarzen, lederüberzogenen Behältnis herausgeklappter Wecker stand. Diese ganze Anordnung besaß den Charakter eines kleinen Altars, ein Eindruck, der sich durch die Kenntnis verstärkte, daß die Zeiger dieser Uhr stillstanden. In der Mitte des weißen Zifferblatts war eine kleine Figur aufgemalt, ein mit einem Mantel bekleideter Mann, der mit dem Rücken zum Betrachter stand und dessen Hinterkopf jenen zentralen Punkt bildete, von dem die vier Zeiger ihren Ausgang nahmen. Daß es sich tatsächlich um einen Mann handelte, stellte natürlich eine bloße Vermutung dar, die sich aus der Form des dunklen Mantels und der Statur der Figur ergab.

Auch die beiden auf Holzplatten aufkaschierten Fotographien bestätigten jene sakrale Wirkung. Es handelte sich um die Porträts zweier Männer, von denen der eine die äußerste Berühmtheit verkörperte, während der andere bloß einem kleinen Fachpublikum vertraut war. Für Lukastik waren es *seine* Götter, *seine* Helden des 20. Jahrhunderts: Ludwig Wittgenstein und Josef Matthias Hauer.

Nach Lukastiks Dafürhalten hatten Wittgenstein und Hauer die allergrößte Klarheit in die Welt gebracht, eine Klarheit, die dieser Welt ihre Würde zurückgegeben hatte. Wittgensteins Logik und Hauers Zwölftonspiele schufen atembare, vollkommen reine Luft. Links Wittgenstein, rechts Hauer, beide den Kopf zur Mitte hin gewandt, beide in verhältnismäßig jungen Jahren.

Hauers Klavierstücke aus zwölf Tönen und Wittgensteins *Tractatus logico-philosophicus* besaßen zwar nicht jene medikamentöse Wirkung, die nötig gewesen wäre, um die zuvor erwähnte tiefgreifende »Linderung« hervorzurufen, aber die Musik wie die Schrift waren für Lukastik Wegweiser, die ihm halfen, sich auf begehbaren Wegen zu halten. Denn die meisten Wege waren ja dazu angetan, auf ihnen wie auf Wasser zu marschieren. Und wer kann das schon? Weshalb die meisten Menschen sich diverser Tricks bedienen, von denen der populärste darin besteht, ein bißchen verrückt zu werden. Lukastik aber wollte nicht verrückt werden, auch nicht ein bißchen, sondern mit einem geraden Schritt auf einem geraden Weg sich fortbewegen. Nicht hüpfenderweise und nicht auf Händen gehend, nicht schwebend, nicht fliegend. Vom Anfang her, zum Ende hin, und keinesfalls von Stein zu Stein.

Damit ihm dies auch gelingen konnte und er nicht etwa auf eine Abzweigung geriet, gab er sich beinahe täglich einer Hauerschen Komposition hin. Zudem schlug er des öfteren eine x-beliebige Seite aus Wittgensteins heftchendickem Hauptwerk auf, welches er als sein Vademecum definierte. Von einer »Bibel« zu sprechen vermied er hingegen. Über Bibeln konnte man diskutieren. Nicht über den *Tractatus*. Er war wie ein Nagel in einem Scharnier.

Lukastik verstand sich als ein philosophischer Laie. Auch war es so, daß er vieles in diesem Buch nicht verstand. Da sich aber jeder Satz, den er von Beginn an oder im Laufe der Zeit begriffen hatte, nicht nur als wahrhaftig, als brillant und messerscharf, sondern eben auch als ausgezeichneter Wegweiser herausgestellt hatte, ging Lukastik davon aus, daß dies auch für alle jene Teile gelten mußte, die sich ihm nicht oder noch nicht erschlossen hatten. So wie ein Objekt ja nicht weniger wirklich ist, bloß weil es vom Betrachter aus gesehen hinter einer Ecke steht. Das Objekt ist also nicht unsichtbar, sondern *nicht* sichtbar. Und das ist doch wohl ein Unterschied.

Wenn man nun Richard Lukastiks unbegründbare Ordnungsprinzipien bedenkt – Zigaretten verglühen lassen, Früchte nur mit der linken Hand pflücken et cetera – und seine Hinwendung zu glasklarer Philosophie und einer nicht minder glasklaren zwölftönigen Musik in Betracht zieht, kommt man nicht umhin, sich ein dunkles Geheimnis zu wünschen, das diesen Mann umgibt.

Tatsächlich existierte ein solches. Und auch wenn dieses Geheimnis nichts mit den ritualisierten Verfahrensweisen, so wenig wie mit der Begeisterung für Hauer und Wittgenstein zu tun haben mochte, so muß dennoch darüber gesprochen werden: Lukastiks Liebe zu seiner Schwester.

Eine durchaus ausgelebte Liebe, wobei dieses Ausleben gut fünfundzwanzig Jahre zurücklag, Lukastik also zweiundzwanzig und seine Schwester vierundzwanzig gewesen waren, als sie während eines dreiviertel Jahres regelmäßig miteinander geschlafen hatten. Nicht ganz ohne Schuldgefühle, obzwar beide die Übereinstimmung ihrer Herkunft als biologische Banalität begriffen hatten, somit nicht wirklich dazu angetan, sich sexuell aus dem Weg zu gehen. Selbstbefriedigung etwa war ihnen weit abartiger vorgekommen, geradeso, als sei Münchhausens groteske Lüge vom Mann, der sich am Haarzopf aus dem Sumpf zieht, ins Erotische übersetzt worden.

Die Schuldgefühle hatten sich wohl aus der Heimlichkeit des Tuns ergeben. Und als Lukastiks Schwester einen Mann »fürs Leben« kennenlernte, also einen, mit dem man auch vor aller Welt hofhalten konnte, trennte sie sich von ihrem Bruder, heiratete und ging nach Norddeutschland, wie man in der Zukunft auf den Mond gehen wird. Leider erwies sich der Ehemann als untauglich. Die Schwester ließ sich bald scheiden, wurde Geschäftsfrau, Maklerin mit beträchtlichem Erfolg, kein Monster, keine Heilige, heiratete ein zweites Mal und verlor ihren Gatten bei einem Verkehrsunfall, ohne in diesem Unglück zu ertrinken, blieb kinderlos, ohne sich zu verkrampfen, und ging nach beinahe zwei Jahrzehnten nach Wien zurück, so wie man in der Zukunft – des Mondes müde – auf die Erde zurückkehren wird.

Sie war noch vor ihrem Bruder bei den Eltern eingezogen, und zwar mit einer Selbstverständlichkeit, die an das Schließen eines Kreises erinnerte. Das Maklergeschäft hatte sie aufgegeben und widmete sich einer privatistischen Auffüllung ihrer Stunden und Tage. Sie tat nichts Wesentliches oder gar Leidenschaftliches. Sie verwaltete nicht einmal ihr Vermögen. Das taten andere.

Daß auch ihr Bruder wieder in die Wohnung seiner Jugend gezogen war, hatte sie mit einem Achselzucken kommentiert. Jedenfalls schien das Schließen des Kreises für sie nicht zu bedeuten, das lang zurückliegende Verhältnis erneut aufzunehmen. Dieser Punkt schien erledigt, wie eigentlich die meisten Punkte in ihrem Leben. Genaugenommen wartete sie auf den Tod. Tat aber einiges dafür, daß diese Warterei sie nicht mürbe machte.

Das klingt alles gar nach *zackzack* und *ruckzuck*. Aber Lukastiks Schwester würde diese Beschreibung zu schätzen wissen. Sie hielt das Leben für eine Schnellbahn. Man stieg an einer Stelle ein, an einer anderen aus. Dazwischen war man unterwegs. Das war's auch schon

Für Richard Lukastik lagen die Dinge schwieriger. Natürlich hatte er sich nicht in der elterlichen Wohnung eingemietet, um seiner Schwester nachzusteigen. Auch nicht, um eine Schocktherapie oder etwas ähnliches zu versuchen. Es gab nichts zu besprechen oder zu klären. Und schon gar nicht sollten die unwissenden Eltern eingeweiht werden. Auch war diese Wohnung ja nicht der Ort gewesen, an dem das Geschwisterpaar sich vor langer Zeit in den Armen gelegen hatte. Somit war Lukastik auch nicht der »Täter«, der den Ort seines »Verbrechens« aufsucht. Und doch hatte der Umstand, daß seine Schwester nach zwanzig Jahren »Mond« wieder bei den Eltern lebte, Lukastik dazu animiert, ebenfalls einen Akt der Heimkehr zu vollziehen. Nicht zuletzt, da er sich einsam gefühlt, jedoch niemals den Hafen einer Ehe oder dauerhaften Partnerschaft angelaufen hatte. Beziehungweise ein solcher Hafen seit einiger Zeit auch gar nicht mehr in Sicht gewesen war. Die Familie hingegen, wie er sie nun von neuem erlebte – die im Vorurteil aufblühende Mutter, die im Norden gereifte Schwester, den ehemaligen Diplomaten als Suppenkoch –, war für ihn ein sicherer Ort. Auch ein Hafen, aber eben ein ziemlich freier. Er schätzte diese Abendessen ungemein. Selbst wenn die Stimmung bei Tisch getrübt oder sogar miserabel war. Selbst dieses Miserable besaß für ihn eine behagliche Note. Zwei Suppen lang war das genau das Richtige.

Allerdings hatte er nicht verhindern können, was auch gar nicht zu verhindern gewesen war, nämlich eine gewisse Gefühlsaufwallung in Richtung seiner Schwester zu entwickeln. Wobei er tunlichst vermied, dies irgendwie zum Ausdruck zu bringen. Was hätte er auch machen sollen? Ihr an die Hüfte fassen? Ihren Hintern berühren? Es beutelte ihn bei diesem Gedanken. Nicht des Hinterns wegen. Sondern hinsichtlich der eigenen Hände, die in seiner Vorstellung durch die Luft zitterten, von Geilheit gesteuert, um nach dem Rock zu greifen und die Glätte des Stoffes zu ertasten. Und sich sodann auch noch in diesen Stoff und diesen vom Stoff umspannten Hintern zu verkrallen.

Es gab natürlich auch noch andere Möglichkeiten, jemand seine Liebe zu zeigen. Aber keine davon kam in Frage. Es war das eigene fortgeschrittene Alter, das Lukastik abschreckte, geradeso, als sei Inzucht nur in Zeiten relativer Jugend eine akzeptable Sache.

Er vermied es, Gespräche mit seiner Schwester zu führen, die auch nur ungefähr dieses Thema berührten. Andererseits kam er nicht umhin, sich gerne in ihrer Nähe aufzuhalten, mit ihr zu plaudern oder auch bloß zu zanken. So gab es durchaus Momente, da die beiden nach dem Abendessen beieinandersaßen und über unverfängliche Dinge wie Kunst und Politik sprachen. Ja, es war unverfänglich zu nennen, wenn man über Nahost, Zinssenkung, UNO-Mandat oder irgendeine innenpolitische Sauerei debattierte. Im Vergleich mit Inzest war so ziemlich alles unverfänglich.

In Gegenwart von Vater und Mutter jedoch, quasi im Reich der Suppe, lag immer eine gewisse Gespanntheit zwischen den Geschwistern, eine Gespanntheit, die nichts von einem Schäkern an sich hatte. Aber eben auch diesen Zustand genoß Lukastik.

Es war eine kleine Verbeugung, die der Chefinspektor jetzt im Angesicht der beiden Fotoporträts vollzog. Kaum merkbar, mehr eine Bewegung des Kinns als sonstwas. Eine stille Geste für seine beiden Götter. Ein Gebet ohne Zweck und ohne Bitte.

Dann nahm er das frische, weiße Hemd vom Stuhl, öffnete die Knöpfe und schlüpfte hinein wie in einen kleinen, engen Raum, einen Kasten, in dem man sich versteckt.

6

Die Rollos in Dr. Pauls Studierstube waren nach oben gezogen. Der Blick durch die Scheiben fiel auf eine Parkanlage. Das Licht der Straßenlaternen bildete um den Rand herum ein beinahe kreisrundes Muster, so daß der Eindruck einer Torte entstand. Darüber erhob sich ein Himmel von kaltem, dunklem Blau. Auf drei vereinzelten Wolkenstreifen spiegelte sich eine bereits untergegangene Sonne. Wie jemand, der, längst abgesunken, nach Hilfe schreit, aber natürlich nur noch ein Blubbern zustande bringt.

Rechts und links neben der Leiche standen Dr. Paul und Erich Slatin und fachsimpelten. Lukastik stand ein wenig abseits, nahe am Fenster und blickte auf den Park hinunter. Er sah eine Frau, die einen Kinderwagen schob. Der Mann neben ihr bewegte sich wie ein Stein auf Rollen. Immer wieder verschwanden die beiden hinter den dunklen Flecken der Bäume und Sträucher. Kirchengeläute war zu hören, trotz geschlossener Fenster. In der Ferne leuchtete ein Hochhaus.

Lukastik griff in seine Anzugtasche und zog das kleine Büchlein heraus, das er ausnahmslos bei sich trug: Wittgensteins *Tractatus*. Man konnte nie wissen, was geschah. Andere Leute besaßen eine Latte von Kreditkarten, überquerten ohne Handy keine Straße oder gingen nie ohne ein Fläschchen mit Wiener Leitungswasser, einem Beutel Instantkaffee und einem Stadtplan aus dem Haus. Viele Menschen ließen sich von einem Hund begleiten oder trugen einen Glücksbringer am Herzen. Lukastik hingegen vertraute auf dieses kaum mehr als hundert Seiten starke Buch, jene Taschenbuchausgabe von Suhrkamp, die so überaus handlich in Innen- und Außen-, Sakko- und Hosentaschen paßte und sich wegen des brennend roten Umschlags auch bestens eignete, die eigene Farblosigkeit zu mindern.

Freilich zählte für Lukastik in erster Linie der praktische Nutzen, der darin bestand, mittels der philosophischen Abhandlung immer wieder auf den »geraden Weg« zurückzufinden. Weshalb er nun recht zielsicher die vorletzte Seite aufschlug und sich jenen Punkt 6.5 zu Gemüte führte, den er natürlich wie das meiste – gleich einem geliebten Gedicht – auswendig kannte. Doch zog er es vor, das Geschriebene vor Augen zu haben: den in Zeichen verfestigten und mumifizierten Gedanken.

(»Punkt« war ein persönlicher Terminus Lukastiks, da er Wittgensteins Sätze gewissermaßen als das Ende einer Überlegung empfand, eben als einen Punkt.)

Dieser Punkt 6.5 kulminiert in der Feststellung: *Das Rätsel gibt es nicht*. Wobei Wittgenstein vorausschickt, daß zu einer Antwort, die man nicht aussprechen kann, man auch die Frage nicht aussprechen kann. Was natürlich zur Folge hat, so wiederum die nachgestellte Aussage, daß, wenn sich eine Frage überhaupt stellen läßt, sie auch beantwortet werden *kann*.

»Das Rätsel gibt es nicht«, murmelte Lukastik mehrmals. Diese Murmelei war weniger ein Gebet als ein wohltuendes Urteil im Angesicht dieses von einem Hai geschändeten Menschenkörpers.

Lukastik schloß das Buch, schob es zurück in die Tasche und sah hinunter auf den Park, in dem es wie auf einen Befehl hin dunkel geworden war. Der rollende Stein war verschwunden, die Frau mit dem Kinderwagen allein. Lukastik wandte sich ab, trat auf die beiden Männer und den Leichnam zu und präsentierte ein fragendes Gesicht.

Slatin hob seine geöffneten Handflächen an, als wiege er darin zwei Zwergkaninchen und sagte: »Eindeutig! Wie ich schon sagte, ein Swan River Whaler. Eine Manipulation halte ich für ausgeschlossen. Wie auch immer es dazu gekommen ist. Was halten Sie eigentlich von der Idee, daß dieser Tote hier das Opfer eines Experiments wurde? Oder im Zuge eines solchen Experiments ungewollt zu Schaden kam? Einer Schlamperei wegen, wie sie ja auch bei Experimenten vorkommen soll.«

»Was für ein Experiment?«

»Ich weiß nicht. Vielleicht werden Haie dieser Art in Wien gehalten, ohne daß die Öffentlichkeit davon weiß. Vielleicht besteht eine geheime Forschung. Der Swan River Whaler, sein Verhalten und sein Körper sind kaum untersucht. Vielleicht meinen ja ein paar Leute, einem Fisch mit einem derart hohen Testosterongehalt auf den Zahn fühlen zu müssen.«

»In Wien?« schüttelte sich Lukastik.

»Mein Gott, warum denn nicht? So ist die Welt nun mal. Alle möglichen Dinge werden an den unmöglichsten Orten erforscht, produziert, konsumiert.«

»Ich denke, es würde auffallen, einen solchen Hai ins Land zu bringen.«

»Nicht im Falle eines Jungtiers«, gab Slatin zu bedenken. »Jungtiere könnte man genausogut als irgendeine Art von Aquariumsfisch deklarieren. Oder als exotischen Speisefisch. Neugeborene Haie bedürfen keiner Brutpflege. Es wäre also durchaus möglich, gleich mehrere Haijungen ohne Brimborium durch den Zoll zu bringen. Ich denke nicht, daß die Ichthyologie eine Domäne der österreichischen Grenzbehörden darstellt. Artenschutz hin oder her. Warum auch sollte überhaupt ein Verdacht entstehen? Haifischschmuggel? Darauf müßte man erst einmal kommen.«

»Und was ist mit der Leiche?« fragte der Chefinspektor und warf einen Blick auf den verunstalteten Leib.

»Ich sagte ja. Vielleicht gab es einen Unfall. Vielleicht hat jemand seine Hand ins falsche Becken gehalten. Vor kurzem ist ein bekannter Haibiologie auf den Bahamas von einem Carcharhinus leucas angegriffen und schwer verletzt worden. Er wollte beweisen, daß Haie nie bei klarem Wasser einen Menschen attackieren. Leider gab es eine Panne beim Füttern, Sand wurde aufgewirbelt und das Wasser trüb, der Fisch biß zu und erwischte dabei unseren mutigen Herrn Experten.«

»Wieder jemand«, sagte Lukastik, »der so dumm war, ins Wasser zu steigen.«

»Genau«, bestätigte Slatin. »Eine unsinnige Forschung. In Wirklichkeit ein Abenteuerspiel für Erwachsene. Die Frage, ob Haie bei klarem Wasser Menschen *nicht* angreifen, ist völlig unbedeutend, weil der Mensch im Bewußtsein von Haien keine Rolle spielt.«

»Umgekehrt scheint es anders«, sagte Lukastik und erinnerte Slatin daran, daß der Tote nicht auf den Bahamas, sondern im Pool eines Hochhauses gefunden worden war.

»Ein Ablenkungsversuch, denke ich«, zuckte Slatin mit den Schultern. »Das ist ja auch nicht neu, daß Leichen an Plätzen abgelegt werden, die mit dem eigentlichen Unglück nichts zu tun haben. Wer läßt schon seinen ermordeten Ehegatten mitten im Wohnzimmer liegen?«

»Wenige«, stimmte Lukastik zu. Dann fragte er: »Wie steht es eigentlich um das Gehör von Haien?«

Slatin sah den Chefinspektor überrascht an. »Wollen Sie wissen, ob Haifischen Ohren wachsen?«

»Es müßten sehr kleine Ohren sein.«

»Nun, das Gehör ist gar nicht so übel«, sagte Slatin. »Haie verfügen über ein inwendiges Hörorgan aus Sinneshaaren. Macula neglecta. In Kombination mit anderen Sinnen, vor allem einem Sinn fürs Elektrische, ergibt das ein vernünftiges System der Ortung. Also schwerhörig sind Haie so wenig, wie sie blind sind. Warum fragen Sie?«

Lukastik sah hinüber zu Dr. Paul. Dann sagte er: »Der Tote scheint an einer Hörschwäche gelitten zu haben.«

»Und?« fragte Slatin.

»Nichts und. Ich versuche nur, mir einen Überblick zu verschaffen. Und einen möglichen Bezug herzustellen. Ich glaube nicht, daß der Mann beim bloßen Füttern ums Leben kam.«

»Manche Leute«, äußerte Slatin, »ersaufen in einer Pfütze.«

»Die ersaufen, weil sie besoffen sind, und nicht wegen der Sonderbarkeit einer zentimeterhohen Lache«, sagte Lukastik. Und an den Arzt gerichtet: »Noch etwas gefunden, Dr. Paul?«

»Betrunken war der Mann nicht, wenn es das ist, was Sie wissen wollen. Ich habe mir sein Blut angesehen. Unauffällig. Ein wenig zuviel Eisen und Kreatinin. Das ist es auch schon. So gesehen war der Mann gesund. Aber das sieht man ihm ja auch an. Einfach schade um einen solchen Körper.«

»Hat sich die Staatsanwaltschaft schon gemeldet?« fragte Lukastik.

»Morgen früh kann ich mit der Sektion beginnen«, erklärte der Arzt. »Aber ich glaube nicht, daß wir eine Überraschung erleben werden. Der Mann ist ertrunken und verblutet, das eine vor dem anderen. Oder quasi im Einklang. Aber natürlich muß man ganz sicher gehen. Ich werde mir als erstes seinen Schädel ansehen. In so ein Hirn schaut man hinein wie in ein Tagebuch, das eine Weile im Wasser gelegen hat. Verschwommene Schrift.«

»Ja«, sagte Lukastik, »blättern Sie im Tagebuch.« Dann wandte er sich an Slatin, dem er dankte und ihm anbot, ihn zurück in seine Wohnung zu bringen.

»Nicht nötig«, meinte Slatin, er wolle sich noch ein wenig mit Dr. Paul unterhalten. Im übrigen stehe er weiterhin gerne zur Verfügung. Der Fall sei natürlich hochinteressant. Er sei äußerst gespannt, wer hinter alldem stecke und welche Bedeutung der Swan River Whaler spiele. Von dessen Rolle als »Mörder« einmal abgesehen.

Lukastik zog seinen linken Mundwinkel in die Höhe, wodurch sein ganzes Gesicht eine Falte bildete. Er hielt wenig von Verschwörungstheorien, von unterirdischen Labors und geheimen Experimentierstätten. Andererseits mußte innovative Forschung auch hin und wieder abseits des Erlaubten betrieben werden. Und daß es dabei zu Unfällen kommen konnte, die vertuscht werden mußten, war ebenso einleuchtend. Doch unter Vertuschung stellte er sich etwas anderes vor als eine derart satirisch angehauchte Plazierung der Leiche. Und wenn nun tatsächlich die Erforschung einer bestimmten Haigattung eine Rolle spielte, so mußte es erstaunen, daß rein gar nichts unternommen worden war, um Hinweise auf diesen Fisch zu unterbinden. Man hätte die Leiche verbrennen, zerstückeln oder anderswie entstellen können, um von der eigentlichen Todesursache abzulenken. Statt dessen hatte man sich nicht einmal die Mühe gemacht, einen halben Haifischzahn aus dem Fleisch zu ziehen. Mag sein, daß in Eile gehandelt worden war. Aber dann stellte sich wiederum die Frage, weshalb man die tote Person komplizierterweise auf ein Hochhausdach geschleppt hatte.

Lukastik erinnerte sich seines ersten Gedankens, daß die Leiche quasi aus dem Himmel in den Pool gefallen war, aus geringer Höhe freilich, warum ja auch diesbezügliche Verletzungen am Körper des Toten fehlten.

»Das Rätsel gibt es nicht«, wiederholte Lukastik mit klarer Stimme, damit wenigstens irgend etwas klar war, die Stimme und die Aussage.

Paul und Slatin, immerhin beide Naturwissenschaftler, zeigten Gesten der Zustimmung. Freilich konnte Lukastik, als er den Raum verließ, hinter sich die entfernte Stimme Slatins vernehmen, als dieser meinte: »Es mag zwar keine Rätsel geben, aber es gibt die Nacht, in der wir nichts sehen. Und es gibt blinde Kühe.«

Was mit den Kühen gemeint war, darüber war sich Lukastik nicht ganz sicher. Aber die Sache mit der Nacht war schon richtig. Weshalb man auch, um beim Bild zu bleiben, entweder eine Taschenlampe zum Einsatz bringen oder die Nacht abwarten mußte. Es war also stets die Ungeduld, die den Eindruck eines Rätsels hervorrief.

7 Daß Lukastik nun, da es später Abend geworden war, jenes bestimmte, nicht ganz unberühmte Wirtshaus betrat, welches das Erdgeschoß eines Eckhauses ausfüllte, war zwar nicht Teil seiner eisernen Regeln, stellte aber durchaus eine Gewohnheit dar. Was einerseits damit zusammenhing, daß nach zwei Tellern Suppe sich ein nachträglicher Hunger einstellte, während Lukastik andererseits den Tag in Gesellschaft ausklingen lassen wollte. Ohne daß ihn diese Gesellschaft zu größeren verbalen Taten verpflichtet hätte.

Spätestens um Mitternacht pflegte er dann zu Bett zu gehen. Wobei die Anweisung galt, ihn um diese Zeit nur im äußersten Notfall zu stören. Die wenigsten Dinge besaßen jene Dringlichkeit, mit der vor allem filmische Kriminalisten zu später Stunde aus ihren Betten geholt wurden, um an Tatorten herumzujammern. Lukastik hingegen vertrat die vernünftige Ansicht, daß die gehobene Position, die er bekleidete, ihn mindestens dazu privilegierte, sechs, sieben Stunden durchschlafen zu können. Zudem wurde kein Toter in dieser kurzen Zeit toter. Und um eine Fahndung rasch einzuleiten, war sicher kein Chefinspektor vonnöten. Ganz abgesehen davon, daß auch flüchtende Täter eines Schlafes bedurften und alles, was sie im Zuge ihrer Flucht planten und unternahmen, sich dadurch relativierte, daß sie ihrem Schlafbedürfnis unweigerlich und im wahrsten Sinne erliegen würden. Vorsprünge neigten tendenziell zur Schmelzung. Tatsächlich geschah es häufiger als angenommen, daß flüchtende Kriminelle in Phasen, da sie schliefen, gestellt und überwältigt werden konnten. Die Polizei besaß nun mal den Vorteil, in Schichten arbeiten zu können. Ein Vorteil, auf den Richard Lukastik nur äußerst ungern verzichtete.

Und nicht weniger ungern entsagte er einem zweiten Abendessen im *Weinhaus Sittl*. Seit gut fünfzehn Jahren besuchte er dieses Lokal, das den Charme eines älteren Herrn besaß, der faltig und grau, ohne Krawatte, aber mit Hut auf dem blanken Haupt, über eine aufrechte Haltung verfügte, sowie einen mäßig raschen, aber ausdauernden Gang. Eines Herrn, der noch immer seine eigenen Zähne im Mund mitführte, zumindest einige davon.

So angegriffen solche Zähne auch sein mögen, sie stellen einen Triumph des Lebens dar. Während noch die schönste Zahnprothese eine peinliche Leugnung des Todes bedeutet. Es mutet unsinnig an, Dinge zu leugnen, die nicht zu leugnen sind. Weshalb ja ältere und alte Menschen, die eine Straffung ihrer Gesichtshaut vornehmen lassen, nicht nur bloß einen albernen Eindruck hervorrufen, sondern auch einen geisteskranken.

Das *Weinhaus Sittl* hingegen wirkte weder albern noch geisteskrank, sondern bewegte sich zwischen Schäbigkeit und Originalität. Alles hier zeichnete sich durch einen schmucklosen Gehalt aus, war allein der Funktion verpflichtet, allerdings ohne im geringsten die penetrante Durchdachtheit zu besitzen, die man gelungenem Design nachsagt. Nichts schien hier konstruiert, alles »geboren«, so als ob eben mitunter auch ein Wein- oder Wirtshaus aus der Natur heraus entstehen konnte.

Die Stühle und Tische weckten absolut keine andere Assoziation, als von Menschen genutzt zu werden. So wie die Lampen ausschließlich der Beleuchtung zu dienen schienen, der Erhellung des Raumes und der Handlungen. Selbst die Speisen schmeckten einzig und allein nach sich selbst, ein Rindsgulasch nach Rind und nicht etwa nach zerdrückten Mandarinen oder wonach auch immer ein Gulasch schmecken konnte, wenn man nur umständlich genug an ihm herumbastelte.

Aus dieser »Natürlichkeit« sowie dem elementaren Prozeß der Alterung hatte sich nun der Charme des *Sittls* ergeben – ein Fabelwesen ohne Fabel, eine Monstranz ohne Kranz, ein Triumph ohne Geschrei. Man konnte dieses Lokal auch als ein Schiff ansehen, das nicht nur ohne pompöse Aufbauten und luxuriöse Kabinen auskam, sondern eigentlich auch ohne Wasser, aber durchaus über einen Anker verfügte, der fest im Boden steckte.

Die beiden jungen und erstaunlich hübschen Frauen, die gerade bedienten, standen nur auf den ersten Blick im Widerspruch zum einfachen Ambiente. Denn auch sie verhielten sich völlig unprätentiös, waren weder sonderlich freundlich noch sonderlich unfreundlich, schienen allen Ernstes nichts anderes im Sinn zu haben, als eine Bestellung aufzunehmen, das Essen und Trinken zu servieren und den Handel finanztechnisch abzuschließen.

Zumindest galt dies für jene Gäste, die entweder nur selten dieses Lokal aufsuchten oder wie im Falle Lukastiks trotz aller Regelmäßigkeit nie in den Zustand der Vertrautheit mit Personal und Besitzer gekommen waren. Das war Lukastik auch recht so. Er trat hier nicht als Kriminalpolizist oder Beinahe-Musikwissenschaftler auf, auch nicht als jemand, der Verbindungen besaß, etwa zur Gewerbepolizei, und eventuell das Zudrücken eines Auges bewirken konnte. Nein, Richard Lukastik fungierte an diesem Ort ausschließlich als ein häufiger Gast, der ein spätes Essen bestellte, dazu Mineralwasser, ein Glas Rotwein, hernach einen Kaffee. Hin und wieder blätterte er daneben in einer Tageszeitung, meistens jedoch saß er einfach da und sah, wenn er nicht aß oder trank, in die Luft, hing seinen Gedanken nach oder war auch völlig gedankenlos. Seltener kam es vor, daß er andere Gäste beobachtete. Und zwar gesetzt den Fall, daß es sich nicht gehörte, wegzusehen.

Wenn etwa eine Frau das Lokal betrat, deren Lackstiefel beinahe bis zur Hüfte reichten, so daß eigentlich für die restliche Kleidung, überhaupt für die ganze Person wenig Platz blieb, dann entsprach es den guten Sitten, diese Stiefel einen Augenblick lang zu bemerken und zu betrachten. Und somit etwas zu registrieren, was aus keinem anderen Grund als dem des Gesehenwerdens existierte. Deshalb brauchte man weder in ein Gaffen noch in einen lüsternen Blick zu verfallen oder zu meinen, sich irgend etwas herausnehmen zu dürfen. Aber Hinsehen gehörte sich. Vielleicht sogar ein Hinsehen, in dem ein Zeichen der Anerkennung eingebettet war.

Vom Eingang weg, ging Lukastik stets in den rechten, längeren der beiden Raumabschnitte. Einen bestimmten Platz beanspruchte er nicht. Denn dazu wäre ja ein stammgastartiges Verhältnis nötig gewesen, welches er scheute. Er setzte sich an einen der Tische, die an der Fensterseite aufgestellt waren, stützte seine rechte Hand gegen die Kante und legte den linken Unterarm auf seinem Schenkel ab, so daß sich eine schiefe Haltung und ein deutlicheres Herausquellen seines Bauches ergab. Aber das war nun mal nicht der Ort, an dem sich einem das Verbergen »gebildeter« Körperteile aufdrängte. Schon gar nicht in Momenten bedeutenden Hungers. Und einen solchen verspürte Lukastik, bestellte ein großes Gulasch und eine Portion Sauerkraut.

Er war, wie des öfteren, der letzte essende Gast, als er begann, die Würfel fasrigen Fleisches zu zerteilen, und zwar mit einer Fürsorge, die ein wenig an die konzentrierte Art seines Vaters erinnerte. Zu einem jeden Stück Fleisch, das er mit den Spitzen der Gabel locker aufspießte, schob er auf den freien Teil des Bestecks etwas von dem gekochten, glasigen Kraut. Er aß mit Genuß und Ruhe. Eine Ruhe, die jedoch in dem Moment unterbrochen wurde, als eine Frau in das Lokal trat, die zwar keine Lackstiefel trug, jedoch einen Kinderwagen vor sich herschob, welcher in gewisser Weise das Prinzip der Lackstiefel erfüllte, indem er neben einem verchromten Fahrgestell über ebensolche Speichenräder verfügte. Er schien höher als die üblichen Modelle, ohne deshalb voluminös zu wirken. Geräumig, aber bei aller Geräumigkeit schmal und schnittig. Auch besaß die Wanne, in der das Kind vor Lukastiks Augen verborgen blieb, eine Stoffverkleidung, die einen lackartigen Glanz besaß und des kräftigen Oranges wegen eine Stiefel-Assoziation nicht völlig ungehörig erscheinen ließ. Ein Dach von ebensolchem Material und ebensolcher Farbe war hochgestellt. Von der Kante dieses Dachs baumelte irgendein Stofftier, das mit seinem dunkelgrünen, matten Pelz einen geradezu unterkühlten Eindruck machte. So wie auch die Frau, die den Wagen bloß mit ihren Fingerkuppen anschob, nicht sonderlich auffällig gekleidet war. Allerdings wäre es übertrieben gewesen, sie als Fremdkörper neben diesem Vehikel zu bezeichnen. Sie mochte Mitte zwanzig sein, hatte langes, dunkles Haar und führte ein helles Augenpaar in ihrem modischen, schildartig harten Gesicht. Hätte man sich ihren mittelgroßen, schlanken, aber nicht hüftlosen Körper in einem Kleid von derselben Farbe des Kinderwagens vorstellen müssen, so hätte dies ein taugliches Bild ergeben. Übrigens handelte es sich um ein Orange, das etwas von einem zerstampften Rot besaß. Tatsächlich jedoch trug die Frau einen am Rumpf engen, an den Armen und Beinen zusehends zu Glocken sich ausbreitenden Anzug von beinahe schwarzem Dunkelblau, auf dem sich feine, gelbe

Nähte abzeichneten. Der über die Mitte der Brust bis zum Nabel führende Reißverschluß stand ein wenig offen und ließ den dreieckigen Ausschnitt eines weißen Unterhemds erkennen, welchen Lukastik zunächst für die Perlenreihe einer Halskette gehalten hatte.

Ein Irrtum, der sich rasch aufklärte, da die Frau ebenfalls jenen Teil des Lokals betrat, in dem Lukastik sein Nachtmahl zu sich nahm. Eine Weile stand sie keine zwei Meter von ihm entfernt in der Mitte des Raums, schien unschlüssig, obgleich um diese Zeit, eine dreiviertel Stunde vor dem Schließen, mehrere Tische frei waren. Endlich ließ sie sich auf jener Sitzbank nieder, welche auf der gegenüberliegenden Seite die Wand entlangführte. Den Kinderwagen plazierte sie an der Stelle eines weggeschobenen Stuhls.

Lukastik mußte nun seinen Kopf zur Seite drehen, um die Frau beobachten zu können. Er tat dies nur kurz und widmete sich gleich wieder seinem Gulasch. Doch fehlte ihm mit einem Mal die Muße, sein Essen in der gewohnten Weise fortzusetzen. Etwas störte ihn. Etwas störte ihn ganz gewaltig. Zunächst einmal der Gedanke, daß es sich bei dieser Frau um dieselbe handelte, welche er im Park unterhalb von Dr. Pauls Studierstube gesehen hatte. Allerdings fand er selbst, daß es sich bei dieser Annahme um eine an den Haaren herbeigezogene handelte. Die Frau im Park war an die hundert Meter entfernt gewesen. Auch hatte er sich gar nicht bemüht gehabt, Details auszumachen. Warum hätte er das auch tun sollen? So war ihm also von Dr. Pauls Fenster aus nicht etwa das Orange eines Kinderwagens ins Auge gestochen, so wie dies jetzt der Fall war. Auch lag zwischen den beiden Orten, zwischen Studierstube und Sittl, eine Distanz, die sich kaum für einen Spaziergang eignete. Es gab somit kein vernünftiges Argument für die Mutmaßung, daß diese Frau hier, die sich jetzt eine Zigarette anzündete, mit jener aus dem Park identisch sein sollte.

Vernünftig hingegen mutet der Ärger an, den Lukastik darüber empfand, daß diese Frau und Mutter rauchte. Das gehörte sich ganz einfach nicht. Sie tat dies auch in keiner Weise verschämt, trug also nicht einmal ein schlechtes Gewissen zur Schau, sondern inhalierte mit Genuß. Zwar ging sie nicht so weit, den Rauch in Richtung des Kinderwagens zu blasen, verhielt sich jedoch unbesorgt und gelassen. Andererseits entsprach sie nicht unbedingt dem Typ einer verkommenen Mutter. Ihr gepflegtes Äußeres, erst recht das gepflegte Äußere dieses Kinderwagens wirkten vorbildhaft. Weit weniger vorbildhaft waren Ort und Zeit. Eineinhalb Stunden vor Mitternacht herrschten im Sittl beileibe nicht die Luftverhältnisse, die einem Säugling entgegenkamen. Das dachte zumindest Lukastik, der sich mit Nikotin auskannte, allerdings von Kleinkindern wenig Ahnung hatte. Diese dickwangigen Wesen in ihren Wagen und Wiegen, die an Brüsten oder Gummisaugern hingen wie an einer kosmischen Nabelschnur, waren ihm unheimlich. Die viele Zeit, die sie verschliefen, erschien ihm als ein Zeichen ihres Fremdseins in dieser Welt. Eines grundsätzlichen Fremdseins, einer stillen Verachtung der Wirklichkeit.

Aber es war wohl nicht das Rauchen allein, woran sich Lukastik rieb. Auch nicht die Tasse Kaffee, welche die Frau – die ja möglicherweise noch stillte – sich servieren ließ. Da war noch etwas anderes. Es schien eine Parallele zwischen der Frau hier und jener im Park zu bestehen. Eine Parallele, die sich Lukastik mehr aufdrängte, als daß er sie feststellte. Und die über das Faktum spazierender Mütter und geschobener Kinderwägen hinausging. So weit hinausging, daß sich Lukastik außerstande sah, diese Entsprechung zu benennen. Ein bloßes Gefühl. Ungreifbar. Um so lästiger.

Aus seiner Ruhe gebracht, beendete der Chefinspektor vorzeitig seine Mahlzeit. Was ihm unangenehm war. Es entsprach nicht seiner Art, etwas stehenzulassen. Schon, weil es ihm mißfiel, sich erklären zu müssen. Und sei es nur mittels einer Geste, die besagte, daß es nicht am Essen gelegen hatte.

Während jetzt sein Teller abserviert wurde, wich er einem möglichen fragenden Blick der Kellnerin aus, welche freilich völlig desinteressiert war an den Gründen, die Lukastik abgehalten hatten, sein Gulasch aufzuessen. Sie tat allein, was sie tun sollte, und stellte ein paar Minuten später die obligate Tasse Mokka vor Lukastik auf den Tisch. Lukastik dankte, nahm einen Schluck und zog schließlich Wittgensteins *Tractatus* aus der Außentasche seines Jacketts. Noch einmal sah er hinüber zu der Frau mit dem Kinderwagen, während er abermals die beiden letzten Seiten der Abhandlung aufschlug. Die Frau hatte ausgeraucht. Sie wippte jetzt den Wagen. Als sie aufsah, bemerkte sie Lukastik. Sie verschob ein wenig ihre Lippen, was wohl bedeuten sollte, er sei ein armer Trottel, wenn er einen solchen verschlingenden Blick nötig habe. Sofort senkte Lukastik selbigen Blick – verschlingend oder nicht – und vergegenwärtigte sich jene Wittgensteinsche Maxime, die da heißt: Es gibt allerdings Unaussprechliches. Dies *zeigt* sich, es ist das Mystische.

»Wie überaus passend«, dachte Lukastik, der wie die meisten Laien den aphoristischen und apodiktischen Charakter der ersten und letzten Seiten dieses Buches besonders hoch schätzte, während er das Formelwerk dazwischen eher als Denksportaufgabe für Intelligenzbestien empfand.

Indessen Lukastik also hinter jenem von einem Haifisch getöteten Mann ein vollkommen rätselloses Verbrechen vermutete, ordnete er jenes seltsam unbegründete Gefühl, es könnte eine Verbindung zwischen den beiden Kinderwagen schiebenden Frauen bestehen, in den Bereich des Unaussprechlichen und damit Mystischen. Und wenn nun bedacht wird, daß Wittgensteins weltberühmter und geradezu ins kollektive Bewußtsein eingegangener Schlußsatz lautet »Wovon man nicht sprechen kann, darüber muß man schweigen«, so mußte dies natürlich auch bedeuten, daß man über solche unaussprechlichen Dinge ebensowenig nachdenken konnte und sich erst recht nicht seinen Kopf zu zerbrechen brauchte.

Weshalb Lukastik endlich seine Irritation bewältigte, indem er sich vor sich selbst für unzuständig erklärte, einer Sache auf den Grund zu gehen, die gar keinen Grund besaß. Zumindest keinen Grund im Faktischen. Zumindest höchstwahrscheinlich.

Sehr wohl zuständig war er allerdings für das penetrante Geläute in der Innentasche seines Jacketts. Rasch griff er nach dem Handy und betrachtete das Display, das wie ein winziger, beleuchteter Pool schimmerte. Oder wie ein Aquarium. Jedenfalls schwamm auf dem Grund dieses kleinen Beckens die Nummer des Anrufers, Jordans Nummer.

Lukastiks schnelle Reaktion resultierte aus einer gewissen Scham angesichts des Lärms, den er – beziehungsweise sein Instrument – verursachte. Vor allem die Möglichkeit, das Baby dieser fürchterlichen Frau mittels des Geklingels aufzuwecken, schreckte ihn. Auch wenn ein Baby hier eigentlich nichts verloren hatte.

Freilich bezog sich seine Scham allein auf das Geräusch. Prinzipiell hielt Lukastik diese federleichten, handlichen und eleganten Kommunikationsmittel für einen Segen. Um wieviel auffälliger und peinlicher war es doch noch gewesen, als die Kellner oder Wirte in den Cafés und Wirtshäusern seinen Namen ausgerufen hatten, nicht selten unter Verwendung des Dienstranges, so daß er am Weg zum Telephon den Blicken der Gäste ausgeliefert gewesen war, Gäste, welche nicht selten eine unüberhörbare Bemerkung darüber hatten fallenlassen, wie wenig dieser Mann ihrer Vorstellung von einem Kriminalinspektor entsprach oder aber wie völlig er in das Klischee eines solchen hineinpasse. Allein das Gekicher Zigaretten rauchender Jugendlicher hatte Lukastik jedesmal in Rage gebracht, so daß ihm oft danach gewesen war, diese pubertierenden Banden vom Fleck weg zu verhaften.

Diese Zeiten waren vorbei. Gut so. Zwar mußte man auch jetzt, läutete das Handy, sich mit der Teilnahme seiner Mitmenschen an diesem Ereignis abfinden. Aber um wieviel allgemeiner war ihr Mustern und um wieviel schneller klang es ab.

Daß ein solches Geläute geeignet war, ein Kleinkind aus dem Schlaf zu reißen, war einer der wirklichen Nachteile. Ein weiterer resultierte gewissermaßen aus einem Vorteil. Weil man nämlich an Hand des Displays wissen konnte, wer sich da gerade um eine Kontaktnahme bemühte, bestand die Möglichkeit einer gezielten Verweigerung. Sich einem bestimmten Anrufer gegenüber taub zu stellen, war eine gute und richtige Sache, wenngleich ein ungebremst vor sich hinklingelndes Telephon natürlich weitere Aufmerksamkeit provozierte. Das eigentliche Problem aber lag in dem Umstand, daß das Display zwar die Identität des Anrufers verriet, beileibe aber nicht dessen Anliegen prognostizierte. Und noch eines war zu bedenken:

Auch ein ungeliebter Anrufer hatte möglicherweise etwas Wesentliches, etwas Entscheidendes oder auch nur Interessantes mitzuteilen. Während selbst der netteste Mensch mitunter allein aus dem Grund anrief, sich die Zeit zu vertreiben, indem er den Angerufenen um die seine beraubte.

Im Grunde verspürte Lukastik wenig Lust, sich mit Jordan zu unterhalten. Eigentlich hatte er gehofft, sein Assistent würde erst am nächsten Morgen Bericht erstatten. Weshalb er jetzt überlegte, das Gerät, das wie das stark verkleinerte Modell eines Surfbretts in seiner Hand lag, einfach abzuschalten, also auch gar nicht erst abzuwarten, bis der Anrufer in die Sphäre der Mailbox übergeleitet worden war. Es wäre nicht einmal nötig gewesen, dieses Abschalten und die damit einhergehende offenkundige Mißachtung nachträglich zu rechtfertigen. Er, Lukastik, war der Chef. Er brauchte nichts zu begründen, brauchte sich keine Ausreden einfallen zu lassen. Nicht gegenüber einem Untergebenen, schon gar nicht gegenüber Jordan. Andererseits hatte er ja selbst Anweisung gegeben, sobald die Situation überblickt werden könne, informiert zu werden. Zudem stand fest, daß Jordan mit Sicherheit nicht anrief, um sich die Zeit zu vertreiben.

Unwillkürlich sah Lukastik zur Seite, und erneut traf sich sein Blick mit dem der Frau. Ihr Ausdruck mutete so gelassen wie finster an.

»Rauch lieber nicht so viel, du dumme Kuh«, murmelte er vor sich hin. Es gab Momente, da er sich vergaß. Immerhin ging er nicht so weit, laut zu werden. Aber eines war klar: Er haßte diese Frau. Verachtung oder gar Unbehagen wären viel zu schwache Worte gewesen. Er haßte ihr Art, wie sie dasaß, ein wenig lasziv, ungemein selbstbewußt, unmütterlich, unmütterlich schlank trotz einer Schwangerschaft, die kaum mehr als ein paar Wochen oder Monate zurückliegen konnte. Er haßte ihre Raucherei ja nicht nur, weil sich das in Gegenwart eines Kleinkindes nicht gehörte, sondern wegen der Haltung, der Positur, die sie dabei einnahm. Sie hielt die Zigarette, als würde sie mit Genuß ein altes Erbstück verbrennen. Wenn sie den Rauch ausstieß, schien die Luft, und eigentlich nicht nur die Luft, sondern der ganze Raum zu erzittern. Es war ihre

Art, sich den Dingen aufzudrängen, eben alles und jeden in Schwingungen zu versetzen.

Jemand zu verabscheuen, den man gar nicht kannte, hielt Lukastik für normal. Um einen Haß zu verspüren, reichte ein bestimmtes Aussehen völlig aus, eine bestimmte Gestik oder Mimik, die Weise, wie jemand seine Kaffeetasse hielt, sich breitbeinig vor einem Pissoir aufstellte, eine Waffe auf eine Zielscheibe richtete oder höflich darum bat, in einer Schlange vorgelassen zu werden, und zwar ohne ersichtlichen Grund. Menschen, die immer und überall den Vortritt in Schlangen erbaten, gehörten für Lukastik zum übelsten, was die Menschheit im zivilen, nichtkriminellen Bereich hervorgebracht hatte.

Antipathie wog schwer. Objektivität etwa im Umgang mit Delinquenten hielt Lukastik für eine Illusion. Leute, die nach ihrer Kaffeetasse wie nach einer matschigen Pflaume griffen, behandelte er nun mal schlechter als andere. Deshalb hörte er aber noch lange nicht auf, die Indizien im Auge zu behalten. Niemand konnte sich retten, niemand konnte hoffen, von Lukastik geschont zu werden, bloß weil er die Tasse so hielt, wie auch der Chefinspektor sie zu halten pflegte, und zwar in der Art, mit der man eine Startpistole anhebt und es sodann ein paar ziemlich dünnen Menschen überläßt, sich über zehntausend Meter zu quälen.

Lukastik entschied sich. Er gab die Leitung frei. Entgegen seiner Gepflogenheit, sich mit einem fragenden und fordernden »Hallo!?« zu melden, blieb er diesmal stumm, schlichtweg, da er im selben Moment, als er das Gerät an Ohr und Mund hielt – was der Kleinheit wegen schwierig genug war –, auch noch einen Schluck Kaffee zu sich nahm.

In sein eigenes Schlürfen hinein vernahm er nun nicht die erwartete Stimme Peter Jordans, sondern die Klänge eines ... nun, Lukastik dachte augenblicklich an ein Musikstück von Bach. Er war noch immer genug Musikwissenschaftler, um auf ein paar Töne hin etwas derart Populäres wie das Präludium aus der Partita in E-Dur zu erkennen. Doch er bemerkte ebenso rasch, daß etwas nicht stimmte. Nicht nur deshalb, weil an Stelle von Jordans Stimme die Musik zu hören war, nein, die Musik selbst stimmte nicht. Einmal darum, weil es sich nicht – wie für diese Komposition üblich – um das Spiel einer Solovioline handelte, sondern um eine orchestrale Fassung. Doch darüber hinaus gab es eine noch viel einschneidendere Veränderung: die Musik schien zu zerfallen. Es rieselte und bröckelte und splitterte, dann wieder konnte man meinen, daß die Stimmen einzelner Instrumente wie kleine Eruptionen aus Löchern aufstiegen, eine Weile in der Luft standen, rein und sauber und stechend, um bald wieder im Boden zu verschwinden. Es wurde BWV 1006 gespielt, keine Frage, nicht eine einzige Phrase mutete neu an. Und dennoch besaß diese Musik eine vollkommene Eigenständigkeit, als sei das Bachsche Präludium gerade erst erfunden worden. Wie man Maschinen erfindet oder neue Sprachen. Stets auf der Basis alter Maschinen und alter Sprachen.

Dieses ganze musikalische Ding wirkte so aktuell wie historisch. Gleich einem lebenden Fossil. Wobei nie das gesamte Orchester zu vernehmen war, immer nur einzelne Instrumente oder Instrumentengruppen. Sie kamen und gingen, als befinde man sich in einer tönenden Pfandleihanstalt. Mitunter entstand ein eher diffuses Rauschen, dann aber wurde das Präludium so überaus deutlich erkennbar, daß es das Original an Klarheit übertraf, die Wirklichkeit der Bachschen Komposition ins Hyperrealistische, ins blendend Scharfe steigerte. Gleich darauf mutete die Musik wieder wie ein pures Durcheinander an, ein bloßer Klangsalat, den ein dirigentenloser Sauhaufen veranstaltete.

Vom Fehlen eines Dirigenten konnte freilich nicht die Rede sein. Es gab nur wenige Beispiele in der Musikgeschichte, in denen der Kerl mit dem Taktstock eine derart wichtige, weil absolut notwendige Rolle spielte.

Lukastik erinnerte sich. Nicht augenblicklich – zu überraschend war diese Musik an sein Ohr gedrungen –, aber doch recht bald. Noch als Student hatte er anläßlich der Aufführung zeitgenössischer Musik die Komposition eines Amerikaners namens Lukas Foss gehört, von der er hingerissen gewesen war. Dieses Stück bestand gewissermaßen aus einer einzigen, umwerfenden Idee, von der Foss behauptete, sie einem Traum zu verdanken.

(Daß es der Herr den Seinen im Schlaf gibt, war schon immer Richard Lukastiks Meinung gewesen. Den sogenannten Fleiß, auf den sich große Künstler und brillante Forscher gerne beriefen, hielt er für eine Koketterie. Die meisten von diesen Leuten legten sich ganz einfach schlafen, und wenn sie in der Früh erwachten, steckte ihnen eine geniale Idee im Schädel. So wie den Minderbegabten die Tageszeitung im Briefschlitz.)

Auch dieser Lukas Foss war der Einfachheit halber zu Bett gegangen, um im Zuge seines Schlafs von »Strömen« barocker Sechzehntelnoten zu träumen, die, von den Wellen des Meers getragen, an Land gespült werden und schließlich im Sand versickern. Und zwar in einer fortlaufenden Tour, wie das bei Meeren und Stränden so der Fall ist.

Am nächsten Morgen war Foss wie selbstverständlich die Idee gekommen, diesen Traum in eine Komposition zu verwandeln. Wobei er sich, der barocken Sechzehntel wegen, auf das Bachsche Präludium gestürzt hatte, ohne aber eine Verjazzung zu kreieren oder etwas ähnlich Banales zu versuchen. Vielmehr war er so konsequent und gleichzeitig rücksichtsvoll gewesen, das Original im Grunde unberührt zu lassen.

Er wies also das Orchester an, sich streng an die Bachsche Partitur zu halten. Einerseits. Andererseits waren die Musiker verpflichtet, *unhörbar* zu spielen, lautlos im Sinne des menschlichen Ohrs. Es war, als musiziere man für Fledermäuse oder Tiefseefische, denen es gleich sein konnte, ob da etwas erklang. Erst wenn der Dirigent einem bestimmten Instrument oder einer bestimmten Instrumentengruppe ein Zeichen zum Einsatz gab, wurde das Spiel in den Zustand publikumsgerechter Lautstärke erhoben, jedoch auch nur so lange, bis der Dirigent wieder abwinkte. Auftauchen, tanzen, versickern.

Selbstherrlicher konnten ein Komponist und sein Dirigent gar nicht verfahren. Das Orchester steckte in diesem Stück quasi wie in Geiselhaft, schlimmer noch, wie jemand, dessen Kopf im Zuge einer Folter unter Wasser gehalten und zum kurzen Luftschöpfen nach oben gezogen wird. Wobei der Dirigent, wenn er da einen Kopf an den Haaren in die Höhe und aus dem Wasser riß, selbst nicht wissen konnte, an welcher Stelle von Bachs Präludium sich das Instrument gerade befand.

Nie wieder war Lukastik die Musik Bachs so authentisch erschienen wie in dieser Komposition von Lukas Foss. Tatsächlich mutete das Klangstück an, als komme es direkt aus einer lang zurückliegenden Vergangenheit, als sei es nur noch in Partikeln vorhanden, unrestauriert wie ein altes, von Rissen und Abblätterungen entstelltes Gemälde. Entstellt, aber authentisch. Näher an Bach als irgendeine historische Aufführungspraxis.

Daß einige der Instrumente elektrisch verstärkt waren, begünstigte den Eindruck einer Verzerrung, die sich auf dem langen Weg durch die Zeit ergeben hatte. Jedenfalls war Richard Lukastik begeistert gewesen.

Diese Begeisterung, wie ja überhaupt seine Liebe zum Musikalischen, hatte jedoch nichts an seinem Wechsel zur Kriminalistik ändern können. Auch war ihm seit gut fünfundzwanzig Jahren dieses Werk des Lukas Foss nicht mehr in den Sinn gekommen, so daß sein Empfinden, Musik aus einer fernen Vergangenheit zu vernehmen, auch ein wenig im Persönlichen begründet lag.

Allerdings war Lukastik der Titel dieser Komposition entfallen. Etwas Griechisches oder Lateinisches mußte es gewesen sein. Es erschien ihm ungeheuer wichtig, sich augenblicklich daran zu erinnern. So wichtig, daß er für einen Moment darauf vergaß, die Merkwürdigkeit festzustellen, die sich hier eigentlich vollzog. Vielmehr lauschte er aufmerksam der Musik und war verbissen bemüht, sich den Titel des Stücks zu vergegenwärtigen. Umsonst. Sein Gedächtnis sperrte sich. Es lag wie ein warmes, sattes Pelztier in seinem Schädel.

Endlich gab er auf und verschob die Nachforschung auf später und konzentrierte sich nun auf die Frage, was das alles mit Peter Jordan zu tun haben konnte, der bekanntermaßen wenig von solcher Art von Musik hielt. Auch gehörte es nicht gerade zum Wesen seines Assistenten, sich die Mühe einer Anspielung oder eines tiefgründigen Scherzes zu machen. Ganz abgesehen davon, daß Jordan beim besten Willen nicht wissen konnte, daß Richard Lukastik dieses spezielle Werk schätzte, es zumindest vor mehr als zwei Jahrzehnten für einen Höhepunkt moderner Musik gehalten hatte.

Nein, es mußte sich hier um einen Zufall handeln. Offensichtlich lief an dem Ort, an dem Jordan, zumindest aber sein Handy sich befand, ein CD-Player oder Plattenspieler oder Radio, irgendein Gerät, aus dessen Lautsprechern jene Klangbrocken drangen.

Die Frage, die sich freilich stellte – und die auch Lukastik wenig später in den Sinn kommen würde –, war die, warum er nicht einfach in dieses Handy hineinsprach und nach Jordan rief. Oder auch nach Edda Boehm. Er sagte aber kein Wort, vielmehr legte er einen Finger auf die feinen Ritzen des Mikrophons, damit nicht irgendein Lärm aus dem *Weinhaus Sittl* durch dieses Handy auf die andere Seite der Leitung gelangte.

Mag sein, daß Lukastik von einer Art Instinkt getrieben wurde, einer tief verwurzelten Vorsicht, die darin bestand, fürs erste einmal lieber nicht den Mund aufzumachen. Fast immer in seinem Leben, wenn er etwas *nicht* gesagt hatte, hatte sich dies schlußendlich als vorteilhaft erwiesen.

Auf dieses automatische Schweigen folgte die Überlegung, daß wenn der Anruf von Jordans Handy stammte, sich Jordan aber nicht meldete, dies eigentlich nur eine sehr eigentümliche Art von Defekt bedeuten konnte. Oder aber ein Zeichen, ein Signal, welches Jordan – aus irgendeinem Grund zum Stillhalten verdammt – nach draußen sendete. Ein schwer deutbares Zeichen freilich. Idealer wäre da gewesen, hätte Lukastik jetzt die Stimme einer Person vernommen, die in Unkenntnis eines in Betrieb befindlichen Handys von Haien und Hörgeräten gesprochen hätte. Was aber um Himmels willen hatte eine solche Musik zu bedeuten?

Dann jedoch kam noch etwas anderes hinzu. Ein Laut ergab sich, ein Laut, der nicht auf Bach oder Foss verwies und die Musik deutlich übertönte. Ein Laut, der mit Sicherheit unter Schmerzen entstanden war und dessen Heftigkeit einen dumpfen, erstickten Farbton besaß. Wie Lärm aus einem verschlossenen Zimmer.

Lukastik war überzeugt, daß dieses Geräusch von Jordan stammte. Es war nicht unähnlich jenem unterdrückten Geraunze und verbissenen Gemurmel, wie der Assistent es gerne praktizierte, wenn er seinen Unwillen bekunden, aber eben nicht äußern wollte. Allerdings hatte er den Eindruck von etwas Gequältem, wie bei einem erlittenen Schlag oder Tritt. Auch war ein Ton zu hören, der sich anhörte, als würde Luft durch eine Nase gepreßt werden. Dies wiederum ließ die Annahme zu, daß der Mund des Gepeinigten verschlossen war, mit einem Knäuel verstopft oder einem Klebestreifen abgedeckt.

Natürlich beruhte viel von diesem Eindruck auf Spekulation, aber Lukastik besaß nicht nur ein gutes, sondern ja auch ein geschultes Gehör. Nicht allein in musikalischer Hinsicht, auch in alltäglichen Belangen. Der Lärm der Welt war ihm *kein* Brei.

Es dauerte nicht lange, dann endete die Verbindung mit einem Geräusch, das bei Lukastik die unangenehme Assoziation eines Damenschuhabsatzes hervorrief, welcher durch eine Rippe bricht. Solche Gedankengänge hatten übrigens rein gar nichts mit dem Verhältnis zu seiner Schwester oder anderen Frauen zu tun. Es war die simple Faszination für hohe Absätze, die stets von einem gewissen Schaudern begleitet war.

Augenblicklich versuchte Lukastik den Kontakt wiederherzustellen. Doch wie um seine Damenschuhphantasie zu vervollständigen, meldete sich die Stimme einer Frau und erklärte die derzeitige Unerreichbarkeit Herrn Jordans und daß der Anrufer nach einem Signalton die Möglichkeit habe ....

Die Stimme der Frau besaß bei aller Süßlichkeit einen leicht gereizten Ton, der etwas von einer persönlichen Attacke an sich hatte. Aber natürlich kam diese Stimme vom Band und die Gereiztheit richtete sich gegen einen jeden, der das Pech hatte, an dieser Stelle zu landen. Auch als Lukastik wenig später die Handynummer Edda Boehms anwählte, bestätigte dieselbe Stimme das Scheitern einer direkten Kontaktnahme. Das »Ehepaar«, wie Lukastik Frau Boehm und Herrn Jordan seit kurzem bei sich nannte, war untergetaucht. Oder untergetaucht worden. Und auf ein Band zu sprechen – als verspeise man nicht die Olive, sondern den Olivenkern, knirsch! – widerstrebte Lukastik.

Er schaltete das Handy aus, wog es kurz in der Hand und steckte es zurück in die Innentasche seines Jacketts. Dann bestellte er entgegen seiner Gewohnheit ein zweites Glas Wein. Nicht, um sich zu besaufen. Keine Verwirrung schien ihm schwerwiegend genug, im Alkohol Zuflucht zu nehmen. Vielmehr bedeutete dieses Glas Wein eine Verschleppung der Zeit bis zur Sperrstunde hin, die in einer viertel Stunde erreicht sein würde. So lange konnte Lukastik sich überlegen, was er tun wollte. Und irgend etwas mußte nun mal getan werden.

In erster Linie bot sich an, die Gendarmerie von Zwettl zu ersuchen, einen Wagen an besagter Tankstelle vorbeizuschikken und nach dem Rechten zu sehen. Denn zumindest mußte abgeklärt werden, ob das »Ehepaar« diesen Ort, eine Tankstelle namens *Rolands Teich*, je erreicht hatte. Und was sonst noch abzuklären war.

Doch Lukastik entschied sich gegen diese Möglichkeit. Nicht, daß er ein städtisches Vorurteil gegen die ländliche Polizei hegte. Sein Vorurteil war weit umfassender und betraf eigentlich die gesamte Kollegenschaft, vor allem jene uniformierten Beamten, die – schlecht bezahlt – gewissermaßen die Manufaktur von Recht und Ordnung verkörperten. Die schlechte Bezahlung war nach Lukastiks Dafürhalten durchaus berechtigt. Er hielt diese Leute für Hilfsarbeiter, die im Verhältnis zu ihren bescheidenen Fähigkeiten eine geradezu unheimliche Machtfülle besaßen und im Rahmen ihrer Dienstvorschriften über einiges an Willkür verfügten. Er sah nicht ein, warum man sie zu noch größeren Frechheiten animieren sollte, indem man ihnen unnötig viel Geld nachschmiß. Allerdings muß gesagt werden, daß Lukastik im Unterschied zu seinem Vorgesetzten, dem Major, nicht von einem Ekel gegen alles Polizeiliche beseelt war. Natürlich war er das nicht. Anders als der Major, steckte er bis zu den Knien im Polizeilichen, watete im Polizeilichen, watete eigentlich gerne.

Doch weil Lukastik nun mal der Gendarmerie von Zwettl nicht im geringsten vertraute, diesen ganzen Haufen für typische Fettnäpfchentreter hielt, und auch gar nicht bereit war, sogenannte Kollegen über den Auftrag Jordans und Boehms aufzuklären, beschloß er – und zwar genau in dem Moment, da er sein zweites Glas ausgetrunken hatte – sich selbst um den Verbleib seiner beiden Mitarbeiter zu kümmern.

Somit tat er etwas, was er eigentlich ablehnte. Nicht nur, daß ein sofortiger Aufbruch Richtung Zwettl bedeutete, auf die ihm heilige Nachtruhe zu verzichten, wies sein ganzes Verhalten eine literarisch-cineastische Note auf. Eigentlich einen Mißklang, ein Ärgernis, welches darin bestand, nicht das Gewöhnliche, sondern das Ungewöhnliche zu tun. Sich also nicht wie ein wirklicher, sondern wie ein erfundener Kriminalist aufzuführen.

Aber Lukastik blieb dabei. Vielleicht verspürte er auch bloß eine gewisse Lust am Reisen, an der Fahrt durch die Nacht, wie er dies schon lange nicht mehr unternommen hatte. Vielleicht war es die Ahnung einer seltenen Schlaflosigkeit, die es ihm ohnehin unmöglich machen würde, aus diesem eigentümlichen Tag entlassen zu werden. Es gab keine »reinen« Entscheidungen. So viel war ihm bewußt. Daran konnte seine ganze Begeisterung für Wittgenstein und Hauer nichts ändern.

Er winkte der Kellnerin und bezahlte. Gerade, als er sich von seinem Platz erhob, schob die Frau von gegenüber ihren Kinderwagen an ihm vorbei in Richtung Ausgang. In einem beinah schon unsittlich kurzen Abstand, wie um seine Abneigung vollends auszukosten, bewegte sich Lukastik hinter ihr aus dem Lokal hinaus. Dabei bemerkte er, daß sie ein wenig hinkte, als sei ein Bein eine Spur kürzer als das andere. Es handelte sich um eine minimale Unregelmäßigkeit, die aber zu einiger Bedeutung anwuchs, wenn man sich nur genügend darauf konzentrierte. Was Lukastik nun auch tat, jedoch alles andere als zufrieden damit war. Eine Behinderung störte. Störte die Aversion, die Lukastik gegen diese Person hegte. Ein Gebrechen, so gering es sein mochte, erzwang ein Gefühl der Rührung. Und das konnte er nun wirklich nicht brauchen.

Als Lukastik aus dem *Sittl* herausgetreten war, blieb er stehen und sah hinüber zum hoch aufragenden Bau der ehemaligen Stadtbahnstation, in die nun die Züge einer Untergrundbahn ein- und ausfuhren, gleich fliegenden Fischen, wenn man das Widersprüchliche einer über Brücken geführten U-Bahn bedachte.

Einmal noch sah Lukastik nach der Frau, wie diese sich und den Kinderwagen den Lerchenfelder Gürtel hinunterbewegte, entlang einer breiten Straße, die zwischen den Häuserzeilen und dem historischen Bahndamm canyonartig anmutete und auf der die Autos von Ampel zu Ampel sich in Kurzstreckenrennen verwickelten, die halb verbissen, halb spaßig geführt wurden. Im Licht der Straßenlaternen verschwamm der kleine Makel der Frau zur Unkenntlichkeit.

Lukastik drehte sich endlich um, bog um die Ecke und marschierte eine Seitenstraße hinauf zu seinem Wagen, dessen mattgold lackierte Karosserie wie eine glatte, feuchte Frucht aus seiner Umgebung herausstach.

Über die Farbe konnte man streiten, aber über Farben kann man natürlich immer streiten. Jedenfalls war der Anschaffung dieses Wagens eine Phase intensiver Überlegungen vorausgegangen, da Lukastik sich der Bedeutung eines Autos als Kleidungsstück bewußt gewesen war. Eines Kleidungsstücks, das sich eignete, eine Identität zu stiften, zu verstärken oder zu karikieren.

Es gab natürlich eine Menge Autos, die nichts von alldem bewirkten, die ihren Besitzern wie schlappe Säcke am Körper hingen und ein Nichts an Identität in ein Garnichts an Identität herabsenkten.

Lukastik hatte sich für einen Ford Mustang entschieden, und so wie man sich über Farben streiten kann, konnte man natürlich auch der Meinung sein, daß ein solches Auto durchaus in Richtung einer Chefinspektor-Karikatur führte. Immerhin hatte Lukastik diesen Wagen nicht von einem Zuhälter erstanden, überhaupt von keinem Ganoven, sondern aus dem Nachlaß einer geplanten künstlerischen Aktion, bei der in zehn verschiedenen Städten der Welt zur gleichen Zeit zehn identische goldfarbene Ford Mustangs in die Luft hätten gesprengt werden sollen. Dann aber war der 11. September dazwischengekommen und eine Pietät um die Welt gegangen, die sich naturgemäß im Symbolischen erschöpft hatte. Und weil nun die Kunst an sich, erst recht zehn mattgoldene Wagen amerikanischer Provenienz an symbolischem Gehalt kaum noch zu übertreffen sind, war die Kunstaktion auf später verschoben und schließlich, nachdem die Pietät sich einfach nicht hatte legen wollen, ersatzlos gestrichen worden. Woraus sich ergeben hatte, daß mit einem Mal zehn goldlackierte Mustangs, die der Vernichtung durch Kunst entgangen waren, neue Besitzer suchten. In Hongkong, Tokio, Buenos Aires und anderswo. Anstatt wie üblich den Kunstcharakter dieser Objekte herauszustellen, vertuschte man ihn und veräußerte die Wagen über den üblichen Gebrauchtwagenhandel. Auch Lukastik erfuhr erst nachträglich, daß sein Ford Mustang eigentlich hätte gesprengt werden sollen. Nachdem ihm dieser Umstand bewußt geworden war, verspürte er zwei, drei Wochen ein leises Unbehagen hinter seinem Steuer, als hocke er auf dem Geist einer Bombe. Bald aber schüttelte er den Gedanken an die Zusammenhänge ab und fühlte sich wieder durchaus wohl in den rötlichbraunen Lederbezügen. Die Gewißheit, eins von nur zehn gleichgearteten Modellen zu besitzen und mit Sicherheit der einzige in Wien zu sein, gefiel Lukastik. Denn auch wenn er weit entfernt war, das elitäre Bewußtsein seiner Mutter verinnerlicht zu haben, hing er dennoch an dem Gedanken, eine besondere Stellung in der Welt einzunehmen. Verdammt oder auserwählt zu sein, nicht gerade wie ein Heiliger, auch nicht wie ein Genie, dem grandiose Ideen während des Schlafs ins Hirn sickerten, aber doch wie ein rohes Ei inmitten hartgekochter. Jedenfalls erschien ihm dieser Zweisitzer, den er ja der speziellen Lackierung wegen erstanden hatte, als das richtige Kleidungsstück zu seiner Person und seinem Wesen. Ohne sich deshalb lächerlich zu machen, wie das etwa der Fall gewesen wäre, hätte er auch noch einen Anzug von gleicher Farbe getragen. Den Zweireiher zum Zweisitzer.

Er öffnete die Tür, setzte sich hinter das mit einem perforierten Lederschlauch umhüllte Lenkrad und startete den Motor, der mit dem Geräusch einer in Betrieb gesetzten Waschmaschine zu sich kam. Dann schob er eine CD ins Laufwerk. Klavierstücke von Josef Matthias Hauer. Töne gleich einem übersichtlichen Feld von Sternen. In jedem Fall überaus passend, um die Nachtfahrt von Wien nach Zwettl in einen klanglichen Rahmen zu stellen.

Lukastik fuhr los. Und auch wenn er weder religiös war noch religiöse Handlungen routineartig vollzog, so steckte in diesem Losfahren etwas von der Geste jener Sportler, die am Start stehend sich zu bekreuzigen pflegen. Es lag ein Amen in diesem Losfahren.

Dann Zwettl

8 Ein langsames Auto ist so ein Ford Mustang natürlich nicht. Und obzwar Richard Lukastik nicht zur Raserei neigte, so wenig wie zu riskanten Überholmanövern, und in der Regel auch darauf verzichtete, eine Geschwindigkeitsüberschreitung dienstlich zu rechtfertigen, konnte er der Kraft seines Wagens nicht völlig entsagen. Das war wie mit den Lackstiefeln, welche quasi eine Rasanz der Gefühle hervorriefen und schlichtweg ungeeignet waren, an bestimmten gravitätischen Orten wie Kirchen oder Rathäusern getragen zu werden. Eine Autostraße jedoch, sobald sie nicht mehr durch eine Ansiedlung führte, also vorbei an Kirchen und Rathäusern, war keinesfalls ein solcher gravitätischer Ort, weshalb es sich geradezu gehörte, auf freier Strecke ein gehobenes Tempo anzustreben. Vor allem in der Nacht, wenn die Welt deutlicher als am Tage mit den kosmischen Weiten verbunden war, also mit einem Raum, der von hohen Geschwindigkeiten dominiert wurde. Autos in der Dunkelheit, die sich auf den Überholspuren von Autobahnen und den ortsfernen Abschnitten der Landstraßen bewegten, besaßen den Status leuchtender Kometen. Eine schleppende Fahrweise wäre dann völlig unangebracht gewesen. Kometen bremsten nicht. Maximal wurden sie gebremst.

Ein solcher mattgoldener Ford Mustang (genauer gesagt – für die, die das unbedingt wissen möchten – ein LX Hatchback aus dem Jahre 1987), ein solcher Mustang also stellte nun selbstverständlich ein Musterexemplar dar, wenn es um die Wirkung eines Autos als bodennaher Himmelskörper ging. Die kometenartige Wirkung ergab sich freilich nur im Zuge einer gleichsam »fliegenden« Fahrweise, wie um jene in Folge der Verdampfung entstehende Gashülle zu schaffen, die das Licht des Kometen und seinen schönen Schweif hervorruft. Schnell zu fahren war für Lukastik also auch eine ästhetische Frage. Erst recht, wenn die Straßen – wie in dieser Nacht und auf dieser Strecke – eher spärlich frequentiert waren. Ein etwaiges Dahinschleichen hätte er für kleinmütig gehalten. Beschleunigung galt ihm als Gebot der Stunde. Auch auf die Gefahr hin, ein die Straße querendes Wild anzufahren. Kollisionen waren Teil des Unweigerlichen in der Natur, eben auch in der Natur des Menschen. Sie ergaben sich aus einer jeden Bewegung, selbst der geringen.

Strategien des Ausweichens empfand Lukastik als Illusion. Manchmal war es ja gerade das hohe Tempo, das eine Person rechtzeitig vom Ort der Katastrophe wegführte. Jedenfalls glaubte er nicht, seinem Schicksal zu entkommen, indem er statt hundertsechzig nur hundertzwanzig fuhr.

Wie gesagt, er raste nicht, sondern fuhr mit gesteigerter Geschwindigkeit, ausschließlich an übersichtlichen Stellen überholend, dem Waldviertel entgegen. Innerhalb der Ortschaften hielt er sich an die Begrenzungen, so wie er sie außerhalb ignorierte. Seine Schwester hatte dieses Prinzip einmal als »moralischen Selbstbetrug« bezeichnet, ein Urteil, das sie in den meisten Punkten fällte, die ihren Bruder betrafen.

Es war eine dreiviertel Stunde nach Mitternacht, als Lukastik wenige Kilometer vor Zwettl auf eine Nebenstraße bog. Ihm kam vor, als dringe er tiefer in das Land ein, gewissermaßen tiefer in den Kosmos, der ja – man vergißt das gerne angesichts beulenartig komprimierter Sternhaufen – primär aus Leere besteht. Einer Leere, die sich vor Ort mittels weit auseinander liegender Straßenlaternen und einer beträchtlichen Schwärze dazwischen manifestierte.

Natürlich fand es Lukastik höchst erstaunlich, daß eine Tankstelle auf einer solchen, alles andere als bedeutenden Nebenstrecke zu finden war. Man lebte ja nicht gerade in einer Phase übermäßiger Regionalisierung. Die eigentliche Überraschung ergab sich jedoch erst, als nach einigen Minuten, am Rande eines Waldstücks, der illuminierte Gebäudekomplex von *Rolands Teich* aus dem Dunkel herausstach. Eher hatte Lukastik ein vergammeltes kleines Wirtshaus mit ein paar nicht minder vergammelten Zapfstellen erwartet, statt dessen bot sich ihm das Bild eines modernen, ja futuristischen Gebäudes, dessen langer, schmaler Baukörper sich zur Hauptsache an die Form der Straße anlehnte, welche an dieser Stelle eine sich sanft dahinziehende Kurve bildete. Beinahe die gesamte, an die vierzig Meter messende Vorderfont bestand aus einer gläsernen, hellgrün schimmernden Fassade. Erst gegen die entfernte Flanke hin ergab sich ein Übergang von Glas zu Holz. Und mit diesem Materialwechsel verabschiedete sich das Gebäude gewissermaßen von der Straße, knickte weg in Richtung Hinterland und drang in den Wald ein, wobei die Holzverkleidung ihres silbergrauen Anstrichs wegen auch für Beton hätte gehalten werden können.

Aus dem geschwungenen Flachdach des zentralen Baus wuchs ein transparentes Vordach heraus, welches denselben grünlichen Farbton besaß und auf noch deutlichere Weise die Geometrie der vorbeiziehenden Straße zitierte. So kam es auch, daß Lukastik in den Bereich der in einer Linie aufgestellten Zapfsäulen einfuhr, ohne daß ihm bewußt geworden war, so die eigentliche Straße verlassen zu haben. Beinahe schien es ihm, als führe die einspurige Fahrbahn rechts und links an den Tanksäulen vorbei, so daß sich also an dieser Stelle ausnahmsweise ein Mittelstreifen ergeben hätte. Selbstverständlich war dies unmöglich. Eine solche Verschmelzung, eine solche Einheit von Straße und Tankstelle hätte jeglicher Verkehrsordnung widersprochen, die natürlich auch in der Gegend des Waldviertels ihre Gültigkeit besaß.

Lukastik parkte seinen Wagen an einem markierten Platz, stieg aus und blieb eine Weile betrachtend stehen. Während das Gebäude von hohen Tannen umgeben war, öffnete sich jenseits der Straße die Landschaft zu einer weiten Wiesenfläche, die im Mondschein eine fußballplatzartige Ebenheit besaß. Aus dieser Richtung drang kaum ein Laut an Lukastiks Ohr. Hinter ihm jedoch, vom Wald her, war das schleifende Geräusch eines leichtes Windes zu vernehmen, vermengt mit der Musik, die durch die offene Eingangstür nach außen drang. Musik aus den siebziger Jahren. Es klang, als drehe sich eine Zeitmaschine im Kreis.

Über dem Eingang, in Neonröhren aus lichtem Violett gepackt, stand in ondulierten Schriftzügen: *Rolands Teich*. Der ganze Gebäudekomplex war ein wenig erhöht und ruhte auf kniehohen Sockeln, wodurch sich ein schwebender Eindruck ergab, aber auch die Schwerfälligkeit von etwas, das nicht richtig von der Erde loskommt. Über drei breite Stufen trat Lukastik in das Innere. Die Theke, die den Kassenbereich bildete, war unbesetzt, ebenso der angrenzende, sehr ordentlich bestückte Supermarkt, der mittels zweier Drehkreuze zu betreten war.

An diesem Bereich vorbei ging Lukastik auf die Musik zu und gelangte – ohne etwa durch eine Tür gegangen zu sein – in einen Abschnitt, der ein schönes Beispiel für zerstörtes oder zumindest »schwerverletztes« Design darstellte. Der Bartresen wiederholte mit seiner leicht gebogenen und auf einer Seite in ein Häkchen mündenden Form die Gestalt des Gebäudes. Etwa wie ein klopfendes Herz, das den Brustkorb nachbildet, hinter dem es schlägt. Die Barhocker aus Stahl und hellgrünem Leder, die drei, vier ovalen Tische, deren dünne, hellgraue, mit roten Noppen besetzte Platten an den Rändern leicht nach oben gewölbt waren, weiters die quadratischen, wandseitig beleuchteten, milchig weißen Scheiben, die den Hintergrund der Bar bildeten und einen jeden Besucher in ein utopisches Licht versetzten, dies alles und vor allem diverse gefinkelte Details verwiesen auf den hohen architektonischen Anspruch, der hier vorherrschte. Beziehungsweise ursprünglich vorgeherrscht hatte. Denn auch wenn es so schien, als sei im wesentlichen nichts verändert worden, so waren dennoch eine Menge neuer Gegenstände angebracht oder aufgestellt worden, die weniger als Kontrapunkt wirkten, sondern vielmehr als Krankheit, welche einen ehemals gesunden Körper nach und nach in Besitz genommen hatte.

So konnte man es sehen. Genauso legitim war es freilich, zu meinen, daß etwa die Gestecke aus getrockneten Blumen diesen Raum überhaupt erst erträglich machten. Und welch Glück es war, daß die trostlos modernistische Bar von einigen ausgefallenen Bierkrügen aufgelockert wurde. So wie es als ein nicht geringeres Glück empfunden werden konnte, daß dieser Gästeraum über eine Dartscheibe, einen Spielautomaten und mehrere Veranstaltungsplakate verfügte, sowie – als Höhepunkt des Geschmacklosen, aber eben auch des Heimeligen – über ein künstliches Kaminfeuer. Zwischen den Scheiten aus Plastik erzeugten Ketten von roten Lämpchen eine fiktive Glut, die mitten im Hochsommer eine Wärme erzeugte, die allein das Gemüt berührte, ohne den Schweiß anzutreiben.

Der eigentliche Kamin hingegen mutete echt an, sah aber nicht aus, als sei er je, auch im härtesten Winter nicht, in Betrieb gesetzt worden. Auf dem Sims stand passenderweise eine kleine, von innen her beleuchtete Muttergottes. Ihre Gesichtszüge erinnerten in frappanter Weise an jene populäre Sängerin, welche ebenfalls unter dem Namen »Madonna« berühmt geworden war. Dieser Umstand führte jedoch nicht zu einer Anzüglichkeit der Figur. Darum nicht, weil sie im Einklang mit herkömmlichen Darstellungen über einen faltenreichen Umhang verfügte. Das Christuskind allerdings hielt sie nicht im Arm. Selbiges hing – gleichsam erwachsen geworden – als Gekreuzigter in einer Ecke des Raums, und zwar aus dunklem Holz geschnitzt, unbeleuchtet, beinahe gesichtslos, antiquarisch, aber unbeugsam.

In derselben Ecke, auf eine hüfthohe Säule gestellt, befand sich ein Aquarium, gefüllt mit echtem Wasser. Auch der Sand am Boden und die blaßgrünen Pflanzen, die im feinen Wirbel aufsteigender Luftblasen hin und her wogten, schienen natürlichen Ursprungs. Den authentischsten Anschein überhaupt erweckten die beiden Fische, faustgroß, dunkelrot bis grau, silbrig glänzend, mit Augen wie Töpferscheiben und ausufernden Schwanzflossen. Perfekte Fische, perfekt in ihrer Bewegung, wenn etwa das Perfekte einer Bewegung darin besteht, nicht mit dem Maul gegen eine Scheibe zu prallen.

»Die kommen aus Japan«, meldete sich die Frau, die hinter der Bar stand.

Lukastik war beeindruckt. Gar nicht so sehr von den Fischen, zu denen er sich im Anschluß an einen knappen Gruß gebeugt hatte, wie sich ja die meisten Leute zunächst einmal den Haustieren zuwenden, als wollten sie die Bedeutung ihrer Mitmenschen schmälern. Tatsächlich besaßen die drei Männer, die an der Theke hockten und sich bei Lukastiks Erscheinen halb umgewandt hatten, nicht gerade jene Ausstrahlung, die nötig war, zwei elegante Fische in den Schatten zu stellen.

Was nicht für die Frau galt. Sie besaß eine ganze Menge Ausstrahlung. Sie besaß mehr davon, als man eigentlich im ersten Moment aushalten konnte. Dabei ergab sich das Wuchtige ihrer Präsenz keineswegs allein aus ihrer beträchtlichen Körperfülle. Denn auch dicke Menschen verlieren sich häufig im Raum und sind dann nichts anderes als ein dünner Streifen im Gedächtnis ihrer Umwelt. Im konkreten Fall aber bedeutete der massige Leib im wahrsten Sinn des Wortes einen Ausdruck der Persönlichkeit, eine ziemlich optimale Füllung jener Sphäre, die jedem Menschen theoretisch zur Verfügung steht, aber nur von den wenigsten zur Gänze genutzt wird.

Die Frau trug eine weiße Cowboyjacke mit Fransen an den Armen, am Rücken und auf der Vorderseite. Kleine metallene Verzierungen schmückten das Ding und bildeten zudem den Abschluß der Kragenspitzen, wie um diese Kragenspitzen wovor auch immer zu schützen. Unter der Jacke spannte sich eine hellrosafarbene Seidenbluse, welche die Frau bis zur Mitte ihrer Brust geöffnet hatte. Ihre blonden Locken schienen so robust, als würden noch immer die Wickler unsichtbar darin stecken. Daß es sich um ihre natürliche Haarfarbe handelte, war eigentlich kaum vorstellbar, obgleich ihre Augenbrauenfarbe nur unwesentlich vom Haupthaar abwich. Sie war stark geschminkt, so wie eben alles an ihr eher kräftig ausfiel, ohne deshalb ins Vulgäre abzurutschen. Zwischen den hellen Brauen und langen Wimpern leuchtete dasselbe helle Grün, das auch die Fassade von *Rolands Teich* dominierte. Die Augen selbst besaßen jenen grippalen Glanz, wie er den meisten starken Rauchern eigen ist. Die vollen Lippen, deren Farbe wiederum mit der Bluse korrespondierte, unterstrichen eine kleine Nase. Natürlich besaßen die Wangen etwas Aufgeblähtes, auch überbrückte das Kinn mittels einer Verdoppelung den Hals. Aber das glatte Gesicht dieser Frau war durchaus hübsch zu nennen, es war ... nun, es war ein sauberes Gesicht, wie man es des öfteren bei dicken oder dicklichen Menschen zu sehen bekommt. Solche Personen erscheinen frischer und lebendiger als die Dünnen. Zudem wirken dicke Menschen auf eine vorteilhafte Weise angezogen. Dünne dagegen immer ein wenig nackt. Und Nacktheit ist nun mal – was auch immer gesagt wird – etwas, vor dem man sich ekelt. Die Präsenz magerer Gestalten in Mode und Lifestyle ist aus einer Revolution des Ekels hervorgegangen. (Daß sich die Dünnen hingegen in der Pornographie nur wenig behaupten können, beweist eine gewisse Ursprünglichkeit dieser Gattung.)

»Aus Japan also«, sagte Lukastik.

»Mein Mann hat sie mitgebracht«, erklärte die Frau. »Hat sich die Dinger aufschwatzen lassen. Wenigstens machen sie keinen Mist.«

»Was soll das heißen?« fragte Lukastik.

»Sie sind drauf reingefallen, nicht wahr? Jeder fällt drauf rein«, behauptete die Frau, welche übrigens nicht nur eine Cowboyjacke, sondern auch einen Cowboyhut trug. Freilich nicht auf dem Kopf, was ja nun doch peinlich gewesen wäre, sondern mit der Schlaufe am Hals hängend, oder was da eben statt eines Halses Kopf und Rumpf verband. Der weiße, lederne, ebenfalls mit metallenen Applikationen versehene Hut schmückte den Rücken der Frau, bildete eine Art dekorativen Höcker.

Sie offenbarte nun, daß es sich bei den beiden Fischen gewissermaßen um ein Spielzeug handelte. Teures Spielzeug, wie sie betonte. Kleine Roboter, deren Nutzen freilich in nichts anderem bestehe, als die Existenz wirklicher Fische vorzuspiegeln.

»Erstaunlich«, meinte Lukastik, »sie sehen so echt aus. So geschmeidig.«

Einer von den drei Männer erklärte bedauernd, daß wahrscheinlich in Zukunft gar nicht mehr er selbst und seine Freunde hier an der Bar lehnen würden, sondern Maschinen, die auch nichts anderes zustande brächten als dasitzen und Bier trinken und auf die Regierung schimpfen. Während er selbst und seine Freunde dann zu Hause bleiben könnten. Frage sich nur, wofür das gut sein solle.

»Schau dir mal die verdreckten Toiletten an«, wandte sich die Frau an den Gast, »die ich an jedem Morgen putzen muß. Schau dir die Spuren von Pisse hinten am Haus an. Ich stelle mir vor, daß es bequem wäre, Gäste zu haben, die so ausschauen tun wie ihr drei, Bier trinken, von mir aus auf die Regierung schimpfen, am Ende brav ihre Zeche bezahlen, um dann nach Hause zu gehen, ohne mir die Toiletten und das Haus versaut zu haben.«

Die drei Männer protestierten. Keiner von ihnen hätte je ...

»Regt euch nicht auf«, unterbrach die Wirtin ihre Gäste und stellte ihnen drei ordentlich gezapfte Biere hin, die trotz der schönen, weißen Schaumkronen etwas von einem Trostpreis an sich hatten. Dann zündete sie sich eine Zigarette an und fragte Lukastik, was sie für ihn tun könne.

Lukastik warf einen letzten Blick auf die beiden künstlichen Fische, stellte sich an die Bar und bat um einen Kaffee, schwarz und ohne Zucker. Während die Frau sich zur Espressomaschine umdrehte, fragte Lukastik, ob sie eine besondere Vorliebe für Fische habe.

»Nicht unbedingt«, sagte die Frau. »Aber die beiden Japaner sind okay. So originalgetreu sie aussehen, gibt es eine Grenze. Sie fressen nicht, also scheißen sie auch nicht.«

»Und die Pflanzen?«

»Irgendein Kunststoff.«

»Wozu dann die Filteranlage?«

»Jeder neue Gast würde mich darauf ansprechen, daß ich meine Fische umbringe, wenn ich das Wasser nicht durchlüfte. Ich habe keine Lust, als eine Tierquälerin dazustehen. Und ich habe keine Lust, jedem zu erklären, daß diese Fische Roboter sind.«

»Mir haben Sie es aber erklärt.«

»Das war vielleicht ein Fehler«, überlegte die Frau und entließ einen kleinen, spitzen Seufzer, der eher zu einer mageren, knochigen Person gepaßt hätte.

Wie um ihren Fehlerverdacht zu bestätigen, nannte Lukastik jetzt seinen Namen und seine Funktion als Chefinspektor der Wiener Kriminalpolizei. Es widersprach seinem Wesen, eine solche Tatsache hintanzuhalten und Leute, verdächtig oder nicht, hereinlegen zu wollen. Undercoveraktionen empfand er als Anpassung an eine kriminelle Methodik. Das wäre gewesen, als hätte sich ein Schiedsrichter am Foulspiel der Akteure beteiligt. Als hätte er Beine gestellt.

Die Frau schenkte ihm nun einen Blick, der nichts Feindseliges besaß, bloß über jene Wachheit verfügte, die dem Erscheinen eines Beamten angemessen war. Sie servierte den Kaffee mit der ruhigen Hand einer Schachspielerin, der es noch immer gelungen war, die richtigen Figuren zu opfern. Anschließend griff sie nach ihrer Zigarette, tat einen Zug, als verschlucke sie einen kleinen Gott oder zumindest einen kleinen Prinzen, legte sie wieder ab und erklärte, ihr Name sei Selma, Selma Beduzzi, sie sei die Pächterin der Tankstelle. Zusammen mit ihrem Mann.

»Beduzzi?«

»Die Vorfahren meines Mannes stammen aus Italien. Aber von denen ist uns allein der Name geblieben. Mit unserem Namen ist es wie mit einer Flasche Wein, die im Keller steht und schon zu alt ist, als daß man sich traut, sie aufzumachen.«

»Sie meinen, weil der Wein zu wertvoll ist, um ihn zu trinken.«

»Ich meine, weil er verdorben sein könnte.«

Lukastik runzelte die Stirn, besann sich dann aber und meinte: »Guter Kaffee.«

»Sie haben recht. Die Kaffeemaschine stammt auch aus Italien. Aber die stand schon hier, als wir eingezogen sind. – Also? Womit kann ich Ihnen dienen? Wenn man bedenkt, wie spät es ist und woher Sie kommen.«

»Wien ist nicht die Mongolei«, stellte Lukastik fest, um das Relative der Entfernung zwischen den Städten Wien und Zwettl zu betonen. Aber Frau Beduzzi hatte natürlich recht. Zwischen den beiden Orten lag irgendwo eine Grenze, und zwar nicht jene offenkundige, die zwischen Stadt und Land behauptet wird, zwischen Provinz und Metropole, sondern viel eher eine, wie Wittgenstein sie beschreibt, wenn er meint, um dem Denken eine Grenze zu ziehen, müßten wir beide Seiten dieser Grenze denken können, was – wie Wittgenstein in der Klammer beifügt – bedeuten würde, wir müßten denken können, was sich nicht denken läßt.

So ist es auch mit der Grenze, die irgendwo zwischen Zwettl und Wien liegt. Im Grunde ist es unmöglich, auf der einen Seite stehend sich eine Vorstellung von der anderen zu machen. Man ist entweder da oder dort, gehört entweder dahin oder dorthin, und der Bereich jenseits der Grenze ist eigentlich stets undenkbar und nicht zu fassen.

Lukastik erklärte, erwartet zu haben, zwei seiner Wiener Kollegen hier anzutreffen.

Selma Beduzzi nahm ihre Zigarette wieder auf, tat einen letzten, beiläufigen Zug und drückte sie dann in einen gläsernen Aschenbecher. Gleichzeitig schüttelte sie den Kopf. Nur wenige Gäste hätten an diesem Abend hierhergefunden, und von einem jeden wäre sie in der Lage, den Namen zu nennen. Auch zwei Gendarmen seien darunter gewesen, aber eben mit Sicherheit keine Polizisten aus Wien.

»Was wollten die Gendarmen?« erkundigte sich Lukastik.

»Die sehen immer mal vorbei, wenn sie auf Streife sind. Legen eine kleine Pause ein.«

»Was Sie nicht sagen.«

»Ich nehme an, Sie wollen wissen, ob heute etwas anders war als sonst. Nichts war anders. Zumindest, bis Sie zur Tür hereinkamen.«

Lukastik ignorierte die Bemerkung und fragte: »Sie vermieten Zimmer?«

Selma Beduzzis wachsamer Blick verengte sich wie unter dem Eindruck einer aufsteigenden Flamme. Sie spürte gewissermaßen das Fanal und gab eine vorsichtige Antwort: »Ja, ich vermiete Zimmer. Sie wollen doch nicht etwa hier übernachten?«

»Wäre das ungehörig?« staunte Lukastik und warf einen fragenden Blick hinüber zu den drei Männern, als habe er soeben erkennen müssen, sich in einem Stundenhotel zu befinden.

»Lassen Sie das bitte!« verlangte Frau Beduzzi, was auch immer sie damit sagen wollte. Jedenfalls erklärte sie, im äußersten Flügel des Gebäudes, jenem ruhigen, von einer Holzfassade eingebundenen Teil über sechs komfortable Gästezimmer zu verfügen, Doppelzimmer, die sie aber in der Regel als Einzelzimmer vermiete. Zumeist an Vertreter, eher selten an Durchreisende. Hin und wieder auch an Architekturstudenten.

»Verständlich«, sagte Lukastik. »Bei einer solchen Tankstelle.«

»Finden Sie?« verzog Selma Beduzzi ihr Gesicht, womit wohl gemeint war, daß sie wenig für dieses glatte, fahrbahnartig geschwungene Bauwerk übrig hatte. Vielleicht aus einer ästhetischen Aversion heraus, vielleicht, da sie besser als jede andere Person über die Tücken der Konstruktion Bescheid wußte.

»Ja«, sagte Lukastik.

»Was ja?« fragte Beduzzi.

»Ich werde hier übernachten.«

»Wie Sie wollen.« Es klang nicht ausgesprochen unfreundlich. Eher ein wenig gequält. Oder auch mitleidig.

Einen Moment überlegte Lukastik, dann fragte er Selma Beduzzi, ob sie einen Egon Sternbach kenne.

»Natürlich. Das ist unser Friseur. Sagen Sie nicht, daß Sie wegen dem hier sind.«

»Warum denn nicht?«

»Ja. Warum eigentlich nicht?« korrigierte sich die Frau. »Er ist ein wahrer Meister. Ein Genie. Es gibt Leute, die aus Krems oder Melk hierherkommen, um sich von ihm die Haare machen zu lassen.«

»Ein ungewöhnlicher Ort für einen Friseur«, meinte Lukastik.

»Ach wo! Im Unterschied zu mir ist er ganz hingerissen von unserem Gebäude. Er liebt es richtiggehend. Er nennt es *sein Schloß*. Und selbst wenn man ihm ein Wiener Palais anbieten würde, tät er von hier nicht weggehen. Eine treue Seele. Aber trotzdem ein wahrer Künstler.«

Dabei griff sich Selma Beduzzi ins Haar, wie um ihre Aussage zu unterstreichen. Woraus sich ein zauberisches Geräusch ergab, gleich dem Abbrennen einer Wunderkerze. Zumindest erklang dieser weihnachtliche Funkenschlag in Lukastiks Einbildung. Immerhin hatte er einen harten Tag hinter sich und spürte jetzt, daß etwas wie ein leichter Rausch sich seiner bemächtigte. Eine wenn auch bloß minimale Verschiebung und Verzerrung der Bilder und Töne, so doch ein gewisser Einbruch des Realen, eine feine Trübung der Sinne.

»Ich habe noch eine Frage«, sagte Lukastik. »Eine Frage, die sich vielleicht nicht gehört, die ich aber dennoch stellen muß. Wissen Sie, ob Herr Sternbach unter einem Gehörschaden leidet?«

»Was soll denn das bedeuten?«

»Geben Sie einfach eine Antwort.«

»Wollen Sie nicht lieber wissen, wieviel Kilo ich auf die Waage bringe?« meinte Selma Beduzzi mit einem Lächeln, das wie die Schneide eines Teppichmessers zwischen ihren Lippen aufblitzte.

»Nein«, sagte Lukastik und wartete.

»Herr Sternbach besitzt – soweit ich weiß – ein ganz normales Gehör. Es ist zwar nicht so, daß wenn man ihn ruft, er wie ein braves Hündchen angetrabt kommt. Aber das ist von einem Friseur auch nicht zu erwarten. Oder?«

»Wo finde ich ihn?«

»Er bewohnt eines der Gästezimmer. Aber ich denke, den Rest soll er Ihnen selbst erzählen.«

Entgegen seinem eigentlichen Impuls, sich endlich in den überfälligen Schlaf zurückzuziehen, verlangte Richard Lukastik danach, Sternbach zu sehen. Jetzt und hier.

»Wie denn?« staunte Frau Beduzzi. »Damit er Ihnen die Haare schneidet? Was denken Sie sich eigentlich?«

Dabei warf sie einen verächtlichen Blick auf Lukastiks braunes, von einem Schuß Rot aufgeheiztes Haar, das im Anschluß an eine hohe, feuchte Stirne zwar präzise nach hinten gekämmt war, aber als ein bloß schütterer Belag die helle Kopfhaut fadenscheinig abdeckte. Unterhalb von dem wenigen Haar und diesem Zuviel an Stirn eröffnete sich Lukastiks strenges, gleichzeitig volles und kantiges Gesicht, das eine schwarzweiße Färbung besaß. Ein Vierziger-Jahre-Gesicht. Ein Gründgens-Gesicht.

»Liebe Frau Beduzzi«, sagte er und beugte sich über die Theke, wobei er mit einem gestreckten Finger rechthaberisch auf die Platte klopfte, »Sie mögen das gutheißen oder auch nicht, aber ich vertrete hier den Staat und nicht meine eigene Haarpracht. Was denken Sie, warum ich mitten in der Nacht ans Ende der zivilisierten Welt reise? Um mir künstliche Fische anzusehen? Um mir eine neue Haarfarbe verpassen zu lassen?«

»Das würde nichts bringen«, meinte Frau Beduzzi kühl.

»Richtig. Das sehe ich genauso. Seien Sie jetzt also so freundlich und rufen mir Herrn Sternbach.«

»Wenn es sein muß«, sagte Beduzzi und zündete sich eine weitere Zigarette an, wie um den hübschen Glanz in ihren Augen nicht zu gefährden. Sie wählte eine Nummer in ihr mobiles Telephon und ging gleichzeitig in einen Nebenraum. Aus der Ferne vernahm Lukastik zwar die Stimme, konnte jedoch nichts verstehen. Im Grunde war es unzulässig, daß Selma Beduzzi sich solcherart in die Lage versetzte, Sternbach zu warnen. Aber was hätte Lukastik tun sollen? Der schwergewichtigen und reizvollen Person ins Hinterzimmer folgen und sich den Vorwurf irgendeiner Belästigung einhandeln? Nein, er wollte seine Würde behalten, gerade hier, gerade an einem Ort, den er soeben als Endpunkt der Zivilisation definiert hatte.

Die drei anderen Gäste schwiegen. Es war ein beredtes Schweigen. Lukastik hatte verstanden. Sternbach war hier hoch geachtet. Ein Figaro mit goldenen Händen. Es war deutlich zu sehen: Auch die drei Männer, wahrlich keine Beaus, besaßen einen perfekten Haarschnitt, der das Feiste und Grobkörnige ihrer Gesichter ein wenig erträglicher machte. Gleich einem Krönchen, das die Blicke anzog.

Er sah nicht eigentlich wie ein Friseur aus, der Mann, der zehn Minuten später die Bar betrat. Diese gewisse Schrägstellung seiner Augenschlitze verriet, daß er bereits fest geschlafen hatte, als der Anruf gekommen war. Alles andere an ihm verwies hingegen auf einen Hang zur Perfektion. Sternbach stand also nicht etwa im Schlafmantel oder mit einem eilig übergezogenen, offenen Hemd vor Lukastik, sondern war mit einem dunklen Anzug bekleidet, der seinen schlanken Körper tadellos umgab. Ohne jedoch die augenfällige Penetranz jener Täuschung zu besitzen, die in allem Maßgeschneiderten steckt (das Maßgeschneiderte stellt ja gar nicht eine Betonung der wirklichen Verhältnisse dar, sondern vertuscht diese Verhältnisse mittels diverser Tricks).

Der Knoten seiner Krawatte besaß eine passende Größe. Dieser Knoten erinnerte an ein kleines Herz, das außerhalb getragen wurde. Hingegen besaß Sternbach weder einen Ohrring, noch waren seine schwarzen Haare gebleicht. Weder wirkte er schwul noch wie ein Italiener oder Südfranzose und redete auch nicht wie ein Kastrat. Er war ein mittelgroßer, schmaler, etwa fünfunddreißigjähriger Mann mit einem unauffälligen, brillen- und faltenlosen Gesicht, dessen einzige Anmaßung in einem zuweilen sanften Blick bestand. Im Grunde aber verhielt sich Sternbach nicht weniger ernst und konzentriert, als es die Situation gebot. Seine Stimme war klar und kräftig, besaß aber nichts, was man als den Geruch einer Stimme hätte bezeichnen können. Ja, der ganze Egon Sternbach schien geruchlos. Was ein wenig an jene Individuen erinnerte, die ohne einen Schatten auskommen und sich solcherart als Untote verraten.

Sternbach deutete eine Verbeugung an, reichte Lukastik die Hand und nannte seinen Namen, fragte aber nicht etwa, warum man ihn um diese Zeit aus dem Bett hole, sondern erkundigte sich, in welcher Weise er der Polizei von Wien behilflich sein könne.

»Gehen wir nach draußen«, schlug Lukastik vor.

Sternbach folgte dem Chefinspektor ins Freie. Es war kühl trotz Hochsommer, wie dies im Waldviertel so der Fall ist. Das Mondlicht änderte nichts daran, daß eine Menge Sterne deutlich am Nachthimmel standen. Wenigstens entsprach dies der Empfindung Lukastiks, der als Großstadtmensch nur selten dazukam, sich der Sterne bewußt zu werden und in der Folge an Gott zu denken. Darum auch waren die Leute auf dem Land im Schnitt um ein vielfaches religiöser. Einfach, weil sie zu viele Sterne sahen. Die häufige Ansicht der funkelnden Himmelskörper wirkte wie eine Pumpe, die ihnen Abend für Abend den Gedanken an den Schöpfer zutrug.

»Zigarette?« fragte Lukastik und stellte sich seinerseits vor.

Sternbach schüttelte den Kopf und ließ sich nun doch zu einer kleinen Spitze hinreißen, indem er meinte, er pflege nicht während seiner Nachtruhe zu rauchen.

»Ich hätte Sie nicht zu stören brauchen«, sagte Lukastik und blies – von seinem Atem getragen – eine schlanke Wolke ins Freie, »hätten meine Kollegen Sie erreicht.«

»Welche Kollegen?«

»Vor ein paar Stunden habe ich meinen Assistenten und eine Dame von der Spurensicherung hierhergeschickt, um Ihnen ein paar Fragen zu stellen.«

»Spurensicherung? Um Himmels willen. Das klingt ungewöhnlich ernst«, meinte Sternbach, ohne daß so etwas wie Sarkasmus anklang. Er schien aufrichtig erstaunt zu sein über die Brisanz der Angelegenheit und versicherte Lukastik, daß niemand von der Wiener Kriminalpolizei ihn aufgesucht habe. Er hätte wohl kaum schlafen können, wäre er zuvor von ermittelnden Beamten befragt worden. Er verfüge über angegriffene Nerven und einen schlechten Schlaf.

Die Sache mit den Nerven irritierte Lukastik. Sternbach wirkte alles andere als ein Neurastheniker, eher beherrscht und ruhig. Aber was wußte man schon? Es gab Leute, die halbtaub waren, und keiner merkte es.

Sternbach wollte wissen, worum es eigentlich gehe.

»Tragen Sie ein Hörgerät?« fragte Lukastik.

»Nein. Was soll die Frage?«

»Sie haben sich aber ein solches angeschafft. Eine Spezialanfertigung. Wir können das nachweisen.«

»Meine Güte. Und deshalb sind Sie hier?«

»Deshalb bin ich hier«, bestätigte Lukastik. »Also? Warum haben Sie das Gerät bestellt und auch abgeholt?«

»Ich bin Friseur.«

»Na und?«

»Die Leute kommen nicht bloß zu mir, damit ich ein wenig Schwung in ihre Haare bringe oder rette, was zu retten ist, sondern auch mit ihren Problemen. Ich will mich nicht zum Seelsorger hochstilisieren, das wäre eine Übertreibung, aber es gibt nun mal ein Naheverhältnis zwischen dem Friseur und seinem Kunden, das auch nicht viel anders ist als das zwischen Arzt und Patient oder Priester und Gläubigem.«

Es entstehe, erklärte Sternbach, eine beträchtliche Intimität, wenn man einem anderen Menschen ins Haar und auf den Kopf greife. Ganz abgesehen davon, daß ein Friseur ja nicht nur die Frisur, sondern den ganzen Menschen verändere. Zumindest glaubten das die Kunden. Wollten es glauben. Und ob das einem Friseur nun recht sei oder nicht, die Leute würden sich im Zuge dieser Beziehung erschreckend zutraulich benehmen.

»Diese Menschen«, beschrieb Sternbach, »kommen, um sich ihre Haare richten zu lassen, um ein wenig hübscher, glaubwürdiger oder eleganter zu werden, und schon reden sie über ihre kleinen und großen Schwierigkeiten, lassen jegliche Scham vermissen. Glauben Sie nur nicht, die Jungen wären da anders als die Alten. Ein jeder beginnt irgendwann zu erzählen, zu klagen, manche werden unflätig, andere brechen halb zusammen. Die meisten aber winseln bloß, flehen um Hilfe, flehen um einen Rat, als würde ihr Friseur eine Weisheit besitzen, über die kein Arzt oder Priester, kein Steuerberater oder Psychoanalytiker verfügt. Es sind geradezu unglaubliche Dinge, um die man als Friseur gebeten wird. Da ist die Sache mit dem Hörgerät ausgesprochen harmlos.«

»Wie harmlos?«

»Muß ich darüber reden? Ich habe eigentlich versprochen, Stillschweigen zu bewahren.«

»Glauben Sie mir«, sagte Lukastik. »Sie müssen. Selbst wenn Sie Arzt wären.«

»So brisant?«

»So brisant«, bejahte Lukastik.

»Also gut, »sagte Sternbach. »Vor einigen Jahren hat mich ein Kunde gebeten, ein solches Gerät für ihn zu besorgen. Dieser Mann ist nicht ganz einfach. Auch bezüglich seiner Haare. Er verlangt stets ein Wunder. Aber weder bin ich ein Bildhauer noch ein Perückenmacher. Und schon gar kein Schönheitschirurg. Nicht, daß dieser Mann einen solchen nötig hätte, nicht, daß er schlechtes Haar besitzt, keineswegs, aber er ist nun mal ziemlich exzessiv und unbescheiden. Um so schlimmer, als da vor ein paar Jahren seine Hörkraft abnahm. Das eine Ohr war nur gering betroffen, aber mit dem anderen gab es beträchtliche Probleme, eine Störung des Akustikus. Doch er wollte partout nichts dagegen unternehmen. Aber das geht natürlich nicht. Man kann sich nicht blind stellen, wenn man taub wird. Auch wenn es kaum vonnöten ist, alles zu verstehen, was da im Laufe eines Tages so verzapft wird. Niemand weiß das besser als ich. Allerdings zählt dazu, daß man selbst entscheiden kann, wann man weghört und wann man hinhört. Und es sieht auch nicht wirklich gut aus, einem Gesprächspartner immer nur sein halbwegs gesundes Ohr zuzuwenden.

Es wurde also unvermeidlich für den Mann, von dem ich spreche, sich zumindest für das schlechtere Ohr ein Hörgerät anzuschaffen. Doch weil es ihm eine unerträgliche Vorstellung war, sich selbst darum zu kümmern, hat er mich darum gebeten, dies für ihn zu übernehmen. Was heißt gebeten? Er hat es mir glattweg befohlen. Hat mich mit exakten Angaben und einem Abdruck seines Gehörgangs nach Wien geschickt, um ihm dieses spezielle Gerät zu beschaffen. Immerhin wußte er ganz genau, was denn nun sein Ohr nötig hatte. Trotzdem, ich hätte nein sagen müssen. Aber wann habe ich je nein gesagt?«

»Dieser Mann, dessen Namen Sie so priesterlich verschweigen, ist das ein eher sportlicher Typ?« fragte Lukastik.

»Das kann man wohl sagen. Fit bis in die Zehenspitzen. Soweit ich weiß, war er Olympiazweiter in irgendeiner Bootsart. Das ist zwar Ewigkeiten her, aber er ist noch immer in Schuß, wie man so sagt.«

»In meinem Alter?«

»In Ihrem Alter, so ungefähr. Sie wollen jetzt aber hoffentlich nicht von mir hören, ich würde Sie ebenfalls für fit bis in die Zehenspitzen halten.«

»Nicht nötig«, erwiderte Lukastik und zog eine Fotographie aus seiner Anzugtasche, die das Gesicht jenes toten Mannes zeigte, den man morgens aus einem Schwimmbad gezogen hatte.

Lukastik hielt die Abbildung ins Licht, das aus dem Inneren der Tankstelle fiel. Sternbach betrachtete es eine Weile, dann erklärte er, ja, das sei die Person, in dessen Auftrag er ein Hörgerät erworben habe.

»Haben Sie ihn sofort erkannt?« fragte Lukastik.

»Eigentlich schon«, antwortete Sternbach. »Aber er sieht nicht wirklich gut aus auf diesem Bild. Krank ... oder vielleicht ... nun, er wirkt ziemlich tot.«

»Er war gewissermaßen zu lange im Wasser«, erklärte Lukastik.

»Was heißt das? Gewissermaßen?«

»Er ist nicht ertrunken, wie Menschen dies in der Regel zu tun pflegen. Sein Tod war kein Unfall.«

»Sondern?«

»Später«, sagte Lukastik. »Wir sind gerade erst am Beginn unserer Ermittlungen und wissen noch nicht mal seinen Namen. Deshalb stehe ich ja mitten in der Nacht an diesem verlorenen Ort und halte Sie und mich vom Schlafen ab. Also, wie heißt der Mann?«

»Tobias Oborin.«

»Was ist das für ein Name?«

»Ein tschechischer. Aber Oborin ist kein richtiger Tscheche, mehr ein abhanden gekommener. Vergessen wir nicht, er hat eine Silbermedaille für Österreich gewonnen. Viel mehr kann man für dieses Land nicht tun, nicht wahr?«

Es klang nicht wirklich, als würde Sternbach die Bemerkung mit der Medaille ernst meinen. Weshalb Lukastik auch gar nicht erst reagierte, sondern wissen wollte, wo er Oborins Wohnung finde.

»Am Rande von Zwettl. Er hat dort ein Haus stehen. Ich kann Ihnen die Adresse aufschreiben ... Sie wollen doch nicht jetzt noch hin?«

»Nun, Herr Oborin ist tot«, resümierte Lukastik, »und sein Haus kann uns nicht davonlaufen. Es wird reichen, mir das morgen anzusehen. Wobei es gut wäre, wenn Sie mich begleiten könnten.«

»Ich habe eine Arbeit.«

»Sie sind wohl nicht allein mit dieser Arbeit.«

»Ein Geschäft ohne Chef wirkt auf die meisten Kunden bedrohlich. Wie ein Winter ohne Schnee. Oder eine Uhr ohne Zeiger.«

»Damit werden Ihre Kunden leben müssen. Einen Vormittag lang. Ohne Schnee und ohne Zeiger.«

»Wenn Sie es wünschen. Ich kann mich wohl kaum weigern, jetzt, wo ich unter Verdacht stehe.«

»Wie kommen Sie darauf? Ich halte Ihre Geschichte für durchaus glaubwürdig. Um so mehr, wenn ich bedenke, daß Sie das Hörgerät unter Ihrem eigenen Namen bestellt haben. Das spricht nicht gerade für Kalkül und Vorsicht. Und ein wenig von beidem erwarte ich mir schon im Falle des Mörders. Nein, Herrn Sternbach, wenn Sie der Polizei helfen, dann tun Sie das natürlich freiwillig. Allerdings wäre jede andere Reaktion nicht bloß asozial, sondern dazu angetan, mich gehörig zu verärgern.«

»Das soll nicht sein«, sagte Sternbach.

Lukastik nickte. Dann fragte er, in welchen Verhältnissen Oborin gelebt und worin seine Arbeit bestanden habe.

»Er war allein, soweit ich weiß«, sagte Sternbach. »Hat sich vor Jahren scheiden lassen. Die Frau ist nach Linz gezogen. Sein Beruf ... also, wissen Sie, ich denke, daß er auch einige Male für die Polizei tätig gewesen ist. Beziehungsweise als Experte vor Gericht. Oborin war Graphologe. In erster Linie natürlich als Gutachter, aber er hat auch ein paar Bücher verfaßt. Populäres, wenn man das sagen darf. Damit jeder sein eigener kleiner Experte sein kann.«

Sternbach behauptete, Oborin sei ein versierter, verläßlicher Gutachter gewesen, jedoch allzu verbissen in die Vorstellung von der Handschrift als einem Röntgenbild der Seele, um noch als normal gelten zu dürfen. Alles an ihm habe ein wenig wahnsinnig angemutet, sein Körperkult, die Unzufriedenheit mit seinen an sich schönen Haaren, die Besessenheit, mit der er sich auf jedermanns Handschrift gestürzt habe. »Bevor er sich das erste Mal von mir hat frisieren lassen, mußte ich ihm auf einem Zettel einen Satz aufschreiben.«

»Was für einen Satz?«

»*Wer schreibt, verrät sich*. Ich fand das ziemlich absurd. Vor allem, mich zu etwas Derartigem zwingen zu lassen. Aber wie ich schon sagte, ich tue mich schrecklich schwer, nein zu sagen.«

»Der Friseur als guter Mensch«, spöttelte Lukastik.

»Der Friseur als schwacher Mensch«, verbesserte Sternbach. »Jedenfalls habe ich nicht gleich begriffen, daß Tobias Oborin allein an meiner Handschrift interessiert gewesen ist, an der Physiognomie der Zeichen, wie er das nannte. Er wollte, daß ich mich offenbare. Was denn auch geschehen ist, in seinen Augen. Offensichtlich hat ihm mein Geschmiere zugesagt. Er hätte sich ansonsten kaum von mir frisieren lassen.«

»Klingt paranoid.«

»Das wird Oborin wohl gewesen sein.«

»Mir kommt es so vor, als seien Sie nicht wirklich überrascht vom gewaltsamen Ende Ihres Kunden.«

»Nun, ich falle deshalb nicht aus allen Wolken«, sagte Sternbach. »Es hätte kaum gepaßt, wäre Oborin einem kleinbürgerlichen Herzinfarkt zum Opfer gefallen. Aber wenn Sie denken, ich wüßte etwas über etwaige Feinde, irren Sie sich.«

»Wenn Sie seine Feinde nicht kannten, dann vielleicht seine Freunde.«

»Freunde? Keine Ahnung. So nahe waren wir uns wirklich nicht, als daß ich Ihnen sagen könnte, mit wem er sein Bier getrunken hat. Wenn es denn überhaupt Bier gewesen ist. Was ich sagen kann, ist nur, daß er oft mit Leuten aus dem Stift zu tun hatte.«

»Stift Zwettl?«

»Ja«, sagte Sternbach. »Oborin hat sich nebenbei mit mittelalterlichen Handschriften beschäftigt. Nicht in einem professionellen Sinn, sondern als sachkundiger Laie. Er war ein Förderer der Handschriftensammlung, hat einen schönen Haufen Geld gespendet.«

»War er reich?«

»Er war vermögend.«

»Wie? Als Graphologe?« staunte Lukastik.

»Vergessen Sie seine Bücher nicht. Die Leute mögen so etwas. Sich die Handschrift von jemand ansehen und dann die Entscheidung treffen, ob man mit dieser Person Kinder haben möchte oder nicht.«

»Ja, das wäre praktisch, wenn man sich darauf verlassen könnte.«

»Oborins Leser tun das wohl. Mich dürfen Sie nicht fragen. Graphologie ist nicht meine Domäne. Ich lese gewissermaßen in den Haaren der Menschen.«

»Und was liest man dort?« fragte Lukastik.

»Triviales.«

Lukastik warf eine weitere zu Ende gerauchte Zigarette zu Boden. Er spürte Sternbachs Blick, welcher zu besagen schien, daß es so nahe der Tanksäulen angebracht wäre, die Zigarette auszutreten. Aber Lukastik blieb natürlich konsequent.

Eine Weile standen die beiden Männer einfach da und froren. Endlich entschied Lukastik: »Gehen wir schlafen. Ich schlage vor, wir treffen uns um acht Uhr in der Bar auf einen

Kaffee. Danach fahren wir nach Zwettl, und Sie zeigen mir Oborins Haus.«

»Sie müssen wissen, was zu tun ist«, meinte Sternbach resignierend.

»Ja, das muß ich«, sagte Lukastik.

Minuten später dirigierte Selma Beduzzi ihren neuen Gast durch einen schmalen, fenster- und schmucklosen Verbindungsgang in jenen häkchenartig auskragenden Gebäudeabschnitt, in dem die Zimmer lagen. Der Flur – breiter, aber ebenso schmucklos – bestach durch eine reizvoll fleckige, silbergraue Wandbemalung, die einen metallischen Glanz besaß, aber eine Struktur wie von Schimmel.

Nicht minder ungewöhnlich mutete das Zimmer an, in das Lukastik geführt wurde. Ungewöhnlich, angesichts der ländlichen Umgebung, die hier freilich kaum ins Gewicht fiel. Bloß ein handbreiter Glasstreifen, der jedoch eine gesamte Zimmerlänge durchmaß, gab den Blick nach draußen frei, in das vollkommene Dunkel eines nächtlichen Waldes. Dieselben hölzernen, betonartig derben Latten, welche an dieser Stelle die Fassade bestimmten, bildeten auch die innere Verschalung der Wände und des Plafonds. Der Boden hingegen bestand aus lichtblauem Kunststoff, auf dem ein weißes Bett, ein kleiner, weißer Schreibtisch und noch etwas anderes Weißes standen, das man für einen überdimensionalen Aschenbecher oder ein freistehendes Weihwasserbecken halten konnte, wobei es sich aber wohl schlichtweg um einen Hocker handelte. Dazu ein Fernsehgerät, nicht minder weiß, sowie ein niedriger Bartisch, weiß, aber leer.

Alles war blitzblank, wie nie benutzt. Es roch weder nach Wald noch nach Reinigungsmitteln. Überspitzt gesagt, es roch nach frisch gewaschenem Kleinkind, eine Assoziation, die sich Lukastik wohl in Folge seiner zweifachen Begegnung mit einem Kinderwagen aufdrängte. Nicht, daß er auch nur eine Ahnung besaß, wie frischgewaschene Babys rochen.

Durch eine gläserne, ebenfalls blaue Tür gelangte man in ein kleines Badezimmer, im Grunde eine Duschzelle, aus deren weiß gekachelten Wänden eine Toilette, ein Waschbecken und drei verschieden hoch angebrachte Brauseköpfe wie kleine Kobolde herausstanden. Dieses Badezimmer hatte etwas von einem keimfreien und piekfeinen Vogelkäfig.

Nachdem Lukastik seinen Kopf aus dem Badezimmer wieder herausgezogen hatte, wandte er sich an Frau Beduzzi mit der Bitte, ihn gegen halb sieben zu wecken. Dabei warf er einen Blick auf das weiße Telephon, das oberhalb des Bettes an die Wand montiert war.

»Halb sieben. Gut!« sagte Selma Beduzzi. »Sonst noch was?«

»Die Jacke, die Sie da tragen ...«

»Ein schönes Stück. Nicht wahr?«

»Ein schönes Stück«, bestätigte Lukastik, der sich nicht sicher war, was er eigentlich damit bezweckte, dieses lederne Unikum zu erwähnen. Er wollte keineswegs die Geschichte dieser Jacke erfahren. Also beeilte er sich, Frau Beduzzi eine gute Nacht zu wünschen.

»Ihnen auch«, sagte sie und verließ den Raum mit einer Bewegung, die etwas von der Beiläufigkeit besaß, mit der Großkatzen durch Feuerringe zu springen pflegen.

Lukastik setzte sich aufs Bett und griff nach seinem Handy. Er rief in seiner Abteilung an, um sich nach Jordan und Boehm zu erkundigen. Doch von den beiden war keine Meldung eingegangen. Der Versuch, über Funk einen Kontakt herzustellen, hatte sich als ergebnislos erwiesen. Auch die Handys waren noch immer in den Boxen geparkt. Kommunikationstechnisch gesehen waren Jordan und Boehm aus der Welt herausgefallen, praktisch über die Kante gerutscht, die einen scheibenförmigen Planeten so gefährlich macht.

Lukastik gab Anweisung, ihn sofort zu informieren, wenn sich die beiden meldeten. Zu jeder Zeit. Dann fragte er, ob sich sonst etwas getan habe.

»Nichts Ungewöhnliches. Nur die übliche Aufregung im Gartenpalast«, sagte der Mann vom Nachtdienst. *Gartenpalast* war eine interne Chiffre für jene Sphäre, die den Major betraf. Beziehungsweise stand sie für alles, was vom Major aufwärts sich ereignete. Der *Gartenpalast*, das war das Geflecht aus Politik, Justiz und leitenden Polizeibeamten, ein

Geflecht permanenter Abwägungen. Eine Welt viel weniger der Korruption als der Rücksichtnahme. Eine Operettenbühne, in der es Leute gab, die Präsident oder General oder Kanzler oder Hofrat hießen, oder eben Major, geradeso, als steckte man noch bis zum Hals in der Welt von gestern.

»Ach, der Gartenpalast!« stöhnte Lukastik und wollte auch gar nicht wissen, wer was forderte. Er sagte bloß: »Armer Major.«

Eigentlich wäre es vernünftig gewesen, wenn Lukastik durchgegeben hätte, wo er sich gerade befand. Aber er unterließ dies. Überhaupt tendierte er dazu, soviel als möglich für sich zu behalten. Wie gesagt, er fürchtete den Stumpfsinn der anderen. Und er fürchtete eine Inflation von Entscheidungen und Interventionen.

Lukastik legte auf und schlüpfte aus seinen Kleidern, die er ordentlich gefaltet auf jenem weißen, großen Aschenbecher ablegte. Bloß noch mit seiner Unterhose bekleidet – ein wenig wie der Mann, der nach Adam kam –, ging er ins Badezimmer, nahm die bereitgestellte kleine Zahnbürste sowie eine Tube, die beide in seinen Händen wie Kinderspielzeug lagen, und putzte seine Zähne mit der üblichen Genauigkeit und Geduld.

Zurück im Zimmer, schaltete er das Licht ab, bewegte sich blind durch die einhellige Schwärze und legte sich in sein Bett, das trotz der Last seines Polizistenkörpers völlig tonlos blieb. Bei aller Müdigkeit versagte sich Lukastik ein sofortiger Schlaf. Er lag da, gerade auf dem Rücken und, die Hände angelegt, wie dies Kranke tun, die eine Visite erwarten und nicht durch Nachlässigkeit auffallen wollen. Seine Atmung ging schwer und rasch. Er registrierte den Klang seines Herzens, in der Art, in der man fremde Schritte draußen auf dem Flur vernimmt. Eine Folge von Gedanken bildete eine Kette, die gleichsam über seinem Kopf tanzte. Richard Lukastik dachte gerne über die Unterschiede zwischen der Wirklichkeit seines Berufs und der Darstellung desselben in den abendlichen und nächtlichen Fernsehprogrammen nach. So oft er konnte, konsumierte er diese Filme. Nie ohne ein ungläubiges Schmunzeln oder eine leichte Erregung. Er war in diesen Momenten wie ein Tier, das sich einen Naturfilm ansieht und sich nur so wundern kann, welch abgehobene Sichtweise die Dokumentaristen von den tatsächlichen Verhältnissen entwickeln. Wie sehr sie bemüht sind, die Welt zu zerlegen und aufzuschrauben, um dann den ganzen Haufen von Einzelteilen als Bild der Natur zu verkaufen. Kein Zebra und kein Löwe erkannte sich in diesen Filmen wieder. Es war, als verlangte man von einem Hochhaus, es solle das Foto einer Garage als Porträt von sich selbst akzeptieren.

Lukastik überlegte jetzt, daß sich in so gut wie allen diesen Kriminalgeschichten nach kurzer Zeit ein übersichtlicher Kreis von Verdächtigen ergab, aus denen schließlich ein oder mehrere Täter hervorgingen. Nie geschah es, daß Minuten vor dem Ende und der Auflösung eine völlig neue, bislang unerwähnt gebliebene Figur ins Spiel kam, die sich als eigentlich Schuldiger entpuppte. Während dies hingegen in der Realität durchaus der Fall sein konnte. Immer wieder trat der Umstand ein, daß die vielversprechende Liste der Tatverdächtigen im Augenblick einer einzigen, kleinen Erkenntnis verpuffte und sich der Blick jemand zuwandte, der bis dahin noch gar nicht existiert hatte. Zumindest nicht im Bewußtsein der untersuchenden Beamten. Für Lukastik war das *der Mörder im toten Winkel.*

»Stell mich selbst in einen Winkel/dort zu bösen Menschen hin«, dichtete Lukastik, welcher jetzt wie ein loser Zahn zwischen Schlaf und Wachsein hing, »steh im Schein der schlimmen Helden/welcher Trost, daß ich hier bin.«

Nun gut, wenn der Sinn dieser Lyrik darin bestand, endlich wegzunicken, dann ging das in Ordnung.

Tatsächlich fiel kurz darauf der Zahn aus dem Mund. Lukastik war eingeschlafen.

9

»Wo sind die Fische?« fragte Lukastik, als er am nächsten Morgen zur Bar kam und vor dem leeren Aquarium stehenblieb.

Selma Beduzzi hantierte gerade an ihrer italienischen Kaffeemaschine, in einer Weise, als bediene sie einen Spielautomaten und als sei also jeder gelungene Kaffee eine Folge puren Glücks. Sie schob ihren Kopf in Richtung Lukastik, schenkte ihm ein hellwaches Lächeln und erklärte, die beiden Fische würden gerade an der Steckdose hängen und aufgeladen werden. Dann fragte sie, wie er geschlafen habe.

»Ausgezeichnet«, antwortete er. Tatsächlich fühlte er sich frisch wie noch selten an einem Morgen.

»Die Betten sind in Ordnung, das muß man dem Architekten lassen«, sagte Selma Beduzzi, die wieder ihre weiße Cowboyjacke trug.

»Warum eigentlich *Rolands Teich*?« fragte Lukastik und bestellte einen doppelten Espresso.

»Irgend jemanden muß man ja heiraten. Und Herr Roland ist nicht der schlechteste Mensch, der mir in meinem Leben untergekommen ist. An die wahre Liebe glaube ich nicht. Das ist eine dumme Erfindung von Leuten, die fürs Erfinden bezahlt werden. Schriftsteller und so.«

Chefinspektor Lukastik war verwirrt. Er hatte bloß wissen wollen, weshalb eine Tankstelle *Rolands Teich* hieß. Nachhakend fragte er: »Roland Beduzzi?«

»Ja. Mein Mann.«

»Warum aber *Teich*? Was hat Ihr Mann mit einem Teich zu tun? Um so mehr, als ich hier nirgends einen sehen kann.«

»*Rolands Tankstelle* oder gar *Beduzzis Tankstelle* – wie hätte das geklungen?« gab die Dame des Hauses zu bedenken und erwähnte die zufällige Ähnlichkeit der portugiesischen Vokabel »tanque« mit dem deutschen »Tank«. Tanque bedeute Teich. Und es höre sich ja nun wirklich sehr viel hübscher an, wenn man eine solche Tränke – und nichts anderes sei eine Tankstelle – mit einem Teich gleichsetze.

»Da haben Sie schon recht«, sagte Lukastik.

Zwei junge Frauen kamen herein. In ihren Augen verbarg sich ein Rest von Nacht. Der Geruch von Parfüm rollte wie eine Sturmflut vor ihnen her. Sie grüßten Frau Beduzzi mit jener Art von Respekt, in der ein kleiner Brocken Verachtung steckt. Wahrscheinlich war es die Cowboyjacke, deren Anblick ihnen ein Problem bereitete. Nicht jeder Mensch ist in der Lage, die Schönheit von Kitsch dadurch zu erkennen, daß sich dieser Kitsch am richtigen Ort befindet, die richtige Person umgibt.

Nachdem die beiden Frauen sich in einer Ecke niedergelassen hatten, verriet Selma Beduzzi: »Sternbachs Angestellte.

Wenn ich Sie wäre, Herr Inspektor, würde ich mir von diesen Zicken nicht einmal den Nacken ausrasieren lassen.«

»Ich habe nicht vor, zum Friseur zu gehen.«

»Nicht?« wunderte sich Frau Beduzzi und stellte den fertigen Kaffee vor Lukastik hin. »Ich dachte, Sie sind mit Sternbach verabredet. Was man so hört.«

»Nicht zum Haareschneiden.«

»Sondern?«

»Neugierde ist keine Zierde«, verkündete Lukastik.

»Na, dann werden Sie mal mit der Neugierde Ihrer Kollegen fertig«, sagte Frau Beduzzi.

»Was meinen Sie?«

»Draußen wartet Ihr Empfangskomitee. Ein Wagen von der Zwettler Gendarmerie.«

»Haben die nichts zu tun?« beschwerte sich Lukastik, griff mit einer Hand nach der Untertasse, mittels derer er die gefüllte Mokkatasse hochhob, und ging aus der Bar hinaus.

Als er an der Kasse vorbeikam, saß dort ein Mann mit einem zuckenden Auge. Klein, aber zäh. Die Ärmel hochgesteckt, die Haut faltig und gebräunt. Eine Brille lag neben ihm auf der Theke, wie eine Waffe, die er zur Not benutzen konnte. Lukastik war überzeugt, es handle sich um Herrn Roland, der hier im Licht eines schräg einfallenden Lichtstrahls wie unter einem geknickten Baum verweilte. Es schien, als träume er mit offenen Augen. Jedenfalls blieb er stumm, und auch Lukastik sagte kein Wort.

Ein solches würde freilich fallen müssen, nachdem Lukastik nun über die breiten Treppen ins Freie getreten war. Der Himmel lag blau, aber von Dunst getrübt über der Landschaft. Lukastik erkannte einen schmalen Grünstreifen, welcher die Tankstelle von der Straße trennte. Ein Umstand, der seinen Eindruck von gestern nacht korrigierte, als ihm alles ein wenig verschmolzen erschienen war.

Die Überdachung filterte das Sonnenlicht, so daß Lukastik wie unter einer dichten Laube stand. Am Rande dieser Laube parkte der Polizeiwagen, aus dem jetzt zwei uniformierte Beamte stiegen und auf Lukastik zukamen. Bei ihm angekommen, salutierten die beiden, wobei der ältere, fast alt zu nen-

nende Mann diese Geste mit einer lockeren Schneidigkeit vollführte, als guillotiniere er einen Luftgeist.

Lukastik ersparte sich einen derartigen Gruß, nippte an seinem Kaffee und murmelte etwas von wegen seines Namens und seines Dienstgrades. Er war augenblicklich auf die arrogante Schiene aufgesprungen, obgleich die Schulterstücke des älteren Gendarmen auf einen Rang verwiesen, der über jenem Lukastiks lag.

»Grüß Gott«, sagte der Oberleutnant und stellte sich als Leiter des Postenkommandos Zwettl vor. Sein Name war Karl Prunner. Er war mehr eine Uniform als ein Mann. Aber nicht unsympathisch. Mit einem Blick aus zwei feuchten Augen sah er hinüber zu dem mattgoldenen Ford Mustang, der im grünen Schein der transparenten Überdachung wie vergoldetes Gemüse wirkte.

»Sieht man selten, so einen Wagen«, sagte Prunner.

»Was wollen Sie?« fragte Lukastik, als sei er bemüht, jemand von seinem Grundstück zu scheuchen.

Prunners Ton blieb ungebrochen freundlich, als er jetzt erklärte: »In der Regel informieren uns die Wiener Kollegen, wenn sie einen ihrer Beamten in unsere kleine, friedliche Welt entsenden.«

»Mich hat niemand *entsendet*, Herr Prunner. Ich verfüge über eine Freiheit, die es mir gestattet, nicht jede Auslandsreise vorher anmelden zu müssen.«

Prunner senkte seine Lider halb, wie um nicht den ganzen Lukastik, den ganzen impertinenten Großstädter betrachten zu müssen. Sodann erwähnte er die beiden anderen Wiener Kriminalpolizisten, von denen gemunkelt werde, sie seien ebenfalls nach Zwettl gekommen. Nur, daß niemand sie gesehen habe.

»Mich sehen Sie«, sagte Lukastik. »Das sollte doch eigentlich genügen.«

»Sie werden verstehen, Inspektor Lukastik, daß ich wissen möchte, was in meinem eigenen Revier gespielt wird. Außerdem würde ich Sie gerne unterstützen. Auch wenn ich noch nicht wissen kann, wobei eigentlich. Das müssen Sie mir schon erklären.«

»Erklärt wird im Gartenpalast«, sagte Lukastik, stellte seine leere Tasse auf einer der Zapfsäulen ab und winkte Sternbach zu sich, der soeben ins Freie getreten war.

»Gartenpalast?« fragte Prunner, den eine erste Unsicherheit erfaßt hatte, vergleichbar einem Eisschnelläufer, der sich genötigt sieht, in der Kurve auf die Eisfläche zu greifen.

Lukastik war bereits zum Gehen gewandt, als er Prunner jetzt empfahl, sich an Major Albrich zu wenden, welcher gewiß gerne bereit sei, über die Einzelheiten des Falls Auskunft zu geben und die Zusammenarbeit zwischen Wien und Zwettl auf das passende Niveau zu heben. Wozu er, Lukastik, keinesfalls in der Lage sei. Jetzt aber habe er zu tun.

Mit diesen Worten ließ er die beiden Gendarmen einfach stehen und begrüßte Sternbach. Beziehungsweise drängte er den Friseur von Prunner weg und lotste ihn hinüber zu seinem mattgoldenen Gefährt.

10

Oborins Haus lag auf einer Anhöhe, von der man einen schönen Blick auf die Stadt besaß, die im tiefstehenden Sonnenlicht und im Dampf aufsteigender Feuchtigkeit den Eindruck frischer, nasser, weißer Wäsche machte. Die einzelnen Häuser verschwammen zu langen Reihen aufgespannter Laken. Bereits jetzt am Morgen war die Sonne ein bissiges und aufdringliches Wesen. Lukastik fluchte angesichts der erneuten Hitze, welche dazu angetan war, die Geschehnisse eines Tages zur Suppeneinlage zu degradieren.

Als Lukastik nun vor dem zweistöckigen Wohnhaus stand, das gleich einer Absprungrampe aus dem schrägen Wiesengrundstück herausstand, schlüpfte er aus seinem Sakko und warf es sich um die Schulter. Ein erster Anflug von Klebrigkeit, dieses unangenehme Gefühl, Honig zu schwitzen, hatte sich seiner bemächtigt. Er ging einmal um das Gebäude herum, dessen Einfachheit ideenlos wirkte: Mauern mit Dach. Dazu eine Terrasse, auf der absolut nichts stand. Aber hinter der großen Scheibe zeichnete sich undeutlich eine minimale Bewegung ab.

Lukastik kehrte zum straßenseitigen Eingang zurück, wo Sternbach wartete und eine Spur hilflos wirkte, so ganz ohne die Nähe seines Friseurladens. Er war einer von diesen Menschen, die außerhalb ihrer Wirkungsstätte geradezu verblühten.

»Was jetzt?« fragte Sternbach müde.

»Wir gehen hinein«, sagte Lukastik. »Was dachten Sie denn?«

»Ohne Schlüssel?«

Unbeeindruckt trat Lukastik an die Tür heran und klingelte. Eine junge Frau öffnete, eine von diesen Fünfundzwanzigjährigen, die wie achtzehn aussehen. Vielleicht war es auch umgekehrt. Das ist ja oft eine Frage des Lichteinfalls oder einer bestimmten Mimik. In den Jahren nach der Pubertät sind viele Menschen wie Tiere und Pflanzen, die im Wind oder Licht oder Wasser oder auch bei Gefahr ihre Gestalt maßgeblich verändern. Jedenfalls handelte es sich hier um eine schlanke, ja dünne Person, deren blanker Bauchausschnitt zwischen dem Saum von Jeans und Shirt in der Art einer frei schwebenden, hellen Scheibe das Körperzentrum bildete. Sie besaß halblanges, rot und schwarz gesträhntes Haar, das an einigen Stellen schräg in die Höhe stand, dann wieder der Form des Kopfes folgte. Dazu trug sie ein kleines, spitzes Gesicht, ein Nichts von Mund und ein Nochweniger an Nase. Ihre Augen aber bildeten eine weite Öffnung, in welcher freilich nicht viel mehr zu erkennen war als ein Ausdruck von Langeweile. Indem sie ihren Mund öffnete, schien eine winzige Hülle zu platzen. Sie sagte: »Er ist nicht da.«

»Ja. Ich weiß«, gab Lukastik zurück und trat an der Frau vorbei ins Haus. Er mußte sie nicht etwa zur Seite drängen. Es war genügend Platz vorhanden.

»Sie können doch nicht ...«

»Polizei«, sagte der nachfolgende Sternbach und verwies dabei natürlich auf Lukastik. Doch weil ihm nichts weiteres über die Lippen kam, klang es so, als sei auch er selbst Polizist. Einen Moment genoß er dies sogar, genoß das bißchen Macht, das genaugenommen im »Recht auf Überfall« besteht. Und als er es nicht mehr genoß, war das Mädchen längst dazu übergegangen, Lukastik nachzugehen.

Selbiger hatte sich in einen großen Wohnraum begeben, der auf jene leere Terrasse wies. Auf den geschlossenen Scheiben zeichneten sich die Schmier- und Tropfenspuren von Dreck ab. Der Raum selbst jedoch wirkte sauber und ordentlich. Auf der einen Längsseite waren Kante an Kante beschriftete Papiere mit Reißnägeln aufgesteckt, welche beinahe die gesamte Wand ausfüllten.

Lukastik war sofort an diese Fläche herangetreten, in deren Angesicht er nun seinen Kopf in alle Richtungen schwenkte. Zweifellos handelte es sich hierbei nicht um originale Schriftstücke, sondern um Faksimiles. Anders wäre es nicht begreiflich gewesen, daß ein jedes Exemplar mit roten und blauen Anmerkungen vollgekritzelt war, beziehungsweise ein Meer von grünen Leuchtstreifen die Seiten untereinander verband und den Eindruck eines chaotischen Wegenetzes hervorrief.

Sämtliche dieser Kopien stellten die letzte oder einzige Seite eines Briefes dar, was mit sich brachte, daß auch ein jedes Blatt über eine Unterschrift verfügte. Berühmte Leute befanden sich darunter. Lukastik entzifferte Namen wie Weinheber, Galsworthy, Thatcher, Meinhof, Max Ernst und Konrad Lorenz. Stieß aber auch auf Namen, die ihm gar nichts sagten oder scheiterte an den graphischen Aufblähungen einiger Signaturen.

Auf den ersten Blick erschien es ihm – so dicht war das Netz –, als sei ein jedes Blatt mit einem jeden anderen durch wenigstens eine Linie verbunden, wobei die Enden dieser Verbindungsstrecken mit Ringen ausgestattet waren, welche einzelne Buchstaben oder auch ganze Wörter umschlossen. Die zusätzlichen, mit rotem oder blauem Stift vorgenommenen Anmerkungen und Randnotizen waren winzig und kaum zu lesen. Mit gutem Grund ging Lukastik davon aus, daß es sich dabei um Oborins eigene Schrift handelte. Auch stellte er nun mit einiger Freude fest, daß sich unter diesen faksimilierten Briefen einer aus der Feder Ludwig Wittgensteins befand, jenes berühmte und von Lukastik sofort erkannte Schreiben, das an Ludwig von Ficker gerichtet war und die Bemerkung beinhaltete, daß der *Tractatus* aus zwei Teilen, dem geschriebenen und dem nicht geschriebenen bestehe, wobei gerade dieser zweite, dieser *nicht* geschriebene Teil, der wichtigere sei.

Genau dieser Satz hatte Lukastik schon früh zu der Anschauung verführt, daß auch ganz grundsätzlich das nicht gelebte Leben das eigentlich bedeutende und wesentliche sei. Daß ein jeder Mensch sich primär durch jene Dinge auszeichnen würde, die er nicht tat. Und somit der Wert des einzelnen, sein Charakter, seine Persönlichkeit allein in seinen Unterlassungen zum Ausdruck komme. So war es beispielsweise für Lukastik in keiner Weise von Bedeutung, ob jemand besonders gut oder schlecht, besonders schnell oder langsam Ski fuhr, sondern es zählte einzig der Umstand, daß diese Person überhaupt *nicht* Ski fuhr. Daß sie konsequent darauf verzichtete, die Idiotie zu begehen, sich ohne Not über Schnee zu bewegen. Ein solcher Verzicht brauchte und sollte eigentlich gar nichts mit moralischen Begründungen zu tun haben – Umweltschutz et cetera –, sondern eine Folge ästhetischer, also ethischer Überlegungen darstellen. Logischer Gefühle, wie Lukastik das ein wenig schwammig nannte.

Der Chefinspektor löste sich schweren Herzens vom Anblick des Wittgensteinschen Briefes, der ja auch die Empfehlung enthielt, Ficker solle bloß das Vorwort und den Schluß des *Tractatus* lesen. Darin sei alles gesagt. – Mein Gott, wie viele Bücher würden dank einer solchen Empfehlung gesunden.

Lukastik sah hinüber zu der Frau, die jetzt mit verschränkten Händen in der Mitte des Zimmers stand. Er klang wie ein melodisches Bellen, als er jetzt wissen wollte: »Wer sind Sie?«

»Ich bin hier gemeldet«, antwortete sie. »Ist doch nicht illegal. Oder?«

»Das war nicht die Frage«, betonte der Kriminalist, dessen sprachliche Abstammung, also sein Wienerisch, gleich einem fernen Echo seine Sätze milde verstärkte. Während die Frau über einen Akzent verfügte, der eine ungarische Herkunft nahelegte, ohne daß dies aus einer jeden Silbe herauszuhören war. In bezug auf Wittgenstein könnte man sagen, ihr Ungarisch wurde weniger durch das Gesagte hörbar als vielmehr durch alles, was sie nicht sagte.

Jedenfalls war es ein ungarischer Name, mit dem sie sich jetzt vorstellte: »Kosáry Esther.«

»Eine Freundin der Tochter?« riet Lukastik.

»Eine Freundin des Vaters, wenn das für Sie so wichtig ist.«

Lukastik zog seine Lippen herunter und faltete seine Stirn.

»Sie halten mich wohl für vierzehn«, sagte Esther Kosáry. »Ich bin volljährig. Glauben Sie mir. Ich seh nur für diejenigen ein bißchen jung aus, die sich so was gerne vorstellen.«

»Ihr Alter kümmert mich nicht. Es ist Ihre Beziehung zu Herrn Oborin, die mich interessiert. Interessieren muß.«

»Warum das denn?«

Lukastik machte jetzt keine Faxen. Er sprach rasch: »Weil er tot ist. Ermordet wurde. Kann man so sagen.«

Im Gesicht der Frau passierte etwas, das wie der Ausfall von Strom war. Eine augenblickliche Unterbrechung, auf die nichts folgte. Zumindest nicht sofort.

Natürlich war Lukastik schon mehrmals gezwungen gewesen, eine solche Nachricht zu überbringen. Derartiges gehörte zu seinem Beruf, und im Grunde konnte er ganz gut damit leben. Nicht, weil er ein Sadist war. Vielmehr erkannte er, daß die meisten Hinterbliebenen sich zu einem Schock, einer Trauer geradezu zwingen mußten, als würde die Polizei einen solchen Schock und eine solche Trauer erwarten und verlangen. Jetzt einmal abgesehen davon, bei der toten Person handelte es sich um ein Kind. Die Eltern fielen zumeist aus dem gängigen Schema heraus. Eltern zerbrachen. Im Falle ermordeter Erwachsener aber ergab sich selten mehr als eine Kundgebung der Betroffenheit, welche Lukastik rasch zu unterbinden wußte.

Esther Kosáry jedoch stand da wie durchgeschnitten. Wie abgetrennt von sich selbst. Ihr Gesicht war nur noch ein unscharfer Fleck. Da war kein Platz für eine Träne oder einen Schrei. Da war für gar nichts Platz. Erst nachdem Lukastik ihr vorsichtig an die Schulter gefaßt hatte, wie um diese Schulter vor dem Abbrechen zu bewahren, hob die Frau den Kopf und betrachtete ungläubig den Chefinspektor. Dann sagte sie: »Ich hätte es tun sollen.«

»Was tun?« fragte Lukastik und zog seine Hand wieder zurück.

»Ihn töten. Tobias töten, bevor jemand anders dazu kommt, es zu tun.«

»Verstehe ich Sie recht? Sie meinen, er hat diesen Tod verdient. Nur, daß Sie das gerne selbst erledigt hätten.«

»Sie begreifen gar nichts. Ich habe Tobias geliebt. Und es ist normal, daß man einen geliebten Menschen völlig für sich haben möchte. Nicht nur mit Haut und Haaren, auch mit dem Tod, der zu diesem Menschen dazugehört. Und jetzt hat irgend jemand mir Tobias weggenommen, so ganz und gar. Ich habe das immer befürchtet.«

»Gab es einen guten Grund für diese Befürchtung?«

»Sie meinen krumme Geschäfte.«

»Zum Beispiel.«

»Keine krummen Geschäfte«, sagte die Frau, deren Gesicht langsam zu seiner kleinen, spitzen Form zurückfand. »Aber es gab da merkwürdige Leute. Leute mit Mappen voller Briefe und handschriftlicher Dokumente, die sich weiß Gott was von Tobias erwartet haben. Er war ja kein Wahrsager, sondern Wissenschaftler. Ich glaube nicht, daß alle das verstanden haben. Einige scheinen gemeint zu haben, Tobias könnte schon durch die Art, wie jemand Kreuze auf einen Lottoschein setzt, erkennen, ob dieser jemand ein Arschloch ist oder ein Samariter. Auch wenn ich nicht weiß, ob da überhaupt ein Unterschied besteht.«

»Warum hat er sich mit solchen Leuten eingelassen?« fragte Lukastik. »Er war ein angesehener Gutachter.«

»Er war süchtig nach Handschriften. Sein Keller ist voll davon. Er hat nach der Wahrheit gesucht, wie die meisten unglücklichen Menschen. Der Wahrheit als solcher. Als wäre die Wahrheit ein Stück Brot. Oder das Messer zum Brot.«

»Unglücklich also«, wiederholte Lukastik, wobei er sich umgekehrt einen glücklichen Menschen nicht wirklich vorstellen konnte. Was sollte das auch sein? Ein Himmel, der auf dem Kopf steht?

Lukastik ging auf einen kleinen Tisch zu, dessen Unterseite globusartig gewölbt war. Möglicherweise ein Nähtisch. Oder eben ein halbierter Globus. Jedenfalls standen auf der furnierten Auflagefläche ein zwei Finger dicker Bildschirm und eine Tastatur der neuesten Generation. Lukastik äußerte, daß der Einzug der Computer in die Haushalte jemand wie Tobias Oborin wohl kaum Freude bereitet habe. Wenn man die Verdrängung alles Handschriftlichen bedenke.

»Er hielt es für eine Frage der Zeit«, entgegnete Esther Kosáry, »bis auch die Computerausdrucke so eine Art ... Individualität gewinnen, ein unterscheidbares Schriftbild.«

»Das würde dann aber mehr über den Computer als über seinen Benutzer aussagen.«

»Ja«, nickte Kosáry, »so hat Tobias das wohl gesehen. Er meinte, daß wer sich seiner Schrift enthält, die Welt verliert. Inhalte seien unwichtig, die Form würde zählen. Die Asiaten hätten das begriffen. Und darum würden sie schlußendlich auch übrigbleiben. Ich will nicht behaupten, daß ich Tobias immer verstanden habe. Ich habe ihn geliebt. Aber scheinbar nicht genug, um ihn rechtzeitig zu töten.«

Wenn diese Frau, so dachte Lukastik jetzt, in das Verbrechen verstrickt war, dann ging sie es sehr geschickt an, dies zu verschleiern. Sie wirkte hundertprozentig glaubwürdig. Verrückt, aber echt.

Es folgte nun die übliche Phrase, indem Lukastik vorgab, verwundert zu sein, daß Frau Kosáry noch gar nicht habe wissen wollen, wie denn ihr Geliebter zu Tode gekommen sei.

»Muß ich das?« fragte Kosáry. »Ist das meine Pflicht? Oder ist es nicht vielmehr *Ihre*, es mir zu sagen, ohne daß ich darum betteln muß?«

Lukastik ging mit einem schiefen Lächeln über die Bemerkung hinweg und plazierte sich erneut vor der mit Briefen tapezierten Wand.

»Wir müssen ins Detail gehen«, sagte er und wollte wissen, ob Tobias Oborin jemals etwas mit der Erforschung von Haien zu tun gehabt hatte. Oder eben mit einer Person, die aus dieser Forschung kam, mit einem Taucher, einem Meeresbiologen, jemand in dieser Art.

Es war nun aber Esther Kosáry, die sich einer Antwort enthielt. Statt dessen zog sie die Verschränkung ihrer Arme an, wie man einen Gürtel enger schnallt, und fragte: »Wieso ist das wichtig?«

»Nun ...« Lukastik zögerte. Er warf einen Blick hinüber zu Sternbach, der noch immer im Türrahmen stand und in keiner Weise erwartungsvoll wirkte. Nicht einmal ungeduldig. Sondern einfach nur gottergeben.

Lukastik entschied sich für den Knalleffekt der Wahrheit und beschrieb nun in knappen Worten, in welchem Zustand man Tobias Lukastik aus einem hochgelegenen Wiener Schwimmbecken gezogen hatte und daß nach fachlicher Meinung für die tödlichen Verletzungen einzig und allein das ausgewachsene Exemplar eines Carcharhinus leucas in Frage käme.

»Muß ich glauben, was Sie da sagen?« fragte Kosáry.

Und auch Sternbach, der endlich – wie erwacht – ins Zimmer eingetreten war, erkundigte sich, ob er hier als Teil einer Komödie fungiere.

»Wäre denn eine Komödie weniger wirklich?« erwiderte Lukastik, wartete aber keine Antwort ab, sondern stellte erneut die Frage nach Oborins Verhältnis zu Haien.

»Er war selbst Taucher«, sagte Kosáry. »Zwei-, dreimal im Jahr für ein oder zwei Wochen. Australien, Kuba, Japan. Wo halt Meer ist.«

»Haben Sie ihn begleitet?«

»Das wollte er nicht. Obgleich ich sofort bereit gewesen wäre, diesen albernen Sport zu erlernen. Tobias hat mir sogar verboten, ihn zu seinen Abreisen zu begleiten. Natürlich hatte ich einen Verdacht. Also bin ich ihm einmal bis nach Wien und zum Flughafen gefolgt. Aber da war bloß ein Mann, mit dem er sich getroffen hat. Und schwul ist Tobias nicht gewesen, auch wenn jeder Schwule hier in Zwettl das gerne gehabt hätte.«

»Und Sie können nicht sagen, wer dieser Mann gewesen ist?«

»Richtig. Das kann ich nicht.«

»Aber Sie würden ihn erkennen.«

»Möglich. Er war älter als Tobias. Sechzig vielleicht. Der hagere Typ, der zuviel in der Sonne steht. Zuviel auf Segelyachten. Der Typ, der immer seine Augen zukneift. Auch im Schatten, auch im Winter. Unsympathisch, fand ich. Verschlagen.«

»Um das zu erkennen, müssen Sie ihn aber recht gut gesehen haben.«

»Was wollen Sie denn?« ließ Esther Kosáry ihre Stimme ein wenig in die Höhe fahren. »Dieser Mann ist mit Tobias auf

Urlaub gefahren. Schwul oder nicht, ich hatte keinen Grund, ihn auch noch nett zu finden.«

»Na gut«, meinte Lukastik abwehrend, »Oborin war also Taucher.«

»Ich würde eher sagen, das war seine Art, sich zu entspannen. Er war kein richtiger Taucher. Er war Graphologe, und er war Zwettler, und er war ein Freund der Mönche. Zum Tauchen ist er nur ... Tobias ist im wahrsten Sinn des Wortes getaucht. Eine Pause vom Leben. Eine dumme Art von Pause. Aber ihm war das recht so.«

»Ein Freund der Mönche also.«

»Ja«, sagte Kosáry. »Er ist viel im Stift gewesen.«

»Der mittelalterlichen Handschriften wegen, nehme ich an.«

»Ich glaube, daß ihm die Handschriften der lebenden Mönche wichtiger gewesen sind. Und würde es schreibende Haifische geben, wäre mir auch klar, warum er überhaupt ans Meer wollte.«

»Wo verbringen *Sie* Ihre Urlaube?« fragte Lukastik.

»Zu Hause. In Györ. Aber wenn Sie wissen wollen, ob ich mich legal in Österreich aufhalte, dann ...«

»Hören Sie auf, kindisch zu sein«, sagte Lukastik. »Was ich möchte, ist etwas anderes. Verlassen Sie dieses Haus und fahren Sie heim nach Györ. Dort haben Sie Ihre Ruhe. Hier aber werden bald eine Menge Polizisten herumlaufen. Und ich will nicht, daß einer von denen mit Ihnen redet. Erst recht keiner von den einheimischen Affen. Es genügt vollauf, daß wir beide uns unterhalten haben.«

»Was soll der Unsinn?« Kosáry machte ein Gesicht, als steige ihr ein übler Geruch in die Nase. »Es wird doch aussehen, als sei ich geflüchtet.«

»Keine Sorge«, beschwichtigte Lukastik. »Ich werde offiziell klarstellen, daß es mein ausdrücklicher Wunsch gewesen ist. Aus Gründen der Sicherheit oder was auch immer. Außerdem steht hier Herr Sternbach. Er ist Zeuge.«

Als habe sie ihn erst jetzt wahrgenommen, drehte sich Kosáry zu dem zweiten Mann und fragte ihn, wer er eigentlich sei.

»Der Friseur von *Rolands Teich*.«

»Ach, was denn? Sie also!« Es klang richtiggehend erfreut. »Tobias hat ein jedes Mal geschimpft, wenn er von Ihnen kam. Allerdings hätte er sich lieber den Kopf abreißen lassen, als zu einem anderen Friseur zu gehen.«

»Ja. Ein schwieriger Kunde, aber ein interessanter Mensch«, sagte Sternbach mit Ergriffenheit im Ton.

Lukastik ließ jedoch keinen Raum für weitere Andacht und fragte Kosáry: »Haben Sie einen Wagen?«

»Nein. So wenig wie einen Führerschein.«

»Macht nichts. Ohnehin wird Herrn Sternbach Sie nach Ungarn bringen.«

»Was?« Sternbach wankte ein wenig wie diese Ming-Vasen auf dünnen Stelen.

»Ich dachte«, meinte Lukastik, »Sie sind jemand, der nicht nein sagen kann.«

Der Friseur erinnerte daran, daß es schlimm genug sei, in diesem Moment hier zu stehen. Sein Laden wäre voll mit Kunden. Er werde die längste Zeit erwartet. Nie und nimmer könne er jetzt eine Reise antreten.

»Das hätten Sie sich früher überlegen müssen«, bestimmte Lukastik. Und an Esther Kosáry gewandt: »Ich schreibe Ihnen meine Nummer auf. Für den Fall, daß es irgendwelche Komplikationen gibt. Was ich nicht annehme.«

Er zog seinen *Tractatus* aus der Tasche, blätterte ihn auf und entnahm einen Schmierzettel, ein kleines quadratisches Papier, auf dem er einige Gedanken und Zitate festgehalten hatte, die eher philosophischer denn kriminalistischer Natur waren, auch wenn Lukastik zwischen den Disziplinen nur recht vage unterschied. Er hielt die Kriminalistik für die philosophischste Gattung aller Naturwissenschaften.

Unter diesen Notizen befand sich auch eine Stelle aus der englischsprachigen Einführung zum *Tractatus*, die von Bertrand Russell stammte und in welcher dieser die offensichtliche Unmöglichkeit darlegte, einen Bericht über zwei Männer abzugeben, ohne auch über zwei Namen zu verfügen. Das mochte zwar recht augenscheinlich anmuten – keine zwei Männer ohne zwei Namen –, aber gerade das Selbstverständliche mußte erst einmal gedacht werden. Und war es einmal gedacht, erwies es sich in der Regel als kompliziert, ja geradezu prädestiniert, ganze Hirne aufzuweichen.

Um Esther Kosáry aber nicht etwa in unproduktiver Weise zu verwirren, erklärte Lukastik, sie solle die Anmerkungen auf dem Papier ignorieren. Selbige hätten nichts mit der Sache zu tun. Dann notierte er in kleinen, geraden Buchstaben und Ziffern seinen Nachnamen und seine Handynummer in eine freie Ecke und dachte dabei, daß Tobias Oborin aus einer solchen schriftlichen Nichtigkeit wahrscheinlich den »Roman eines Lebens« herausgezogen hätte.

»Hier«, sagte Lukastik und reichte der Frau den Zettel. Es drängte ihn immer wieder, seinen jeweiligen Schmierzettel loszuwerden. Wie etwa Eltern ihre erwachsenen Kinder gerne in die Welt hinausstoßen.

Sodann fügte er an: »Eine Frage noch.«

»Ja?«

»Sie haben auf Tobias Oborin gewartet, nicht wahr?«

»Er wollte heute aus Wien zurückkommen«, sagte die junge Frau.

»Hat er Ihnen gesagt, was er dort zu tun hatte?«

»Irgend etwas Berufliches. Genauer hat er sich darüber nicht ausgelassen. Er ist alle zwei Wochen in der Stadt gewesen.«

Lukastik fragte nach einer festen Adresse, die Oborin in Wien möglicherweise besaß.

»Er hat bei Freunden gewohnt«, antwortete Kosáry, »aber fragen Sie mich nicht nach einem Namen oder einer Adresse. Ich habe keine Ahnung. Es gab eine Menge Dinge, die er für sich behalten wollte.«

»Gut. Das genügt fürs erste«, sagte Lukastik und bat Esther Kosáry, ihre Sachen zu packen. »Beeilen Sie sich!«

Esther Kosáry funktionierte nun wie auf Knopfdruck. Vielleicht auch nur, weil es ihr mehr als recht war, so schnell wie möglich von hier wegzukommen. Nichts brauchte sie jetzt weniger, als von frustrierten Beamten der Wiener und erst recht der Zwettler Polizei vernommen zu werden. Dann schon lieber ein Friseur. Dann schon lieber Ungarn.

Während sie nach oben ging, trat Sternbach zu Lukastik, konsterniert und ein wenig blaß, und wollte wissen, wie es denn zu verstehen sei, daß er sich das alles hätte früher überlegen müssen.

»Es war ein Fehler«, erklärte Lukastik, »Oborin das Hörgerät zu besorgen. Und dann auch noch unter eigenem Namen. Sozial, aber ein Fehler. Sie haben damit Ihre Fahrt nach Ungarn begründet.«

»Was ist das für eine absurde Logik?« fragte Sternbach. Allein, daß er fragte, war natürlich eine Dummheit.

»Daran ist nichts absurd. Es gibt keine halben Einmischungen«, bestimmte Lukastik. »Es gibt ja auch keinen halben Tod. So wenig wie eine halbe Wahrheit.«

Sternbach unternahm einen letzten Rettungsversuch, indem er darauf verwies, wie riskant es sei, die offenkundige Lebensgefährtin des Getöteten einfach gehen zu lassen. Nicht nur nach Ungarn, auch hinauf ins obere Stockwerk. Vielleicht war sie ja gerade dabei, wichtige Spuren zu verwischen.

»Spuren werden immer verwischt«, verkündete Lukastik, »zumeist von der Spurensicherung. Das ist zwangsläufig. Außerdem lasse ich die Frau ja nicht einfach gehen. Ich würde sonst kaum darauf bestehen, daß sie einen Begleiter erhält. Also, Herr Sternbach, seien Sie so gut und nehmen Sie meinen Wagen. Fahren Sie mit Frau Kosáry nach *Rolands Teich*, packen Sie ein paar frische Hemden ein, Ihren Paß und tauschen Sie den Wagen. Es fährt sich ja doch besser mit dem eigenen.«

»Ein alter Kübel. Ein Renault.«

»Hören Sie auf, sich anzustellen. Renaults sind unverwüstlich. Unverwüstlicher, als je ein Ford Mustang es war. Und wenn nötig, dann bleiben Sie ein paar Tage bei dem Mädchen. Sehen Sie es als Urlaub an. Als Urlaub und gleichzeitig als Dienst am Staat.«

»Sie versichern mir, daß ich keine Schwierigkeiten bekommen werde.«

»Wäre ich der Polizeipräsident, wären mir die Hände gebunden. Aber ich bin der Ermittler. Das ist mein Fall. Ich bin der Sache verpflichtet. Also bestimme ich auch, wer Schwierigkeiten bekommt und wer nicht. In Ordnung?«

»Es ist eine Zumutung, was Sie von mir verlangen«, sagte Sternbach. Doch die Ming-Vase schien sich gefangen zu haben.

Minuten später saßen Egon Sternbach und Esther Kosáry in dem 87er Ford Mustang und fuhren los. Erneut hatte Lukastik also eine »Ehe« gestiftet und war durchaus zufrieden damit. Freilich hoffte er, daß die beiden »Jungverheirateten« nicht ebenfalls verlorengingen.

Wie auch immer, er hielt es für die einzig vernünftige Entscheidung, die Freundin des Toten aus dem Schußfeld der Interessen und Recherchen herauszumanövrieren. Sie hatte mit dem Fall nichts zu tun. Davon war er überzeugt. Und es bedeutete ein Prinzip seiner Arbeit, über falsch und richtig autonom zu entscheiden und sogenannte Verdächtige, die er als unverdächtig erkannt hatte, dem polizeilichen Apparat zu entziehen. So gesehen war das entfernte Györ, vor allem aber der Umstand, den Friseur Sternbach mitgeschickt zu haben, gleichsam jener Kühlraum, in den Lukastik die junge Frau einlagerte.

Wenn man an das populäre Bild vom illegal operierenden Polizisten denkt, so erfüllte Lukastik es in einer ungewöhnlichen, man könnte sagen charmanten Weise. Allerdings war ihm bewußt, daß auch andere Leute den Drang verspürten, ihre Arbeit zu erledigen. Weshalb er jetzt nach seinem Handy griff und die Nummer seines Vorgesetzten wählte.

»Können Sie mir sagen, was das jetzt wieder soll?« ließ sich der Major vernehmen, nicht eigentlich erregt, bloß besorgt, ängstlich, Komplikationen fürchtend. Soeben war er vom Leiter des Zwettler Postenkommandos kontaktiert worden, welcher das unkooperative, ja dreiste Verhalten Lukastiks beklagt hatte.

»Das ist nicht neu, daß sich irgendwelche Affen über mich beschweren. Oder?« sagte Lukastik.

»Ich muß diese Affen besänftigen«, erinnerte der Major.

»Das müssen Sie«, bestätigte Lukastik und offenbarte nun, die Identität des Toten ermittelt zu haben und sich soeben in dessen Wohnung zu befinden.

Eine Weile war es still. Der Major räusperte sich, dann sagte er: »Ausgezeichnet. Kennen Sie auch den Mörder? Ich meine nicht den Fisch.«

»Noch nicht«, sagte Lukastik und lieferte nun einige Erklärungen zu Tobias Oborin. Über Esther Kosáry aber verlor er kein Wort.

»Ich schicke Ihnen die Spurensicherung«, erklärte der Major.

Über das Verschwinden Jordans und Boehms schien er erstaunlicherweise uninformiert. Und auch in diesem Punkt unterließ es Lukastik, seinen Vorgesetzten aufzuklären. Nicht zuletzt, weil er davon ausging, daß das »Ehepaar« demnächst auftauchen würde. In Lukastiks gedanklichem Modell war der unversehrte Wiedereintritt dieser zwei Personen eine beschlossene Sache.

Während Lukastik mit dem Major sprach, bewegte er sich durch die anderen Zimmer des Hauses, betrachtete die Bücher in den Regalen, die Papiere auf den Schreibtischen und kümmerte sich auch um Details in Küche und Badezimmer. Aber es war keine wirkliche Suche, die er da betrieb, sondern ein beiläufiges Stöbern. Nicht, daß er meinte, die Hand eines Engels würde ihn führen, und doch war es so, daß er in Ermangelung der Möglichkeit, hier alles auf den Kopf zu stellen, sich dem Zufall hingab. Also nicht wie üblich in ihn hineinstolperte, sondern sich von ihm treiben ließ. Was nichts daran änderte, daß Lukastik auf keinerlei Hinweise stieß, die ihm weitergeholfen hätten. Auch nicht im Keller, wo in hohen, verglasten Vitrinenschränken Abertausende Papiere untergebracht waren, aufgeteilt in ziegelsteindicke Stöße, auf denen jeweils kleine Modellautos thronten. Lukastik vermutete, daß es sich dabei weniger – oder zumindest nicht allein – um eine Reminiszenz aus Kindertagen handelte, sondern um ein spezielles Ordnungssystem, und zwar dadurch, daß eine bestimmte Art von Dokumenten einem bestimmten Spielzeugwagen zugeordnet wurde. Wobei in diesen, den gesamten Raum umschließenden Vitrinen wohl ein paar Hundert Papierstöße zusammenkamen und damit ein paar Hundert Modellautos und ein paar Hundert Zuordnungen. Ohne ein ausgeprägtes Gedächtnis war hier nichts zu holen. Und daß Oborin genau über ein solches verfügt hatte, davon war Lukastik überzeugt. Deshalb ja die kleinen Autos, um abseits von Zahlen- und Buchstabencodes eine intime Übersicht zu wahren.

Die Leute von der Spurensicherung, dazu die Mitarbeiter aus Lukastiks Team, vielleicht auch – wenn die Sache sich ausweitete – Beamte eines Nachrichtendienstes, sie alle würden unweigerlich eine Unordnung in dieses graphologische Archiv bringen. Dazu hatte Lukastik weder Zeit noch Lust. Einen kurzen, sehr persönlich motivierten Einblick aber wollte er dennoch wagen. Weshalb er nun nichts anderes tat, als endlich das Gespräch mit dem Major zu beenden und in den verglasten, rückseitig verspiegelten Kästen das Modell eines Ford Mustangs aufzustöbern, überzeugt, daß unter einer solchen Anzahl maßstabgetreuer Nachbauten sich auch der amerikanischste aller Sportwagen befinden würde.

Tatsächlich entdeckte er nach einigen Minuten ein solches Exemplar. Natürlich war es kein 87er LX Hatchback und natürlich war er nicht mattgold. Dennoch zog Lukastik den Stapel heraus, aus dem seitlich verschiedenfarbige Papierstreifen herausstanden. Das Abdeckblatt war unbeschriftet und vergilbt. Bei den Dokumenten handelte es sich um handschriftlich ausgefüllte Formulare, die alle einen Antrag auf Erteilung der österreichischen Staatsbürgerschaft beinhalteten. Auch diese Schriftstücke waren ergänzt um Vermerke, die von Oborin stammten mußten. Die Anträge lagen zwanzig und mehr Jahre zurück, doch eine chronologische Ordnung war nicht zu erkennen. Überhaupt konnte Lukastik nicht sagen, nach welchen Kriterien sie gereiht waren und welche Unterteilung sich aus den einzelnen Streifen ergab. Jedenfalls änderte Lukastik nichts an der vorgegebenen Folge und legte den ganzen Packen zurück an seinen angestammten Platz. Den kleinen Ford Mustang setzte er oben auf und schloß den Schrank. Sodann verließ er den Keller und verließ das Haus.

Auf dem schmalen, betonierten Weg, der zur Straße führte, kam ihm der Leiter der Zwettler Polizei entgegen, jener Oberleutnant Prunner, der deutlich darum bemüht war, Haltung zu bewahren angesichts einer weiteren zu erwartenden Anmaßung seines Wiener Kollegen.

»Ihr Haus«, sagte Lukastik, wie man sagt: Ihr Zeuge. Dabei schwenkte er seinen Arm in gönnerhafter Weise hinter sich.

»Auf ein Wort, Herr Chefinspektor«, bat Prunner und produzierte eine kleine Geste, die etwas von einem ausgefahrenen

Stopschild besaß, aber eben bloß die Ankündigung zu einem solchen Schild darstellte.

»Ich bin in Eile«, erklärte Lukastik.

»Ich will Sie auch gar nicht aufhalten. Ich will wissen, wonach wir zu suchen haben.«

Offenkundig war der Major bei aller diplomatischen Höflichkeit gegenüber Prunner nicht so weit gegangen, über Details zu sprechen. Obskure Details, die der Major so lange als möglich zurückhalten wollte. Oder sich einfach nur genierte.

Auch Lukastik hätte jetzt durchaus auf seinem Schweigen bestehen können. Aber etwas reizte ihn, reizte ihn ganz schrecklich. Vielleicht Prunners uniformierter Körper. Vielleicht die ungute Hitze. Er antwortete: »Nach Spuren eines Haifisches.«

Prunner verzog keine Miene. Was nichts daran änderte, daß er es unendlich satt hatte, sich mit einem Menschen wie Lukastik abgeben zu müssen, jemanden, der nicht die geringste Loyalität besaß, der den Umstand eines höheren Dienstgrades mit Leichtigkeit überging und ein jedes aufzuklärende Verbrechen als eine persönliche Angelegenheit zu betrachten schien. Prunner war Beamter, er war korrekt, beileibe kein Idiot, aber weit davon entfernt, sich selbst für herausragend zu halten. Leute wie Lukastik waren ihm zuwider. Nichtsdestotrotz machte Prunner nun ein freundliches Gesicht und sagte: »Einen Haifisch also.«

»Unsere Leute von der Spurensicherung werden bald hier sein«, verkündete Lukastik. »Die kommen mit dem Hubschrauber. Das zeigt, wie wichtig uns die Sache ist. Sehen Sie also bitte zu, daß Ihre ... Mitarbeiter ... keine relevanten Veränderungen im Haus vornehmen.«

»Keine Angst, meine *Mitarbeiter* sind nicht die Bauerntölpel, für die Sie sie halten.«

Dann trat Prunner nahe an Lukastik heran, sicher sehr viel näher, als ihm lieb war, und sagte: »Es gibt Grenzen.«

»Ich weiß. Und an die halte ich mich auch. – So, ich muß jetzt. Es wäre mir sehr recht, wenn mich einer Ihrer Leute zum Stift bringen könnte.«

»Was ist mit Ihrem Wagen?«

»Verborgt.«

»An Herrn Sternbach?« fragte Prunner.

»Ich habe ihn gebeten, etwas für mich zu erledigen.«

»Der Mann ist Friseur, nicht Polizist«, betonte der Oberleutnant.

»Es handelt sich um einen persönlichen Gefallen. Es handelt sich um eine ... Frisur. Ja, um eine Frisur. Was auch sonst? Also? Kann mich jemand fahren?«

Prunner rief einen seiner Männer, einen jungen, schlaksigen Menschen, dem der Status einer Nebenfigur ins Gesicht geschrieben stand.

»Danke«, sagte Lukastik und ließ sich von der Nebenfigur hinüber zum Stift chauffieren, eine – wie bei den Zisterziensern üblich – in ein Tal hineingebaute und scharf gegen eine Flußbiegung gestellte Gebäudeansammlung aus Kloster und Stiftskirche sowie diversen angeschlossenen Häusern, so daß eigentlich der Eindruck einer Ortschaft entstand, die das Tal in kompakter Weise ausfüllte. Der von zwei Erzengeln flankierte, barocke Kirchturm ragte raketenförmig in ein vom Dunst befreites Blau. Die Sonne stach. Die vielzitierte Kühle des Waldviertels schien jetzt nur noch ein Märchen.

»Kommen Sie mit«, wies Lukastik den jungen Gendarmen an, nachdem dieser den Wagen geparkt hatte.

Der Mann folgte wortlos.

Nachdem sie durch die Toreinfahrt in den mit Kies ausgelegten und von einem achteckigen Brunnen zentrierten Abteihof getreten waren, flüchtete Lukastik augenblicklich in den vom Schatten eingefaßten Teil des Hofes. Aus diesem Schatten heraus blickte er auf die sonnenbeschienene Fassade wie auf die ferne Glut eines Fixsterns. Dann setzte er sich auf eine gegen die Mauer gestellte Bank, schüttelte die kleine Schwäche ab, die sich in der Hitze seiner bemächtigt hatte, winkte den Gendarmen zu sich und wies ihn an: »Gehen Sie zum Abt. Teilen Sie ihm mit, ich müsse ihn sprechen.«

»Hier draußen?«

»Hier draußen«, bestätigte Lukastik. »Machen Sie endlich!«

Lukastik fühlte sich unbequem. Nicht allein der Hitze wegen. Religiöse Orte – und zwar *aktive* religiöse Orte – besaßen für ihn eine deutliche Penetranz. Je schöner, um so penetranter. Das galt natürlich erst recht für *aktive* religiöse Menschen. Und als versuche er einen bösen Geist abzuwehren, zog Lukastik jetzt seinen *Tractatus* aus der Tasche, um die von ihm so geliebte vorletzte Seite des Büchleins aufzuschlagen und sich jenes Punktes zu vergewissern, in dem gesagt wird, daß es für das Höhere vollkommen gleichgültig sei, *wie* die Welt ist. Und daß sich Gott nicht *in* der Welt offenbare.

Die beiden Sätze taten gut. Wie ein Bonbon bei kratzendem Hals gut tut oder es gut tut, seine brennenden Füße in kaltes Wasser zu tauchen. Denn weder leugnete Wittgenstein die Existenz Gottes noch kolportierte er dessen Tod, sondern stellte ihn kurzerhand dorthin, wo sein Platz war, ins Unaussprechliche. Während hingegen in dem schmucken Abteihof, in dem Lukastik jetzt saß, der Eindruck entstehen konnte, als würde Gott in einem jeden Moment aus einem jeden Mauerteil herausspringen, erst recht aus der steinernen Muttergottes über der Klosterpforte.

Und wie um die aufdringliche Schönheit des Hofes zu bekräftigen, trat in Begleitung des Gendarmen ein Mönch auf den Hof, der über dem weißen, langen Gewand einen schwarzen Überwurf trug, welcher für Lukastik den abwehrenden Charakter einer kugelsicheren Weste besaß. Ohne dabei jedoch eine Plumpheit zu bewirken. Im Gegenteil. Alles Plumpe schien fern dieses Ordensbruders, der dem Traum eines präraffaelitischen Malers entstiegen schien. Ein tadel- und makelloser Mensch. Schlank und dunkeläugig und schmalnasig. Und auf eine dekorative Weise wehmütig.

»Sind doch wohl kaum der Abt«, beantwortete Lukastik den christlichen Gruß des Mönchs, der keine dreißig sein konnte.

»Ich bin sein Sekretär. Der Herr Prälat weilt zur Zeit im Ausland.«

»Das heißt, ich muß mit Ihnen vorliebnehmen«, stellte Lukastik fest.

»Ich stehe Ihnen zur Verfügung, soweit es mir möglich ist. Ich bin Bruder Isidor.«

Lukastik erhob sich, ein wenig gebeugt von so viel Schönheit, und bat den Gendarm, im Wagen zu warten. Die Nebenfigur zögerte keine Sekunde, froh wie jemand, der aus einem Krankenhaus entlassen wird.

»Heiß hier«, bemerkte Lukastik.

»Wir könnten in den Kreuzgang gehen«, schlug der Mönch vor.

Lukastik nickte. Kreuzgang hörte sich gut an. Und indem er nun durch die Klosterpforte hinüber zu den Regularräumen geführt wurde, gelangte er tatsächlich in einen Bereich, an dem sich eine längst vergangene Kühle konserviert zu haben schien. Eine Kühle gleich der Anordnung verschiedener Gesteinsschichten, von denen die unterste direkt ins Mittelalter führte. Winter aus dem 13. Jahrhundert.

Gleichzeitig strömte durch die Öffnungen, die zwischen den Säulen und Bögen auf einen umschlossenen Hof wiesen, warme Luft herein, die eher eine frühlingshafte Qualität besaß, wie ein leinenes Gewebe, das angenehm auf der Haut liegt. Folglich war Lukastik mehr als zufrieden mit diesem Ortswechsel und mußte sich zwingen, nicht etwa eine Geste der Dankbarkeit zu zeigen.

Der junge Mönch führte seinen Gast entlang den frühgotischen Südflügel in ein knospenartig angefügtes Brunnenhaus. Unter dem gerippten Gewölbe standen nun der Polizist und der Kleriker wie in einer luftigen Kapsel, vor sich den Granitbrunnen, aus dessen floralem Speier das Wasser sprudelte und an ein kleines, dauerredendes Kind erinnerte.

»Angenehm hier«, gestand Lukastik.

»Sie können ruhig rauchen, wenn Sie wollen«, sagte Bruder Isidor.

»Was denn? Inmitten mittelalterlicher Strenge?«

»Das Wasserbecken, so wie es jetzt hier steht, wurde erst zu Beginn des 18. Jahrhunderts errichtet. Wenn Sie das beruhigt?«

»Also gut«, meinte Lukastik, »rauchen wir.«

Tatsächlich nahm der Mönch die angebotene Zigarette an und ließ sich Feuer geben. Er inhalierte mit der Eleganz seiner ganzen Erscheinung. Als zeige er, daß es beim Rauchen darauf ankam, wie man es tat. Auf nichts sonst. Und daß man dabei eine Haltung einnehmen konnte, die der Schönheit dieses Kreuzganges und dieses Brunnenhauses entsprach.

Nachdem sie eine Weile geraucht hatten – Lukastik nicht ohne Neid ob der guten Figur, die sein Gegenüber machte –, fragte Bruder Isidor, wie er dem Chefinspektor dienen könne.

»Eine unschöne Sache«, sagte Lukastik, »mit der ich Sie belästigen muß.«

»Das Unschöne ist Teil der Welt«, postulierte der Geistliche. »Eine bloß schöne Welt könnte nie das Reine hervorbringen.«

»Das ist die richtige Einstellung«, nickte Lukastik und erklärte, sein Erscheinen hänge mit einem Mord zusammen, der in Wien begangen worden sei. Das Opfer aber stamme aus Zwettl. Es handle sich um den Graphologen Oborin.

Weder bekreuzigte sich der Sekretär des Abts, noch murmelte er irgendeine Formel. Weder schien er wie vom Schlag gerührt noch gleichgültig. Er drückte die Zigarette am granitenen Mauerwerk aus, schloß seine linke Faust um den Stummel und sagte: »Das tut mir leid. Herr Oborin war ein häufiger und gern gesehener Gast in unserem Haus. Ein Förderer der Handschriftensammlung.«

»Ich weiß. Er scheint sich aber auch für die ganz persönlichen Handschriften der Mönche interessiert zu haben.«

»Für jedermanns Handschrift. Eine fixe Idee, sicherlich. Aber eine erfreuliche fixe Idee. Herr Oborins Forschung war in keiner Weise tendenziös. Wir haben ihm gerne zur Verfügung gestanden. Ein paar geschriebene Sätze, ein paar Briefe formeller Natur, Notizen, Kritzeleien aus Kindertagen.«

»Wonach hat er gesucht?«

»Nun, erstens einmal ist es ihm wohl darum gegangen, einen Überblick zu gewinnen. Die meisten Wissenschaftler wollen das. Wenn gesagt wird, daß in einer einzigen Zelle jede biologische Information einer Kreatur enthalten ist, so hat Herr Oborin gemeint, daß in einem einzigen geschriebenen Wort alles eingeschlossen sei, was über das Wesen dieses Menschen gesagt werden könne. Man müsse eben nur den richtigen Blick dafür besitzen. Einen mikroskopischen Blick, wie er das nannte.«

»Damit gebe ich mich nicht zufrieden.«

»Herr Oborin war ein religiöser Mensch. Aber auch ein Skeptiker. Man kann an Gott glauben, ohne eine einzige Frage zu stellen. Man kann Gott aber auch suchen. Tobias Oborin hat ihn gesucht, eben nicht anhand der Heiligen Schrift, wie wir dies tun, sondern anhand der Schrift eines jeden Menschen.«

»Und? Hat er ihn gefunden?« fragte der Polizist und legte mit einer verstohlenen Bewegung seine zu Ende gerauchte Zigarette auf die steinerne Brüstung.

»Kann man das so sagen? Kann man sagen, ich habe Gott gefunden wie einen verlorengegangenen Schlüssel oder gar wie eine abgetrennte Fingerkuppe? Wohl kaum. Auf jeden Fall ist mir Herr Oborin in letzter Zeit aufgeregt erschienen. Euphorisch, aber auch nervös. Geradeso, als sei ihm in seiner Forschung ein entscheidender Schritt gelungen. Ohne daß ich Ihnen leider sagen kann, worin dieser Schritt bestanden hat. Es war ein persönlicher Eindruck, den ich hatte.«

Lukastik rieb sich das Kinn, dann sagte er, Tobias Oborin sei auf eine höchst merkwürdige Weise gestorben. Wobei sich das Merkwürdige – wie alles Merkwürdige – nicht zuletzt aus der Unwissenheit ergebe, mit der die Polizei momentan dastehe. Darum sei er, Lukastik, ja hier, um einen Keil in diese Unwissenheit zu treiben.

»Verständlich«, sagte Bruder Isidor.

Lukastik beugte sich ein wenig nach vorn und erklärte, wobei er unwillentlich im Flüsterton sprach: »Herr Oborin wurde von einem Hai getötet.«

Bruder Isidor fiel in keiner Weise aus den Wolken. Vielmehr schien er vergessen zu haben, daß von einem Mord in Wien die Rede war. Er erwähnte nämlich, einige Male mit Oborin über dessen Leidenschaft für den Tauchsport gesprochen zu haben. Und meinte dann, daß ein solcher Unfall natürlich höchst tragisch sei.

»Er starb nicht beim Tauchen. Nicht in der Südsee«, sagte Lukastik und beschrieb nun Ort und Umstände des Leichenfunds, wobei er auch das Auffinden jenes winzigen Hörgerätes erwähnte.

»Das ist seltsam«, sagte Bruder Isidor.

»Ja«, bestätigte Lukastik, »Haie auf Hochhäusern sind nicht die Norm.«

»Das meine ich nicht.«

»Wie, das meinen Sie nicht?«

»Ich denke an das Hörgerät, von dem Sie sprachen und das Herr Oborin besessen haben soll. Ich halte das für ausgeschlossen. Herr Oborin litt mit Sicherheit an keinem Gehörschaden.«

Lukastik blieb vollkommen gelassen und beschrieb dem Mönch, daß es sich bei dieser speziellen Hörhilfe um ein ausgesprochen kleines, im Gehörgang quasi wegtauchendes Gerät handeln würde.

»Ich kenne solche Apparate«, sagte Bruder Isidor. »Meiner Mutter wegen. Ich kann Ihnen versichern, so klein diese Objekte auch sind, wenn man sie sehen möchte, sieht man sie. Ich will nicht behaupten, ich sei ein Spezialist. Aber ich mußte meiner Mutter in dieser Angelegenheit ein wenig behilflich sein und habe dabei einiges gelernt. Ich weiß, wie ein derartiges Gerät aussieht. Und wie es aussieht, wenn es in einem Ohr sitzt. Und ich kann Ihnen also sagen, daß Herrn Oborin niemals ein solches getragen hat. Und daß es in seinem Fall auch nicht das geringste Anzeichen für irgendeine Hörschwäche gab.«

»Sie hatten viel mit ihm zu tun?«

»Genügend, um meine Behauptung guten Gewissens aufrechtzuerhalten. Herr Oborin besaß ein intaktes Gehör.«

»Es war nicht vielleicht so, daß Oborin Ihnen stets nur eine Seite seines Profils zugewandt hat?«

»Das wäre mir aufgefallen. Meine Mutter hat das eine ganze Weile getan. Nein, Herr Lukastik, verabschieden Sie sich von Ihrer Theorie. – Sie verzeihen meinen Rat. Ich will nicht aufdringlich erscheinen.«

Lukastik biß sich auf die Lippe. Dann äußerte er: »Ich befürchte, daß Sie mir sehr geholfen haben.«

»Warum befürchten Sie?«

»Kennen Sie einen Mann namens Sternbach? Egon Sternbach.«

»Sie meinen den Friseur«, sagte Bruder Isidor.

»Ja. Ist er denn auch *Ihr* Friseur?«

»Nein. Haarschnitt ist im Kloster ein eher vernachlässigtes Thema.«

»Ihre Frisur ist perfekt«, stellte Lukastik fest.

»Einer unserer Brüder ist darin versiert. Aber wie gesagt, es ist kein Thema. Allerdings ist mir bekannt, daß Herr Oborin mit Sternbach verkehrt hat.«

»Eine Freundschaft?«

»Das wäre wahrscheinlich zuviel gesagt. Aber in diesem Punkt kann ich Ihnen kaum helfen. Ich habe mit Herrn Oborin selten über Privates gesprochen. Ein Kloster ist mitnichten ein Ort der Seelsorge, schon gar nicht die Räume der Stiftsbibliothek, in denen ich zumeist mit Herrn Oborin zusammengetroffen bin. Sie verstehen?«

»Natürlich«, sagte Lukastik. Dann stieß er sich leicht vom Gemäuer ab, an das er sich gelehnt hatte, und dankte Bruder Isidor für seine Hilfe.

Dieser geleitete Lukastik wieder nach draußen auf den Abteihof. Es war, als trete man in eine brennende Welt. Die goldene Salvator-Statue auf der Spitze der kupfernen Turmkuppel strahlte jetzt weiß wie von Schnee bedeckt. Lukastik ging einen Schritt in den Schatten, während Bruder Isidor in einer Armlänge Entfernung in der Sonne stehenblieb, so daß jetzt die scharfe Kante des Gebäudeschattens zwischen ihnen lag. Tatsächlich hätte Lukastik eine Menge zu beichten gehabt. Eine Beichte seiner groben Fehler und fatalen Fehleinschätzungen.

Der Geistliche verabschiedete sich und ließ Lukastik in seinem Schattenraum zurück. Der Chefinspektor bewegte sich nur langsam heraus, schlüpfte gewissermaßen wie aus einem Loch ins Freie und machte sich auf den Weg zu den Parkplätzen.

»Verschissen, alles verschissen«, fluchte er in sich hinein, wobei er jetzt nicht die Hitze meinte und das Honiggefühl auf seinem Körper, sondern den Umstand, mit einiger Wahrscheinlichkeit auf Egon Sternbach hereingefallen zu sein. Wie es schien, hatte der Friseur gelogen. Er hatte eine Ohren-Geschichte zum besten gegeben. Eine Geschichte, die ihm Lukastik einfach abgenommen hatte, blind vertrauend auf die eigene »brillante« Menschenkenntnis. Und als sei es nicht genug, war Lukastik so verrückt gewesen, den unschuldig anmutenden Friseur zu einer Art Hilfssheriff und zu Esther Kosárys Chauffeur zu ernennen. Um dann auch noch seinen mattgoldenen Ford Mustang an den Lügenbold abzutreten.

Andererseits war es natürlich nicht gänzlich erwiesen, daß Bruder Isidor recht hatte, wenn er die absolute Unversehrtheit von Tobias Oborins Gehör behauptete, um so mehr, als nach Aussage Dr. Pauls der Tote als Träger des akustischen Gerätes nahelag. Bruder Isidor war nicht der Papst, er konnte und er durfte irren.

Isidor? Was war das überhaupt für ein Name? Lukastik beschloß, bei nächstbester Gelegenheit dieser Frage auf den Grund zu gehen.

»Fahren Sie mich zu *Rolands Teich*«, bat Lukastik seinen Fahrer.

Der Gendarm zögerte, meinte, daß es vielleicht besser sei, erst einmal zu Oberstleutnant Prunner zurückzukehren.

»Besser für wen?« fragte Lukastik.

»Besser für mich«, gestand der Gendarm.

»Da könnten Sie richtig liegen«, sagte Lukastik, »aber das zählt hier nicht. Fahren Sie mich jetzt zu dieser Tankstelle. Mit Blaulicht und so rasch, wie Sie das noch vertreten können. Bitte!«

Der Gendarm nickte. Nicht weniger als Prunner haßte er diese Leute, die aus Wien kamen und so taten, als wären sie die ersten gewesen, die bemerkt hatten, daß die Welt rund sei. Die Wiener hielten sich für frühe Kopernikaner. Was für ein Betrug!

11 Was für eine Erleichterung!

Lukastiks Erleichterung in dem Moment, da die kantige Gestalt jenes Ford Mustangs sichtbar wurde, der die Kunst überlebt hatte und welcher ganz offensichtlich von Egon Sternbach auf dem Parkplatz vor *Rolands Teich* abgestellt worden war. Das war nun zwar kein Beweis für dessen Unschuld, aber doch ein gutes Zeichen, wenngleich es nicht gerade einem von Wittgenstein inspirierten Denken entsprach, sich auf »gute Zeichen« zu verlassen. Aber erstens war Lukastik alles andere als ein konsequenter Denker (ein solcher dürfte auch Wittgenstein nicht gewesen sein), und außerdem befand er sich in einer beträchtlichen Not. Der Fall drohte ihm zu entgleiten. Er verspürte eine deutliche Unsicherheit und wollte sich also gerne vorstellen, daß Bruder Isidor irrte und sich somit der Verdacht gegen Egon Sternbach als unbegründet herausstellen würde.

Lukastik stieg aus dem Wagen und wies den Gendarmen an, zu Prunner zurückzukehren.

»Was soll ich ihm sagen?« fragte die Nebenfigur.

»Nichts. Ich melde mich«, versprach Lukastik, schlug die Autotür zu und trat hinüber zu seinem Wagen, welcher unversperrt war. Der Schlüssel steckte. Lukastik zog ihn ab und atmete auf. Danach blieb er einen kurzen, ruhigen Moment unter der künstlichen Laube stehen und sah hinüber zu der Wiese, die jetzt weniger flach und sportplatzartig als in der Nacht anmutete, sondern leicht gewölbt dalag, gleich einer Woge, die im Anrollen begriffen erstarrt war.

Lukastik überlegte. Dann ging er nach drinnen. Hinter der Kasse saß noch immer Herr Roland. Saß noch immer neben seiner Brille, stumm und ein bißchen leidend. Etwa wie Rheumatiker leiden. Nichtsdestoweniger wirkte er äußerst wachsam. Zwischen den Regalen stand Frau Beduzzi und sortierte Chipspackungen, die unter ihren Händen weniger das bekannte Knistern erzeugten, denn ein piepsendes Geräusch. Man hätte meinen können, sie verteile Hamster und Meerschweinchen. Auf einen Wink Lukastiks trat sie nach vorn an die Absperrung und fragte, was los sei.

»Ist Sternbach fort?«

»Ja«, sagte Beduzzi. »Mit so einer Kleinen mit struppigen Haaren und ein paar Wurstblättern statt Fleisch an den Knochen. Ich hab die noch nie zuvor gesehen. Eigentlich nicht der Typ, auf den Sternbach steht.«

»Und wie wäre sein Typ?«

»Große, erwachsene Frauen«, verriet Beduzzi und machte ein vielsagendes Gesicht, wobei sie aus den Augenwinkeln heraus für einen Moment hinüber zu ihrem Mann sah, etwa wie man einen alten Wasserfleck nebenbei betrachtet, den man seit Jahren ausbessern möchte und es ja doch nicht tun wird.

Lukastik wollte wissen, ob Sternbach noch etwas gesagt habe.

»Nichts von Bedeutung«, meinte Beduzzi, »allerdings fand ich seinen Abschied etwas merkwürdig. Ein bißchen pathetisch, als wollte er mit seiner kleinen Freundin auf den Mond fliegen. Was soll das überhaupt? Er hat nicht einmal in seinen Salon geschaut. Dort geht es drunter und drüber. Alle verlangen nach ihm. Eine Werkstatt ohne Meister ist den Kunden ein Greuel. Doch was tut der gute Sternbach? Setzt sich in seinen Golf und fährt einfach mit diesem schrillen Püppchen davon.«

»Was heißt mit seinem Golf? Ich dachte, er hat einen Renault.«

»Mit Sicherheit nicht. Als Chefin dieser Tankstelle weiß ich wohl, wer hier welche Automarken fährt.«

Lukastik traf eine rasche Entscheidung: »Bringen Sie mich in Sternbachs Zimmer.«

»Wieso das denn?« wunderte sich Beduzzi. »Ich glaube auch gar nicht, daß ...«

»Hören Sie auf zu glauben. Tun Sie, was ich sage.«

»Ein netter Ton ist das aber nicht«, stellte Beduzzi fest und schloß – wie jemand, der im eigenen Schlafzimmer überrascht wird – einen Knopf ihrer Bluse.

»Der Ton tut not«, erklärte Lukastik mit einer Geste wachsender Ungeduld.

Frau Beduzzi verließ den Supermarkt über die Kassenzone, ohne aber nochmals auf den Wasserfleck ihres Lebens zu schauen. Sie ging zu Lukastik, griff in eine Brusttasche ihrer Jacke, die unter den ledernen Fransen lag, und zog einen Bund mit Schlüsseln hervor, der an einer kleinen, plüschenen Donald-Duck-Figur hing. Der Enterich hatte die Hände gehoben, wie um sich zu ergeben. Er sah lebendig aus. Aber wenn man nervös und in Eile war – und dies war Lukastik ganz gewiß –, sahen eine Menge Dinge lebendig aus.

Selma Beduzzi schwenkte die Schlüssel in Lukastiks Kinnhöhe und sagte: »Eigentlich müßte ich eine Durchsuchungserlaubnis verlangen.«

»Gehen wir«, ordnete der Polizist an und mißachtete also Beduzzis recht typische Laienphrase, die den Verzug einer Gefahr außer acht ließ. Und ein solcher Verzug war im Grunde immer gegeben. Die Gefahr war das Klima, in dem alles gedieh.

Sternbachs Zimmer lag am Ende des Gangs. Es war doppelt so groß wie jenes Lukastiks, besaß aber die gleiche Wandverkleidung und dieselbe lichtblaue Färbung des Kunststoffbodens. Weiße Möbel standen herum gleich einer Familie aus Schneemännern. In der hintersten Wand wies ein breites Fenster auf das schattige Geflecht eines Tannenwaldes. Vereinzelte Lichtflecken fielen herein, tanzten. Die einzig wirkliche Unordnung ergab sich durch die Mulde im gemachten Bett. Gut möglich, daß der Abdruck von einem Koffer stammte. Auf einem einzelnen Regal, das trägerlos von der Wand abstand, waren Ehrenpokale plaziert, die eine gleichmäßige Reihe bildeten. Sechs Stück. Fünf davon hatte Sternbach für seine Leistungen als Friseur erhalten, ein sechster – der einzig halbwegs geschmackvolle – verwies auf eine ganz andere Leistung. Eigentlich handelte es sich nicht um einen Pokal, sondern um einen gläsernen Teller, dessen eingraviertes Ringmuster sich spiralig verdichtete, wobei die äußeren Ringe eine helle, gelblichgrüne Färbung besaßen, während sich zum Mittelpunkt hin ein Übergang aus verschiedenen Stufen dunklen Blaus ergab. In den Abständen der äußeren Ringe war eine Inschrift angebracht, welche offenbarte, daß der körperlich eher zart anmutende Sternbach zumindest über eine außergewöhnliche Lunge verfügen mußte. Denn gemäß der ehrenden Zeilen auf diesem Teller, hatte Egon Sternbach am 23. Juli des Jahres 1993 an der Küste von Genua einen neuen Tiefenrekord im Tauchen ohne Gerät und mit konstantem Gewicht aufgestellt – einundsiebzig Meter.

»Wir halten Menschen für gut«, sagte Lukastik, »und sie erweisen sich als schlecht. Nur umgekehrt ist das nie der Fall.«

»Wie bitte?« zeigte sich Frau Beduzzi verwundert, während sie mit einer gefühlvollen Handbewegung die Bettdecke glattstrich. Wobei es sie kaum noch wunderte, daß Lukastik wieder einmal keine Antwort gab, sondern sich nach Sternbachs Autokennzeichen erkundigte. Selma Beduzzi antwortete hörbar unwillig, nichtsdestoweniger rasch. Sie verfügte über ein ganz ausgezeichnetes Gedächtnis. Offenkundig im Unterschied zu Lukastik, der an den Schreibtisch getreten war und nun einen Kugelschreiber aus der Innentasche seines Sakkos zog, um auf ein Blatt Papier, das bereits dort gelegen hatte, Sternbachs Autonummer zu notieren.

Dann holte er sein Handy hervor und rief einen seiner Mitarbeiter an, um eine Fahndung nach Egon Sternbach einleiten zu lassen. Während er seine Anweisungen gab, streng und gereizt wie selten noch, betrachtete er das Papier, auf dem er soeben das Kennzeichen vermerkt hatte. In der Mitte des Blattes war eine kleine Notiz zu lesen. Mit Hand geschrieben, wobei die einzelnen Buchstaben einen bauchigen Charakter besaßen und ein wenig an die Wiese vor dem Haus erinnerten. Die Nachricht war für ihn, Lukastik, bestimmt, eine Nachricht von Sternbach, der da schrieb:

> *Wie ich schon sagte, Inspektor, ich kann einfach nicht nein sagen.*
> *Das ist eine Gabe, eine Schuld und ein Fluch.*
> *Sehen Sie im Bunker nach.*
>
> *Ihr Friseur*

»Er ist nicht *mein* Friseur. Eher die Schaufel zu meinem Grab«, murmelte Lukastik in sich hinein und überlegte einen Moment, ob er das Schriftstück an sich nehmen sollte. Allerdings war gut möglich, daß Selma Beduzzi trotz ihres Engagements für eine makellose Bettdecke den Zettel bemerkt hatte. Und erst recht bemerken würde, wenn Lukastik daranging, ihn einzustecken. Wollte sie später gegenüber Prunner oder dem Major eine diesbezügliche Bemerkung fallenlassen, wären die Folgen für Lukastik mehr als nur peinlich gewesen. Unterschlagung von Beweisstücken lag jenseits der Grenzen, innerhalb derer er sich relativ frei bewegen konnte. Ohnehin würde es ihm nun kaum mehr gelingen, seine schwerwiegende Fehleinschätzung zu vertuschen.

»Eine Frage, Frau Beduzzi«, wandte sich Lukastik an die Tankstellenpächterin, »was könnte mit ›Bunker‹ gemeint sein?«

»In unserer Gegend?«

»Davon gehe ich aus.«

»Keine hundert Meter von hier, hinter dem Wald, steht ein kleiner Bunker aus dem Zweiten Weltkrieg. Mitten auf einem brachliegenden Feld. Er ist so mit Büschen und Hecken umwachsen, daß man vom Weg aus kaum etwas erkennt.«

»Würden Sie mich hinführen?« fragte Lukastik, wobei seiner Stimme ausnahmsweise die Schärfe fehlte.

»Wie? Jetzt sofort?«

»Es wäre dringend.«

»Na gut«, meinte Beduzzi, »Sie sind ja nicht nur ein Polizist, sondern auch Gast in diesem Haus.« Dabei öffnete sie wieder den drittobersten Knopf ihrer Bluse, den sie zuvor geschlossen hatte.

Das klingt natürlich für alle, die nicht dabei waren, als hätte es sich um eine kokette, wenn nicht sogar frivole Geste gehandelt. Was aber nicht der Fall war. Ganz und gar nicht. Es war eine Geste der Versöhnung und des Zutrauens, die Selma Beduzzi einem jeden Mann zugestand, der ihr ein wenig sympathisch war. Es war ja auch nicht wirklich ein Ausblick auf ihren Busen, den sie solcherart freigab, sondern eine Sicht auf ihre Brustmitte und damit auf ihr Herz. Der erotische Beitrag, der vielleicht nebenbei entstand, war bloß der Strauß Blumen, in dem die eigentlich wichtige Visitenkarte steckte.

Wenig später, nachdem Beduzzi ihrem ungebrochen stummen Mann lakonisch mitgeteilt hatte, für kurze Zeit die Tankstelle verlassen zu müssen, dirigierte sie Lukastik auf einen schmalen Pfad, der hinter dem Haus in jenen Wald hineinführte, in dem mittelhohe Tannen dicht nebeneinander standen. Hin und wieder befanden sich auch einzelne Laubbäume darunter, wie hineingequetscht, als habe hier jemand seinen kleinen Vorrat an Linden und Buchen untergestellt. Eine angenehme Kühle, trockener als jene im Kreuzgang des Stiftes Zwettl, umgab die beiden Personen.

»Weiß Ihr Mann, wer ich bin?« fragte Lukastik, angenehm berührt von der Nähe dieser Frau, wie auch dem Gefühl, daß sich die Honigschicht von der Haut seines Rückens verflüchtigte.

»Nein«, sagte Beduzzi. »Es bringt nichts, ihm irgend etwas zu erklären. Er hört ungerne zu. Darum wirkt er auch ein wenig stumpf. Aber er ist ein guter Kerl. Kein bißchen eifersüchtig und kein bißchen mißtrauisch.«

»So?« wunderte sich Lukastik. »Mir kam vor, als würde er ein Argusauge auf seinen Supermarkt werfen.«

»Der Supermarkt ist etwas anderes. Da paßt er auf. Das stimmt. Niemand wäre auch nur in der Lage, einen Kaugummi zu klauen. Roland hat ein System von Spiegeln entwickelt, das er von der Kasse aus im Blick behalten kann. Nicht, daß jemand diese Spiegel bemerken würde. Ein perfektes System. Es gibt keine toten Winkel zwischen den Regalen. Ohnehin kommt schon lange niemand mehr auf die Idee, etwas stehlen zu wollen. Die Stammgäste wissen Bescheid. Und wirklich Fremde sind eine Rarität.«

»Ich habe mich schon gewundert«, gestand Lukastik, »daß eine derartige Tankstelle auf einer völlig unbedeutenden Nebenstrecke liegt.«

»Ursprünglich war das Haus als Kongreßzentrum geplant. Klein und fein und entlegen. Aber irgend etwas ist in die Hose gegangen. Und dann kam jemand eben auf die Idee, eine Tankstelle daraus zu machen. Samt Supermarkt und Bar und Friseur und Gästezimmern. Die Nebenstrecke ist nicht unbedingt ein Nachteil. Auch wenn dank meines Mannes Diebstahl so gut wie unmöglich ist, nehmen viele den kleinen Umweg in Kauf. Die Leute mögen uns.«

»Die Leute mögen *Sie*, nehme ich an«, sagte Lukastik.

»Nett, daß Sie das sagen.« Selma Beduzzis Lächeln war wie eine Blume in diesem eher ungeblümten Gehölz.

Man hatte den Waldrand erreicht. Der Schatten reichte einige Meter auf das ehemalige Feld hinaus, auf dem nun verschiedene Gräser und ein niedriges, teppichartig dichtes Unkraut wucherte. Die hügelige Fläche abwärts, erhob sich in einer Entfernung von etwa dreißig Metern jenes erwähnte, glockenförmige Buschwerk, welches tatsächlich in keiner Weise den Gedanken an eine militärische Einrichtung zuließ. Erst nachdem man ins Sonnenlicht getreten war und sich auf wenige Schritte genähert hatte, waren Teile des Betonschutzmantels zu erkennen, der etwa zwei Meter aus dem Boden ragte. Das umgebende Gestrüpp erwies sich als extrem dornig. Selma Beduzzi deutete auf einen kleinen Spalt, der die Hecke nur unmerklich zerteilte.

»Um mich da durchzudrücken, bin ich wirklich zu fett«, erklärte sie.

»So würde ich das nicht sagen«, erwiderte Lukastik, auch wenn die Pächterin der Tankstelle schlichtweg recht hatte.

»Schon wieder nett von Ihnen«, sagte Frau Beduzzi. »Aber trotzdem. Sie müssen schon alleine rein.«

Lukastik nickte und manövrierte sich durch den Einschnitt, indem er seinen Körper seitlich stellte und ihm die Form eines Fragezeichens verlieh. Gleich danach weitete sich der Pfad ein wenig, doch in Kopfhöhe blieb das Gestrüpp gewölbeartig verschlossen und zwang Lukastik, seine bucklige Stellung beizubehalten. Dabei kam es ihm vor, sich in einer geschrumpften Version des Zwettler Kreuzgangs zu befinden, stachelig und von beengender Schönheit.

Lukastik vollführte geradezu schlangenhafte Bewegungen, um nur ja nicht mit seinem Sakko oder seiner Hose hängenzubleiben. Der Gedanke, noch am gleichen Tag in einem anderen als adretten Zustand Oberstleutnant Prunner und Major Albrich gegenübertreten zu müssen, schreckte ihn gewaltig. Er gehörte zu jenen Menschen, denen im Angesicht einer Katastrophe, welcher auch immer, gleich sehr viel wohler war, wenn sie wenigstens sicher sein konnten, ordentlich bekleidet in selbige Katastrophe zu marschieren. Kein Gang zum Höchsten Gericht ohne geputzte Schuhe.

Nun, Lukastiks Schuhe würden an diesem Ort nicht gänzlich unbeschadet bleiben. Der Boden war trotz Hitze feucht. Und wurde noch feuchter und noch matschiger, als der Weg nach einer halben Umrundung des Bunkers sich abwärts neigte, quasi unter die Erde führte und in eine schmale, niedrige Öffnung mündete. Dahinter lag eine Dunkelheit, die kaum ein Detail preisgab. Der Geruch freilich, der aus der Anlage drang, war so unangenehm wie vielfältig.

Bei seinem ersten Schritt in das Innere sank Lukastiks Schuh in irgendeine Art von Matsch ein. Ihn fröstelte bei der Vorstellung, sich auch noch seine Hosenbeine zu verdrecken. Er bewegte sich jetzt gleichsam auf Zehenspitzen durch den engen Gang, tiefer in die Finsternis hinein, welche aber im Zuge einer ersten und zweiten Biegung wieder abnahm. Und als Lukastik nun an den Absatz einer kurzen Treppe gelangte und in einen Raum von der Größe eines mittleren Wohnzimmers sah, war er einen Moment geblendet von den beiden Streifen Sonnenlicht, die mittels zweier Schächte eindrangen.

Lukastik fühlte einen überfallsartigen Zustand traumhafter Betäubtheit, wie jemand, der schwer angetrunken vor seinem Bett steht und bereit ist, sich kopfüber in selbiges zu stürzen. Es war eine stickige Wärme, die ihn umgab. Eine Wärme ohne Honig zwar, aber im wortwörtlichen Sinn atemberaubend. Dann endlich bemerkte Lukastik die beiden Gestalten in einer Ecke des Raumes, ohne sofort zu erkennen, um wen es sich handelte und in welchem Zustand sie sich befanden. Es hätten Angreifer sein können. Lukastik wäre ohne Chance gewesen. Er war geradezu berühmt für sein mangelhaftes Reaktionsvermögen in Fragen kämpferischer Auseinandersetzungen. Weshalb er auch gar nicht erst auf die Idee kam, Waffen zu verwenden. So wie Erich Slatin ein Meeresbiologe ohne Meer war, war Lukastik ein Polizist ohne Pistole.

Nun, ein Angriff blieb aus. Die zwei Figuren, die von einem der Lichtkegeln halb verdeckt waren, wie mit weißer Farbe durchgestrichen, rührten sich nicht. Lukastik trat die wenigen Stufen abwärts und geriet endlich in eine Position, die ihm einen ungehinderten Blick ermöglichte. Was er nun erkannte, war eines seiner beiden »Ehepaare«, nämlich ersteres: Jordan und Boehm. Die zwei waren an Händen und Beinen gefesselt und saßen auf einem betonierten Vorsprung. Ihre Münder waren von breiten, schwarzen Klebebändern verdeckt, gleich herabgerutschten Augenbalken. Wie um diesen Eindruck zu verstärken, hatten sie ihre Augen weit geöffnet. Glücklicherweise nicht in der Art von Toten. Ihre lebendige Erregung war deutlich zu erkennen. Sie schrien förmlich.

Wenn Lukastik schon keine Schußwaffe besaß, so immerhin ein kleines Taschenmesser, dessen Schärfe freilich kaum an einen künstlichen Fingernagel heranreichte. Mit einiger Mühe durchtrennte er die Fesseln. Ohne aber zuvor das Klebeband vom jeweiligen Mund abgezogen zu haben. Das konnten die zwei selbst viel besser erledigen. Es war eine der vielen Unarten in Fernsehkrimis, befreiten Opfern ihre Mundsperren herunterzureißen, etwa wie man im Moment gehetzter Leidenschaft die Bekleidung seines Partners unwiederbringlich auftrennt.

Als Jordan jetzt mit losgemachten Gliedern und trockenem, aber unversperrtem Mund dastand und sich die Hände rieb, war ihm deutlich anzusehen, wie sehr er mit sich kämpfte. Mit sich und seinem Groll. Nicht nur, daß er deutlich versagt hatte, war er nun auch noch gezwungen gewesen, sich ausgerechnet von Richard Lukastik befreien zu lassen. Im Grunde wäre jetzt ein Wort des Dankes angebracht gewesen, welches Jordan aber so wenig über die Lippen brachte, wie Lukastik es erwartete oder gar erhoffte. Es war dem Chefinspektor nur recht, wenn der intime Umstand dieser Rettung unkommentiert blieb. Woran sich übrigens auch Edda Boehm hielt.

Geredet mußte aber dennoch werden. Also begann Jordan, nachdem es des Händereibens genug war, darüber zu berichten, wie er und Boehm nach zügiger Autofahrt die Tankstelle erreicht und Sternbach in seinem Zimmer aufgesucht hatten. Sternbach war vor dem Fernseher gesessen, hatte sich freundlich und auskunftsfreudig gegeben und erklärt, das Hörgerät für einen Freund besorgt zu haben. Seine Geschichte hatte gar nicht so abwegig geklungen. Der ganze Sternbach war glaubwürdig erschienen.

»Dann aber«, sagte Jordan, und es hörte sich beinahe wie ein Vorwurf an, »hat Frau Boehm diesen Teller bemerkt.«

»Eine Ehrengabe aus Glas«, präzisierte Boehm. »Ich war richtiggehend baff, wie ich da gelesen hab, daß unser Herr Sternbach doch allen Ernstes vor einem Jahrzehnt einen Weltrekord aufgestellt hat. Einen Weltrekord noch dazu im Tauchen. Fand ich bemerkenswert. Einmal abgesehen davon, daß man zwischen einem Haifisch und einem Sporttaucher einen gewissen Bezug herstellen kann, ist mir noch ein ganz anderer Gedanke gekommen. Das alte Problem mit dem Trommelfell. Es soll Tiefen geben, die einfach fürchterlich ungesund sind. Ich bin also näher an Sternbach ran. Wir waren ja bis dahin viel zu weit von ihm weggestanden. Also was seh ich da in einem von seinen Ohren? Zuerst gar nichts, weil sich der Kerl weggedreht hat. Deshalb hab ich ihn ganz einfach am Kinn gepackt und zu mir hergeschoben. Und da entdecke ich also so ein Ding in seinem Ohr. Klein und mit den bekannten aufgemalten Äderchen, aber eben nicht unsichtbar. Ein schmuckes Hörgerät.«

»Das war es dann leider schon«, sagte Jordan. »Der Typ war unglaublich schnell. Er hat mir einen Schlag versetzt. Ich war augenblicklich weggetreten.«

»Ja, es ging alles subito«, erklärte die Spurensucherin und beschrieb nun – was ja auch für Jordan neu war –, wie sie in weiterer Folge von Sternbach mit einer Waffe bedroht worden war, die er nicht minder langsam hinter seinem schneeweißen Fernsehstuhl hervorgeholt hatte.

Hervorgezaubert müßte man sagen, wollte man nicht davon ausgehen, daß Boehm schlichtweg überfordert gewesen war. Jedenfalls hatte Sternbach den Lauf dieser Waffe in Boehms Halsmuskel gepreßt, um sie unter kühl formulierten Drohungen zu zwingen, ein Behältnis mit Chloroform aus dem Badezimmerschrank zu nehmen. Sodann hatte sie mit einem getränkten Tuch den ohnedies ohnmächtigen Jordan und anschließend sich selbst betäuben müssen.

»Verblüffend«, sagte Lukastik, »was manche Menschen so alles in ihren Badezimmerschränken aufbewahren.«

»Es ist wie ein tiefes, schmerzendes Nasenbohren«, paraphrasierte Boehm den Umstand ihrer Selbstbetäubung, aus welcher sie erst wieder erwacht war, nachdem sie und Jordan – bereits gefesselt und mit verklebtem Mund – sich in diesem Raum wiedergefunden hatten.

»Sternbach war auch da«, erzählte Jordan, »hat aber kein Wort gesagt, sondern ist mit seiner Taschenlampe in der Hand auf der anderen Seite gesessen, dort drüben, und hat Musik gehört. Das muß man sich mal vorstellen.«

Lukastik sah in die Richtung, in die sein Assistent gewiesen hatte, und erblickte nun den kleinen, einfachen Tisch, dessen Beine schwarz von Schimmel waren. Auf der hölzernen, brüchigen Platte stand einer von diesen flachen Kassettenrekordern aus den Siebzigern, die fast immer wie achtlos hingeworfene Folianten aussahen und deren Tasten breit und robust genug waren, um sie auch mit einem Hammer zu bedienen. Damals, in den Siebzigern, hatte man Geräte für die Zukunft gebaut, wie in dem Glauben, auch in einer Welt von morgen wären Kassetten unverzichtbar.

Nun, vom Standpunkt dieses Artefakts, das hier auf dem Tisch lag, befand man sich tatsächlich in einer bereits ziemlich fortgeschrittenen Zukunft.

»Was für Musik?« fragte Lukastik.

»Ist ja wohl Ihre Sache, das zu beantworten«, meinte Jordan patzig, in Anspielung auf Lukastiks musikwissenschaftlichen Hintergrund. »Die Kassette steckt noch drin, wenn ich nicht irre.«

Lukastik ging hinüber zu dem batterienbetriebenen Gerät. Da das Band der Kassette zu Ende gespielt war, spulte er es zurück in den Bereich des mittleren Drittels und drückte die Wiedergabetaste.

Seine Überraschung war beträchtlich. Gerade darum, weil er im Prinzip zu hören bekam, was er erwartet hatte, nämlich Bachs Partita E-Dur für Violine. Im Prinzip.

Er bewegte nun das Band ganz an den Anfang zurück, drückte erneut die Play-Taste und bekam durchaus im Einklang mit der Bachschen Komposition das Präludium zur Partita zu hören. Und zwar so, wie Bach es geschrieben hatte. Und nicht in jener zerstückelt anmutenden Adaption des amerikanischen Komponisten Lukas Foss, die Lukastik am Abend zuvor zu hören geglaubt hatte. Es war ganz allein Johann Sebastian Bach, was da aus dem Rekorder drang.

»War das die Musik?« fragte Lukastik.

»Genau«, gab Jordan zur Antwort. »Sie haben sie gehört, nicht wahr?«

»Ja ... so ungefähr.« Lukastik war jetzt überzeugt, daß er in dem Moment, da er im *Weinhaus Sittl* gesessen und jenen telephonischen Anruf erhalten hatte, einer Selbsttäuschung erlegen war. Die auf- und abtauchenden Klänge der Partita, die er durch das Handy vernommen hatte, das Verzerrte, Abgehackte, Schräge, der Eindruck ausgespuckter und wieder verschluckter Töne hatte sich wohl im Zuge einer nicht ganz sauberen telephonischen Verbindung, einer akustischen Verunreinigung ergeben. Lukastik aber war auf diese Weise in die eigene Vergangenheit zurückversetzt worden, in die Zeit, da er

– von der Musik besessen, auch von ihrer Erneuerung – jenes Werk des Herrn Lukas Foss im Konzertsaal gehört hatte. Und gerade jetzt, da ihm sein Irrtum bewußt geworden war, fiel Lukastik endlich der Titel ein: *Phorion*, griechisch für *Diebesgut*.

»Diebesgut«, sagte er jetzt auch laut und deutlich und schlug sich dabei auf die Stirn, als wäre ihm ein gewaltiges Licht aufgegangen.

»Bitte?« fragte Jordan.

»Schon gut«, liquidierte Lukastik sein letztes Wort und bestätigte nun, in den Genuß exakt dieser Musik gekommen zu sein, als er am Vorabend, in Erwartung von Jordans Anruf, sein Handy ans Ohr gehalten habe.

»Ich hatte befürchtet«, sagte Jordan, »Sie würden nichts damit anfangen können. Dieser Sternbach hat ja keinen Mucksser getan, ist einfach nur dagesessen und hat der Musik zugehört. Wie um sich zu beruhigen. Als hätte er mich und Boehm gerade aufgeschlitzt. Was Gott sei Dank nicht der Fall war.«

»Das kann man wohl sagen«, meinte Lukastik, der dabei aber primär an sich selbst dachte und wie schlecht sein eigenmächtiges Handeln erst angekommen wäre, hätte man das «Ehepaar Nr. 1« nur noch tot aufgefunden.

Es erwies sich nun, daß Jordan, nachdem er aus seiner Ohnmacht erwacht war und den Umstand seiner Gefangenschaft und seines verklebten Mundes festgestellt hatte, dennoch in der Lage gewesen war, mit den Fingerspitzen einer Hand das Handy in seiner Hosentasche zu erreichen, nach oben zu ziehen und jene drei Tasten zu drücken, die es ermöglichten, einen Kontakt zu Lukastik herzustellen, welcher trotz aller Aversion auf der Liste gespeicherter Nummern an erster Stelle stand. In etwa wie man die verhaßte Schwiegermutter in die vorderste Reihe einer Motorsportveranstaltung stellt.

Jordan hatte natürlich gar nicht wissen können, ob die Verbindung zustande gekommen war und Lukastik abgenommen hatte. Auch war ja bloß die Musik aus dem Rekorder zu hören gewesen, während Sternbach nachdenklich und mit schwermütigem Blick neben dem Tisch gesessen hatte, ohne etwas von sich zu geben, das einem eventuell gerade lauschenden Lukastik einen Hinweis auf die fatale Situation seiner beiden Mitarbeiter geliefert hätte.

»Ich weiß nicht«, fuhr Jordan fort, »wie der Scheißkerl es trotz der lauten Musik hat bemerken können. Jedenfalls ist er plötzlich aufgesprungen und wie ein Pfeil auf mich zugeschossen, hat mir in die Tasche gegriffen, den Apparat herausgerissen und mir damit auf die Brust geschlagen. Ich hätte ihm gerne gesagt, daß ich ihm das Handy auch so schenke. Aber ich hatte ja noch immer den Mund verklebt. Wenigstens hat er dann aufgehört, mich zu traktieren, um das Handy auf den Boden zu knallen und ein paar Mal draufzusteigen. Man hätte meinen können, er zertrete einen Giftschlange oder einen Giftzwerg. Danach hat er das Handy aufgehoben und erstaunlich ruhig und gelassen überprüft, ob es denn auch so richtig schön kaputt gegangen ist. Dann hat er mich und Boehm angesehen, als überlege er, uns zu töten. Vielleicht hätte er es später auch getan, wäre er noch dazugekommen. Haben Sie ihn denn?«

»Leider nein«, antwortete Lukastik, »mir ist zu spät klar geworden, was es mit dem Mann auf sich hat. Ich hätte mir seine Ohren genauer ansehen müssen. Nun, da kann man nichts machen. Aber die Fahndung ist draußen. Alles eine Frage der Zeit. Und wenn wir Sternbach dann haben, brauchen wir nicht zu befürchten, daß irgendein gewitzter Anwalt ihn gleich wieder herausholt. Allein wegen dieser Sache hier wird er uns nicht so schnell abhanden kommen. Polizisten fesseln kommt nicht gut.«

»Was ist mit einem Motiv? Was ist mit dem Opfer?« fragte Boehm und bewies ihren Hang fürs Praktische und Konkrete. Als Spurensucherin klebte sie geradezu an der Materie, am Greifbaren und Beweisbaren.

»Das Opfer ist bekannt«, sagte Lukastik, »ein gewisser Tobias Oborin, ein Graphologe, aber auch ein Taucher. Er war mit Sternbach befreundet, hat sich zumindest von ihm die Haare schneiden lassen. Sternbach ist der Figaro vor Ort, ein Meister in der Provinz. Aber der eigentliche Bezug ergibt sich offenkundig aus der Taucherei. Welche Rolle dabei der Hai spielt, bleibt leider ein großes Fragezeichen.«

»Ich würde gerne ein wenig frische Luft atmen«, erinnerte Jordan daran, wo man sich eigentlich befand.

»Dagegen ist nichts zu sagen«, meinte Lukastik, obgleich er die Abgeschiedenheit dieses Bunkerraums beinahe genoß. Trotz aller Stickigkeit.

Er drückte nun eine der Tasten des Rekorders, woraufhin das Kassettendeck mit der typischen Wucht der Siebziger Jahre und einem quasi psychedelischen Kling-Klang aufsprang. Lukastik griff in das Fach, zog die Kassette heraus, betrachtete Vorder- und Rückseite, welche beide unbeschriftet waren, und steckte das Band in eine Tasche seines Sakkos.

Edda Boehm litt Qualen angesichts dieser völlig unprofessionellen Behandlung eines Beweisstücks. Aber sie schwieg. Schließlich waren ihr Lukastiks Methoden nicht fremd. Und die Unverfrorenheit, mit der er selbige durchsetzte.

»Also! Wir können«, sagte Lukastik.

Die drei stiegen den kleinen Gang hinauf, traten ins Freie und krümmten sich durch das dornenreiche Gewölbe, das im Niederschlag durchfallenden Lichts zu knistern schien. Als befinde man sich mitten in einem Umspannwerk, umgeben von elektrischem Strom.

Lukastik stellte sich die Frage, ob Sternbach alleine gewesen war, als er den Transport der beiden betäubten Kriminalisten an diesen Ort bewerkstelligt hatte. Das konnte keine Kleinigkeit gewesen sein. Allerdings mutete der Friseur wie jemand an, der die Dinge lieber ohne fremde Hilfe in den Griff bekam. Er besaß – wie alle Künstler, wenn man Friseure denn als solche ansah – ein autistisches Gehabe. Einen alchemistischen Charakter.

Eine weitere Frage drängte sich für Lukastik auf, als man, aus der Hecke steigend, Selma Beduzzi gegenübertrat, die sich ihren Cowboyhut schräg über den Kopf hielt, so daß ein hellgrauer Schatten ihr Gesicht zu dreiviertel verdeckte.

»Sie haben behauptet«, wandte sich Lukastik an die Tankstellenpächterin, »keinen von meinen Kollegen letzte Nacht gesehen zu haben. Das ist aber kaum möglich. Die beiden waren bei Sternbach.«

Bevor Beduzzi eine Antwort geben konnte, erklärte Jordan, die Frau nie gesehen zu haben. Es sei ein kleiner, älterer Mann gewesen, bei dem er sich nach Sternbach erkundigt hatte. Der Mann habe kein Wort gesagt, nicht einmal genickt, ihn und Boehm jedoch unverzüglich zu Sternbachs Zimmer geführt. Danach sei er ebenso unverzüglich wieder fortgegangen.

»Mein Mann«, konstatierte Selma Beduzzi. »Er macht keine großen Worte. Er macht überhaupt keine Worte.« Und an Lukastik gerichtet: »Ich konnte Ihre Leute nicht sehen. Sie wissen ja selbst, daß vom Eingang her der Weg zu den Zimmern außen an der Bar vorbeiführt. Und nicht mitten durch die Bar, versteht sich.«

»Und Ihr Mann hat Ihnen nichts erzählt?«

»Ich sagte doch schon ...«

»Aber der Wagen meiner Leute«, fiel Lukastik ihr ins Wort, wobei ihm erstaunlicherweise nicht einmal bewußt wurde, daß er ja selbst darauf verzichtet hatte, sich nach Jordans Gefährt umzuschauen. Ganz abgesehen davon, daß er nicht die geringste Kenntnis besaß, welchen Wagen das »Ehepaar« für diese Fahrt eigentlich ausgewählt hatte. Das waren genau die Punkte, in denen er eine unglaubliche Ignoranz an den Tag legte.

Selma Beduzzi erklärte, daß es nicht ihre Art sei, fremde Autos vor dem Haus zu kontrollieren. Immer wieder würden auch Pilzsucher an dieser Stelle parken. Das gehe in Ordnung. Es kümmere sie nicht.

»Eine wunderbare Pilzgegend«, meinte Jordan, wobei in seinen Augen eine Begeisterung lag, die Lukastik neu war an seinem Assistenten.

Lukastik persönlich hielt Pilze für einen sichtbaren Ausdruck des Mystischen, fremd und merkwürdig und eigentlich überflüssig, dabei nicht unschön, dennoch ein wenig grausig, gleich fleischigen Zwergen. Vielleicht Kot von Außerirdischen. Daß manche Leute diesen Kot sammelten und aßen, empfand Lukastik wiederum als pervers.

Er griff nach seinem Handy und erreichte einen der Mitarbeiter, die sich bereits in Oborins Wohnung versammelt hatten. Im Hintergrund waren die bedeutenden Geräusche polizeilicher Betriebsamkeit zu vernehmen.

Lukastik gab nun Bescheid, daß ein paar verfügbare Leute sich auf den Weg machen sollten, um sowohl die Sicherung von

Spuren in Sternbachs Hotelzimmer als auch im nahegelegenen Bunker vorzunehmen. Von Selma Beduzzi assistiert, beschrieb er den Weg. Nachdem dies geschehen war, wollte er rasch auflegen, doch gemäß seiner Befürchtung war bereits Major Albrich an den Hörer gelangt und wollte wissen, von welchen zwei verschwundenen oder nie eingetroffenen Beamten hier eigentlich dauernd die Rede sei. Prunner habe ihn darauf angesprochen, und er stehe nun wie ein Trottel da.

Lukastik gab Jordan und Boehm ein Zeichen, entfernte sich außer Hörweite und beschrieb seinem Vorgesetzten in Worten von großer Sparsamkeit, wie sich alles ergeben habe und daß Jordan und Boehm vollkommen unversehrt seien. Er erwähnte jetzt auch – als spreche er von einer Sache, deren Sinn sich nur einem Menschen von großer Intelligenz eröffne –, daß sich die Freundin des Toten in Begleitung Sternbachs befinde. Und daß dieser Umstand auf seine, Lukastiks, Entscheidung zurückgehe. Nämlich auf die Entscheidung, Esther Kosáry aus dem Schußfeld der Ermittlungen zu lösen und sie nach Ungarn bringen zu lassen.

Der Major schien weder über besagte Intelligenz zu verfügen noch verfügen zu wollen. Nach einem Moment der Sprachlosigkeit, die er wohl genutzt hatte, sich seinerseits aus dem Hörbereich der Zwettler Polizisten zu begeben, fragte er nach, ob Lukastik den Verstand verloren habe. Was sei das für ein verrückter Einfall, eine Zeugin ins Ausland zu expedieren und dafür auch noch den Hauptverdächtigen zu engagieren.

»Da wußte ich noch nicht, daß Sternbach der Mann ist, den wir suchen«, sagte Lukastik. Geradezu frech meinte er obendrein, seine Entscheidung dennoch für eine richtige zu halten. »Sternbach wird dem Mädchen nichts tun. Er ist kein Idiot, er weiß, daß ein solcher Mord ihn nicht weiterbringen würde. Der Mann ist nicht blindwütig.«

»Meine Güte, Lukastik, Sie haben doch das Opfer gesehen.«

»Egal, wie Sternbach das gemacht hat, die Verletzungen durch einen Haiangriff beweisen System und Berechnung. Sternbach ist der naturwissenschaftliche Typ, kein Metzger.«

»Beten Sie«, empfahl der Major, »daß dieser Frau nichts passiert.«

»Ich bete nie«, sagte Lukastik.

»Ich müßte Sie sofort suspendieren lassen.«

»Das halte ich für eine schlechte Idee. Wer, denken Sie, soll diesen Fall lösen? Jordan? Oder einer von diesen Zwettler Affen?«

»Ihre Überheblichkeit zu einem solchen Zeitpunkt ist sagenhaft«, erklärte der Major und befahl Lukastik, so rasch als möglich zu erscheinen.

Unbeeindruckt meinte Lukastik, es wäre besser, sich in Sternbachs Hotelzimmer zu treffen, auf dem Gelände von *Rolands Teich*. Und zwar ohne diesen Oberleutnant Prunner.

»Also gut«, sagte der Major mit einem Seufzer, der wie ein langer Faden zwischen den Telephonen hängenblieb, auch nachdem man bereits aufgelegt hatte. Der Major war der Polizeiarbeit überdrüssiger denn je. Es ging ihm wie Edda Boehm. Er sehnte sich nach einem Abend in der Oper. Bloß, daß es weit weniger die Musik war, die er so schätzte, als die kokonartige Geborgenheit seiner Loge, in der er zusammen mit seiner Frau oder seinen beiden Söhnen oder einer Freundin aus Kindertagen saß. Mit wem auch immer. Ganz egal.

(Im Grunde ist die Geschichte der Menschen, die in diesen Fall verwickelt waren, eine Geschichte ihrer beträchtlichen Müdigkeit, gleich zu welcher Dynamik und Vehemenz sie das Schicksal im einzelnen verleitet hat.)

Lukastik marschierte zu den anderen zurück und sagte: »Gehen wir.«

Als man endlich den Waldrand erreichte und damit wieder in den Schatten eintrat, war dies wie ein Einlaufen in den Hafen. Man könnte sagen: Die vier Personen gingen zurück an Land.

12

Manchmal bietet sich an, nicht nur darüber zu schweigen, wovon man nicht sprechen kann, sondern auch zu schweigen, wenn sich eine noch so berechtigte Aussage schlichtweg nicht lohnt.

Zu diesem Entschluß kam Lukastik, als man den nun blitzsauber daliegenden Eingangsbereich der Tankstelle betrat und er Roland Beduzzi erblickte, der jetzt nicht mehr hinter der Kasse saß, sondern zwischen den Regalen des Supermarkts auf einer Leiter stand und an einem der Gestelle hantierte. Gut möglich, daß er einen weiteren Spiegel anbrachte oder eine bisherige Position korrigierte. Kein perfektes System konnte perfekt genug sein.

Im Grunde war Lukastik überzeugt, daß es Roland Beduzzi durchaus bewußt gewesen sein mußte, daß er, Lukastik, sich auf der Suche nach seinen Kollegen Jordan und Boehm befunden hatte. Dennoch war der Pächter der Tankstelle mit keinem Wort darauf eingegangen, die beiden gesehen zu haben. Wohl aus alter Gewohnheit und kühler Leidenschaft.

Gleichzeitig hielt Lukastik es für eine Zeitverschwendung, Beduzzi jetzt von seiner Leiter zu holen, um ihn einer strengen Befragung zu unterziehen. Der Mann mochte ein Misanthrop sein, ein großer Schweiger und lausiger Ehemann, aber er war beileibe kein Komplize Sternbachs. Er hätte sonst kaum Jordan und Boehm anstandslos zum Zimmer des Friseurs geführt. Nein, es würde reichen, wenn einer von den weniger beschäftigten Beamten sich später mit Herrn Beduzzi unterhalten würde. Der Ordnung halber.

»Brauchen Sie mich noch?« fragte Selma Beduzzi. »Ich muß jetzt nämlich meine Fische füttern.«

»Ach ja, füttern Sie das Getier«, sagte Lukastik, davon ausgehend, daß Frau Beduzzi mit »Fischen« irgendwelche Stammgäste meinte. Oder was auch immer sie ihm damit hatte sagen wollen.

Sodann begaben sich Lukastik und das »Ehepaar« in Sternbachs Zimmer. Edda Boehm griff augenblicklich in die Tasche ihrer Jeans und zog ein Paar Schutzhandschuhe heraus, die jedoch nicht die bekannte milchigweiße Transparenz besaßen, die den Leuten von der Spurensicherung das Aussehen von Chirurgen oder Fetischisten verlieh. Und daß Chirurgen in der Regel Fetischisten sind, ist auch keine Neuigkeit.

Vielmehr waren diese Handschuhe von einer grasgrünen, undurchsichtigen Färbung bestimmt, woraus sich eher ein Bezug zu gärtnerischen Tätigkeiten ergab. Ein Vergleich, gegen den Frau Boehm nichts einzuwenden gehabt hätte. Es war ja nicht nur so, daß sie irgendwelche Dinge aufstöberte, sondern zudem versuchte, diese Dinge zum Blühen zu bringen. Und damit zum Sprechen.

Auch Jordan stülpte sich einen solchen grasgrünen Handschutz über, nicht aber Lukastik, der eine derartige Vorsichtsmaßnahme als unwürdig empfand. Ganz abgesehen vom Grasgrün. Er konnte darauf verzichten, wie eine Putzkraft auszusehen. Handschuhe verwendete er bloß, wenn er sich gezwungen sah, ein eher unappetitliches Objekt anzufassen, wie damals, als er das im Pool aufgefundene Hörgerät zwischen seine Finger hatte nehmen müssen. Das war das höchste der Gefühle gewesen. Eine Leiche aber hatte er sein Lebtag noch nicht berührt.

»Was soll das heißen?« fragte Boehm, als sie den Zettel auf der weißen Schreibtischplatte entdeckte und an zwei Fingern in die Höhe hob wie ein vergiftetes Salamirädchen.

»Nun, ein Hinweis auf den Bunker«, sagte Lukastik. »Sternbach hatte die Freundlichkeit.«

»Das schon. Aber was bedeutet die Formulierung, nicht nein sagen zu können? Und was heißt *Ihr Friseur*?«

»Ein Scherz des Herrn Sternbach«, erklärte Lukastik. Noch immer fühlte er sich außerstande, gegenüber Boehm, vor allem aber gegenüber Jordan die Existenz von Oborins Freundin Esther Kosáry zu erwähnen. Sowie den Umstand, Sternbach den Weg zu seiner Flucht geradezu geebnet zu haben. Wenn man überhaupt von Flucht sprechen konnte.

»Und das Kennzeichen?« fragte Boehm. »Das ist doch Ihre Schrift, nicht wahr?«

»Meine Schrift«, bestätigte Lukastik. »Ich hatte gerade kein Papier zur Hand, als die Pächterin so freundlich war, mir Sternbachs Autonummer zu verraten.«

Boehm schluckte. Es gab doch noch Momente, da sie von Lukastiks Ignorantentum überrascht werden konnte. Von einem Mann, der sich zwar fast nie Handschuhe überzog, und auch behauptete, bestimmt nichts anzufassen, in Wirklichkeit aber immer wieder mit elefantenhafter Wucht die Reinheit von Tatorten beeinträchtigte.

Boehm legte das Papier behutsam zur Seite. Wenn ihre Kollegen mit der Ausrüstung eintrafen, würde sie es in eine Schutzhülle tun. Sie freute sich auf diese Kollegen. Menschen wie sie, sorgsam, eher wortkarg, keiner ein hundertprozentiger Kriminalist, unter ihnen viele Insektenfreunde. Auch Opernfreunde. Auch Familienmenschen.

Es dauerte nicht lange, da trat durch die offene Tür der Major. Und mit ihm jene Bedachtheit sowie jene nur bedingt um das eigentliche Verbrechen kreisende Diplomatie, wie sie in den Sphären des *Gartenpalasts* nun einmal vorherrschte. Major Albrich war ein sechsundfünfzigjähriger Mensch von mittlerer Größe, der wegen einer gewissen Korpulenz kleiner wirkte, als er war. Daß er ausnahmsweise keine Krawatte trug, bedeutete gar nicht so sehr einen Hinweis auf die große Hitze als auf die eigene Erregung. Dennoch wirkte er natürlich sehr ordentlich und aufgeräumt. Sein grauer Bart war perfekt gestutzt und besaß eine präzise Umrandung, gleich dem geraden Küstenverlauf auf einer Landkarte. Weder war er jemand, der einen Raum oder eine Situation beherrschte, noch ging er darin unter. Seinem Titel – dem Klang dieses Titels – aber wurde er nur selten gerecht. Es war kein kommandierender Eindruck, den er hinterließ, kein autoritäres Gehabe, keine Besserwisserei, schon gar nicht Ehrgeiz, sondern einzig und allein: Sorge. Eine Sorge, die kaum aufzulösen war.

Major Albrich war ein Mensch, den man sich halbwegs sorgenlos nur in seiner Opernloge vorstellen konnte, dösend, in die Musik wie in einen weichen, warmen Schal gewickelt, aber deshalb noch lange nicht unempfänglich das immense Gewicht der Kunst. Er wußte, was es da jeweils zu hören gab, er kannte die Partituren und Libretti und besaß eine Meinung zur jeweiligen Ausstattung und Inszenierung. Aber er vermied es nun mal, jenes aufgeregte Spezialistentum an den Tag zu legen, wie etwa Edda Boehm es sicherlich praktizierte.

Für den Major, begleitet von Beamten der eigenen Abteilung, war der Anblick, der sich ihm bot, ein recht angenehmer. Einfach dadurch, daß Jordan und Boehm, die ja wohl einiges hinter sich hatten, hier standen und arbeiteten, als hätte es keine gröberen Schwierigkeiten gegeben. Somit lieferten sie ein Bild der Routine und Beständigkeit. Ein Bild nach dem Geschmack des Majors, welcher zudem wenig Lust verspürte, den beiden einen Vorwurf daraus zu machen, sich von einem Verdächtigen überwältigt haben zu lassen. Das war nun wirklich verzeihbar. Vor allem im Vergleich mit alldem, was sich Chefinspektor Lukastik bisher an Eigenmächtigkeiten und Irrtümern geleistet hatte.

Eben dieser Lukastik reichte dem Major nun die Hand und sagte, jeglichen Vorwurf im vornherein abschmetternd: »Im Grunde stehen wir ausgezeichnet da. Wir wissen, wer der Tote ist, und wir wissen, nach wem wir suchen müssen.«

»Ja schon«, sagte der Major, unangenehm berührt vom kräftigen Händedruck des anderen, »wenn wir aber diese ... diese Ungarin ...«

»Gehen wir raus hier«, schlug Lukastik vor und wechselte mit dem Major in den leeren Flur. Dann erklärte er: »Sie heißt Esther Kosáry.«

»Wenn wir diese Frau hoffentlich lebend finden«, sagte der Major, »dann wird sie überall herumerzählen, wer so freundlich war, sie zusammen mit einem Tatverdächtigen nach Hause zu schicken. Können Sie sich eigentlich vorstellen, was die Presse dazu sagen wird?«

»Ich halte Frau Kosáry für eine vernünftige Person, die nicht so dumm sein wird, sich mit der Journaille einzulassen.«

»Vielleicht aber mit einem Anwalt.«

»Ich werde das alles in Ordnung bringen«, sagte Lukastik. Es klang nicht, als hätte er den leisesten Zweifel an der Erfüllbarkeit seines Versprechens.

Der Major seufzte und nahm wieder jenen Faden auf, der sich zwischen seinem und Lukastiks Handy gebildet hatte.

Und letzteres war es auch, welches jetzt markant klingelte. Der Chefinspektor zog das Handy aus der Tasche und drehte sich ein Stück von seinem Vorgesetzten weg. Als er die Stimme der anrufenden Person hörte, hob er seine Brauen an und grinste. »Wir sprachen gerade von Ihnen. Wo sind Sie? Ist Sternbach bei Ihnen?«

»Nein«, erklärte Esther Kosáry am anderen Ende der Leitung. »Ihr lieber Freund hat mich einfach ausgesetzt.«

»Also mein lieber Freund ist er nicht unbedingt«, sagte Lukastik, während er dem herbeigesprungenen Major mittels eines Zeichens bestätigte, tatsächlich Esther Kosáry am Telephon zu haben. Unversehrt, wie es schien.

Auch wurde der Begriff »ausgesetzt« schnell relativiert, indem Kosáry schilderte, daß Sternbach sie eine viertel Stunde zuvor am Rande einer kleinen Ortschaft aus dem Wagen entlassen habe. Und zwar an einem durchaus belebten Rand, da nicht unweit von der Stelle ein Fußballplatz lag, in dessen Bereich soeben eine Festveranstaltung über die Bühne ging.

»Ist er handgreiflich geworden?« fragte Lukastik.

»Das nicht. Er hat angehalten, zur Tür hinübergelangt, sie aufgerissen und gemeint, ich solle aussteigen. Es wäre für uns beide weniger gefährlich, sich hier zu trennen. Nicht, daß er mir das erklärt hat. Auch wollte ich ja gar nicht aussteigen. Warum denn auch? Aber dann hat er so ein komisches Gesicht gemacht und auf eine sehr komische Weise *bitte!* gesagt ... eine ziemlich irre Weise, fand ich. Das hat mich dann doch überzeugt. Und jetzt stehe ich also hier und muß mich angaffen lassen.«

»Wieso angaffen? Wo sind Sie?«

»In einem Wirtshaus neben dem Fußballplatz. Da stehen ein paar Typen rum, Sie wissen schon, sympathische Dorfjugend.«

»Die werden Sie schon nicht auffressen«, sagte Lukastik.

»Meinen Sie? Von Ihnen stammt ja auch die Idee, mich von einem Verrückten nach Ungarn bringen zu lassen.«

»Wie heißt das Kaff, wo Sie jetzt sind?«

Esther Kosáry nannte einen von diesen Ortsnamen, die eigentlich wie Karikaturen auf das Ländliche klingen, wie erfunden, sprechend, nestroyisch. Jedenfalls lag das Dorf oder Städtchen auf halber Strecke zwischen Zwettl und Wien, vielleicht genau dort, wo jene zuvor erwähnte Grenze zwischen dem Denkbaren und dem Undenkbaren verlief. Was dann also bedeutet hätte, daß diese Ansiedlung weder Teil des einen noch des anderen war, sondern einen Raum des Unentschiedenen wie des Ununterscheidbaren bildete.

Vielleicht aber konnte man einen solchen Ort, um ihn nicht gleich magisch zu nennen, mit dem Zentrum eines Hurrikans vergleichen, jener unbeteiligten Mitte. Einem Auge, aber blind.

Was Lukastik nun aber verwunderte, war die Aussage, daß Sternbach bis vor einer viertel Stunde, als er nämlich Kosáry aus dem Wagen geekelt hatte, nicht weiter als bis zu dieser Ortschaft gekommen war, welche zu erreichen man bei flotter Fahrweise keine vierzig Minuten benötigte. Weshalb er Kosáry fragte, ob sie und Sternbach auf direktem Wege dorthin gelangt seien.

»Der Weg war der direkte, glaube ich«, sagte Kosáry. »Aber bald nachdem wir die Tankstelle verlassen hatten, haben wir auch schon wieder angehalten, um ein Frühstück zu nehmen.«

»Ein Frühstück!?« Lukastik meinte sich verhört zu haben.

»Sternbach hat darauf bestanden«, schilderte Kosáry. »Er hat behauptet, Sie hätten ihm keine Zeit gegeben, um in Ruhe zu frühstücken. Und das wolle er nun nachholen. Ungarn könne warten. Also haben wir uns auf die Terrasse von einem Gasthaus gesetzt und ein paar weiche Eier und Kaffee bestellt. Geredet haben wir nichts. Sind einfach in der Sonne gesessen und haben Eier aufgeschlagen. Danach hat sich Sternbach mit dem Wirten unterhalten. Mir kam es vor, als seien die beiden dicke Freunde. Auf jeden Fall sind wir nach dem Frühstück mit einem anderen Wagen weitergefahren.«

»Mit einem anderen Wagen?«

»Wie ich sagte, ein anderer Wagen. Ein nagelneuer Opel. Ein häßliches Auto. Häßlich, aber komfortabel. Sternbach hat behauptet, die Klimaanlage seines Golfs sei im Eimer. Darum der Opel.«

»Können Sie sich an das Kennzeichen erinnern?« fragte Lukastik.

»Von dem Opel? Wo denken Sie hin? Was interessiert mich ein Kennzeichen. Ein blauer Wagen eben, dunkelblau métallisé, ein Opel von der Art eines Mercedes. Aber fragen Sie mich nicht nach der Typenbezeichnung.«

»Und der Name von dem Wirtshaus, wo Sie gefrühstückt haben?«

»Keine Ahnung. Kurz vor Rastenberg. Ein typischer Landgasthof. Die Fenster gestopft mit Blumenkästen.«

»Direkt an der Straße?«

»An der Straße. Nicht zu verfehlen«, sagte Kosáry. Und: »Was ist jetzt eigentlich mit diesem Sternbach? Was sollte die ganze Aktion?«

Einmal mehr ignorierte Lukastik eine Frage und versprach statt dessen: »Ich bin so schnell es geht bei Ihnen. Und bleiben Sie, wo Sie sind.«

»Hier drinnen? Sicher nicht!« gelobte Esther Kosáry. »Ich stell mich hinaus. Da ist so ein offenes Bierzelt, wo die Leute in Schlangen stehen. Irgendwo dort können Sie mich finden. Und wenn mich einer anmacht, sag ich ihm, mein Freund ist bei der Polizei.«

»Nicht übertreiben«, ersuchte Lukastik und legte auf.

Keine Frage, eine große Last war ihm genommen worden. Guter Grund also, den Gelassenen zu markieren. An den Major gewandt, meinte er: »Sehen Sie. Wie ich prophezeit habe. Sternbach hat das Mädchen einfach auf die Straße gesetzt und ist weitergefahren. Leider mit einem anderen Wagen. Das Kennzeichen von dem Golf können wir vergessen.«

Dann beschrieb Lukastik die wenigen Fakten bezüglich des Wagentausches und nannte den Namen der Ortschaft, woraufhin nun auch der Major zu seinem Handy griff. Offenkundig sprach er mit Prunner und sprach von jenem Landgasthof. Es dauerte nun keine drei Minuten, bis Prunner zurückrief und bekanntgab, daß es sich bei dem Besitzer jener Gaststätte tatsächlich um einen Bekannten Sternbachs handeln würde, welcher auf die Bitte des Friseurs hin – der angeblich defekten Klimaanlage wegen – ihm seinen Opel geliehen hatte. Nicht ganz so nagelneu, wie Kosáry gemeint hatte, aber eben gepflegt und bloß einjährig.

Man wußte nun also um das richtige Kennzeichen, woraufhin der Major veranlaßte, daß ausgehend von jener Ortschaft, in der Esther Kosáry sich aufhielt, ein Ring von Straßensperren gelegt wurde, dessen Radius etwa jenen zwanzig Minuten entsprach, die vergangen waren, seit Sternbach sich seiner Mitfahrerin entledigt hatte. Jede Richtung, selbst jene, die zurück nach Zwettl führte, sollte einer rigorosen Überwachung unterliegen. Freilich war auch der Major – wie jeder andere – der Ansicht, daß es Sternbach nach Wien zog. Wohin es ja eigentlich alle zog, kriminell oder nicht. Wien war ja nicht einfach nur die große Stadt in diesem Land, die geliebte oder gehaßte Hauptstadt, sondern schlichtweg der einzig halbwegs erträgliche Ort, wobei sich das Erträgliche weder aus der kulturellen Vielfalt noch der Liebenswürdigkeit seiner Bewohner ergab – das wäre dann ein Witz gewesen! –, sondern aus dem Umstand resultierte, daß diese Stadt etwas von einer Abschußrampe an sich hatte. Einer Abschußrampe in die Welt gewissermaßen. Gewissermaßen sogar ins Weltall. Virtuell gesehen. Man hatte jedenfalls das Gefühl, daß über Wien etwas lag, was in anderem Zusammenhang als »Wetterfenster« bezeichnet wird und das den einzelnen Bürger dazu veranlaßte, sich einzubilden, daß wenn er nur wollte, er ohne Umstände in die Freiheit hätte flüchten können, wo auch immer genau diese Freiheit lag. Jedenfalls jenseits des Wetterfensters. Die Wiener hatten somit den Eindruck, sich jederzeit entfernen, jederzeit irgendein persönliches Unglück hinter sich lassen zu können, während man in den anderen größeren Städten dieses Landes, auch wenn dort möglicherweise weit sympathischere Menschen lebten und die Kultur mehr Substanz besaß, von der Empfindung nicht loskam, in einem verriegelten Käfig zu hocken. Und auf ein Ende zu warten, das als Teil eines höheren Experiments fungierte. Darum also Wien.

Und nach Wien sollte auch Esther Kosáry zunächst einmal gebracht werden. Darauf bestand der Major. Er hatte vor, sich die Frau persönlich anzusehen und ihr irgendeine Art von Deal anzubieten, falls sich das als nötig herausstellen würde.

»Nehmen Sie den Helikopter«, sagte der Major, welcher sich üblicherweise knausrig gab, wenn es um die Benutzung des Polizeihubschraubers ging, der nach seinem Geschmack viel zu oft in Verwendung kam, nur um das Bedürfnis einiger ermittelnder Beamter nach luftiger Höhe zu befriedigen.

Lukastik aber hielt wenig von der »Hubschrauberei«, wie er das nannte. Er sagte: »Nein, danke. Ich werde Frau Kosáry mit dem Wagen nach Wien bringen. Das ist gemütlicher und es schüchtert sie weniger ein. Sie soll es gemütlich haben, finde ich. Nach dem, was passiert ist.«

»Ich weiß nicht«, meinte der Major, »das klingt nach neuen Eigenmächtigkeiten. Sie tun so, als wäre diese Ungarin Ihre kleine Cousine, die Sie vor der Befragung durch die Kollegen schützen müssen.«

»Sie werden sehen, Major, sie hat mit der Sache nichts zu tun.«

»Ihr berühmtes Gefühl, was?«

»Ich hole sie jetzt einmal ab. In aller Ruhe. Ohne das Donnerwetter, das so ein landender und startender Polizeihubschrauber in einer kleiner Ortschaft verursachen würde.«

»Wo wollen Sie die Frau unterbringen, wenn Sie in Wien sind?«

»Bei Freunden«, sagte Lukastik, dem jetzt aber eine eigentümliche Idee in den Kopf schoß, in etwa wie ein achtlos geworfener Ball genau im Maul eines gähnenden Hundes landet. Er dachte sich, daß es eine elegante Lösung bedeuten würde, Esther Kosáry und den Haibiologen Erich Slatin zusammenzubringen. Herr Slatin mochte nicht gerade der sozialste Mensch auf der Welt sein, aber angesichts dieses interessanten Falles würde er sich wohl kaum dagegen sperren können, die junge Frau bei sich aufzunehmen.

Diese Idee war nun keineswegs mit jener zu vergleichen, Sternbach als Begleiter ausgewählt zu haben. Erich Slatin war ein Freund Dr. Pauls und in diese Angelegenheit nicht als Beteiligter, sondern als Experte eingebunden. Es drohte keine weitere Komplikation. Andererseits war der Hang Lukastiks, Personen einander näherzubringen, die irgendwie in dieselbe Geschichte verstrickt waren, eigentlich nicht mehr als normal zu bezeichnen. Ein bißchen erinnerte seine Vorgangsweise an den Begriff des Zündelns.

»Ich beeile mich«, sagte Lukastik.

Der Major sah auf die Uhr und gab Anweisung, Lukastik um sechs Uhr im Besprechungsraum der Abteilung sehen zu wollen. Es würden dann alle beteiligten Beamten anwesend sein, um diese ganze Ermittlung auf konzertierte Beine zu stellen.

Lukastik verdrehte die Augen. Er hielt wenig von diesen Treffen, die zumeist einen schulklassenartigen Charakter besaßen, mit Leuten, die vor sich hinschlummerten, und anderen, die ständig aufzeigten, um ihr Wissen breitzutreten. Aber was sollte er tun? Er versicherte, rechtzeitig zu erscheinen. Erscheinen zu wollen.

»Keine Ausreden, Lukastik. Ich flehe Sie an. Übrigens! Wissen Jordan und die anderen schon von der peinlichen Sache mit Esther Kosáry? «

»Das zu erzählen wollte ich Ihnen überlassen«, sagte Lukastik.

»Zu gütig. Könnte es sein, Herr Chefinspektor, daß Sie zu feige dazu sind?«

»Nein, nur in Eile«, erklärte Lukastik kühl, mit einer Winzigkeit von Abschiedsgeste und verließ den Ort der Ermittlungen, um hinüber zur Bar zu gehen, wo hinter der Theke Selma Beduzzi stand, umgeben von Mitgliedern der Zwettler Polizei. Man schien amüsiert zu sein, obgleich einzig und allein Mineralwasser getrunken wurde. Als Lukastik den Bereich betrat, kippte das Amüsement in ein spöttisches Verstummen. Man betrachtete den Wiener Kriminalisten weniger feindselig denn abfällig. Offenkundig hatte sich herumgesprochen, Lukastik sei – auch wenn man ihm das nicht ansah – eine Art Freak.

Dem angeblichen Freak war es nicht unrecht, daß Oberleutnant Prunner in dieser einheimischen Runde fehlte. Nach Lukastiks Sichtweise war er der einzige Affe, der hier gewagt hätte, dumme Fragen zu stellen.

»Die Rechnung bitte!« sagte Lukastik zur Pächterin. Dabei zog er sie ein wenig auf die Seite, von den Uniformierten weg und sagte: »Danke für Ihre Hilfe.«

Es kam selten vor, daß Lukastik jemandem dankte. Doch Frau Beduzzi war solche Höflichkeiten gewohnt, sie zog Höflichkeiten förmlich an. Was nichts daran änderte, daß sie dankbare Männer stets von neuem zu schätzen wußte. Sie erklärte nun, es sei ihr eine Freude gewesen, Lukastik zum Bunker hinübergeführt zu haben. So wie es ihr eine Freude sei, Lukastiks Nächtigung im »Teich« als kostenlosen Dienst an der Gerechtigkeit zu verbuchen.

»Dumm nur«, ergänzte Frau Beduzzi, »daß Sie jetzt hinter Sternbach her sind. Was so erzählt wird.«

»Ja«, bestätigte Lukastik, »die Leute in der Umgebung werden sich einen neuen Friseur suchen müssen.«

»So einer kommt nicht wieder.«

»Kopf hoch!« sagte Lukastik. In diesem Moment fiel ihm ein, daß Selma Beduzzi ihm gegenüber behauptet hatte, nichts von einem Hörschaden Sternbachs zu wissen. Hatte sie gelogen? Gelogen, da sie Sternbachs Bedürfnis nach Vertuschung respektiert hatte? Oder war ihr schlichtweg dieses verschwindend kleine Gerät niemals aufgefallen.

Lukastik bevorzugte letztere Variante. Jedenfalls unterließ er es, Frau Beduzzi danach zu fragen. Ihm widerstrebte, den Frieden, der in der gegenwärtigen Verabschiedung lag, zu stören, indem er eine Frage zu klären versuchte, deren Klärung nun nichts mehr nutzen würde. Also schwieg er, lächelte bloß ein kleines, präsentartiges Lächeln und schüttelte Frau Beduzzi die Hand, welche sich in der seinen wie harter, kleinporiger Schaumstoff anfühlte. Dann verließ er den Raum.

13

Wenn es denn Heimat wirklich gibt, dann liegt sie wahrscheinlich für die meisten Menschen im Inneren ihres Wagens. Was mit Begeisterung für Motoren oder Geschwindigkeit oder erotischen Verflechtungen gar nichts zu tun haben muß. Das Innere eines Wagens ist schlichtweg übersichtlich und gemütlich. Vertraut und heimelig. Und hinter einem Steuer sitzend, entwickelt der Mensch eine Würde, die er an keinem anderen Ort zu behaupten imstande ist. Schon gar nicht, wenn er Rad fährt. Und am allerwenigsten, wenn er zu Fuß unterwegs ist.

Eine solche Würde verspürte für einen beschaulichen Moment lang auch Lukastik, als er jetzt im Gehäuse seines Ford Mustangs saß und in Richtung besagter Ortschaft fuhr. Einer Ortschaft, die nun doch einen Namen erhalten soll, freilich einen erfundenen, der weniger satirisch klingt als der tatsächliche und dem andererseits etwas von dem Flair anhaftet, den ein Flecken besitzt, der genau zwischen dem Denkbaren und dem Undenkbaren liegt. Der Ort soll *Nullpunkt* heißen, oder auch *Nullpunkt am Kamp*, wie der Nebenfluß der Donau genannt wird, der diese Ansiedlung im Norden wie eine Rasierklinge schneidet. Derselbe Fluß, der ja auch das Stift Zwettl halb umfangen hält, gleich einem offenen Gürtel.

Und während Lukastik mit einem gehörigen, aber dennoch nicht ungehörigen Tempo über die Landstraße fuhr, schob er Sternbachs Kassette in den kleinen Rekorder und hörte nun die zweite Seite. Ein wenig hatte er mit dem Gedanken gespielt, daß sich darauf mehr als bloße Musik befinden könnte, etwa ein offenes oder eher ein verklausuliertes Geständnis, wie dies vermutlich in einer erfundenen Geschichte der Fall gewesen wäre. Denn hin und wieder hatte auch Lukastik nichts dagegen, wenn sich eine ideale, kreisrunde, romanhafte Öffnung ergab, aus der die Lösung praktisch schlüpft. Doch seine Hoffnung wurde enttäuscht. Einzig und allein musikalische Aufnahmen waren zu hören, allerdings kein Bach mehr, auch sonst keine alte oder klassische Musik, sondern etwas, das man mit einem schönen, praktischen Plastikteller vergleichen konnte, der noch keine Antiquität war, jedoch abgegriffen und blaß genug aussah, um ein wenig Historie zu versprühen.

Es handelte sich um die Pop-Schlager jenes Mannes, der unter dem Namen *Falco* berühmt, ja weltberühmt geworden war und welcher während seiner mäßig langen Lebenszeit eine Musik entwickelt hatte, die an das genüßlich-geräuschvolle Ausschlürfen einer Auster erinnerte. Wobei auch stets eine gewisse Bitterkeit anklang, vielleicht darum, weil Austern immerhin Lebewesen sind, die aus ihrer Behausung zu schlürfen eine unglaubliche Gemeinheit darstellt.

Jedenfalls hatte Lukastik durchaus seine Freude an dieser Musik, was für ihn nicht im geringsten einen Widerspruch zu seinen sonstigen musikalischen Leidenschaften bedeutete. Ja, er war sogar der Meinung, daß ein Mensch, der vorgab, Bach zu lieben, mindestens auch einen Mann wie Falco lieben mußte, da dieser sogenannte Unterhaltungsmusiker viel eher den vorläufigen Schlußpunkt einer von Bach ausgehenden Entwicklung gesetzt hatte, als dies bei den meisten ernsten Komponisten nach 1945 der Fall war.

Das war nun eine Meinung, die zum Beispiel Edda Boehm in keinem Fall geteilt hätte. So wenig wie Major Albrich. Sehr wohl aber – so schien es zumindest – der Besitzer dieser Kassette und in diesem Moment meistgesuchte Mann des Landes: Egon Sternbach.

Eingesponnen in die Musik Falcos, und von dieser nicht gerade zur Reduzierung der Geschwindigkeit animiert, jagte Lukastik seinen Wagen über den flirrenden Boden aufgeheizter Straßen, vorbei an kochenden Landschaften, die – aus dem gekühlten Inneren des Wagens betrachtet – den Charakter von Freilandgehegen besaßen. Niederösterreich darf nicht sterben! Freilich sah man wenig von den Tieren und Menschen. Ein paar Hasen, ein paar gekrümmte Männer auf Traktoren.

Der Anblick einer ganzen Menge von Menschen bot sich allerdings dar, als Lukastik, zwei Polizeikontrollen hinter sich lassend, jenen Fußballplatz am äußersten Rand von *Nullpunkt* erreichte. Eine hölzerne, überdachte Tribüne war zur Gänze besetzt. Daneben stand das von Kosáry beschriebene Zelt, die übliche weiße Plane, die über offene und geschlossene Seiten verfügte. Gegenüber der Einfahrtsstraße war der Gasthof zu sehen, eine Art bürgerliches Jagdschloß. Daneben ein überfüllter Parkplatz, auf dem die Karosserien wie Straußeneier unter einer Höhensonne brüteten.

Die Ortschaft selbst lag etwa hundert Meter dahinter, inselartig geballt, wobei der übliche Kirchturm nur gering über die höchsten Dächer hinauswuchs und solcherart einen gestutzten Eindruck hinterließ. Den Fluß sah man nicht. Er mußte wohl am anderen Ende der Ortschaft seine Bahn ziehen, dort, wo eine bewaldete Erhebung scheinbar ansatzlos eine Wand bildete. Keine Steilwand, das nicht, aber gleichwohl ein hoch aufragendes Ding, das seiner Stellung wegen nie einen Schatten auf *Nullpunkt* warf.

Lukastik parkte seinen Wagen direkt vor dem Gasthof. Sofort stürzte ein Mann heraus und schrie Lukastik durch die geschlossene Scheibe entgegen, hier nicht parken zu dürfen. Lukastik zog den Schlüssel ab und stieg aus dem Wagen, wo ihn der wütende Mann mit der deutlichen Präsenz eines massigen, schweißigen Körpers empfing.

Es war eigentlich nicht Lukastiks Art, den Staatsbeamten, wie man so sagt, heraushängen zu lassen. Aber eine mühselige

Parkplatzsuche kam nun mal nicht in Frage, weshalb er seinen Dienstausweis aus der Brusttasche zog und mit einer raschen Bewegung am Gesicht des anderen vorbeiführte, in etwa, wie man jemand seinen aufgeklebten Bart von der Lippe reißt.

»Die Polizei«, sagte der erregte Mann, »glaubt wohl, sich alles erlauben zu dürfen.«

»Ja, das glaubt sie, die Polizei«, bestätigte Lukastik und ließ den Mann einfach stehen. Hinter sich hörte er nun einige abfällige Bemerkungen über den Ford Mustang. Aber das störte ihn nicht. Er wußte ja nur allzu gut, was für einen einmaligen Wagen er besaß. Noch dazu in einem Land, das von häßlichen Autos – da hatte Kosáry schon recht gehabt – nur so überging. Ein Blick auf den überfüllten Parkplatz war Beweis genug. Straußeneier war das falsche Wort gewesen. Eher Amalgamplomben.

Lukastik schlüpfte aus seinem Sakko und warf es sich über die Schulter. Wie bereits mehrmals an diesem Tag, hatte ihn die Hitze lawinenartig erfaßt. Er fühlte sich in ihr eingeschlossen. Eine Lawine aus Honig. Er schmeckte die klebrige Süße dieses frühen Nachmittags.

Lukastik trat über die Straße hinüber zum Sportplatz. Auf der Rasenfläche, zur Tribüne gewandt, war eine Musikkapelle in Position gegangen. Männer und Frauen in hellroten Kostümen, mit weißem und gelbem Besatz, ihre Instrumente gleich Gewehren gegen das Publikum gerichtet. Sie spielten einen Marsch und sie spielten ihn gut. Denn natürlich konnte man auch Märsche schlecht spielen. Selbst dafür besaß er ein Ohr, der Beinahe-Musikwissenschaftler Lukastik. Er war richtiggehend beeindruckt ob der hohen Qualität dieser – übrigens kapellmeisterlosen – Blasmusikkapelle. Man hätte meinen können, es handle sich um eine Bestätigung für den außerordentlichen Grenzcharakter von *Nullpunkt*: brillant gespielte Marschmusik.

Lukastik betrat das Festzelt, das zum einen Teil mit langen Reihen von Holztischen gefüllt war, an denen dicht gedrängt Besucher saßen, während auf der gegenüberliegenden Seite eine Ausschank eingerichtet war, vor der weitere Menschen standen, weniger dicht, sondern locker aufgereiht. Die

Marschmusik vermengte sich hier drinnen mit den Stimmen und dem Gelächter zu einer geschwungenen Form, die etwas von einem Knoten besaß, der immer wieder aufging.

Eigentlich hatte Lukastik erwartet, Esther Kosáry an einem der Plätze zu entdecken, an denen keine oder nur wenig Leute sich aufhielten, etwa an jenen Stehtischchen am Rande der breiten Theke. Was aber nicht der Fall war, weshalb der Chefinspektor daranging, die einzelnen Tischreihen zu überblicken, unsicher, ob es denn realistisch sei, Kosáry inmitten einer Menge erhitzter und lautstarker Festbesucher ausmachen zu können. Nun, es war realistisch. Lukastik entdeckte sie jetzt, eingekeilt von Burschen ihres Alters. Esther Kosáry erweckte nicht den Anschein, als würde ihr die »sympathische Dorfjugend« einen Brechreiz verursachen. Ihr Lachen klang in Lukastiks Ohren gekünstelt, aber in keiner Weise verzweifelt. Es war wie die steile Fontäne eines Brunnens, ein strömendes Ornament also, das trotz permanenter Bewegung seine Gestalt beibehielt; und somit einen Teil der Gestaltung dieser Frau bildete, nicht anders als das gefärbte Haar dies tat, oder der kleine Metallring im Hautwulst ihrer Augenbraue. So gesehen war dieses Lachen nur scheinbar eine Reaktion auf die Zoten und Angebereien der jungen Männer, die um Kosáry herum saßen.

Nicht, daß Lukastik verstand, was hier gesprochen wurde, zu sehr pulsierte das Durcheinander der Stimmen. Auch hatte er auf keinen Fall vor, allzu nahe heranzutreten. Zwischen ihm und der jugendlichen Gruppe war noch ein weiterer besetzter Tisch, an dessen äußerem Ende er stehengeblieben war und nun seine Hand hob, um Esther Kosáry auf sich aufmerksam zu machen, die hier gewissermaßen eine lustige Witwe vorstellte. Tatsächlich wurde Kosáry jetzt auf Lukastik aufmerksam, streckte ein wenig den Hals, winkte ihm zu, machte aber keine Umstände, sich zu erheben. Ein Unbehagen erfüllte Lukastik, ein Unbehagen am Rande zur Gereiztheit. Er hatte keine Lust, dumm herumzustehen, bis sich die junge Frau bequemte, ihre vergnügte Runde zu verlassen. Schon gar nicht aber wollte er hinübergehen und sich von den Rotznasen als Großvater titulieren lassen. Die Jungs waren besoffen und keine Dienstmarke der Welt würde sie einschüchtern können. Also tat er das einzig

Vernünftige. Er verließ den Platz und trat aus der gestauten Hitze ins Freie, wo er mit einem Mal eine Spur von Frische zu fühlen glaubte, in etwa wie man eine geringe Menge Speiseeis im gerollten Körper einer dampfenden Palatschinke bemerkt.

Er ging die wenigen Schritte hinüber zum Fußballplatz, wo er sich neben eine kleine Gruppe von Leuten stellte, die sich hinter der Torlinie versammelt hatten, um ein begonnenes Match zu verfolgen. Ein Match, das übrigens in keiner Weise an die Qualität der Blaskapelle heranreichte. Die Akteure bewegten sich mit einer der brütenden Hitze angemessenen Gemächlichkeit. Niemand würde sich hier umbringen, bloß um den Ball in die Maschen zu setzen. Was aber dennoch geschah, weil auch niemand sich umbrachte, um Tore zu verhindern. Eine gewisse Vitalität entwickelte sich alleine am Spielfeldrand und auf der Tribüne, wo das Publikum sich aufgeregt benahm und die Tristesse auf der Wiese gestenreich kommentierte.

Lukastik selbst hatte nie diesem Sport gefrönt, überhaupt keinem Sport. Weniger aus einer Verachtung für das Körperliche an sich als für die Übersteigerung des Körperlichen, die ja in einem Zuviel an Muskulatur und Pulsschlägen, in einem Zuviel an diversen Sekretionen und Ausschüttungen bestand. So gesehen goutierte er dieses niveauarme, aber vernünftig geführte Fußballspiel.

»Da bin ich!«

Lukastik drehte sich um. Esther Kosáry stand vor ihm, blaß, mit trockenen Lippen und einem Augenpaar, das sich der Kleinheit der anderen Gesichtsteile angepaßt hatte. So, wie Esther jetzt dastand, erinnerte sie an den Augenblick, da sie vom Tod ihres Freundes erfahren hatte: ein durchtrenntes Kabel.

»Gehen wir«, sagte Lukastik und mußte die junge Frau ein wenig anstoßen, als setze er ein Gefährt auf Schienen in Bewegung. Die Berührung war ihm unangenehm, widersprach seiner Maxime, sich aus fremden Leibern quasi herauszuhalten. Aber anders wäre es nicht gelungen, Esther Kosáry aus ihrer Starre zu lösen.

Als sie nun neben Lukastik herging, zeigte sich der Chefinspektor erstaunt ob der guten Stimmung, die sie kurz zuvor zum besten gegeben hatte.

»Es war ein Versuch«, sagte sie mit einer Stimme leichter Angetrunkenheit, einer Stimme aus dünnem Eis.

»Was für ein Versuch?« fragte Lukastik. »Der Versuch, sich totzulachen?«

»So ungefähr. Sie haben lange gebraucht, mich abzuholen.«

»Das kommt Ihnen nur so vor«, meinte Lukastik.

Als er zusammen mit der jungen Frau sich nun seinem Wagen näherte, stand eine Gruppe von Männern darum. Lukastik registrierte die Begeisterung dieser Leute angesichts eines solch kultischen Objekts. Erst in dem Moment, da sie Lukastik gewahrten, schien ihnen einzufallen, daß es sich bei diesem Auto um das durch und durch amerikanische Gefährt eines Wiener Polizisten handelte und es also wirklich keinen Grund gab, ein freundliches Gesicht zu machen.

Das abschätzige Gemurmel ignorierend, stiegen Lukastik und Kosáry ein und fuhren los.

Zehn Minuten wurde kein Wort gesprochen. Dann sagte Esther Kosáry: »Ich friere.«

Lukastik schraubte die Kühlung herunter und erklärte: »Ungarn ist gestorben. Ich bringe Sie jetzt nach Wien.«

»Wien ist gut«, kommentierte die junge Frau. »Besser als in Zwettl verhungern.«

»Warum verhungern?«

»Das sagt man so.«

Nachdem Esther Kosáry bis dahin gerade aus dem Fenster gesehen hatte, schob sie nun ihre rechte, aus einem ärmellosen, furnierartig gemaserten T-Shirt herausstehende nackte Schulter nach vorn und drehte ihren Kopf in Lukastiks Richtung. Ihrem Blick nach zu urteilen, war wieder ein wenig Blut in ihre Adern geströmt. Oder auch nur Strom in ihre Haare. Sie sagte: »Sternbach hat Sie angeschmiert, nicht wahr?«

»Das kann man so sagen.«

»Hat dieser Irre was mit dem Mord an Tobias zu schaffen?«

»Möglicherweise.«

Kosárys Hand ging zum Mund. Sie biß in einen ihrer Fingernägel, wie um einen Gegner zu liquidieren. Einen von zehn. »Sagen Sie jetzt nicht, er hat ihn umgebracht.«

»So weit sind wir noch nicht.«

»Sie würden es mir sagen, oder?«

»Ich bin Ihnen die Wahrheit schuldig«, fand Lukastik. »Wenn es soweit ist, daß die Wahrheit wie eine Mahlzeit auf dem Tisch steht, werde ich Sie zum Essen einladen. Vorher nicht. Das versteht sich.«

Als hätte sie erst jetzt die Bedeutung erkannt, sagte Kosáry: »Sternbach hat mir aufgetragen, Ihnen eine Botschaft zu übermitteln.«

»Die wäre?«

»Er hat gemeint, Sie hätten eine zweite Chance verdient.«

»Das ist aber lieb von ihm.«

»Und daß er in Ihrem Falle eine gewisse Allgemeinbildung voraussetzen könne.«

»Gott, jetzt kommt wohl ein sogenanntes Rätsel«, stöhnte Lukastik, der Feind aller Rätsel.

»Die eigentliche Botschaft«, erklärte Kosáry, »besteht aus einem einzigen Wort: *Pferdefuß*.«

»Pferdefuß also«, sagte Lukastik und fragte sich, welche Art von Allgemeinbildung hier eigentlich erwünscht war. Natürlich kannte er diesen Begriff als Synonym für den Haken an einer Sache. Und er wußte, daß nach volkstümlicher Überlieferung der Teufel höchstpersönlich über einen solchen Pferdefuß verfügte. Was Lukastik aber in diesem Moment wirklich beschäftigte, beziehungsweise ihn verstimmte, war der Umstand, daß sich Sternbach nun doch zu einer der Unarten hatte hinreißen lassen, wie man sie aus der Fiktion kannte. In einschlägigen Filmen und Büchern geschah es immer wieder, daß Täter, die genialische Züge aufwiesen oder solche zu besitzen glaubten, mit großer Vorliebe Hinweise und Spuren verstreuten, Fährten legten und Signaturen zurückließen. Somit ständig bemüht waren, mit ihren Verfolgern in eine Spielsituation einzutreten, in einen Wettstreit, der nicht selten zu einem peinlichen Ander-Nase-Herumführen der Polizei abflachte.

Von Sternbach hingegen war etwas Derartiges eigentlich nicht zu erwarten gewesen. Denn trotz der verwirrenden Weise, mit der Tobias Oborin zu Tode gekommen war, hatte sich Sternbach der üblichen Mätzchen enthalten. Auch und gerade dadurch, daß er das Versteck Jordans und Boehms ohne große Umstände preisgegeben hatte. Ganz abgesehen davon, wie völlig unkompliziert er im Falle Esther Kosárys vorgegangen war. Jetzt aber schien es, als sei er doch noch der Verlockung erlegen, eine billige Denkaufgabe zu konstruieren, indem er eben nicht nur Esther Kosáry, sondern auch dieses eine Wort zurückgelassen hatte.

»Damit kann ich nichts anfangen«, erklärte Lukastik, ohne auch nur richtig nachgedacht zu haben. »Alles hat einen Pferdefuß. Vor allem diese sogenannte zweite Chance.«

»Ich habe meine Pflicht erfüllt«, meinte Kosáry, unterstützt von einem Schulterzucken. »Und jetzt bräuchte ich dringend eine Tasse Kaffee.«

»Wir sind aber gerade erst losgefahren.«

»Haben wir es denn eilig?«

»Also gut. Für einen Kaffee reicht die Zeit.«

Nach einigen Kilometern hielt Lukastik an einer kleinen Raststätte, einem erdgeschossigen Komplex mit dem Charme einer Garage. Keine Fenster, bloß Löcher im Mauerwerk, durch die die Frischluft im Würmchenformat strömte. Wenn sie strömte. In dieser Würmerluft hockten drei, vier Gestalten, viel zu besoffen, um auch nur einen verächtlichen Blick zu bewerkstelligen. Man darf nicht vergessen, es war Samstag.

Eine dicke Frau, die rein gar nichts von der Anmut Selma Beduzzis an sich hatte, nahm auf Lukastiks Bestellung hin wortlos eine Thermoskanne zur Hand, aus der sie einen bereits gesüßten und mit Milch versetzten Kaffee in zwei Tassen goß. Kaffee nach Art des Hauses. Lukastik und Kosáry ergriffen mit leichtem Schauder ihre Tassen und wechselten nach draußen, um unter dem unvermeidlichen Coca-Cola-Schirm Platz zu nehmen. Das Land um sie herum war flach. Auf dem sandigen Parkplatz wirkte der Ford Mustang wie heimgekehrt. Der Kaffee wiederum schmeckte weit besser als befürchtet. Die Menge Zucker mußte man freilich mögen.

»Wo soll ich wohnen in Wien?« fragte Kosáry nach einer Weile, während sie ihre Tasse mit beiden Händen an die Lippen führte, in etwa wie man die warme Backe eines Kindes berührt.

»Da gibt es mehrere Möglichkeiten.«

»Das klingt nicht gut.«

»Keine Angst«, sagte Lukastik, der sich damit begnügte, den Geruch des Kaffees aufzunehmen. »Es wird keine Pannen mehr geben.«

»Ist auch nicht wirklich wichtig. Tobias ist tot. Es wäre mir lieber, ich wär's auch.«

»Na ja«, war Lukastiks schwacher Kommentar.

Aber was sollte er auch sagen? Daß ein Mensch mit achtzehn, vielleicht fünfundzwanzig Jahren kein Recht hatte, eine derart legere Haltung gegen das eigene Leben einzunehmen? Blödsinn!

Kosáry stellte den Kaffee ab und proklamierte: »Man kann nur einmal richtig lieben.« Und weiter: »Das ist keine Frage der Monogamie. Sondern eine Frage des Gegenstands. Man kann denselben Apfel nur einmal essen.«

»Eine Menge Menschen verlieben sich mehrmals«, stieg Lukastik auf das Thema ein, obwohl das nun wirklich einer der übelsten Gesprächsstoffe war, die er sich vorstellen konnte.

»Bei diesen Leuten«, meinte Kosáry, »ist das so, daß sie sich immer wieder den Finger in den Mund stecken und Teile von diesem Apfel herausspucken. Und dann schieben sie den speicheligen oder gar halbverdauten Haufen halt wieder in den Mund zurück und behaupten, sich verliebt zu haben. Man kann sich denken, was da im Laufe eines Lebens zusammenkommt an grauslichem, wiedergekäutem Apfelbrei.«

Einen Moment zögerte Lukastik. Der Pietät wegen. Doch der Ärger setzte sich durch. Der Ärger ob einer solchen Übertreibung. Weshalb er also darauf verwies, daß Tobias Oborin auch nicht mehr der jüngste gewesen sei und wohl auf einige Liebschaften habe zurücksehen können. Auf eine Menge Apfelbrei sozusagen.

»Ich sprach von *meiner* Liebe zu Tobias«, erinnerte Kosáry, »nicht von seiner zu mir. Sie scheinen mich immer noch für ein Kind zu halten. Natürlich habe ich mir denken können, daß Tobias nicht fünfundvierzig Jahre seines Lebens gewartet hat, um in diesen einen Apfel zu beißen, der da Liebe heißt. Ich kann Ihnen sagen, sein erster Kuß hat richtiggehend gärig geschmeckt. Was nicht heißt, mich hätte geekelt. Aber ich wußte eben, daß seine Liebe zu mir ein bloßer Nachhall ist. Nachhall klingt netter als Wiederkäuung, stimmt's?«

»Das kann man wohl sagen«, gab Lukastik gerne zu.

Kosáry betonte nun – wie um Frieden zu schließen mit dem Mann, mit dem sie da im roten Schatten eines Coca-Cola-Schirms saß –, sie betonte also, daß ein fortgeschrittenes Alter natürlich nicht ausschließe, daß die betreffende Person noch immer einen unangetasteten Apfel in der Tasche trage. Was dann allerdings bedeuten würde, daß alle bisherigen Beziehungen und Liebschaften »apfellose« und somit »fruchtlose« Ereignisse gewesen waren.

»Apfellos«, sagte Lukastik, nun endlich ein wenig erheitert, »würde dann aber auch ziemlich substanzlos bedeuten.«

»Völlig substanzlos«, nickte Kosáry und nahm einen weiteren Schluck von ihrem Kaffee. Dann fragte sie: »Haben Sie schon geliebt?«

»Himmel, was für eine Frage? Wo sind wir eigentlich?«

Esther Kosáry sah sich um, als müsse sie die Bemerkung wörtlich nehmen. Auch Lukastik konzentrierte sich nun auf die Umgebung, die weiten Felder und den hohen Himmel, der jetzt weniger blau war, sondern vielmehr aus einer blaustichigen, grellen Weiße bestand, wie die Autoscheinwerfer neuerer Modelle sie verströmten.

Lukastiks Blick blieb an einer großen Werbetafel hängen, die auf der gegenüberliegenden Straßenseite auf ein Metallgerüst montiert war und von jenen Autofahrern gesichtet wurde, die in die Richtung fuhren, aus der Lukastik und Kosáry eben gekommen waren. Ganz offenkundig gehörte die sehr ordentlich gestaltete Aufschrift nicht zu der kleinen, verkommenen Raststätte, vor der Lukastik und Kosáry gerade saßen. Wofür hätte dieses löchrige Etablissement auch werben sollen? Für Kaffee aus der Thermoskanne?

Der Winkel, in dem Lukastik zur Tafel saß, reichte gerade noch aus, um den großen, über einem kleineren Text thronenden Schriftzug entziffern zu können, der zu beiden Seiten von der identischen Darstellung einer bestimmten Pflanze eingerahmt wurde, die mit Goldfarbe ausgemalt war. Es mochte simplerweise dieses Gold sein, wenngleich nicht gelblich und matt, sondern rötlich und stark glänzend, welches Lukastik dazu animierte, die in dunkelgrünen Lettern gedruckte Aufschrift zu lesen: *Hotel zum goldenen Huflattich*.

Nun, das war eine recht konventionelle Namensgebung für ein Hotel auf dem Lande, nichts, wofür man sich hätte interessieren müssen. Dennoch erhob sich Lukastik, angetrieben von einem Gedanken, der eigentlich noch gar nicht vorhanden war, der sich erst vorbereitete, wie sich ein Husten mit einem leichten Kratzen im Hals ankündigt.

Lukastiks näherte sich der Straße und damit dem Schild auf der anderen Seite, und indem er nun den restlichen Text studierte, erfuhr er, daß dieses Hotel am Rande von *Nullpunkt* lag und über ein angeschlossenes Sanatorium verfügte, wo diverse Naturheilverfahren praktiziert wurden. Einige vielversprechende Begriffe wie Ayurveda, Pranayama und Akupunktur betonten den exotischen Einschlag mancher Behandlungsmethode. Vor allem aber gelang es diesem Werbetext – ohne dabei allzu deutlich zu werden – den Unterschied zwischen dem Hotel und dem Sanatorium dahingehend herauszustellen, daß die Gäste sich im Hotelrestaurant mit deftigen Speisen vollstopfen könnten, um dann im Sanatorium die leidigen Folgen solcher Selbstmästung wiederaufzuheben. Jedenfalls wurde zwischen der Hotelküche und der Sanatoriumsküche eine Trennlinie gezogen, welche somit im »Grenzort« *Nullpunkt* eine Grenze in sich bildete.

Das alles war es aber nicht, was Lukastik dazu veranlaßte, gebannt auf die Tafel zu sehen. Weder war er an einer Gesundung seiner Person noch an lukullischen Genüssen interessiert. Die Vorstellung von der unaufgeregt-bodenständigen Küche des *Weinhauses Sittl* reichte ihm vollauf. Nein, was ihm hier und jetzt zu denken gab, das war jener dublierte Terminus, mit dem sich das Hotel schmückte. *Goldener Huflattich*. Irgendwas war dran an dem Begriff.

Wenn nun Sternbach mit »Allgemeinwissen« die Lehre von den Heilpflanzen gemeint hatte, dann war das nicht gerade Lukastiks Domäne. Er scheute den Aufwand solcher Naturmedizin. Wenn er krank war, nahm er die nächstbeste Tablette. Auf eine bestimmte Weise halfen sie alle, auf eine bestimmte

Weise schadete eine jede. Der große Vorteil von Pillen bestand nach Lukastiks Auffassung in ihrer Schnelligkeit. Wobei weniger die Schnelligkeit gemeint war, mit der sie wirkten, als das Tempo, mit dem man sie sich einverleiben konnte. Ein Schluck, und es war geschafft. Was danach kam, war selten das große Glück und selten das große Unglück. Krankheiten verhalfen sich so oder so zu ihrem Recht.

Im Vergleich dazu erschienen Lukastik jene Bemühungen, wie sie etwa im Ausquetschen von Blättern oder im Einatmen penetranter Dämpfe bestanden, als Prozeduren, die weniger dem Körper halfen, als daß sie den insgeheimen Wunsch nach einer emphatisch ausgelebten Krankheit erfüllten. Krankheit war immerhin ein probates Mittel, eine Persönlichkeit zu entwickeln. Und umständliche Heilung der dekorativste Ausdruck dieser Krankheit und damit dieser Persönlichkeit.

Jedenfalls war Chefinspektor Lukastik diesbezüglich ein Banause und tat sich schwer, das eine Kraut vom anderen zu unterscheiden.

Er kehrte zurück an den Tisch, nahm nun doch, wie um den imaginierten Geschmack von Baldrian und Fenchel aus dem Mund zu bekommen, einen Schluck des süßen, milchigen Kaffees und fragte Esther Kosáry, ob sie eine Ahnung hätte, unter welchem anderen Name der Huflattich bekannt sei.

»Wie kommen Sie jetzt darauf?« wunderte sich Kosáry.

»Beantworten Sie einfach meine Frage.«

»Ich weiß es nicht. Ich weiß nicht mal, wie ein Huflattich überhaupt aussieht. Halten Sie mich für eine Grüne? Gott behüte!«

»Nein, tue ich nicht«, sagte Lukastik und meinte es ernst. Kosárys fahles Antlitz legte eher eine ganze Menge Chemie nahe. Sie schien mehr noch als Lukastik zu jenen zu gehören, die den raschen Einwurf einer Tablette jeglicher Umständlichkeit und Moralität vorzogen.

Lukastik stand auf und sagte, er würde zahlen gehen. Danach könne man weiterfahren.

Als er nun an die Theke trat und der dicken, völlig reizlosen Frau einen Geldschein vor die Nase legte, hatte er nicht eigentlich vorgehabt, dieselbe Frage nach dem Huflattich noch einmal zu stellen. Die Frage fiel ihm förmlich aus dem Mund, wie einem ein Glas aus der Hand gleitet. Nur, daß dieses Glas eben nicht zerbrach, sondern gewissermaßen auf allen vieren landete. Und zwar in Gestalt des Scheins, den die Frau nun an sich nahm und einsteckte, ohne jedoch das fällige Wechselgeld herauszugeben. Statt dessen servierte sie eine Antwort: »Wenn Ihnen Huflattich nicht gefällt, können Sie auch Pferdefuß dazu sagen. Manche tun das.«

Ja. Das war es. Lukastiks bloßes Gefühl erfuhr jetzt eine konkrete Entsprechung. Gut möglich, daß kurz zuvor – als ihm das Schild mit der Werbeaufschrift aufgefallen war – sich ein tief verschüttetes Wissen gemeldet oder eben bloß angeklopft hatte. Die übereinstimmende Bedeutung von Huflattich und Pferdefuß war ja durchaus etwas, das einem Menschen im Laufe seines Lebens unterkommen konnte. Und sei's in der Schule.

Die Ahnung hatte sich also zur Gewißheit verdichtet. Dennoch wäre es Lukastik lieb gewesen, sein Wechselgeld herausbekommen, zu groß war der Schein, den er auf den Tisch gelegt hatte. Das sagte er auch. Die Frau jedoch gab ein Geräusch von sich, als schleife sie kleine Messer in ihrer Mundhöhle und wandte sich sodann einem Gast auf der entgegengesetzten Seite des Schanktisches zu. Offensichtlich hielt sie ihre Information für bedeutend genug, um ein beträchtliches Trinkgeld zu rechtfertigen. Und damit lag sie eigentlich auch richtig. Was Lukastik allerdings ärgerte, war der Umstand, daß die Frau die Brisanz ihrer Antwort doch gar nicht hatte beurteilen können. Wie denn auch?

Nun gut, möglicherweise hielt sie es bereits für kostenpflichtig, ihren Mund aufzutun, um ein wenig zu knurren. Es gab solche Leute. Es gab eine ganze Menge davon.

Lukastik produzierte seinerseits einen verächtlichen Ton, gab sich jedoch geschlagen und ging wieder ins Freie hinaus. Er blieb im Schatten eines kleines Vordaches stehen und blinzelte in die pralle Helligkeit hinaus. In etwas, das gleichzeitig saftig und trocken war.

Er dachte nach und fragte sich, ob es denn wirklich möglich war, daß Sternbach mit seinem peinlichen, rätselartigen Fingerzeig diese Pflanze gemeint und in weiterer Folge beabsichtigt hatte, auf das Kurhotel hinzuweisen, welches der Wegbeschreibung nach in jenem Waldstück lag, das am Rande der Ortschaft *Nullpunkt* steil aufragte.

Wenn dies der Fall war, wenn allen Ernstes das Wort Pferdefuß für das *Hotel zum goldenen Huflattich* stand, dann mußte dies eigentlich bedeuten, daß sich Sternbach genau dort aufhielt. Daß er also, nachdem er Esther Kosáry unweit des Sportplatzes verabschiedet hatte, zwar weiter Richtung Wien gefahren war, wenig später aber eine Abzweigung genommen hatte, um nach *Nullpunkt* zurückzukehren und schließlich jene von zwei Gastronomien bestimmte Anlage zu erreichen.

Im ersten Moment wirkte eine solche Entscheidung absurd, geradezu halsbrecherisch. Auf den zweiten Blick jedoch raffiniert. Denn natürlich war man davon ausgegangen, daß Sternbach versuchte, die Landeshauptstadt zu erreichen oder etwa in das benachbarte Tschechien zu flüchten. Vielleicht auch nach Linz. Es war sogar überlegt worden, daß er die Frechheit besitzen könnte, den Wagen zu wenden, um das heimatliche Zwettl anzusteuern. Vieles kam in Frage. Was nun aber eigentlich nicht in Frage kam, war die Vorstellung, daß Sternbach schlichterdings den Ort, an dem er Esther Kosáry losgeworden war, gar nicht wirklich verlassen hatte. Daß er also – um nochmals das Bild des Hurrikans zu bemühen – sich ins Auge des Wirbelsturms gesetzt hatte, hinein in die ruhige, windarme Mitte. Wobei ein Kurhotel natürlich eine besonders passende Metapher solcher Ruhe und Verschonung lieferte.

Allerdings war schwer vorstellbar, daß sich Sternbach einer Illusion darüber hingab, unentdeckt zu bleiben. Selbst dann, wenn er über gefälschte Papiere verfügte. Was hätten die auch nützen sollen, um so mehr, als Sternbach in der Eile wohl kaum in der Lage gewesen war, auch noch sein Gesicht zu fälschen. Ein Gesicht, welches, wenn die Polizei dies für nötig hielt, schon am nächsten Tag in den Zeitungen des Landes abgedruckt sein konnte. Abgesehen davon widersprach es Sternbachs Wesen, eine optische Tarnung vorzunehmen, fantômasische Spiele oder ähnlichen Unfug zu versuchen. Er bewegte sich eindeutig in einer höheren Liga. Zudem konnte er sich denken, daß Esther Kosáry über den Tausch der Wagen berichten würde. Und daß man also demnächst in der Garage des Hotels oder zumindest in der Nähe von *Nullpunkt* auf den geborgten Opel stoßen würde.

Lukastik war überzeugt, daß Sternbach nicht wirklich vorhatte, sich dem polizeilichen Zugriff zu entziehen. Oder irgendeiner Art von Strafe auszuweichen. Diese Flucht war Sternbach ja geradezu aufgedrängt worden. Nein, alles was dieser Mann nun unternahm, zielte darauf hin, sich bloß noch ein wenig Zeit zu verschaffen. Auch indem er Jordan und Boehm überwältigt hatte. Er war in keinem Moment willens gewesen, die beiden zu töten. Eben darum, weil er nie ernsthaft daran geglaubt hatte, den Verdacht gegen die eigene Person langfristig abwenden zu können. Nur dann wäre eine Tötung aber sinnvoll gewesen.

Wenn Sternbach nun diesen kleinen Hinweis gegeben hatte, welcher um den Begriff »Pferdefuß« kreiste, dann war dies einzig und allein als eine Geste in Richtung Lukastik zu verstehen, da dieser Sternbachs sogenannte Flucht ja nicht bloß begünstigt, sondern auch verschuldet hatte.

Lukastik sollte eine zweite Chance erhalten. Und war auch wild entschlossen, sie zu nutzen, vorausgesetzt, er lag richtig mit seiner Vermutung, daß mit »Pferdefuß« allein dieses Hotel nahe *Nullpunkt* gemeint sein konnte.

»Trinken Sie aus. Wir fahren zurück«, wandte sich Lukastik an Kosáry.

»Was soll das heißen? Zurück?«

»Dorthin, wo Sternbach Sie rausgelassen hat.«

»Wieso das denn?«

Lukastik zeigte hinüber auf das Schild und erläuterte seine Vermutung.

»Warum sollte Sternbach das tun?« fragte Kosáry. »Die Polizei ist hinter ihm her. Das ist kaum der richtige Moment, um eine Kur zu beginnen.«

»Wir suchen Sternbach in der ganzen Umgebung. Nur an diesem einen Ort nicht. Weil das die Vernunft verbietet. Eben darum ist es aber nicht minder vernünftig, daß Sternbach sich genau an diesen Ort und in dieses Hotel begeben hat.«

»Na gut. Aber wie vernünftig kann man es noch nennen, den Pferdefuß erwähnt zu haben?«

»Sternbach will, daß *ich* es bin, der ihn findet. Gefunden wird er früher oder später sowieso, gleich wie gefinkelt er sich verhält. Dann doch lieber von jemand, mit dem ihn etwas verbindet.«

»Verbindet? Was denn?«

»Die Tatsache«, sagte Lukastik, »daß Sternbach kein Trottel ist.«

»Wie denn? Sie meinen, Sie halten sich und ihn für Geistesgrößen?« fragte Kosáry, wobei sie ein wenig zurückwich, als befürchte sie einen Schlag ins Gesicht.

Lukastik hob seine rechte Hand aber bloß. Wie um zu schwören. Solcherart posierend, meinte er, daß von Geistesgröße nicht die Rede sein könne, allerdings von einem gewissen Niveau.

»Ein Niveau«, präzisierte Lukastik, »zu dem auch ein Fehler gehört, wie ich ihn begangen habe, indem ich ausgerechnet Sternbach gewählt habe, Sie nach Győr zu bringen. Es gibt eben Fehler, die eine gewisse Klasse besitzen.«

»Eingebildet sind Sie gar nicht, was?«

Lukastik enthielt sich einer Antwort und deutete statt dessen auf seinen Ford Mustang, um sich auch sogleich zu erheben. Esther Kosáry dagegen nahm ein letztes Mal ihre Tasse in beide Hände und leerte den restlichen Kaffee, als schlürfe sie Suppe. Dann fuhr sie sich mit dem Handrücken über den Mund, stand auf und folgte Lukastik zum Wagen, der sich während des Aufenthalts in eine Wärmflasche verwandelt hatte.

14

Hotel und Sanatorium waren nicht zu verfehlen. Drei weitere von den Schildern, auf denen die Darstellung goldenen Huflattichs paarweise prangte, säumten den Weg der Landstraße. Das letzte davon an der östlichen Abzweigung nach *Nullpunkt*, einer Abzweigung, die mit einiger Wahrscheinlichkeit auch Sternbach genommen hatte. Durch die Ortschaft hindurch, die selbst aus der Nähe einen engen, sozusagen gefalteten Eindruck hinterließ, steuerte Lukastik den Wagen nach Norden, wo ein tief in die Erde geschnittenes Flußbett den Kamp barg, der gleich einer perpetuierenden Kette fallender Dominosteine dahinfloß. Jenseits des Flusses erhob sich jener steile, bewaldete Hügel, der von den Nullpunkter Bürgern des Sanatoriums wegen »Krankenberg« genannt wurde. Es gab sogar welche, die vom »Grabhügel« sprachen, was übrigens eine ziemliche Übertreibung darstellte. Niemand kam hierher, um zu sterben. Woran sich die meisten auch hielten.

Über eine Brücke jüngeren Datums, die etwas von einer Baustelle besaß, gelangten Lukastik und Kosáry auf eine erstaunlich breite Fahrbahn, die schräg zur Erhebung aufwärts führte, um dann mittels einer scharfen Kehre in ein Plateau zu münden, auf dem drei Gebäude standen, sowie ein ... nun, vielleicht mußte man von einem Berg am Berg sprechen, indem nämlich hinter den drei Häusern eine Art Aufschüttung in die Höhe ragte, ein begraster Kegel von solcher Regelmäßigkeit, daß sich die Vorstellung, es handle sich um ein Produkt der Natur, schlichtweg verbot. Eher durfte von einer postmodernen Spielerei die Rede sein, von einer esoterischen Maßlosigkeit.

Der spitze Hügel schien auf eine betont illustrative Weise eine Verbindung zwischen Erde und Himmel darstellen zu wollen, eine Verbindung, die Lukastik für unmöglich und unsinnig hielt. Natürlich erst recht im übertragenen Sinn. Seine Devise lautete: entweder – oder. Darum auch muteten ihm Menschen, die ins Religiöse oder gar ins Metaphysische verwickelt waren, stets schizophren an. Wie Mäuse, die sich für Tauben hielten.

Die drei Gebäude und der begraste »Berg am Berg« waren in einer präzisen Diagonale angeordnet, wobei die Höhe der Objekte sich zum abschließenden Kegel hin kontinuierlich steigerte. Zuvorderst stand das eigentliche Hotel, ein Bau aus der Zeit um 1900, dessen Fassade aus graugrünen, sehr schmalen hölzernen Latten zusammengesetzt war und den Gedanken an eine Streichholzarbeit hervorrief. Durchgehende Balkone dominierten die dreistöckige Hauptfront. Auf Höhe der ersten Etage führte linker Hand eine Terrasse an ein angrenzendes

Waldstück heran, gleich einer ausgestreckten Hand, die ihr Ziel nicht ganz erreicht. Unterhalb der Veranda ergab sich der weite Raum eines Restaurants. An mehreren Stellen des Gebäudes waren Abbilder jenes namensstiftenden goldenen Huflattichs angebracht, ohne daß der Name selbst auf der Fassade aufschien. Vor dem Hotel öffnete sich ein kleiner Platz mit kuchenartig geschnittenen Hecken und einigen kleinen Springbrunnen. Mehrere Fahnenmaste flankierten den geraden Kiesweg, der zum Eingang des Hotels führte. Die angebrachten Flaggen, die im schwachen Wind mehr röchelten als wehten, verwiesen auf einige der bekannten Urlaubsländer. Diese Demonstration von Internationalität wirkte kindisch und überflüssig. Überhaupt fand Lukastik, Flaggen gehörten zum Dümmsten, was Menschen sich hatten ausdenken können. Daß irgend jemand angesichts einer solchen »abgezogenen Haut« einen gesunden Nationalstolz entwickelte, war eigentlich undenkbar.

Bei den beiden Komplexen, die schräg hinter dem Hotel aufragten und durch schmale Wege verbunden und schmale Wiesenstreifen getrennt waren, handelte es sich um moderne Gebäude, kaum älter als ein paar Jahre. Im Grunde hätte man sie für zwei Kirchen halten können. Oder zwei Schwimmhallen. Viel Glas. Viel sakraler Impetus. Aber selbstverständlich war in diesen Trakten das Sanatorium untergebracht, was wiederum weder die Existenz einer Schwimmhalle noch einer Kirche ausschloß. Im Gegenteil.

Der Parkplatz lag ein wenig seitlich, umrahmt von Bäumen, isoliert. Unter den abgestellten Wagen entdeckte Lukastik auch einige Opel, doch keinen mit dem gesuchten Kennzeichen. Was ihn nicht wirklich deprimierte. Auf den Opel kam es nicht an. Den würde man schon noch finden.

Vorbei an den beflaggten Masten traten Lukastik und Kosáry über den weißen Kies, so weiß, daß man an gebrochene Kreidestücke denken mußte. Und genau ein solches Geräusch, ein Geräusch wie von Kreide, entstand beim Gehen und ließ einen unangenehmen Moment lang Schulphantasien aufkommen.

Es lag eine große Erleichterung darin, das Foyer des Hotels zu betreten. Einmal, weil das Dahinschreiten auf dem dunkelroten Teppichboden ein weitaus angenehmeres war und die daraus resultierenden Phantasien in viel tröstlichere Regionen führten, als sie sich aus dem Besuch einer Schule ergaben. Dazu kam, daß eine erträgliche Temperatur in dem weiten, aber niedrigen Raum herrschte, dessen Einrichtung im Widerspruch zum ländlichen Charakter der hölzernen Außenhaut stand. Die Säulen, Spiegel, Stehlampen und abstrakten Bilder hätten viel eher zu einer städtischen Umgebung gepaßt. Aber wie auch im Falle der Flaggen schien man hier auf den Anspruch zu pochen, mit der großen, weiten Welt verbunden zu sein. Selber als ein Teil dieser Welt zu fungieren. Entlegen, aber kein Hinterwald.

Lukastik wies Kosáry an, sich kurz in einen der schwarzen Lederfauteuils zu setzen, die wie kleine, dunkle Felsen über den Raum verteilt standen. In einigen davon ruhten Personen, hingestreckt, bewegungslos. Man hätte sie für abgelegte Mäntel halten können.

»Sie wollen mich nicht dabeihaben«, stellte Kosáry fest.

»Ich will Sie nicht dabeihaben, richtig«, bestätigte Lukastik und wartete, bis sich Kosáry einen der Felsen ausgesucht hatte. Dann trat er an die Rezeption, die von einer einzigen jungen, müde dreinblickenden Frau bedient wurde.

Lukastik zeigte seinen Ausweis und erkundigte sich, ob ein gewisser Egon Sternbach im Hotel abgestiegen sei.

Die Rezeptionistin schien bemüht, ihre Schläfrigkeit abzuschütteln, und sagte: »Frau Dr. Gindler erwartet Sie bereits.«

»Was soll das?« ärgerte sich Lukastik. »Das ist keine Antwort auf meine Frage.«

»Ich bin hier nur angestellt, Herr Chefinspektor. Ich weiß nichts von einem Herrn Sternbach. Ich weiß nur, daß ich Sie ins Büro der Frau Doktor bitten soll.«

»Verwunderlich«, sprach Lukastik mehr zu sich selbst, »wenn man bedenkt, daß ich bis vor kurzem noch gar keine Ahnung von dieser merkwürdigen Idylle hatte.«

Die Angestellte machte ein gelangweiltes Gesicht. Es war nicht ihre Aufgabe, sich um fremde Mysterien zu kümmern.

Lukastik wollte nun wissen, welche Funktion Dr. Gindler innehatte.

»Sie ist die Leiterin des Sanatoriums. Ihr Büro liegt im hintersten Gebäude. Das Zimmer ist angeschrieben. Sie können es gar nicht verfehlen. Ich kann Ihnen aber auch jemand ...«

»Nicht nötig«, wehrte Lukastik ab.

Dann überließ er die Rezeptionistin wieder ihrem nachmittäglichen Schlummer. Einem Schlummer, dem er sich selbst gerne hingegeben hätte. Und dem auch Esther Kosáry bereits erlegen schien. Sie saß tief versunken in ihrem Fauteuil und hatte die Augen geschlossen. Es war nicht zu sagen, ob sie schlief oder bloß in irgendeinem halbtoten Gedanken vor sich hin tümpelte. Jedenfalls sah Lukastik keinen Grund, sie zu stören. Ohnehin war es das beste, wenn er sie hier zurückließ. In der Geborgenheit eines Armstuhls, der ihren schmächtigen Körper gleich einem dickwandigen Gefäß umgab.

Lukastik trat aus der Halle und folgte einem der Gehwege, die das wiesenreiche Gelände in großer Anzahl zergliederten, so daß man das Gefühl bekommen konnte, sich auf dem Muster eines Schnittbogens zu bewegen. Es war keineswegs einfach, den kürzesten Weg zu erkennen, um an einen bestimmten Punkt zu gelangen. Aber die Kürze von Verbindungen stellte an diesem Ort wohl kaum eine Prämisse dar. Im Gegenteil. Wahrscheinlich bevorzugten die Benutzer dieser Pfade eine gewisse Umständlichkeit, um dem Überangebot an Zeit Herr zu werden. Kurorte waren geradezu Brutstätten der Zeit. Eine jede Sekunde und Minute wog doppelt so schwer wie anderswo.

Nun, auch Lukastik sah keinen Grund, sich zu beeilen. Sternbach schien ihm nicht davonzulaufen. Gar nichts schien ihm davonzulaufen. Es war jetzt mehr ein Flanieren in der Hitze, das er praktizierte und sich vorbei am ersten Klinikgebäude dem zweiten näherte. Es verfügte über eine hohe, gläserne, von einem dünnen Metallgeflecht strukturierte Front, in der sich der Himmel stückchenweise spiegelte und etwas vom archäologischen Reiz einer zerbrochenen und wieder zusammengesetzten Keramik besaß.

Lukastik betrat den Bau, der auf der Rückseite ein bis zum Boden führendes Dach besaß, vergleichbar einem Helm, der über den Nacken seines Trägers reicht. Entgegen dieses brachialen Eindrucks herrschte im Inneren eine betont therapeutische Atmosphäre. Das mittels vereinzelt angebrachter, langer Leinenbahnen gedämpfte Licht umgab die meisten Gegenstände mit einem wolkigen Schleier. Für einen Moment empfand Lukastik einen leichten Taumel, was wohl vom Geruch herrührte, der ihn augenblicklich umfangen hielt, so eine Art Weihnachtsduft. Der Geruch von Lebkuchenherzen. Jene großen, schmucken Herzen, die wie Mühlsteine an den Hälsen der Menschen hingen.

Vom Schwindel erfaßt, ließ sich Lukastik auf einem Stuhl nieder, wobei er trotz aller Benommenheit registrierte, wie sein Bauch merklich herausgedrückt wurde, während der obere Abschnitt seines Rückens nachfederte und ein unnatürlich hohes Gewicht annahm. Er griff sich an die Augen und massierte die geschlossene Lider. Das Bild seiner Schwester drängte sich ihm auf. Hin und wieder geschah es, daß er unvermutet an sie denken mußte, wie man sich grundlos eines Verstorbenen erinnert und dabei zu überlegen beginnt, wie selten das in letzter Zeit vorgekommen ist. Und daß man wohl irgendwann aufhören wird, einen Gedanken an diese tote Person zu verschwenden.

Er benötigte eine halbe Minute, dann war er soweit wieder gediehen, daß sich die Erscheinung seiner Schwester verflüchtigte und sein Rücken in die alte Gewichtsklasse zurückfiel. An seinem Bauch allerdings war natürlich nichts zu ändern. Lukastik erhob sich also mitsamt seiner »zentralen Beule« und folgte einem Schild hinauf ins erste Stockwerk, wo er an eine Tür klopfte, die ins Büro jener Frau führte, die – laut der Aufschrift – medizinisch wie auch kaufmännisch dieses Haus leitete.

»Ja, bitte!« war eine Stimme zu vernehmen, die angesichts der Kombination von Heilkunde und Ökonomie erstaunlich milde klang.

Was hatte sich Lukastik erwartet? Eine Furie? Ein Monster? Oder zumindest eine raumgreifende Gestalt vom Schlage Beduzzis?

Nun, bei Frau Dr. Gindler handelte es sich um eine zierliche, aber nicht fragile Person, die um die fünfzig sein mochte und deren halblang geschnittenes, glattes Haar über ein dunkles, blaustichiges Grau verfügte, in dem einzelne weiße Haare gleich geographischen Längen herausstachen.

In Gindlers Gesicht schien sich die eigene Jugend konserviert zu haben, nur, daß man eben das Konservierte bemerkte, wie man ja auch im Falle eines erwachsenen Zwerges niemals auf die Idee käme, ihn mit einem Kind zu verwechseln. Dr. Gindler besaß überaus feine, gerade Züge. Allerdings fehlte ein kleiner Kontrapunkt, der diesem Gesicht eine persönliche Note verliehen hätte. Was sich ebensowenig aus der randlosen Brille wie aus dem strengen Kostüm ergab, welches die Schlankheit ihres Körpers zwar nicht verheimlichte, aber auch nicht herausstellte. Dennoch existierte eine solche persönliche Note. Und zwar dadurch, daß Dr. Gindler die Eigenart praktizierte, beim Sprechen einen Finger an die Wange zu legen, ein wenig wie Lukastik den seinen an die geschlossenen Lippen führte, wenn er einen neuen Raum betrat. Was natürlich auch jetzt geschah. So flüchtig, daß Dr. Gindler es nicht bemerkte, während sie selbst ihren Finger ja so lange an der Wange ließ, wie sie etwas zu sagen hatte. Woraus sich der Eindruck ergab, dieser Finger würde gleich dem Tonarm eines Plattenspielers funktionieren.

Ihr Tick mutete in keiner Weise komisch an, eher wirkte er attraktiv. Er unterstrich das Gesagte, gab dem Gesagten Würde und Bedeutung, so wie es ja auch um einiges würdevoller aussieht, eine Platte aufzulegen als einen CD-Player zu bedienen.

Der hohe Raum wurde von der in Quadrate unterteilten gläsernen Außenfront dominiert, welche die gesamte Rückseite ausfüllte. Die übrigen Wände waren weiß getüncht und kamen ohne jede Schmückung aus. Eine solche ergab sich allein durch den monumentalen Teppich, dessen Musterung aus einer linearen Aneinanderreihung kleiner Farbfelder bestand. Der Teppich rechtfertigte gewissermaßen die Größe des Raums. Man hätte darauf eine Kuh schlachten oder ein Badmintonspiel abhalten können. Doch er lag völlig unberührt da, von keinem Sessel oder Tisch tangiert, und auch Lukastik scheute sich zunächst davor, ihn zu betreten. Als er es dann doch tat, kam ihm das vor, als laufe er über Wasser oder Luft oder zumindest über ein auf dem Boden aufliegendes Gemälde.

Dr. Gindler trat hinter ihrem mit Stößen von Papier und Büchern dekorierten Schreibtisch hervor, reichte Lukastik die Hand – wobei sie ihn mit Namen und Dienstrang ansprach – und bat ihn, auf einem der Sessel Platz zu nehmen, die zusammen mit einem Sofa und einem als Tisch fungierenden, roh behauenen Steinblock eine seitliche Sitzgruppe bildeten. Das Sofa allerdings war besetzt, zwei Hunde lagen darauf. Eigentlich lag nur der eine davon, ein Dobermann, der sich zu keiner anderen Regung bequemte, als Lukastik aus dem Augenwinkel heraus zu betrachten. Das andere Tier jedoch hatte sich aufgerichtet, wenn man überhaupt von einem Tier sprechen konnte, denn wie alle Chihuahuas – die kleinsten der sogenannten Begleiterhunde – besaß auch dieses Exemplar eine ziemlich unanimalische Ausstrahlung, erinnerte eher an eine lebendige und ausgesprochen nervöse Damenhandtasche.

Mit einem basedowschen Gesichtsausdruck trippelte der kleine Kerl wie wild auf seinen dünnen Beinchen, und durch sein halb geöffnetes Maul kam ein kehliges Geräusch, welches Lukastik kaum zu interpretieren wagte. Nicht, daß er sich vor einem Hund als Accessoire fürchtete. Es war der benachbarte Dobermann, der ihm zu schaffen machte. Sein Respekt vor solchen Viechern war beträchtlich. Er hielt es für ein Gebot der Vernunft, gefährlichen Kreaturen – also nicht nur Haien – aus dem Weg zu gehen. Vor allem dann, wenn sie so aussahen, als hätten sie eine Abrichtung hinter sich. Abrichtungen führten dazu, daß das Unkalkulierbare im Wesen der Tiere nur noch verstärkt wurde. Lukastik wußte, wovon er sprach. Er kannte Polizeihunde. Und er kannte Polizeihundausbilder. Wenn er an diese Verbindung von Mensch und Tier dachte, wurde ihm übel.

»Setz dich, Bacon«, befahl Dr. Gindler in Richtung des kleinen Hundes, der sein Getänzel augenblicklich unterbrach, den Kopf in eine schräge Position brachte, sich einmal um die eigene Achse drehte, um sodann – ähnlich wie ein Rehkitz – in die Knie zu gehen und sich gegen den Hals des Dobermanns zu schmiegen.

Bacon also? Lukastik hielt es für einen groben Unfug, wenn Akademiker sich davor scheuten, ihre Haustiere mit den gebräuchlichen Koseformen zu versehen, und statt dessen die Namen berühmter Persönlichkeiten bemühten.

»Welcher Bacon?« fragte Lukastik.

»Bacon, der Hund«, sagte die Ärztin.

»Ich meine …«

»Sie meinen wahrscheinlich, an welchen Herrn Bacon ich dachte, als ich dieses kleine Scheusal getauft habe. Nun, ich dachte an Francis Bacon. Nicht den Maler, sondern den Philosophen. Und weil die beiden Köter sich so gut verstehen, heißt der andere Burton. Nach Robert Burton, auch ein Philosoph und Zeitgenosse Bacons.«

»Ich weiß, wer Robert Burton ist«, erklärte Lukastik mit beleidigter Miene. Er konnte es nicht ausstehen, wenn man ihn für ungebildet hielt. Weshalb er jetzt betonte, wenig daran zu finden, einen dämlichen Dobermann nach dem Autor der *Anatomie der Melancholie* zu benennen.

»Sie kennen den Hund nicht«, meinte die Frau. »Er pflegt in Anfällen von Melancholie richtiggehend zu schwelgen. Ganz im Unterschied zu unserem Zwergterrier Bacon. Der ist ein fröhlicher Choleriker. Die beiden ergänzen sich. Aber ich gebe Ihnen recht, wenn Sie sich an den Namen der Hunde stoßen. Ich war ein wenig hilflos, als ich mich entscheiden mußte. Der Wahnsinn besteht ja darin, überhaupt einem Tier einen Namen zu geben und somit eine Beziehung herzustellen, die etwas Schamloses besitzt. So wie es schamlos ist, daß die beiden hier auf dem Sofa sitzen. Ohne Namen wäre das undenkbar. Hunde gehören auf kein Sofa. Aber Geschöpfen, die Bacon und Burton heißen, ganz gleich, ob es sich jetzt um Philosophen oder Kläffer handelt, kann man unschwer verbieten, auf einer Lederbank Platz zu nehmen.«

»Sie machen sich über mich lustig«, stellte Lukastik fest.

»Keineswegs. Setzen wir uns doch.« Dr. Gindler wies auf jenen der beiden Fauteuils, der näher bei Burton und Bacon stand.

»Der andere Sessel wäre mir lieber«, sagte Lukastik.

»Wie Sie wollen.«

»Mir scheint«, bemerkte Lukastik, während er sich vorsichtig niederließ, »als würden Sie Ihren eigenen Hunden nicht trauen.«

»Sie sind mir unheimlich. Es sind die Hunde unserer ehemaligen Köchin. Als sie verstarb, war niemand bereit, sich um die beiden zu kümmern. So wenig, wie jemand sagen konnte, auf welche Namen sie eigentlich hören würden. Was natürlich unglaubwürdig ist. Aber es wollte eben niemand etwas mit der Sache zu tun haben. Nun gut! Ich bin die Chefin in diesem Haus. Wenn es eine Schwierigkeit gibt, erwartet man, daß ich sie löse. Und das habe ich getan. Was zur Folge hat, daß die beiden Schätzchen jetzt mein Sofa okkupieren. Es ist übrigens der Kleine, vor dem ich mich hüten würde. Wobei ich nicht behaupte, der Dobermann sei ungefährlich. Seine Schwermut ist sicherlich verdächtig. Jede Schwermut ist das.«

»Was für eine Art von Ärztin sind Sie eigentlich?«

»Ursprünglich Internistin. Nach und nach habe ich mich aber ganz der Rekonvaleszenz verschrieben. Die Frage ist ja, ob jemand überhaupt gesund werden will. Wenn nicht, hat er in diesem Haus eigentlich nichts zu suchen. Ich bin da ganz offen zu meinen Patienten. Manche sind in ihre Verletzungen und Krankheiten regelrecht verliebt. Das geht völlig in Ordnung. Allerdings sehe ich keinen Sinn darin, jemand einreden zu wollen, seine große Liebe aufzugeben.«

»Ich nehme an, Herr Sternbach ist einer Ihrer Patienten.«

»Er war es einmal. Allerdings liegt das jetzt zehn Jahre zurück. Er gehörte zu denen, die ganz gewiß gesund werden wollten. Und wurde es ja auch. Er ist uns treu geblieben, als Freund, und hin und wieder als Gast des Hotels.«

»Treu genug, um ihn nun zu verstecken?«

»Verstecken? Wie kommen Sie denn da drauf? Wollte ich das tun, würde ich doch kaum zugeben, Herrn Sternbach überhaupt zu kennen.«

»Aber er ist doch hier, oder?«

»Er hat mich vor etwas mehr als zwei Stunden in diesem Büro aufgesucht und mir mitgeteilt, die Polizei wäre hinter ihm her. Oder sei zumindest gerade im Begriff, einige Anstrengungen in diese Richtung zu unternehmen.«

»Hat er gesagt, warum?«

»Darüber wollte er nicht reden. Und das habe ich auch respektiert. Was immer er getan hat, ich denke nicht, daß

Habgier oder irgendeine Form von Lustgewinn dahintersteckt.«

»Sie meinen, es gibt einen Mord, der zu rechtfertigen wäre?«

»Einen Mord? ... Nun, wahrscheinlich kaum vor dem Gesetz«, sagte Dr. Gindler. »Doch moralisch gesehen passiert sicher Schlimmeres als die pure Tatsache, daß jemand umgebracht wurde. Es soll sogar Morde geben, die nicht nur aus gutem Grund geschehen, sondern auch einem guten Zweck dienen. Denken Sie an den Tyrannenmord.«

»Ein heikles Thema.«

»Heikel bloß darum, weil ein sinnvoller Tyrannenmord natürlich rechtzeitig, also frühzeitig geschehen muß. Ist das nun aber der Fall, hat der Mörder das Pech, als ein Verbrecher dazustehen. Das Pech, immer als ein Wahnsinniger zu gelten, nie als ein Weitsichtiger. Das ist das Schicksal eines Helden, der zur rechten Zeit mordet. Hätte jemand – sagen wir – Anfang der dreißiger Jahre Hitler umgebracht, würde dieser Jemand in den heutigen Geschichtsbüchern kaum besser abschneiden als die rechtsradikalen Mörder von Walter Rathenau.«

»Nicht jeder frühzeitige Tyrannenmord ist auch ein weitsichtiger.«

»Sie haben recht, das ist schwer zu entscheiden. Ich wollte nur andeuten, daß mich das Faktum eines Mordes nicht unbedingt vom Sessel reißt. Sie sehen mich also *nicht* entrüstet.«

»Ich glaube kaum, daß Sternbachs mutmaßliches Opfer unter die Kategorie der Tyrannen fällt.«

»Es gibt Tyrannen auch im Kleinen«, meinte die Ärztin.

»Kannten Sie Tobias Oborin?«

»Ist das der Tote?«

»Ja.«

»Ich habe von ihm gehört. Ein Graphologe aus Zwettl.«

»Ein Freund Sternbachs«, erklärte Lukastik und fragte, ob er rauchen dürfe.

»Lieber nicht. Bacon kann das nicht leiden. Und was Bacon nicht leiden kann, das stört auch Burton.«

»Sie sollten sich von den beiden Typen emanzipieren«, schlug Lukastik vor.

Dr. Gindler verdrehte die Augen und sagte, wie um von den Hunden abzulenken: »Wir sprachen von diesem Graphologen. Ich glaube nicht, daß er zu Herrn Sternbachs wirklichen Freunden gezählt hat. Er war bloß ein Kunde.«

»Sternbach, nehme ich an, ist auch Ihr Friseur«, mutmaßte Lukastik.

»Richtig.«

»Das ist aber noch lange kein Grund, ihm Unterschlupf zu gewähren.«

»Ich sagte doch schon«, erinnerte Dr. Gindler, ohne ihren ruhigen Tonfall aufzugeben, »daß davon keine Rede sein kann. Herr Sternbach war hier, wir haben uns ein wenig unterhalten, über private Dinge, über nichts, was mit dieser Sache zu tun haben könnte. Der Name Oborin ist nicht gefallen. Und schon gar nicht wurde über einen Mord gesprochen. Bevor Herr Sternbach wieder ging, hat er erklärt, daß möglicherweise ein Chefinspektor Lukastik demnächst hereinschneien würde. Und hat mich gebeten, Sie zu empfangen, freundlich zu empfangen, was somit geschehen wäre. Auch wenn Burton und Bacon nicht nach Ihrem Geschmack sind.«

»Sternbach hat doch wohl eine Nachricht für mich hinterlassen.«

»Ja. Er bittet um ein wenig Geduld. Und schlägt vor, daß Sie sich ein Zimmer im Hotel nehmen. Er wird mit Ihnen in Kontakt treten. Heute abend noch.«

»Verflucht, was bildet er sich eigentlich ein? Ein Großaufgebot der Polizei ist hinter ihm her, und er tut so, als könnte man die Geschichte bei einem Gläschen Wein regeln.«

»Von Alkohol war nicht die Rede.«

Unbeirrt erklärte Lukastik: »Ich müßte augenblicklich den Befehl geben, das gesamte Gelände auf den Kopf zu stellen.«

»Was würde das bringen?« fragte Dr. Gindler. »Sternbach will sich mit Ihnen treffen. Ich kann mir dafür keinen anderen Grund denken als ein Geständnis. Ganz offensichtlich will er sich stellen. Aber sicher nicht einer Horde von Beamten, deren Spezialität darin besteht, ganze Gelände auf den Kopf zu stellen.«

»Es gibt ein paar gute Gründe für mich, auf Nummer Sicher zu gehen.«

»Genau das tun Sie«, erklärte Dr. Gindler, »indem Sie mit Sternbach reden und sich anhören, was er zu sagen hat. Danach können Sie ihn festnehmen. Das wäre eine elegante, unaufgeregte Lösung. Ohne das Gebell von Polizeihunden.«

Im Grunde entsprach dies genau der Vorstellung Lukastiks. Dennoch machte er der Ärztin eine Vorhaltung: »Sie sorgen sich um die Ruhe Ihres Sanatoriums.«

»Hm, ich weiß nicht recht«, zögerte Dr. Gindler und meinte dann, ein wenig Aufregung könne eigentlich nicht schaden. Die meisten Rekonvaleszenten würden sich langweilen und trotz optimaler Betreuung und diverser Freizeitprogramme die Länge der Tage beklagen. Nein, die Ruhe ihres Instituts sei wirklich nicht der Punkt. Niemandes Genesung wäre durch einen solchen Polizeieinsatz gefährdet. Außer natürlich, es würde geschossen werden. Aber davon gehe sie nun wirklich nicht aus. Sie halte Schießereien für eine seltene Übertreibung.

Lukastik nickte zustimmend. Dann fragte er: »Weshalb war Sternbach eigentlich Ihr Patient? Vor zehn Jahren, sagten Sie. Das war also 1993.«

»Davon soll er Ihnen selbst erzählen. Heute abend.«

»Ich könnte Sie zwingen, mir seine Krankengeschichte vorzulegen.«

»Sie könnten eine ganze Menge, vorausgesetzt, Sie wären einer von diesen Berserkern. Aber das glaube ich nicht. Sternbach hätte Sie sonst kaum hierhergelotst. Er hat Sie doch gelotst, nicht wahr?«

»In gewisser Weise«, sagte Lukastik, unterließ es aber, über die näheren Umstände zu sprechen. Statt dessen zeigte er sich verwundert, daß kaum jemand sich dafür zu interessieren scheine, wie Tobias Oborin ums Leben gekommen sei.

Dr. Gindler zuckte mit der Schulter und meinte: »Ich denke, ich werde die ganze Wahrheit aus der Zeitung erfahren. Wozu also mich schon jetzt damit belasten. Außerdem: Tot ist tot.«

»Schön«, meinte Lukastik, »daß jemand noch an die Wahrheit glaubt. Und an die Zeitung.«

»Unbedingt«, sagte die Ärztin und erhob sich. Sie habe noch zu tun, sei aber gerne bereit, im Hotel anzurufen. »Ich kann veranlassen, daß man Ihnen ein Zimmer richtet.«

»Zwei Zimmer. Ich bin mit einer Zeugin hier.«

»Zwei Zimmer, gerne.«

»Ich weiß aber nicht, ob ich versprechen kann ...«

»Wie Sie vorgehen, Herr Chefinspektor, ist Ihre Sache. Ich bin überzeugt, daß Sie etwas von Ihrer Arbeit verstehen.«

»Wir werden sehen«, hob Lukastik seine Augenbrauen an und drückte sich nun seinerseits aus dem Fauteuil heraus, nicht ohne Bedauern. Von den beiden hündischen Philosophen einmal abgesehen.

Lukastiks verborgene Sehnsucht tendierte in Richtung einer grundlegenden Rekonvaleszenz, strenggenommen einer Heilung vom Leben an sich. Und genau davon – nämlich in einem bequemen Stuhl zu sitzen und mit einer charmanten Person wie Frau Dr. Gindler zu plaudern, etwa über Tyrannenmord –, ja, genau davon hätte er sich eine solche Heilung versprochen.

Statt dessen war er gezwungen, seine Rolle zu erfüllen und ein Spiel zu Ende zu spielen. Wieder einmal spürte er deutlich seine Glieder. Auch machte sich ein unangenehmes Kratzen im Hals bemerkbar, wie von zuviel Zigaretten. Woran es aber nicht liegen konnte. Möglicherweise kündigte sich eine Grippe an. Doch das brauchte Lukastik nicht zu erschrecken. Es geschah ihm immer wieder, daß eine Grippe anklopfte. Mehr als dieses Anklopfen geschah selten. Lukastiks Grippen waren wie Bojen, die man sah, aber nie erreichte.

Eine Tablette freilich konnte nicht schaden, weshalb er die Ärztin fragte, ob sie vielleicht ein Aspirin für ihn hätte. Gleichzeitig meldete sich Bacon mit einem Knurren, welches an das Anlaufen einer Sägemaschine erinnerte und angesichts der geringen Größe des Hundes bizarr anmutete. Als töne ein Mofa mit der Gewalt eines schweren Motorrades. Hunde wie Bacon waren gewissermaßen auffrisierte Tiere.

»Das sollten Sie lassen«, empfahl Dr. Gindler.

»Was meinen Sie?« fragte Lukastik. »Aspirin schlucken?«

»Sich so rasch erheben, meine ich. Bacon haßt schnelle, hektische Bewegungen. Ganz nach dem Motto: Kribbelig bin ich selbst.«

Dr. Gindler griff in eine Schublade ihres Schreibtisches und zog eine Packung heraus. Dazu erläuterte sie: »Ein neues Medikament. Es kommt erst nächstes Jahr auf den Markt. Es heißt Ipso Facto und ist um einiges effizienter als Aspirin, was auch immer Sie meinen, mit Aspirin verjagen zu können.«

»Einen Anflug von Traurigkeit«, erklärte Lukastik spöttisch.

»Dafür ist Ipso Facto genau das Richtige«, sagte Dr. Gindler und reichte dem Polizisten die gesamte Packung.

Lukastik bemühte sich, die Schachtel ohne eine gröbere Bewegung einzustecken. Er wollte nicht noch einmal das Geknurre des Hundes provozieren, der sich bereits wieder aufgerichtet hatte. Sein ockerfarbener Handtaschenkörper vibrierte. Burton hingegen schien in einen tiefen Schlaf gefallen zu sein.

»Ich werde Sie als Zeugin vorladen müssen«, kündigte Lukastik an, nachdem er bereits in die Klinke der Tür gegriffen hatte.

»Gerne«, sagte Dr. Gindler. »In Wien hoffentlich. Nichts, finde ich, spiegelt den Charme dieser Stadt so schön wider wie ein Polizeiverhör.«

»Erwarten Sie sich nicht zuviel«, riet Lukastik und trat aus dem Zimmer.

Durch die geschlossene Tür hindurch vernahm er Bacons Sägeblattstimme. Er wußte ja, warum er Hunde nicht mochte. Sie waren nicht wirklich die Freunde der Menschen.

15

Durchaus zu den Freunden der Menschen zählten Hotelhallen. Zumindest jene klimatisierten Exemplare mit ihren verstreuten Möbeln, in denen zu ruhen die meisten Benutzer in einen Zustand milder Vergeistigung versetzte. In diesen Foyers – selbst in denen, in welchen die architektonische Avantgarde mit ihrem Hang zu schnittigen Formen zugeschlagen hatte – herrschte in den seltensten Fällen die für das Reisen so typische Hektik, vielmehr schien ein jeder Ton und eine jede Bewegung gedämpft und mit einer leichten Verzögerung ausgestattet. Einer Verzögerung, die sich weniger aus einer Bremsung als einem abschließenden Auslaufen ergab, so wie Sprinter noch ein Stück locker dahintraben, nachdem sie das Ziel erreicht haben. Und ein jeder wird bestätigen, daß die eigentliche Schönheit in der Bewegung eines Athleten erst in diesem bestimmten Moment der Erlösung und Erleichterung stattfindet. So gesehen waren Hotelfoyers also Bereiche, die gleichsam hinter dem Ziel der Reisenden lagen.

Lukastik erinnerte sich jetzt an einen Jugendfreund, der über Jahre hinweg obdachlos gewesen war, jedoch über ein gepflegtes Äußeres verfügt hatte, über einen sauberen Haarschnitt, zwei Reihen gesunder, weißer Zähne, zwei Anzüge, von denen einer sich stets in der Reinigung befand, sowie über ein einziges Paar schwarzer Lederschuhe, welche dieser Mann nicht nur täglich putzte, sondern mit ihnen in der denkbar schonendsten Weise dahinschritt, beziehungsweise bemüht war, überhaupt sowenig als möglich zu schreiten. Fett wurde er dennoch nicht.

Dieser Mann verbrachte viele seiner Tage und manchmal auch Abende in den Foyers der Luxushotels. Er war – das ist wichtig zu erwähnen – weder ein Hochstapler noch ein Zechpreller. Wenn er einen Drink bestellte, was natürlich sehr selten vorkam, dann bezahlte er ihn auch. Zumeist aber saß er in diesen wunderbar bequemen und oft auch ästhetisch wertvollen Sitzgelegenheiten und tat, was auch die anderen taten, indem er in Zeitungen blätterte, ein wenig döste, in wacheren Momenten einen weltmännisch überlegenen Blick entwickelte und im übrigen das eine oder andere kleine Gespräch führte, das sich zufällig ergab. Natürlich nutzte er auch die sanitären Einrichtungen im Umfeld dieser Hotelhallen und wußte besser als jeder andere die Qualitäten, aber auch Nachlässigkeiten der einzelnen Nobelherbergen zu bestimmen. Er hätte ein Buch darüber verfassen können. Daß er dies nicht tat – obgleich er sehr wohl über die sprachlichen Fähigkeiten verfügte –, zeigt, welche noble Gesinnung dieser Mann besaß.

Er hielt öffentlich vorgetragene Kritik für ein großes Übel unserer Zeit. Buchkritik, Sportkritik, Politikkritik, das war für ihn Ausdruck des entfesselten Spießers, der sich an den Dingen rieb, anstatt sie zu bestimmen, zu benutzen oder sie außer acht zu lassen. Sich an den Dingen zu reiben, empfand er als vulgär, ja obszön. Kritik bestand in den Augen dieses Mannes darin, seinen nackten Hintern auf etwas zu setzen und sich dann darüber auszulassen, wie gemütlich oder ungemütlich es der nackte Hintern auf diesem Etwas habe. Weshalb er derartige Kommentare scheute, es also unterließ, sich etwa an der Rezeption über das Fehlen einer wichtigen englischen Tageszeitung zu mokieren oder den kümmerlichen Rest von Seife im Toilettenraum zu beklagen.

Er registrierte, er setzte Präferenzen, aber er vermied die Erregung. Und so verbrachte er – unbehelligt und ohne auch nur einmal in eine peinliche Situation geraten zu sein – seine Tage in den Lobbys der besseren Wiener Hotels, während er in den Nachtstunden sein bißchen Geld verdiente, das er vor allem in die eigene Hygiene und die Hygiene seiner Wäsche investierte. Womit er es verdiente, blieb sein Geheimnis. Und nie sah man ihn etwas essen. Manche Leute, heißt es, leben von Luft und Liebe. Er, so schien es, lebte von der guten Luft der Vestibüle.

An diesen längst aus den Augen verlorenen Mann mußte Lukastik nun denken, als er wieder in das angenehme Klima des Foyers eintrat und sich jenem kleinen, schwarzen Felsen näherte, welcher Esther Kosáry beherbergte. Sie schien nun tatsächlich eingeschlafen zu sein. Ein leichtes Schnaufen war zu hören. Ihr Mund bewegte sich, als flüstere sie.

Lukastik ließ die Ungarin schlafen und ging in einen Nebenraum, in welchem die Hotelbar untergebracht war, die weit weniger beeindruckend ausfiel als jene in *Rolands Teich*, allerdings einen durchgehenden, reinen Stil besaß. Was nicht nur bedeutete, daß die gesamte Einrichtung harmonierte, auch der Barkeeper fügte sich makellos in das Ambiente ein. Alles sehr distinguiert. Dazu drang aus unsichtbaren Boxen leiser, sehr leiser Jazz. Mehr ein Hauch von Jazz.

Der Barkeeper in schwarzer Uniform mit goldenen Knöpfen begrüßte Lukastik mit einem kurzen Blick und Nicken. Offenbar hielt er es für unangebracht, auch noch seinen Mund zu öffnen. Ein Mann sparsamer Gesten. Gleichzeitig mit dem Nicken legte er seine beiden Hände auf die metallene Platte der Theke, manikürt, unberingt, feingliedrig, sein wichtigstes Werkzeug offenbarend.

Gerne hätte Lukastik eine Getränkekarte studiert. Aber es war nirgends eine zu sehen. Möglicherweise gehörte es zum Distinguierten dieses Ortes, von sich aus zu wissen, was man wollte. Ohne deshalb aufwendige Erörterungen vornehmen zu müssen. Oder sich gar um die Preise zu kümmern. Lukastik jedoch blieb unentschlossen. Die langen Reihen der Flaschen verstörten ihn. Das Gewicht der Etiketten. Die Verdoppelung in Folge des rückseitigen Spiegels, der jede Flasche wie mit seinem zwillingshaften Duellanten präsentierte. Der Glanz polierter Gläser. Die geschliffenen Ränder der Regale. Der Hauch von Jazz.

Lukastik bestellte einen Kaffee. Originell war das nicht. Der ohnehin steife Barkeeper schien weiter zu erkalten. Er nickte nicht einmal mehr und machte sich an der Kaffeemaschine zu schaffen, mit dem Unmut eines Prosaisten, den man zwingt, lyrische Werbetexte zu verfassen.

Lukastik bewegte sich in eine hintere Ecke des Raums, weg von der Theke und weg von den anderen beiden Gästen, einem älteren Ehepaar, das vor rubinroten Likörgläsern saß und sich auf eine Weise unterhielt, die den weichen Klang der Musik noch unterbot.

Lukastik wartete ab, bis er seinen Kaffee serviert bekommen hatte, dann griff er nach dem Handy und wählte die Nummer seines Vorgesetzten.

»Wo sind Sie?« fragte Major Albrich, grundlos, aber wahrscheinlich voll böser Ahnungen.

Während Lukastik eine von den Ipso-Facto-Tabletten in sein Wasserglas gleiten ließ und nun zusah, wie es eine gelbliche Färbung verursachte, beschrieb er dem Major, wo er sich gerade befand. Und weshalb.

»Unglaublich«, sagte der Major, womit er ausnahmsweise nicht Lukastik, sondern das Verhalten Sternbachs meinte. »Was schlagen Sie vor?«

»Ich würde gerne auf eine Staatsaktion verzichten. Natürlich, wir müssen unsere Leute in Stellung bringen. Aber sie sollen auf Distanz bleiben. Sternbach wird nicht entkommen, weil er gar nicht entkommen will. So ist es doch fast immer. Die meisten Verbrecher wollen das eigentlich. Sie wollen gefaßt werden.«

»Also, ich weiß nicht«, zweifelte der Major.

»Doch, doch«, bestand Lukastik auf seiner Ansicht. »Flucht ist nur ein Affekt. Die Leute genieren sich, *nicht* zu flüchten. Sie glauben, man würde es von ihnen erwarten. Wenn es dann zu einem Unglück kommt, einer Schießerei, einer Geiselnahme, einem unsinnigen Mord, dient selbst das noch der Erfüllung einer Erwartungshaltung. Einer vermeintlichen. Der Verbrecher glaubt, der Polizei einen Gefallen zu tun, indem er sich rabiat verhält.«

»Ich war noch nie ein Freund Ihrer Theorien«, gab sich der Major ungewöhnlich direkt.

»Wie auch immer«, blieb Lukastik gelassen, »wir sollten Sternbach die Möglichkeit geben, seine Inszenierung zu Ende zu bringen. Und ihn nicht etwa durch das martialische Auftreten einer Spezialtruppe verunsichern. Wir wissen ja gar nicht, wo genau er sich aufhält. Nein, es ist besser, auf seinen Wunsch einzugehen. Ich warte hier auf ihn und werde mir anhören, was er zu sagen hat. Sollte es nötig sein, können die Kollegen später immer noch aktiv werden.«

»Was denn? Sollen wir zusehen, wie Sie sich eine Kugel einfangen?«

»Ihre Sorge ehrt mich. Aber ich kann die Gefahr nicht erkennen. Ein Gespräch, ein Geständnis, eine Verhaftung. Nichts sonst.«

»Also gut«, gab der Major nach, »ich will mich auf Ihr Geschick verlassen. Aber wir werden natürlich in Ihrer Nähe sein. Und ich beschwöre Sie: Es darf niemand von den Hotelgästen zu Schaden kommen. Keine weiteren Fehler. Keine weiteren Polizisten, die sich übertölpeln lassen. Keine unglücklichen Verbindungen. Apropos! Was ist mit dieser Esther Kosáry?«

»Die sitzt draußen im Foyer und schläft.«

»Ich schicke Ihnen Jordan. Er soll das Mädchen abholen. Ich will nicht, daß diese Kosáry wie eine wandelnde Zielscheibe durch die Gegend läuft.«

»Niemand hat vor«, verkündete Lukastik, »ihr etwas anzutun.«

»Was Sie nicht sagen«, höhnte der Major. »Und deshalb also wollten Sie sie nach Ungarn schicken.«

»Das hatte taktische Gründe.«

»Jesus, Maria«, rief Albrich aus. Fing sich aber sogleich wieder. »Esther Kosáry ist die Freundin des Toten. Solange Sternbach frei herumläuft, will ich, daß dieses Mädchen bewacht wird. Wir können uns nicht erlauben, daß noch jemand in ein Haimaul fällt. Das ist doch nachvollziehbar, oder?«

»Absolut.«

»Was Sie noch wissen müssen, Lukastik, wir haben eruiert, daß Sternbach in dem Haus, auf dessen Dach wir den Toten gefunden haben, eine kleine Wohnung gemietet hat. Kollegen sind gerade dabei, die Räume zu durchsuchen. Eine nicht weiter auffällige, kleine Singlewohnung, so scheint es. Kein Hai in der Badewanne. Allerdings einer auf einer Fotographie, die wir zwischen den Seiten eines Buches gefunden haben.«

»Was für ein Foto? Und was für ein Buch?«

»Das Bild soll nicht viel hergeben. Eine Schwarzweißaufnahme, auf der recht verschwommen der Kopf eines Hais zu erkennen ist. Ein Amateurfoto. Im Grunde nichts Ungewöhnliches, müßte man nicht die Umstände bedenken. Dazu kommt, daß es sich bei dem Buch um ein Werk unseres toten Herrn Oborin handelt. Ein verheißungsvoller Titel: *Handschrift und Lüge*.«

»Und? Ist der Abzug irgendwie beschriftet? Oder vielleicht die Seiten des Buches?«

»Nichts davon«, sagte der Major. »Wic es aussieht, hat das Foto als simples Lesezeichen gedient.«

»Dann hoffe ich, daß die Spurensicherung nicht die Seiten verblättert hat, zwischen denen dieses sogenannte Lesezeichen lag.«

»Unsere Leute sind keine Anfänger«, stellte sich der Major hinter seine Mannschaft, freilich ohne echte Überzeugung. Er versprach, die Beamten in Sternbachs Wohnung nochmals auf die Wichtigkeit von Foto und Buch und vor allem auf die mögliche Bedeutung einer mittels Lesezeichen herausgehobenen Stelle hinzuweisen. Dann resümierte er: »Jordan holt das Mädchen. Der übrige Teil der Mannschaft geht in Position. So unauffällig als möglich. Außerdem finde ich, Lukastik, wir sollten Sie mit einem Sender ausstatten.«

»Nein«, sagte der Chefinspektor. In dieser Hinsicht war seine Ablehnung eine strikte. Er hielt Sender, Wanzen und ähnliches Ungeziefer für kontraproduktiv, ja gefährlich, zudem für clownesk. Die ganze Abhörtechnik erschien ihm clownesk, ein Witz aus Agentenfilmen, der Wirklichkeit geworden war. Nichts für ihn.

»Ihr Dickschädel kostet mich meine letzten Nerven«, erklärte der Major.

»Um Nerven ist es nicht wirklich schade«, erwiderte Lukastik.

Der Major legte auf. Er hatte diesen ganzen Tag ziemlich satt. Und ihn schauderte bei dem Gedanken, daß sich dieser Tag noch eine ganze Weile hinziehen würde.

Lukastik hingegen war soweit zur Ruhe gekommen, daß er nun das mit Ipso Facto versetzte Glas Wasser austrank, um sich dann seinem ziemlich erkalteten Kaffee zu widmen. Ohnehin konnte er es nicht leiden, über heißem Kaffee wie über einem Inhalationsbad zu sitzen. Er nahm also einige Schlucke von dem lauwarmen Getränk und bestellte sich in der Folge einen trockenen Sherry, der zusammen mit den Wirkstoffen der Ipso-Facto-Tablette und dem Coffein ein ausgleichendes Dreigestirn bildete. Eine halbe Stunde später fühlte er sich bedeutend gesünder. Jene grippale Boje war nur noch ein ferner Punkt auf dem weiten Ozean der Ausflüchte. Lukastik erhob sich. Als er die Theke und den hinter ihr stocksteif dastehenden Barkeeper passierte, wies er diesen an, die Getränke auf seine Rechnung zu setzen.

»Ihre Zimmernummer wäre?« fragte der Mann mit den goldenen Knöpfen in der blasiertesten Weise.

»Das wird man sehen. Keine Sorge, ich begleiche meine Schulden.«

Der Barkeeper schwieg. Sein Gesicht war eine einzige, aber unbeweisbare Verachtung.

»Komödiant«, murmelte Lukastik und verließ den Raum.

Es war bloß ein kleiner, zarter Schock, als Lukastik erkennen mußte, daß der Felsen, auf dem Esther Kosáry gesessen hatte, nun leer war. Er glaubte nicht wirklich an ein weiteres Unglück. Schließlich hatte Sternbach das Mädchen wohl kaum auf der Straße abgesetzt, um es jetzt aus einer Hotellobby zu entführen. Natürlich nicht.

Tatsächlich trat Esther Kosáry wenig später auf Lukastik zu, der wie hingepflanzt neben einem hüfthohen Aschenbecher stand und eine Zigarette rauchte, wobei seine Haltung – die Weise, wie er die Zigarette von sich weghielt – ein wenig an eine männliche Diva erinnerte. Weniger arrogant als schlichtweg reserviert. Reserviert selbst gegen die eigene Zigarette. Als sei alles im Leben, auch die Dinge, die man liebte, dazu angetan, auf Distanz gehalten zu werden.

»Ich habe telephoniert«, erklärte Kosáry, als sie neben Lukastik zum Stehen kam, »mit meiner Mutter in Györ. Wenn diese Sache vorbei ist, gehe ich für einige Zeit nach Ungarn zurück. Obwohl ich das gar nicht vorhatte. Ungarn ist ein Ort voll von schwarzer Magie.«

»Was Sie nicht sagen.«

»Aber es gibt Momente«, konstatierte Kosáry, »da ist selbst eine schreckliche Heimat noch immer der sicherste Ort. Außerdem war es ja Ihre Idee, mich den Ungarn auszuliefern.«

»Das ist richtig«, sagte Lukastik. »Ich halte viel von Heimat. So voll von schwarzer Magie sie auch sein mag. In der Fremde aber verkümmert der Mensch. Wie automatisch. Nehmen Sie Diplomaten. Oder Fußballer. Oder Gastarbeiter. Lauter lebende Tote. Das Ausland ist immer eine Strafe, jedes Ausland, auch wenn viele das anders sehen wollen.«

»Sie würden nie den Ort wechseln?«

»Um keinen Preis. So groß kann mein Elend nicht sein, oder mein Haß gegen die eigenen Leute, daß ich mich der Fremde ausliefern würde. Und mit Fremde meine ich alles außerhalb von Wien.«

So standen die beiden noch einige Zeit beisammen und rauchten die eine oder andere Zigarette, als Jordan erschien. Er wirkte betont säuerlich, als störe ihn sein Auftrag.

»Es war Albrichs Idee«, sagte Lukastik. Nicht, daß es seiner Art entsprach, sich bei Jordan für etwas zu entschuldigen. Er wollte diesen Umstand bloß geklärt wissen. Auf daß keine Mißverständnisse entstanden.

»Schöne Idee«, meinte Jordan und betrachtete Esther Kosáry, wie man ein abgelaufenes Joghurt betrachtet.

»Wovon reden Sie?« wollte die Ungarin wissen.

»Herr Jordan ist mein Assistent«, erklärte Lukastik. »Er wird Sie jetzt nach Wien bringen.«

»Und Sie?«

»Ich werde mich um Herrn Sternbach kümmern.«

»Er ist also hier?«

»Wir werden sehen.«

»Und was ist«, fragte Kosáry, »wenn ich mich weigere? Wenn ich darauf bestehe, zu bleiben?«

»Ohne Chance«, verkündete Lukastik. »Ihr freier Wille ist kein Thema. Nicht zur Zeit. Ihre Sicherheit geht vor.«

»Ich bin nicht bedroht.«

»Gott, was für eine Zicke!« stöhnte Jordan.

Kosáry hob an, sich ob dieser Bemerkung zu beschweren. Ihr kleiner Mund klappte auf, alles an ihr war bereit, den Drachen zu geben und Feuer zu speien.

Doch Lukastik bremste sie, bevor sie noch gestartet war. Er bestimmte: »Keine Diskussion. Gehen Sie! Auf daß Sie schneller nach Ungarn kommen.« Und an Jordan gewandt: »Lassen Sie sich von Frau Kosáry ihre Theorie über das Wiederkäuen eines Apfels erklären. Interessante Sache.«

»Aber gerne«, meinte Jordan und lächelte wie unter Tränen. Dann fragte er, wohin er Kosáry bringen solle.

Lukastik hatte seine Idee aufgegeben, die Ungarin bei dem Haibiologen Erich Slatin einquartieren zu wollen. Der Umstand, daß in Sternbachs Wiener Wohnung eine Fotographie gefunden worden war, die zumindest der Beschreibung nach an jene Serie von Abbildungen erinnerte, welche Slatin in seinen Räumen ausgestellt hatte, brauchte nichts zu bedeuten, bedeutete wohl auch nichts, war aber dazu angetan, Slatin als Herbergsvater vorsichtshalber auszuschließen.

Lukastik trat einige Schritte zur Seite und winkte gleichzeitig seinen Assistenten zu sich, der ihm langsam folgte.

»Sie leben doch allein, Jordan?« fragte Lukastik, gerade so, als wenn er dies nicht ganz genau gewußt hätte.

»Na und?« antwortete Jordan, wobei er sich merklich wand.

»Es wäre mir lieber«, erklärte Lukastik, »wenn Sie Frau Kosáry bei sich unterbringen könnten. Es geht, denke ich, bloß um diese eine Nacht. Ein Hotel fände ich zu unsicher. Und ich kenne niemanden, dem ich in dieser Sache vertrauen könnte.«

»Dieses Herzchen wirkt ein wenig anstrengend«, stellte Jordan fest.

»Dafür, daß das Herzchen heute morgen vom Tod ihres Geliebten erfahren hat, verhält es sich ziemlich normal.«

»Ist sie verdächtig?« fragte Jordan.

»Sie ist für niemanden eine Gefahr, außer für sich selbst. Darum möchte ich ja auch, daß Sie sich um sie kümmern.«

»Ich bin doch wohl kaum geeignet, das Kindermädchen zu spielen. Ein Mann in meinem Alter. Was ist, wenn sie sich einbildet, ich hätte ihr ein Stück von ihrem kleinen Busen weggeguckt. So etwas soll vorkommen. Ich finde, unsere Frau Boehm wäre geeigneter für diesen Job.«

»Der Major hat aber nun mal Sie geschickt. Außerdem bin ich überzeugt, daß Frauen prinzipiell nicht zusammenpassen. Nein, Sie sind schon der Richtige. Hören Sie auf, das Gras wachsen zu hören. Morgen werden wir Frau Kosáry einer Befragung unterziehen. Und dann ab mit ihr nach Ungarn.«

»Wie Sie meinen«, sagte Jordan, wandte sich ohne ein weiteres Wort von seinem Vorgesetzten ab, wechselte hinüber zu Esther Kosáry und bedeutete ihr, mitzukommen. Die Frau folgte dem Mann gleich einem knöchernen Seepferdchen, das in eine Strömung geraten war.

Für einen Moment schwang die weite Pforte auf und die beiden traten hinaus ins Freie eines zu Ende gehenden Nachmittags. Lukastik sah die zwei im Licht verschwinden, in etwa wie Wäschestücke in einer schaumigen Brühe versinken.

Er hatte es also wieder einmal geschafft: Er hatte eine Ehe gestiftet. Und aus unerfindlichen Gründe meinte er, diesmal würde es endlich eine gute Ehe werden.

Lukastik ging an die Rezeption, wo ihm nun eine andere Angestellte, ausgeruhter und freundlicher als jene von zuvor, unaufgefordert seinen Schlüssel entgegenhielt. Wie es schien, kam niemand anders als er selbst in Frage, ein Chefinspektor Lukastik zu sein.

Das Hotelzimmer lag im zweiten Stock und bot dieselbe behagliche und sedierende, aber auch ein wenig biedere Eleganz des Foyers. Lukastik unterließ es, sich genauer mit der Einrichtung zu beschäftigen, zog sich aus, stellte sich kurz unter die Dusche und legte sich aufs Bett, wobei er ein feuchtes Handtuch über seinen Rumpf ausbreitete. Sein Geschlecht, seine Beine und Arme sowie sein Kopf wuchsen gleich Wurzeln unter diesem Tuch hervor. Es dauerte keine Minute, da war Lukastik eingeschlafen. Weder hatte er einen Wecker gestellt noch einen Weckruf in Auftrag gegeben. Für den Fall, daß Sternbach es eilig hatte, so müßte dieser eben selbst zusehen, Lukastik aus dem Schlaf zu holen.

Was nicht der Fall war. In dieser Stunde nicht, und auch nicht in der nächsten. So lange hielt sich Lukastik in der unregelmäßigen Schwebe jenes ruhenden Vorgangs, der ja der Erholung dienen soll, aus dem der Kriminalist aber mit erneut schmerzenden Gliedern und einem erneut kratzenden Hals erwachte. Dazu gesellte sich jener typische Druck auf das Innenauge sowie jenes nicht minder typische Kribbeln der Haut, die zum Repertoire medikamentöser Nebenwirkungen gehörten. Nichts, was Lukastik wirklich frustrierte. Ohne Nebenwirkungen hätte er Dr. Gindlers Präparat kaum mit einer sinnvollen Anwendung in Verbindung gebracht. Und daß Nebenwirkungen sich rascher einstellten als die endgültige Genesung, erschien ihm eigentlich nur logisch. Einer jeden Lösung und Erlösung war ein Problem oder eine Qual vorgelagert, so wie sich ja auch ganz grundsätzlich vorweg das anstrengende Leben ereignete und dann erst der befreiende Tod.

Er erhob sich mühsam und trat abermals unter die Dusche, wobei er zum ersten Mal in seinem Leben die Unart beging, zu rauchen, noch während der Wasserstrahl auf seinen Körper prasselte. Die knapp an den Filter gerauchte Zigarette legte er nach Beendigung der Dusche auf den Rand jener kleinen, emaillierten Aushöhlung, die üblicherweise der Ablage der Seife dient, wo sie nun, die Zigarette, in der bekannten Weise verschied.

Er trat ins Zimmer und schlüpfte in seine Wäsche, die jetzt über jene zerfurchte Konsistenz ehemals verschwitzter, nun aber staubtrockener Kleidung verfügte. Lukastik sehnte sich nach einem frischen Hemd und frischer Unterwäsche, doch schien ihm der Moment ungeeignet, eine diesbezügliche Anstrengung zu unternehmen. Er sah auf die Uhr. Es ging auf halb acht zu. Ein deutlicher Hunger machte sich bemerkbar, weshalb er nach unten ins Restaurant stieg.

Das Hotel war nun zum Leben erwacht. Im Foyer tummelten sich zumeist ältere Menschen, die alle schrecklich gesund aussahen, gewissermaßen »rasiert« von der vielen Sonne und der vielen guten Luft. Die Männer in Sportsakkos und Polohemden, die Frauen in sommerlich leichten Kleidern. Nur vereinzelt verriet das Tragen eines Verbandes oder das Hinken eines Fußes, daß auch Rekonvaleszente hier ihren abendlichen Vergnügungen nachgingen. Obgleich das Gewirr der Stimmen im Rahmen der atmosphärischen Dämpfung blieb, war deutlich die allgemeine Erregung zu spüren, wie sie typisch für Kurhotels ist, wenn der Abend hereinbricht und ein Gefühl der Euphorie die von der Hitze geradezu aufgeladenen Körper erfaßt. Euphorie angesichts von Alkohol oder prognostizierten Liebesabenteuern oder auch nur in Erwartung der Möglichkeit, eine bewährte Anekdote zum besten zu geben.

Aus Lukastiks Anzugtasche heraus schrillte sein Handy. Er zog sich in eine der beiden Telephonkabinen zurück, welche noch aus alten Zeiten stammten, mit vorsintflutlichen Münzgeräten ausgestattet waren und ansonsten das karg-schwülstige Flair von Beichtstühlen verströmten. Es wurde Lukastik nicht einmal bewußt, wie überaus passend es war, sich zum telephonieren ausgerechnet in eins dieser Kämmerchen begeben zu haben, obgleich natürlich die kühle Luft des Foyers hier drinnen kaum noch bestand.

Erneut war der Major am Telephon. Er teilte mit, sich die beiden Buchseiten sowie das gesamte dazugehörige Kapitel aus Oborins *Handschrift und Lüge* habe faxen lassen. Wie auch die Fotographie, die sich darin befunden hatte. Wenn Lukastik wolle, könne man ihm die Papiere stante pede übermitteln. Die Faxnummer des Hotels sei bereits bekannt.

Lukastik bejahte. Nur wenig später hielt er die Unterlagen in Händen, betrachtete sie aber nicht sofort, sondern faltete die Papiere, um sie zwischen den Seiten seines *Tractatus* unterzubringen. Danach wechselte er hinüber ins Restaurant, das erst zu einem Drittel besetzt war.

Ein Kellner empfing Lukastik. Der älteste und zittrigste Kellner, den Lukastik je gesehen hatte. Es drängte sich die Frage auf, wie es arbeitsrechtlich überhaupt möglich war, einen derartigen Greis öffentlich zu beschäftigen. Jedenfalls meinte Lukastik, es hier quasi mit der »Mutter« aller Kellner zu tun zu haben, der erhalten gebliebenen Urform servierenden Personals. Wobei dieser Mann nicht etwa stotterte oder eine gebeugte Haltung einnahm. So uralt er wirkte, machte er einen rüstigen Eindruck. Seine Bewegungen wie seine Stimme hatten etwas Tänzerisches und Leichtfüßiges, als er Lukastik an einen kleinen, etwas separierten Fenstertisch führte. Übrigens sprach auch er den Chefinspektor mit Namen und Titel an.

Es hatte etwas Rührendes, als dieser vitale Greis nun im leiser werdenden Ton der Vertrautheit davon abriet, den Fasan oder die Forelle zu bestellen, nicht etwa, weil etwas damit nicht in Ordnung sei, Gott behüte, aber Fasan und Forelle müsse man generell als überbewertet ansehen, wie eigentlich die meisten Gerichte, denen das Feierliche anhänge und deren Geschmack ja auch des öfteren an Feiertage oder feierliche Anlässe erinnere. Somit immer ein wenig übertrieben erscheine, immer ein wenig à la Geburtstagstorte. Weshalb man, so der Kellner, als gewissenhafter Berater seiner Gäste eigentlich keinen Fasan und keine Forelle empfehlen könne.

»Sondern?« fragte Lukastik ganz ergeben, keine Sekunde die Autorität dieses alten Mannes in Frage stellend, auch wenn ihm der Vergleich mit einer Torte ganz schön haarig erschien.

»Ich empfehle Ihnen die Krautfleckerl.«

»Ein Gericht sozusagen nach *Ihrem* Geschmack.«

»Jawohl, nach meinem Geschmack«, erklärte der Kellner selbstbewußt, »ein Essen, bei dem man keine Sekunde an eine Geburtstagstorte zu denken braucht. Aber wenn Sie lieber ...«

»Ich verlasse mich ganz auf Sie. Die Krautfleckerl also.«

»Gerne, Herr Chefinspektor. Ich denke, auf eine Suppe kann man bei diesem Wetter verzichten.«

»Absolut.«

»Überhaupt sollte man sich völlig auf die Krautfleckerl konzentrieren. Menüfolgen sind auch so ein feierliches Übel. Gut fürs Geschäft, aber ein Unglück für die Geschmacksnerven. Als wollte man aus einer Mahlzeit einen Mehrkampf machen.«

»Krautfleckerl reichen völlig aus«, versicherte Lukastik, »vorausgesetzt wir reden von einer großen Portion.«

»Davon reden wir«, bestätigte der Kellner und fügte an: »Dazu ein Weißwein aus der Gegend. Kein großer Name. Und sicher kein tiefschürfender Geschmack, der tausenderlei Bilder hervorruft. Aber eben aus der Gegend. Ein Kind des Himmels, unter dem wir uns gerade befinden. Nicht, daß wir nicht teure Weine hier hätten. Ich kann Ihnen selbstverständlich unseren Sommelier vorbeischicken.«

»Keinen Sommelier, bitte!« sagte Lukastik mit ehrlichem Widerwillen. »Wein aus der Gegend klingt ausgezeichnet.«

Der Kellner nickte mit einer seitlichen Drehung des Kopfes und entließ ein Lächeln, mit dem er Lukastik in den erlauchten Kreis jener Gäste aufnahm, die hier zu den Freunden des Hauses zählten. Und zwar nicht deshalb, weil Lukastik irgendeine Ahnung von Speisen und Weinen bewiesen hätte, das nun wirklich nicht, sondern indem er sich den Anschauungen des Oberkellners überlassen und somit dessen Bedeutung erkannt, zumindest erahnt hatte. Dieses Erahnen oder Erkennen bestimmte das Niveau. Und nichts anderes. Gäste, die hier auf Weltmänner machten und die Ranglisten prämierter Weine auswendig aufsagen konnten, wurden zwar nicht schlechter behandelt, jedoch begegnete ihnen das Personal mit jener höflichen Distanz, mit der man einem Politiker die Hand schüttelt, den man gar nicht gewählt hat. Und mit Sicherheit wurden solche Gäste kein zweites Mal von jenem greisen Chef de service empfangen.

Erst als Lukastik sein Glas Weißwein serviert bekommen und daran genippt hatte – woraus weder eine Begeisterung noch eine Enttäuschung resultierte –, öffnete er seinen *Tractatus* und nahm die gefalteten Kopien, die er vor sich auf dem Tisch ausbreitete.

Anders als in der Beschreibung, die Major Albrich geliefert hatte, handelte es sich bei der Fotographie nicht um die eines einzelnen Hais, sondern einer ganzen Gruppe, wobei allerdings im Detail tatsächlich nicht viel zu erkennen war. Ganz im Gegensatz zu jenen wohl künstlerisch gemeinten Aufnahmen, die in Erich Slatins Wohnung hingen, war dieses Bild einfach mißlungen. Oder eben auch bloß ein Resultat miserabler Aufnahmebedingungen. Ebensowenig konnte von einem Schwarzweißfoto die Rede sein. Vielmehr tendierte ein jeder Farbton ins Dunkle, ins Gräuliche und Schwärzliche, wobei möglicherweise auch im Zuge zweimaliger Vervielfältigung die Qualität eingebüßt hatte. Am unteren Rand war die obere Hälfte einer Rückenflosse auszumachen, die sich halbwegs prägnant vom Hintergrund abhob. Dahinter ergaben sich die undeutlichen, aber kompletten Gestalten zweier Tiere, während ein drittes Exemplar gerade aus dem Bild schwamm und sich nur noch mittels seiner Schwanzflosse verriet. Tief im Hintergrund waren einige Flecken zu erahnen, die aber derart mit dem Dunkel verwoben waren, daß unklar blieb, ob es sich um weitere Haie oder bloß irgendwelche Felsen handelte. Von den beiden halbwegs deutlich wahrzunehmenden Tieren schwamm das eine in einer frontalen, aber leicht schrägen Position. Daraus folgte die Möglichkeit, jene stumpfe Schnauze auszumachen, wie sie für den Gemeinen Grundhai als typisch gilt.

Soweit war also auch Lukastik bereits zum Experten gediehen, daß er mit einiger Sicherheit die Fische auf diesem Foto jener Art zuordnen konnte, die man für den Tod des Graphologen Oborin verantwortlich machte. Zumindest für dessen Tötung. Zumindest für das Faktum unverkennbarer Bißspuren sowie einer absenten Hand und eines absenten Beins.

Auf den sieben Buchseiten, die aus Oborins Werk *Handschrift und Lüge* stammten und welche möglicherweise mittels dieser Hai-Fotographie markiert worden waren, setzte sich der Zwettler Graphologe in überaus präziser Weise mit zwei handschriftlichen Widmungen auseinander, die exakt denselben kurzen Satz zum Inhalt hatten, aber von zwei verschiedenen Personen notiert worden waren. Wobei es nun ausgerechnet diese Genauigkeit der Analyse war, welche Lukastik verdächtig vorkam, die anatomische Weise, mit der Oborin die beiden Schriftzüge vor seinem Publikum aufschnitt, die einzelnen Teile aneinanderreihte, ihre Bedeutung darlegte, um sie sodann wieder zusammenzusetzen, nur daß mit einem Mal den beiden gleichlautenden Sätzen eine völlig neue Bedeutung eignete und sie nur noch schwer mit ihrer ursprünglichen, ihrer reinen, lauteren Intention in Verbindung gebracht werden konnten.

Bei dem Satz, den Oborin hier benutzte, um mit den Mitteln der Schriftpsychologie eine Lüge sowie einen Betrug zu enttarnen, handelte es sich um jene berühmte Widmung, die Friedrich Hölderlin in ein Exemplar seines Romans *Hyperion* notiert hatte: »Wem sonst als Dir«.

Diese Zueignung war nun in Oborins *Handschrift und Lüge* sowohl im handschriftlichen Original Hölderlins abgedruckt als auch – nebenstehend – in der Fassung eines Briefschreibers unserer Tage, den Oborin als »Wortpiraten« titulierte und unter einem Pseudonym auftreten ließ: Herr S.

Dieser Herr S. habe, lautete die Behauptung Oborins, die Frechheit besessen, sich nicht nur des Hölderlinschen Satzes für eigene Zwecke zu bedienen, sondern ihn auch noch so zu verwenden, als handle es sich dabei um sein persönliches geistiges Eigentum. Seine ureigenste Schöpfung.

Daß sich Herr S. somit als »Wortpirat« betätigt habe, sei natürlich jedermann bewußt, der Hölderlins Widmung kenne. Doch dieses Wissen sei gar nicht vonnöten. Denn allein anhand einer graphologischen Untersuchung lasse sich nachweisen, daß Herr S. einen Diebstahl begangen habe, indem er an den Schluß eines im September 1993 verfaßten, unsignierten Briefs jenes »Wem sonst, als Dir« gesetzt hatte. Um solcherart die Vortäuschung falscher Tatsachen zu betreiben, nämlich die Vortäuschung brillanter Originalität. Über die Herr S. natürlich in keiner Weise verfüge.

So weit so merkwürdig. Doch das eigentlich Delikate an Oborins Analyse bestand nun darin, daß er nicht nur versuchte, den ominösen Briefschreiber mittels einer graphologischen Sektion eines betrügerischen Aktes zu überführen, sondern auch noch erklärte, Herr S. hätte seinen »Wortraub«, ohne dies freilich zu ahnen, auf einer Lüge aufgebaut. Darum nämlich, weil Hölderlins Original bei aller Genialität einen ziemlichen Schwindel darstelle. Bei eingehender Betrachtung von Hölderlins Handschrift sei nämlich zweifelsfrei zu erkennen, daß der deutsche Dichter mit seiner Widmung beileibe nicht jene Dame gemeint habe, der er dieses Buch hatte zukommen lassen. Nein, vielmehr hatte er sich selbst im Sinn gehabt. Hinter der Zueignung »Wem sonst als Dir« halte sich ein »Wem sonst, als mir« verborgen.

Oborin bekannte großmütig, sich nicht in die Literaturgeschichte einmischen zu wollen und sich eines Kommentars über das Verhältnis Hölderlins zu der Frau des Frankfurter Bankiers Gontard zu enthalten, jener Susette Gontard, die in der Gestalt der Diotima durch den *Hyperion* geistere. Er behaupte also nicht etwa, Hölderlin sei gar nicht in Frau Gontard verliebt gewesen, sondern er stelle bloß fest, daß Hölderlins Widmung alle graphologischen Züge einer Lüge trage.

Selbige Lüge meinte Oborin in der Folge nachweisen zu können, indem er Wort für Wort, Buchstabe für Buchstabe obduzierte, und auch jene Zwischenräume behandelte, die sich an zwei Stellen ergaben, um eine »sprechende Leere« zu bilden. Nicht zuletzt verwies er auf die »gefüllten Bäuche«, die im Inneren einiger Zeichen existierten. Geschlossene und offene Bäuche.

Erst gegen Ende seiner Analyse, nachdem er den »Körper« wieder zusammengesetzt hatte, ging er auf die Handschrift als Ganzes ein, ihren Schwung und ihren Duktus, ihr Charisma und ihre Seele – und natürlich ihre Verlogenheit. Egal, welchen Aspekt Oborin in Angriff nahm, stets entdeckte er einen Hinweis auf seine Theorie von der Lüge (im Falle Hölderlins) und des Betrugs (im Falle des Herrn S.).

»Was für ein ungeheurer Blödsinn«, dachte sich Lukastik, wenngleich er natürlich nicht unglücklich war über diese Seiten, zwischen denen – das war ihm nun klar – die Fotographie kaum zufällig gesteckt haben konnte. Der Umstand, daß jenes geraubte Hölderlin-Zitat in einem Brief aus dem Jahre 1993 aufschien, nur zwei Monate nachdem Sternbach seinen Rekord im Tieftauchen aufgestellt hatte, und das Faktum, daß Sternbach das Oborin-Buch mittels einer Unterwasserfotographie markiert hatte, verführte Lukastik zu der Spekulation, daß der tieftauchende Friseur mit dem erwähnten Herrn S. identisch war. Daß also Sternbach es gewesen war, der sich zu der »Frechheit« verstiegen hatte, eine berühmte Widmung als eigene Idee auszugeben. Was nun hätte bedeuten müssen, daß die Handschrift des Herrn S. mit jener Sternbachs – die Lukastik ja von der Nachricht bezüglich des Bunkers her kannte – übereinstimmte. Ob dies aber wirklich der Fall, traute sich Lukastik nicht zu sagen. Er hatte Sternbachs »Klaue« nur mehr vage im Gedächtnis.

Jedenfalls erkannte Lukastik an dieser »Tat« nichts Verbrecherisches. So wenig, wie er einen Sinn darin sah, Hölderlin als Egomanen zu entlarven, als einen Mann, dessen Widmung an die geliebte Frau bloß ein gehöriges Maß an Narzißmus verschleiern sollte. Oder was auch immer.

»Graphologen gehören in den Mülleimer«, murmelte Lukastik vor sich hin. Eine Anschauung, die er in bezug auf die gesamte Gerichtspsychologie und das Gutachterwesen an sich vertrat. Gutachter waren seiner Meinung nach Personen, die ständig von der Wahrheit ablenkten. Oder zumindest vom Wesentlichen. Vergleichbar jenen Theologen, die wortgewaltig bemüht schienen, der Frage nach Gott auszuweichen.

Als nun die Krautfleckerl serviert wurden, plazierte Lukastik die drei Papiere auf der entgegengesetzten Seite des Tisches, so daß er sie weiterhin im Auge behalten konnte, während er begann, sich mit halber Aufmerksamkeit der Speise zu widmen, wobei diese Krautfleckerl durchaus seine ganze Konzentration verdient hätten. Die schmetterlingshaften Teigstreifen besaßen derart unterschiedliche Formen, daß sich der Verdacht der Handarbeit aufdrängte. Ein wenig schauderte Lukastik bei der Vorstellung, daß jedes einzelne Stück durch den Druck ihm völlig fremder Finger zustande gekommen war. Woran er nun wirklich nicht denken wollte, an fremde Finger. Also schaufelte er die beträchtliche Menge in sich hinein und beschäftigte sich im übrigen mit der Frage, was er mit den beiden Seiten aus dem Oborin-Text sowie dem ziemlich schlechten Foto eines Hairudels anfangen sollte.

Hairudel? War im Zusammenhang mit Fischen das Wort *Rudel* überhaupt angebracht? Oder mußte nicht viel eher von einem *Schwarm* die Rede sein? Andererseits stellte sich Lukastik unter einem Schwarm eine viel größere Anzahl viel kleinerer Fische vor. Gleich darauf erinnerte er sich, in Verbindung mit einer zusammengehörigen Gruppe von Haien einmal den Begriff »Schule« vernommen zu haben. Ja, das war es wohl.

Zum Ende seiner Mahlzeit hin widmete sich Lukastik wieder etwas intensiver seinen Krautfleckerl goutierte den ausgewogen süß-säuerlichen Geschmack, trank sein Glas Wein aus und packte die Papiere zurück in den *Tractatus*. Das Restaurant füllte sich zusehends, und obgleich Lukastik keine Panik in vollen Räumen kannte, fühlte er sich unwohl angesichts der vielen ausgeruhten Menschen, welche sozusagen ihre eigene »Schule« bildeten.

Am Übergang zum Foyer traf er noch einmal den alten Oberkellner, der sich jetzt damit begnügte, das Personal zu dirigieren. Lukastik versuchte ihm einen Blick zuzuwerfen, eine Geste, die besagte, wie richtig der Vorschlag gewesen war, sich für ein einfaches und unfeierliches Gericht zu entscheiden, das in keinem Moment den Gedanken an eine Geburtstagstorte hervorrief. Doch der alte Mann war jetzt vollkommen in sein Dirigat vertieft. Er jonglierte geradezu mit seiner Mannschaft.

Zurück in der weiten, aber niedrigen Empfangshalle, ging Lukastik ziellos umher, wie um seine Beine zu vertreten. Nicht, daß er die zusammengelaufenen Gäste nicht bemerkt hatte, die jetzt vor einem Fernsehgerät standen und deren Anspannung und Erregung zu spüren war. Gut möglich, daß irgendwo ein Flugzeug abgestürzt oder die nationale Fußballmannschaft ein von niemandem erwartetes Tor erzielt hatte. Etwas in dieser Art. Nichts, was Lukastik jetzt zu interessieren brauchte.

»Das sollten Sie sich ansehen, Herr Chefinspektor!« rief die Hotelangestellte Lukastik zu, als dieser soeben in die Nähe der Rezeption geraten war, wie man in eine Umlaufbahn gerät.

»Was?« fragte Lukastik.

»Im Fernsehen, die Nachrichten. Es hat eine Bombenexplosion in Wien gegeben.«

Nun, eine Explosion war natürlich etwas anderes. Als Kriminalist war Lukastik verpflichtet, durch Bomben hervorgerufene Explosionen nicht einfach zu ignorieren. Weshalb er sich nun zu dem guten Dutzend Interessierter gesellte und sich im Bewußtsein der eigenen Bedeutung in die erste Reihe drängte, um die Übertragung einer Sondersendung zu verfolgen.

Der Ort, an dem die Detonation erfolgt war, mußte als ungewöhnlich bezeichnet werden, als bombenuntypisch: jenes am westlichen Rand der Parkanlage von Schloß Schönbrunn gelegene, dem Tierzoo vorgelagerte Palmenhaus, das in den achtziger Jahren des 19. Jahrhunderts errichtet worden war. Dieses größte unter den europäischen Gewächshäusern war lange Zeit vom Einsturz bedroht und über viele Jahre gesperrt gewesen, bevor man Schaumstoff in die mürbe Stahlkonstruktion gespritzt und die unzähligen kleinen Glasscheiben ausgewechselt hatte. Solcherart war erneut eine Idylle für Blumen- und Pflanzenfreunde, für botanische Flaneure entstanden, eine Glasarchitektur, die wie neugeboren zwischen den gestutzten Hecken sich erhoben und ein wenig an einen historischen Bahnhof erinnert hatte. Einen Bahnhof für Gewächse.

Und dieses Prunkstück, das die meisten Wiener nur von außen kannten, das ihnen aber nichtsdestoweniger lieb geworden war (ganz im Gegensatz zu einigen Museumsbauten jüngeren Datums, die man als Objekte so außerirdischer wie bösartiger Invasoren begriff), dieses zugleich filigrane wie mächtige Palmenhaus war also eine halbe Stunde zuvor, um Punkt acht Uhr, in die Luft gesprengt worden, hinaus in den noch hellen Sommerabend, und zwar mit einer derart beträchtlichen Wucht, daß so gut wie keine Scheibe heil geblieben war und große Teile des Gebäudes zerstört worden waren. Zudem hatte sich ein Brand entwickelt, der mittels der zahlreichen Gewächse und Hölzer immer wieder neue Nahrung fand.

Die Kameras waren auf dieses Feuer gerichtet, auf die Flammen, die aus der nach oben hin nun offenen, geradezu aufgeblätterten Skelettkonstruktion herausschossen. Vage erkannte man Männer, die auf den höchsten Sprossen ausgezogener Leitern standen und Fontänen von Wasser auf das Inferno richteten. Wobei wie so oft bei derartigen Übertragungen im Fernsehen (und damit der Verkleinerung der Wirklichkeit auf Bildschirmgröße) die Feuerwehr – Mannschaft wie Material – einen vergleichsweise armseligen Eindruck machte, spielzeugartig. Das Wasser, das aus den Strahlrohren drang, wirkte dünn und harmlos und kleingärtnerisch angesichts der leuchtenden Feuerstrudel. Ohnehin schien der ganze Einsatz weniger der Rettung eines unrettbaren Gebäudes zu dienen, sondern vor allem der »Einzäunung« des Feuers auf jenen Bereich, den man dem Feuer nun mal zugestehen mußte. Entscheidend war es, zu verhindern, daß durch Funkenschlag Gehege des angrenzenden Zoos oder auch Teile der umliegenden Parkanlage in Brand gerieten. So gesehen versuchte die Feuerwehr eine Glocke aus Löschmitteln über die Flammen zu stülpen. Und tatsächlich konnte man in der Totale den bizarren Eindruck bekommen, der Ort der Katastrophe sei von einem Springbrunnen umgeben.

Es soll jetzt nicht gesagt werden, daß ein solcher Anblick – also der einer brennenden Sehenswürdigkeit – irgendein Herz höher springen ließ. Vielleicht abgesehen von den Herzen radikaler Modernisierer, welche die kostspielige Sanierung dieses Gebäudes für einen Frevel gehalten und mit der Plastinierung eines Leichnams verglichen hatten. Die meisten Menschen aber erschütterte der Umstand, daß das Schönbrunner Palmenhaus soeben für alle Zeit verlorenging. Was aber nichts daran änderte, daß man gleichzeitig die zauberische Schönheit des Feuers erkannte. In ein Feuer zu sehen, gleich in welches, war immer wie ein Blick zurück zum Ursprung der Dinge. Als die Dinge noch einfacher, fundamentaler und rundum energetisch gewesen waren.

Während die Zuseher also angesichts der Bilder in den inneren Widerspruch gerieten, etwas Trauriges faszinierend, etwas

Schreckliches anregend zu finden, erklärte aus dem Off die Stimme eines Reporters, daß man derzeit völlig im unklaren über die Hintergründe dieser Explosion sei. Einer Explosion von solcher Kraft, daß sie mit einem technischen Defekt innerhalb der Anlage, etwa einer lecken Gasleitung nicht begründet werden könne. Eher müsse man von einem gezielten Anschlag ausgehen, wobei sich natürlich die Frage stelle, welchen Sinn es haben könnte, ein zwar kostbares, jedoch in keiner Weise symbolträchtiges Kulturdenkmal zu zerstören. Noch dazu, da sich mit einiger Wahrscheinlichkeit niemand mehr in dem Gebäude befunden habe, während es über den Tag hinweg gut besucht gewesen war.

Ein wenig war es ein Versprecher gewesen. Dieser Quasi-Vorwurf an einen möglichen Attentäter, sich soweit »human« verhalten zu haben, die Bombe erst nach Schließung des Palmenhauses zu zünden. Beinahe hatte die Feststellung des Kommentators verärgert geklungen, als wollte er sagen, daß es wieder einmal für diese Stadt nicht reichen würde, Weltniveau zu erreichen. Und daß also selbige Welt mitleidig und amüsiert, vielleicht sogar wehmütig ob solcher Weltferne nach Wien blicken würde, in eine Stadt, in der man ein dekoratives, aber ohne jede ideologische oder gar religiöse Bedeutung dastehendes, menschenleeres Gebäude in die Luft sprenge, so daß beinahe der Verdacht entstünde, daß nicht etwa ernsthafte Terroristen dies bewerkstelligt hätten, sondern Leute, die irgendeinen obskuren künstlerischen Zweck verfolgten (vergleichbar jenem schrägen Typ, der geplant hatte, zehn mattgoldene Ford Mustang zu pulverisieren).

Lukastik wandte sich ab. Er hatte genug gesehen. Er selbst gehörte eher zu jenen Wienern, denen die Erhaltung des Schönbrunner Palmenhauses als überflüssig erschienen war. Nicht, weil Lukastik die Konservierung des Historischen rundweg ablehnte. Aber manchmal, so fand er, war es besser, die Dinge einfach entschlafen zu lassen. Alte, kranke Menschen sollten sterben dürfen, auch Tiergattungen, auch Freundschaften, und eben auch das eine oder andere Gebäude.

Für Bomben freilich hatte er nichts übrig, wie klein oder groß sie auch sein mochten und wie sehr mit dem Zeitpunkt ihrer Zündung auch die Schonung menschlichen Lebens einherging. Ihn störte das Hinterhältige einer solchen Waffe, gewissermaßen die Unsportlichkeit einer jeden Art von Bombe, ob es sich um einen Sprengstoffgürtel oder einen Marschflugkörper handelte.

Als Lukastik nun wieder in Richtung der Bar ging, bemerkte er in einem der Lederfauteuils eine Frau, die er kannte. Sie gehörte zum Team einer speziellen Eingreiftruppe, die in heiklen Fällen zum Einsatz kam. Es war kaum anzunehmen, daß sie hier saß, um an einer Kur teilzunehmen. Auch ging Lukastik davon aus, daß bereits mehrere Polizeibeamte in ziviler, den gediegenen Verhältnissen angepaßter Kleidung sich auf dem Gelände aufhielten und mittels der üblichen, verschämt verborgenen Kommunikationstechnik in ständigem Kontakt mit ihrer Einsatzleitung standen.

Lukastik zuckte mit der Schulter, und zwar so, daß die Frau es sehen konnte. Was sollte er machen? Die Lächerlichkeit solcher Einsätze war nun mal nicht zu unterbinden. Er konnte nur hoffen, daß der Major seinem Wunsch folgte und die getarnten Beamten am Riemen hielt.

In der Bar war es merklich leerer geworden, nachdem die meisten Gäste in den Speisesaal gewechselt hatten. Oder im Foyer hängengeblieben waren, um im Fernsehen die neuesten Meldungen zu verfolgen. Die Mehrheit aber meinte, daß ein solches Unglück zu betrachten – von Katastrophe zu sprechen, wäre ihnen maßlos erschienen – bis nach dem Essen Zeit hatte. Kurgäste waren in der Regel Menschen, die ein klein wenig über dem Boden schwebten und etwa die eigenen Gallensteine für mindestens so wichtig erachteten wie ein brennendes Palmenhaus.

Lukastik setzte sich an denselben Tisch, an dem er zuvor gesessen hatte. Es war nun eine junge, knabenhafte Frau in einem dunklen, engen Hosenanzug, welche ihn bediente, während hinter der Theke noch immer der Mann mit den goldenen Knöpfen stand und nach dem ersten abgeflauten Gästesturm wieder Ordnung in sein Revier brachte.

Lukastik bestellte einen Whisky, wobei er die seltene Gelassenheit an den Tag legte, die Frau zu bitten, die Marke für ihn auszuwählen, da er in bezug auf dieses Getränk vollkommen entscheidungsunwillig sei. Die junge Frau, die sich zart und gewichtslos wie eine magersüchtige Bodenturnerin bewegte, reagierte nicht minder gleichmütig und servierte anstandslos einen Single Malt von demselben blassen Gelb, wie eine Tablette Ipso Facto es hervorrief. Wobei sie es unterließ, zu erklären, woher dieser Whisky stamme. Und das paßte auch. Lukastik war nicht hier, um etwas zu lernen. Sondern um sich die Zeit mit ein wenig Alkohol zu vertreiben, bis Sternbach auftauchte oder zumindest ein Lebenszeichen von sich gab.

Es wurde dann ein Lebenszeichen. Allerdings sollte es noch zwei Stunden dauern, bis es dazu kam. In der Zwischenzeit blätterte Lukastik in seinem *Tractatus*. Eigentlich »spazierte« er darin, wie man durch einen Park marschiert, den man in- und auswendig kennt, aber selbstverständlich immer wieder auf neue Details stößt. Und seien es nur abgebrochene Zweige. Was Lukastik während dieses Spaziergangs allerdings vermißte, das waren die sphärischen Klänge des Josef Matthias Hauer.

Statt dessen lauer Jazz.

Nach besagten zwei Stunden stand mit einem Mal der Barkeeper vor Lukastik und stellte einen Teller ab, auf dem ein gefaltetes Papier auflag. Dazu kommentierte er: »Die Rechnung, mein Herr.«

»Ich habe um keine Rechnung gebeten«, erklärte Lukastik.

Doch der Barkeeper ging bereits wieder zu seiner Theke, die von einer Gruppe von Herren als auch einer Gruppe von Damen umlagert war, jede Gruppe streng für sich, wie bei einem Blumenbeet.

Lukastik nahm den Zettel und entfaltete ihn. Von einer Rechnung konnte keine Rede sein. Vielmehr blickte er nun auf eine handschriftliche Mitteilung und erkannte, wozu er noch kurz zuvor nicht in der Lage gewesen war, daß es sich nämlich bei Sternbachs Handschrift um die gleiche handelte, mit der ein gewisser Herr S. sich Hölderlins Widmung einverleibt hatte. Auf dem Zettel stand zu lesen:

Verehrter Chefinspektor, kommen Sie um Punkt halb zwölf ins Badehaus.
Ich werde am Pool auf Sie warten. Es wäre schön, würden Sie alleine erscheinen. Wir könnten dann in aller Ruhe miteinander reden.
Sternbach

Lukastik sah auf die Uhr. Er hatte noch eine ganze Stunde Zeit. Eine Stunde, in der er in Erfahrung bringen konnte, wo dieses Badehaus überhaupt lag, eine Stunde, in der es ihm möglich sein würde, den unsympathischen Barkeeper einem raschen Verhör zu unterziehen. Sowie Major Albrich zu benachrichtigen, auf daß dieser einen Ring um besagtes Badehaus ziehen konnte.

Allerdings verzichtete er auf letzteres und vorletzteres und begnügte sich damit, die Serviererin nach dem Badehaus zu fragen. So erfuhr er, daß es sich dabei um jenen mit einer Grasmatte überzogenen Kegel am Ende des Geländes handelte. Darin befänden sich diverse Saunen, Dampfbäder und Aromaräume sowie ein Hallenbad. Freilich sei das Badehaus zu dieser fortgeschrittenen Stunde geschlossen.

Lukastik dankte, erhob sich und ging. Dabei warf er dem Barkeeper einen Blick zu, der besagen sollte, daß man sich schon noch einmal treffen würde. Und zwar auf einem ganz anderen Terrain. Einem Terrain, wo eine stocksteife Haltung und Virtuosität im Umgang mit Gläsern und Flaschen wenig nützen würde.

Draußen im Foyer sah Lukastik für einen Moment Major Albrich, als dieser soeben aus dem Restaurant kam und in einem der Flure verschwand. Eine Szene wie aus einem Hitchcock-Film, wenn der Meister höchstpersönlich auf der Leinwand erscheint, nicht anders als ein Gott, der einen kurzen Ausflug in die Welt seiner Geschöpfe unternimmt. Nun, der Major war sicher kein Gott, nicht einmal ein Regisseur, aber eines tat er auf jeden Fall: Er wirkte fremd und deplaziert inmitten des eigentlichen Geschehens, weit weg von seinem Büro, noch weiter weg von seiner Opernloge. Er wirkte alles andere als inkognito.

Lukastik ließ sich durch das Auftreten seines Vorgesetzten nicht aus der Ruhe bringen, nahm in einem der Lederstühle Platz und zündete sich eine Zigarette an. Eine halbe Stunde saß er so da, beobachtet von den eigenen Leuten, dann stand er auf und ging ohne Eile auf die Toilette. Und damit in einen Raum, den er bereits kannte und folglich die dortigen Gegebenheiten. Er öffnete ein Fenster und kletterte ins Freie.

16 Wenn Thomas H. Macho in der von Peter Sloterdijk herausgegebenen Reihe *Philosophie jetzt!* (was so klingt wie *Zu den Waffen, Brüder!* oder *Tötet alle Ungläubigen!*), wenn Herr Macho also schreibt, daß trotz der immensen Berge von Sekundärliteratur zum Werk Wittgensteins man andererseits kaum jemand als Wittgensteinianer bezeichnen kann, dann hat er sicherlich recht.

Richard Lukastik aber war ein solch seltenes Exemplar. Natürlich nicht in dem Sinn, daß er selbst Philosophie in der Tradition Wittgensteins betrieb. Das wäre ihm – selbst wenn er intellektuell dazu in der Lage gewesen wäre – abscheulich und unsinnig erschienen. Um so mehr, da er ja die ganze Philosophie seit Wittgenstein für beendet hielt und die Auffassung vertrat, daß auch wissenschaftliche Disziplinen das Recht hätten, wenn schon nicht sterben, dann wenigstens versanden zu dürfen. Nein, Lukastik war in etwa vergleichbar mit einem Fußballfan, der bedingungslos zu einem bestimmten Verein hielt, jedoch soviel guten Geschmack besaß, die eigenen dicken Beine niemals in kurze Sporthosen zu zwängen, um dann in solcher Montur ein Spielfeld zu betreten.

Daß Lukastik nun weder Philosoph noch Musikwissenschaftler, sondern Polizist geworden war, hätte Wittgenstein sicherlich gefallen, da die Welt mehr gute Polizisten nötig hatte als gute Philosophen. Blieb nur die Frage: War Lukastik ein guter Polizist?

Jedenfalls war er ein gläubiger Wittgensteinianer, auch wenn er den Begriff des »Glaubens« ablehnte. Aber es war schon religiös zu nennen, wie er da auf einem der kreideweißen Kieswege dahinschritt und einige Sätze aus dem *Tractatus* in der

Art eines Vaterunser murmelte, vor allem natürlich jenes »*Das Rätsel* gibt es nicht«.

Über ihm leuchtete ein beinahe vollständig aufgeblühter Mond und tauchte das Grundstück in ein Licht wie von Tünche. Vergleichbar einer Guckkastenbühne, in der dank kleiner Lämpchen das Bild einer schattenreichen, einer idyllisch-unheimlichen Szenerie entsteht. Gebäude, Hecken, Wege, Bäume – alles wie ausgehöhlt.

Lukastik mußte an eine Überlegung Wittgensteins denken, in welcher der Philosoph die Unklarheit eines Satzes wie »Ich weiß, daß ich ein Gehirn habe« behandelt. Eine Unklarheit, die sich daraus ergab, daß nämlich trotz aller Wahrscheinlichkeit, mit der diese Behauptung eine Bestätigung finden würde, es dennoch vorstellbar war, »daß bei einer Operation mein Schädel sich als leer erweise«.

Dies war ein Gedanke, der sich Lukastik immer wieder bildhaft aufdrängte, daß nämlich ein an ihm vorgenommenes Schädelröntgen zu der erstaunlichen Einsicht führen würde, daß sein Schädel zwar nicht völlig leer war, sich darin aber etwas befand, das in keiner Weise an ein reguläres Gehirn erinnerte. Er konnte sich eine Menge Dinge vorstellen, die statt dessen im Innenraum seiner Schädelkapsel existierten, angefangen vom obligaten Kaninchen über eine Art Gefrierschrank, in dem ein jedes gesprochenes und noch zu sprechendes Wort lagerte, bis hin zu sandkorngroßen Körpern, die durch den Raum schwebten, sich auf der Suche nach freien Bahnen befanden und mit schöner Regelmäßigkeit kollidierten.

Aus diesen Phantasien wurde Lukastik durch das Läuten seines Handy herausgerissen. Zum Abstellen war es jetzt wirklich zu spät.

»Was soll das bloß wieder?« tönte die Stimme Major Albrichs, so verärgert wie unsicher. »Wo sind Sie?«

»Ich weiß, es war nicht fair«, gestand Lukastik. »Ich bin aus dem Fenster gestiegen.«

»Machen Sie sich über mich lustig?«

»Keineswegs«, sagte Lukastik. »Ein plötzlicher Impuls.«

»Was für ein Impuls? Sind Sie jetzt endgültig verrückt geworden?«

»Der Impuls zur Flucht. Sie erinnern sich, wir hatten uns heute schon einmal darüber unterhalten. Außerdem dachte ich, wie wären uns einig gewesen, daß sich die Mannschaft zurückhält.«

»Die Mannschaft hält sich durchaus zurück«, erregte sich der Major. »Niemand läuft mit Kampfstiefeln durchs Hotel. Oder? Kein Grund also, Ihre Kollegen abzuhängen.«

»Schon gut. Ich befinde mich auf dem Weg zum Badehaus. Dieser grüne Kegel am Ende des Geländes.«

»Treffen Sie Sternbach dort?«

»Ja. Er hat mir eine Nachricht hinterlassen. Um halb zwölf am Pool.«

»Am Pool?«

»Ich glaube kaum, daß sich ein Hai darin befinden wird. Es bleibt dabei. Ich will niemand von unseren Leuten im Gebäude sehen.«

»Wenn es denn sein muß«, meinte der Major hörbar leidend, »wir warten, bis Sie drinnen sind. Dann aber lasse ich das Objekt umstellen und gebe Ihnen eine halbe Stunde.«

»Was ist«, fragte Lukastik, »wenn Herr Sternbach mehr als eine halbe Stunde benötigt, seine Geschichte zu erzählen? Der Mann ist möglicherweise labil. Er hat dies alles inszeniert, um mir sein Herz auszuschütten. Er könnte es mißverstehen, wenn ich ihn dränge, sich kurz zu halten.«

»Also gut. Aber nach dieser halben Stunde werde ich Sie anrufen.«

»Nein«, bestimmte Lukastik. »*Ich* rufe *Sie* an.«

Albrich entließ ein Stöhnen. Dann sagte er: »Mitternacht will ich Ihre Stimme hören.« Und nach einer kurzen Pause: »Das klingt alles so lächerlich. Finden Sie nicht auch?«

»Das kann man wohl sagen. Bis dann, Major.«

»Bis dann«, schloß Albrich mit Trauer in der Stimme. Einer Trauer, die gewiß ihm selbst galt.

Die Vorderseite des Kegels war von der grasigen Matte umgeben, ein Eingang nicht zu erkennen. Ein mächtiger Schatten fiel zur Seite und verdunkelte eine ebene Fläche. Lukastik trat näher heran und strich über die Ummantelung. Zu seinem

Erstaunen fühlte sich das Gras echt an. Eher hätte er ein Kunststoffimitat erwartet. Allein die Bewässerung mußte einen unsinnigen Aufwand verursachen. Aber was wurde nicht alles bewässert.

Lukastik strich um das hohe Gebilde herum. Es zeigte sich, daß die Rückseite, die wie zum Trocknen im Mondlicht hing, über eine ähnliche gläserne Front verfügte wie die beiden anderen Sanatoriumsgebäude. Durch einen ebenerdigen, unverschlossenen Eingang trat Lukastik in eine Vorhalle, die im ersten Drittel bis hinauf zur Spitze des Kegels wies. Dahinter erhoben sich fünf Etagen in Form von Galerien, wobei linker Hand eine offene Treppe und rechter Hand ein frei im Raum stehender Lift die Stockwerke verband. Die ganze Anordnung erinnerte an ein luxuriöses Warenhaus. Eine Art Notbeleuchtung war in Betrieb, gedämpftes, rötliches Licht, das die bescheidene Kraft verglühender Feuerstellen besaß. Ohnehin ermöglichte auch hier das Mondlicht einen genauen, befremdlich scharfen Blick auf die Dinge, so daß es Lukastik für einen Moment vorkam, als schaue er durch eine Brille von hoher Dioptrienzahl.

Dementsprechend geriet er ein wenig ins Wanken, als er die Treppe hochging. Wobei es sich erübrigte, laut auszurufen, eingetreten zu sein. Auch der Hall seiner Schritte besaß jene klirrende, scharfkantige Präsenz. Es war kaum zu überhören, daß er angekommen war.

Nachdem er das Obergeschoß erreicht hatte, fiel sein Blick ungehindert auf das zentrale Bassin, das im Licht mehrerer in den Boden eingelassener Scheinwerfer lag. Die Wasseroberfläche war in leichter, gleichmäßiger Bewegung, die wohl von den Düsen eines Umlaufs herrührte. Die Schlieren bildeten ein Muster wie aus einer Schlangengrube. Ein Hai war nicht im Pool. Dafür saß Sternbach am Rande des Beckens auf einem mit Badetüchern abgedeckten Sofa. Er trug Anzug und Krawatte, hatte die Beine übereinandergeschlagen und hielt ein Glas Wein in der Hand. Zugleich feierlich und entspannt. Man hätte meinen können, der Mann sei gerade dabei, sich von der erquicklichen Anstrengung einer Preisverleihung zu erholen.

»Schön, daß Sie kommen konnten«, sagte Sternbach gastgeberisch. »Setzen Sie sich. Ein Glas Rotwein? Das ist der beste, der hier zu kriegen ist. Eine rare Flasche, wie man mir versichert hat. Nicht, daß ich imstande wäre, die Qualität zu beurteilen. Wein, egal welcher, schmeckt immer verdorben. Wie etwas, das zu lange herumgestanden ist. Andererseits bedeutet es einen ungemeinen Charme, mittels ein paar Schlückchen ein ganzes Monatsgehalt zu verkonsumieren.«

Lukastik setzte sich Sternbach schräg gegenüber in einen augenscheinlich zurechtgestellten, ebenfalls mit einem Badetuch verhüllten Lehnstuhl. Dann nickte er in Richtung der Weinflasche. Er war bereit, sich an der Vernichtung ganzer Monatsgehälter zu beteiligen.

Sternbach füllte eines von diesen überproportionierten Gläsern – bei denen man meint, man jongliere eine Weltkugel mittels einer Stricknadel – und reichte es seinem Gast. Lukastik griff danach und führte seinen Blick nahe an die Farbe heran. Es sah aus, als betrachte er ein Gemälde. Schließlich nahm er einen Schluck, den er im Mund behielt, während er das Glas vorsichtig am Boden abstellte. Der Wein in seiner Mundhöhle hatte etwas von einem Ballon, der sich fortgesetzt aufzublähen schien. Lukastik machte diesem Gefühl ein Ende und ließ die expandierende Flüssigkeit in die Speiseröhre abgleiten. Es war gewissermaßen die Erleichterung, wieder über einen freien Mund zu verfügen, die seinen Genuß darstellte.

»Wo sind Ihre Leute?« fragte Sternbach.

»Draußen«, sagte Lukastik. »Es wird uns niemand stören, solange ich nicht den Befehl dazu gebe.«

»Das ist gut so. Dann können wir also in Ruhe reden.«

»Darum bin ich hier«, erklärte Lukastik, ohne ein Zeichen von Ungeduld. Er fühlte sich ganz wohl in diesem Stuhl.

»Als erstes das Geständnis, der Formalität wegen. Ich habe Oborins Tod verschuldet.«

»Sie meinen also«, wollte Lukastik es genau wissen, »Sie haben ihn umgebracht.«

»Das kann man so einfach nicht sagen.«

»Dann sagen Sie es kompliziert«, schlug der Polizist vor.

»Sie haben sicherlich diesen blauen Teller in meinem Zimmer gesehen.«

»Den Teller fürs Tauchen?«

»Präzise gesagt, handelt es sich um eine Apnoe-Disziplin.«

»Apnoe?«

»Griechisch«, erklärte Sternbach. »Es bedeutet *Windstille* beziehungsweise *Atemlosigkeit.* Wobei ich es immer netter fand, von Windstille zu sprechen. Windstille im Körper. Eine schöne Vorstellung. Nun, weniger poetisch gesprochen handelt es sich um Tieftauchen mit konstantem Gewicht. Tauchen ohne Gerät, bloß mit speziellen Flossen und spezieller Maske, dazu ein wenig Blei um die Taille. Eine Leidenschaft meiner Jugend. Sie kennen vielleicht diesen Film von Luc Besson, *The Big Blue.*«

»Tut mir leid, nein.«

»Jedenfalls war ich derart begeistert, daß ich ernsthaft mit dem Training begonnen habe, obwohl ich bis dahin kaum in der Lage gewesen war, meinen Kopf unters Wasser zu halten. Aber mich hatte plötzlich das Gefühl gepackt, ein Talent dafür zu besitzen, die Luft anzuhalten. Talent für die Windstille.«

»Talent?« zeigte sich Lukastik ungläubig.

»Sagen wir«, schlug Sternbach vor, »daß ein jeder Mensch für zwei, drei Dinge im Leben geboren ist. Sonst gebe es ihn gar nicht, diesen bestimmten Menschen, meine ich. Man muß halt erkennen, was für zwei, drei Dinge das sind, da man ansonst das Gefühl quälender Sinnlosigkeit nicht los wird. In meinem Fall war es das Tieftauchen und der Beruf des Friseurs.«

»Mit dem Tauchen mußten Sie aufhören, nehme ich an«, sagte Lukastik und griff sich unwillkürlich ans Ohr.

»Ja. Ich hatte zwar das Talent zum Tieftauchen ... und so ein Talent mag ja ohne Grenze sein, aber der Körper ist es nicht. Mein Rekord im Juli des Jahres 93 blieb nicht folgenlos. Die Komplikationen ergaben sich zwar glücklicherweise erst nach dem Auftauchen, waren aber fatal genug. Ich fiel in ein ... ich nenne es *mein kleines Koma.* Als ich nach gut fünf Wochen daraus erwacht war, war das ungefähr wie nach einem langen, schlechten Schlaf, wie nach zuviel Alkohol. Geblieben ist mir eine Schwerhörigkeit auf beiden Ohren. Ein Souvenir meines Tiefenrekords und meines kleinen Komas. Die linke Seite ist zu stark betroffen, als daß ich auf eine Hörhilfe verzichten könnte. Rechts geht es besser. Es ist eine Frage des Geschicks, den Leuten das bessere Ohr hinzuhalten, ohne daß man deshalb auf seine Umwelt wie ein lebender Scherenschnitt wirkt.«

»Was ist mit Oborins Ohren?« fragte Lukastik.

»Soweit ich weiß, funktionierte sein Gehör ausgezeichnet.«

Lukastik sprach jetzt von Dr. Paul, der behauptet hatte, der kleine Hörapparat, der im Schwimmbecken sichergestellt worden war, würde zu Oborin gehören.

»Nun, es mag zwar sein«, sagte Sternbach, »daß die Gehörgänge der Menschen sich unterscheiden, aber wir reden hier schließlich nicht von verschiedenen Schuhgrößen. Ihr Arzt muß geschlampt haben oder aber unser beider Ohren – ich meine natürlich das Ohr Oborins und mein eigenes – sind sich so ähnlich, daß es zu diesem Irrtum kommen konnte. Tut mir leid, aber mehr kann ich dazu nicht sagen. Ich habe nie unser beider Gehörgänge verglichen. Es waren ja nicht die Ohren, die zwischen uns standen.«

»Dann ist es also eindeutig *Ihr* Gerät, das wir in der Nähe des Toten fanden«, folgerte Lukastik.

»Ja. Ein dummes Mißgeschick. Als ich den toten Oborin in den Pool befördert habe, ist wohl passiert, was auf Grund der perfekten Paßform eigentlich nie hätte passieren dürfen. Mir muß die Kapsel aus dem Ohr gerutscht und ins Wasser gefallen sein. Ohne daß mir dies sogleich aufgefallen wäre.«

»Die Stille auf dem Dach«, meinte Lukastik nachdenklich.

»Es gibt keine Stille«, erklärte Sternbach, »die nicht auch eine Stimme besitzt, die man leiser oder lauter wahrzunehmen vermag. Nein, ich hätte die Veränderung der Akustik bemerken müssen. Aber ich war vermutlich wie in Trance. Beziehungsweise ziemlich angestrengt. Ein toter Mann ist kein Leichtgewicht. Auf jeden Fall war es zu spät, als mir dann bewußt geworden ist, daß ich ausgerechnet in der Nähe von Oborins Leiche ein wichtiges Stück meines Körpers verstreut hatte. Eine sehr individuelle Prothese. Allerdings war ich überzeugt, die Polizei würde ein so kleines Ding nicht entdecken. Und wenn doch, dann wäre sie kaum in der Lage, damit etwas anzufangen. Leider habe ich mich geirrt.«

»Warum Oborin?« fragte Lukastik, wie jemand, der sich das beste Stück Fleisch für den Schluß aufhebt. Im konkreten Fall war das beste Stück Fleisch die Frage nach dem Hai.

»Ich kannte Oborin vom Tauchen«, sagte Sternbach, »vom Flaschentauchen im Hallenbad. Wir freundeten uns an. Und als ich dann Jahre später diesen Rekord bei Genua getaucht bin, gehörte Oborin zu meinen Sicherungstauchern. Er war der, der am tiefsten gehen mußte, der Mann an der Rekordmarke. Ich habe mir oft gedacht, wie schlimm es sein muß, die ganze Zeit dort unten zu bleiben, in der Dunkelheit, mit den ganzen Flaschen am Rücken, wie in einem riesigen Sarg hokkend. Aber Oborin fand absolut nichts Gruseliges daran. Ich habe nie ein kälteres Gemüt kennengelernt. In bezug auf das Tauchen. Sicher nicht in bezug auf die Graphologie. Und erst recht nicht, wenn ich an seine körperliche Eitelkeit denke. In diesen Dingen war er ein fürchterlicher Hitzkopf. Schwer geschädigt.«

»Das klingt dennoch alles so, als wären Sie ihm zu Dank verpflichtet gewesen.«

»Man konnte sich auf ihn verlassen, in punkto Tauchen. Das steht außer Frage. Aber dann hat er mich mit Lisa bekannt gemacht, Lisa Tomschi, seiner Ex-Frau. Die beiden waren damals bereits geschieden, Lisa lebte aber noch in Zwettl. Ich will Ihnen jetzt nicht erklären, was für eine Frau sie war. Erstens, weil sie etwas Unbeschreibliches besaß, und zweitens, und das ist ziemlich bitter, weil ich mich gewaltig in ihr geirrt habe. Wodurch sich das Unbeschreibliche auch noch verkehrt hat.«

»Das hört sich wiederum an«, meinte Lukastik, »als hätte gar nicht so sehr Tobias Oborin auf Ihrer persönlichen Todesliste stehen sollen, sondern vielmehr dessen Geschiedene.«

»Sie sollten Ihre Worte besser wählen, Chefinspektor«, warnte Sternbach, »wenn Sie wollen, daß ich weiterrede. Todesliste ist ein garstiger Begriff, der in dieser Geschichte nichts verloren hat.«

»Gut. Vergessen wir die Todesliste. Was haben Ihnen Oborin und seine Ex-Frau angetan?«

»Es gibt da ein Buch«, sagte Sternbach, »das Oborin veröffentlicht hat, ein dummes, geschwätziges und unmäßiges

Buch. *Handschrift und Lüge*. Wohl in Anlehnung an Klages' *Handschrift und Charakter* und Loos' *Ornament und Verbrechen*.«

»Ich kenne das Buch«, sagte Lukastik, »besser gesagt, ich kenne die Seiten, die sich auf Hölderlin beziehen.«

»Ach! Das ging ja schnell. Gratulation!«

»Allerdings ist mir unklar«, gestand Lukastik, »wie ich diesen Artikel zu interpretieren habe.«

»Sie können sich doch sicher denken«, sagte Sternbach, »wer mit ›Herr S.‹ gemeint ist.«

»Ich nehme an, das sollen Sie sein.«

»So ist es«, bestätigte Sternbach. »Diese eine Zeile, dieses ›Wem sonst als Dir‹ stammt aus einem Brief, den ich an Lisa geschickt habe, kurz nachdem ich aus dem Koma erwacht war. Ich will zugeben, daß dieser Brief eine peinliche Sache ist, weit mehr Pathos besitzt, als auszuhalten ist. Ich versuche darin, meine Leidenschaft für Lisa mit meinem Tauchrekord in Verbindung zu bringen. Sie wissen schon, wie jemand, der einen verwandelten Penalty seinem Staatschef widmet oder eine neu entdeckte Insektenart nach der eigenen Tochter benennt. Eine solche Geschmacklosigkeit eben. Allerdings habe ich Lisa in diesem Brief nicht beim Namen genannt, sondern nur erklärt, der Frau meines Lebens diesen Rekord zu vermachen. Und dann habe ich halt hinzugefügt: Wem sonst als Dir. – Ich schwöre Ihnen, Chefinspektor, ich hatte nicht die geringste Ahnung, daß Friedrich Hölderlin vor Ewigkeiten exakt denselben Satz auf die Innenseite irgendeines Buches gesetzt hatte. Ich wußte es nicht, habe mich auch nie mit Hölderlin beschäftigt. So etwas passiert eben, daß jemand nach zweihundert Jahren die gleiche Idee noch einmal hat. Übrigens habe ich ein Komma gesetzt und Hölderlin nicht. Das nur nebenbei.«

»Unwissenheit schützte nicht vor Recht«, dozierte Lukastik. »Ich meine betreffend des Copyrights. Komma hin oder her.«

»Das mag schon sein. Aber schließlich war dieser Brief ja auch nicht zur Veröffentlichung gedacht. Ich habe ihn an Lisa geschickt, in der irrigen Annahme, sie wäre in den Wochen während meines Komas Tag für Tag an meinem Bett gesessen. Dabei hätte mir natürlich auffallen müssen, daß jetzt, wo ich wieder erwacht war, sie *nicht* an meinem Bett stand. Aber ich war wohl in dieser ersten Zeit nicht ganz zurechnungsfähig.«

»Immerhin«, warf Lukastik ein, »waren Sie imstande, einen Brief zu schreiben. Peinlich oder nicht, die Widmung am Schluß ist genial, auch wenn Ihnen jemand um zweihundert Jahre zuvorgekommen ist.«

»Nicht wahr. Genau so sehe ich das. Nur leider geschah es, daß Lisa mich auch später nicht besuchen kam. Statt dessen hat sie mir ausrichten lassen, ich solle ihr nicht böse sein, aber kranke Menschen wären ihr nun mal ein Greuel. Man muß sich das vorstellen, ein Greuel.«

»Und später, als Sie wieder gesund waren?«

»Nach Lisas Anschauung bin ich das wohl nie wieder so richtig geworden. Vielleicht meiner Schwerhörigkeit wegen, obwohl kaum jemand etwas bemerkt hat. Lisa wußte freilich davon. Das scheint ihr als Grund völlig ausgereicht zu haben, das bloße Wissen um ein desolates Gehör. Sie ist mir konsequent ausgewichen und ein halbes Jahr später – ich denke, wegen eines anderen Mannes – nach München gegangen. Die Sache war gelaufen. So ist das. Mit solchen Dingen muß man leben. Womit ich dann aber nicht leben konnte, war der Moment, als mir zwei Jahre nach dieser Geschichte mein wunderbarer Freund Oborin ein Exemplar seines soeben erschienenen *Handschrift und Lüge* zugeschickt hat, und zwar mit einer Widmung darin, die ich zunächst überhaupt nicht begriff. Da stand: *Wem sonst, als Hölderlins Nachahmer*. Was das zu bedeuten hatte, wurde mir erst klar, als ich dieses schwachsinnige Hölderlin-Kapitel las und erkennen mußte, daß Lisa so herzlos gewesen war, meinen Brief an Oborin auszuhändigen.«

»Warum hat sie das getan?«

»Ich wollte Lisa nicht fragen, wollte nicht in München anrufen und mich noch einmal lächerlich machen. Oborin aber habe ich zur Rede gestellt. Er war abweisend und selbstherrlich. Kaltblütig wie in einundsiebzig Metern Tiefe. Er hat bloß erklärt, Lisa habe ihm anläßlich ihres Umzugs nach München einen Stapel von Briefen unterschiedlicher Absender überlassen. Für seine Sammlung. Und da er gerade an seinem Hölderlin-Kapitel gearbeitet habe, sei ihm das von mir gestohlene

Zitat gerade recht gekommen, um neben der Lüge auch noch den Betrug graphologisch zu determinieren.«

Sternbach machte eine Pause. Und ein wehmütiges Gesicht.

Wie um Wehmut und Pause nicht ausufern zu lassen, schnippte Lukastik mit den Fingern und meinte: »Sie haben Oborin sicherlich erklärt, daß von Betrug keine Rede sein kann.«

»Natürlich habe ich das«, nahm Sternbach den Faden wieder auf. »Aber er hat mich bloß ausgelacht. Hat mir nicht geglaubt.«

»Kein Grund«, meinte Lukastik, »ihn – wenn ich richtig rechne – acht Jahre später einem Hai in den Rachen zu schieben.«

»Wieso nicht?« Sternbach zeigte sich ernsthaft verwundert. »Denken Sie denn, daß die Wucht einer Demütigung mit den Jahren abnimmt?«

»Demütigung ist ein starkes Wort«, wog Lukastik seinen Kopf hin und her. »Ich kann mir nicht vorstellen, daß die Zwettler Bürger wegen dieser Sache mit dem Finger auf Sie gezeigt haben. Abgesehen davon, daß doch wohl kaum jemand hat wissen können, wer mit Herrn S. eigentlich gemeint war. Um so mehr, als man den Namen Sternbach natürlich mit St. statt mit S. abkürzen müßte.«

Der Angesprochene wirkte mit einem Mal erregt, nervös, auch ungeduldig, als er jetzt sprach: »Das ist es doch. Die Demütigung wurde gerade dadurch perfekt, daß mich Oborin zwar des Betruges bezichtigte, mir aber nicht einmal meinen wahren Namen zugestanden hat. Nichts da! Er hat mich hinter einem unvollständigen Pseudonym abgestellt, so wie man ein behindertes Kind versteckt. Das ist grausam. Und weil es grausam ist, hat sich etwas in mir dagegen gesperrt, den Kontakt zu Oborin einfach aufzugeben. Ich bin in all diesen Jahren weiterhin sein Freund geblieben, habe seine verdammten Haare geschnitten und seine überflüssigen Kommentare zur menschlichen Handschrift über mich ergehen lassen. Und als der Moment kam, seinen Tod herbeizuführen, habe ich diese Chance genutzt.«

»Sie haben lange gewartet.«

»Ich bin kein Killer, der imstande wäre, eine solche Möglichkeit zu konstruieren. Vielmehr mußte sich mir diese Möglichkeit aufdrängen. Doch dann, als sie sich bot, wäre es eine Sünde gewesen, darauf zu verzichten. Jawohl, eine Sünde.«

»Eine ziemlich hohe Strafe«, stellte Lukastik fest, »wenn man die Geringfügigkeit von Oborins Verbrechen bedenkt.«

»Geringfügig? Finden Sie? Sie hätten Oborin erleben müssen. Er hat immer wieder auf diese Hölderlin-Geschichte angespielt. Er konnte nicht aufhören damit, genoß es. Er hat mitunter gezittert vor Freude, wenn ihm wieder irgendeine hirnrissige Paraphrase auf das ›Wem sonst als Dir‹ eingefallen ist. Doch in Anwesenheit Dritter hat er kein Wort darüber verloren. Er wollte, daß die Sache unter uns bleibt. So wie man die Abartigkeit, jemand auszupeitschen, ja auch nicht an die große Glocke hängt.«

»Sie aber«, erwiderte Lukastik, »Sie hätten davon sprechen können.«

»Keineswegs. Auch der Ausgepeitschte hält seinen Mund. Schließlich wäre es nicht minder demütigend gewesen, hätte ich überall herumerzählt, Herr S. zu sein. Herr S., der Wortpirat. Um auf diese Weise auch noch Werbung für Oborins dummes Buch zu machen.«

Lukastik blickte ins Leere. Irritiert und ungläubig. Natürlich kam es immer wieder vor, daß aus den geringsten Anlässen heraus Morde geschahen. Die Kleinlichkeit der Leute, ihre dünne Haut, in Beleidigtsein schien fundamental, angeboren, naturgesetzlich. Je belangloser der Grund, desto bedeutender das Gefühl der Kränkung. Und mitunter war diese Kränkung nur noch mittels einer Tötung oder eines herbeigeführten Unfalls zu tilgen. Es geschah unentwegt. Mitunter wurden ganze Familien ausgerottet. Daß man aber wegen einer solcher Sache …

Während Lukastik jetzt über die Sache nachdachte, legte sich sein Unglaube. Warum denn nicht? Warum sollte es nicht sein, daß ausnahmsweise ein Hölderlinscher Satz, eine betörend einfache und betörend direkte Zueignung das Motiv für einen Mord lieferte? Warum sollte in diesem Wust aus Beleidigungen und Demütigungen, den die Menschen tagaus, tagein erfuhren und der sie an den Rand eines Mordes brachte, wenn nicht über diesen Rand hinaus, warum sollte darunter nicht auch die Kränkung fallen, die ein ehemals tieftauchender Friseur erlitt, indem jene wundervolle Widmung – wahrscheinlich das Schönste, was ihm je in seinem Leben in Form von Worten gelungen war – dazu führte, mit einem Mal, aber völlig zu Unrecht, als Dieb und Betrüger dazustehen? Noch dazu als ein namenloser Betrüger.

Lukastik geriet innerlich ins Schwelgen. Das kam hin und wieder vor, daß er praktisch mit einem Atemzug die Seite wechselte. So auch jetzt. Sternbachs Motiv erschien ihm plötzlich plausibel, plausibler als so mancher schnöde Raubmord oder Banküberfall. Und nicht nur plausibler, auch sehr viel ehrenvoller.

Allerdings behielt Lukastik im Kopf, daß er nicht hier saß, um über die Schönheit und Würde eines Motivs zu reflektieren, sondern eine Aufklärung zu betreiben. Eine Aufklärung, die er zu einem Ende führen wollte, bevor Major Albrich sich seinerseits entschloß, die Art des Endes zu bestimmen.

»Es verwundert mich«, setzte Lukastik das Gespräch fort, »daß Sie der Geliebten Oborins, Esther Kosáry, nie zuvor begegnet sind.«

»Und mich hat verwundert«, sagte Sternbach, der nun wieder ruhig und entspannt wirkte, wie nach einem kleinen Anfall, »daß Sie mir dieses halbe Kind aufgedrängt haben. Ich war wie vor den Kopf gestoßen. Anstatt mich zu verhaften, schicken Sie mich nach Ungarn. Originell und ziemlich schräg.«

»Das ist keine Antwort auf meine Frage«, insistierte Lukastik.

»Was weiß ich?« gab sich Sternbach gleichgültig. »Jedenfalls hat Oborin vermieden, daß ich sein Mädchen kennenlerne. Keiner von uns kannte Esther Kosáry, keiner aus Oborins Kreis. Er hat nie auch nur ein Wort über sie verloren. Es war, als existiere sie gar nicht, obwohl natürlich darüber geredet wurde. Man hat allgemein von ›Oborins Spielzeug‹ gesprochen. Die Leute haben sich weiß Gott was vorgestellt.«

»Und Sie?«

»Das war nicht mein Thema.«

»Esther Kosáry hat von einem älteren Mann erzählt, mit dem Oborin hin und wieder eine Tauchreise unternommen haben soll.«

»Den können Sie vergessen. Der hat mit der Sache nichts zu tun. Oborins Doktor- und Übervater. Ein Arsch, aber harmlos.«

»Und die Sache mit meinen beiden Mitarbeitern? Um auch diese Nebensächlichkeit noch geklärt zu haben.«

»Nun, ich war ziemlich überrascht, als die beiden mich aus dem Bett holten. Damit hatte ich nicht gerechnet. Zumindest nicht so schnell.«

»Dafür, daß Sie überrascht gewesen sind«, stellte Lukastik fest, »haben Sie fix reagiert.«

»Danke für die Blumen«, lächelte Sternbach, relativierte aber sogleich: »Es gibt immer jemand, der langsamer ist als man selbst. Und überraschter als man selbst. Aber so richtig glücklich hat mich das nicht gemacht. Was sollte ich mit dem Mann und der Frau denn anfangen? Darum ja der Bunker. Ich mußte die zwei mit meinem Wagen hinkarren. Eine fürchterliche Fahrerei. Und trotz des Wagens natürlich auch eine fürchterliche Schlepperei. Bloß um diese Leute in Sicherheit zu bringen.«

»Höre ich recht? In Sicherheit?«

»Na ja, so ungefähr. Zu unser aller Sicherheit. Jedenfalls hatte ich nie vor, den beiden etwas anzutun. Das schwöre ich.«

»In dem Punkt glaube ich Ihnen«, sagte Lukastik. »Erstaunlich nur, daß Sie nicht sofort Ihre Koffer gepackt und von *Rolands Teich* fort sind.«

»Ich dachte, ich hätte wenigstens soviel Zeit, um die Nacht in meinem Bett zu verbringen. Ich hasse es, in der Dunkelheit mit dem Auto zu fahren, so ein wenig auf gut Glück. Außerdem stellt sich die Frage, ob ich wirklich ernsthaft an Flucht dachte. Wohin denn flüchten? Immerhin, ich habe es bis hierher geschafft. Nicht zuletzt dank Ihrer Hilfe. Ich liebe diesen Ort. Ein schönes Hotel, eine wunderbare Ärztin. Ein Ort der Ruhe. Der Mond wirkt größer als anderswo. Das Gras ist grüner und dicker und saftiger. Der Himmel gewölbter. Die Bäume voller. Und die Menschen gesünder, wenigstens einige.«

»Und dennoch haben Sie mir diesen Hinweis gegeben, der mich hierher führte. Huflattich!«

»Sie hatten eine zweite Chance verdient, Chefinspektor. Und haben sie genutzt. Das ist gut so, sehr gut. Jetzt aber, denke ich, sollten wir Schluß machen.«

»Genau das«, beeilte sich Lukastik, »sind Sie mir noch schuldig, einen Schluß nämlich. Zwar weiß ich nun, warum Oborin sterben mußte, so schwer es mir anfänglich gefallen ist, ein Hölderlin-Zitat als Grund anzuerkennen. Aber bitte, es gibt dümmere und billigere Anlässe. Doch was jetzt noch fehlt, ist die Frage nach der Art des Todes.«

»Ein Hai, wie Sie wissen«, sagte Sternbach.

»Wo ist der Hai?« fragte Lukastik. Beinahe schrie er.

»Sehen Sie im Haus nach«, riet Sternbach.

»In welchem Haus?«

»Auf dessen Dach Sie Oborins Leiche gefunden haben.«

»Und in dem *Sie* eine Wohnung angemietet haben«, ergänzte Lukastik. »Eine Wohnung, in der man Oborins Buch fand, mit einem Foto darin. Ein unscharfes Foto. Aber die Haie sind zu erkennen. Grauhaie, genauer gesagt Viecher von der Sorte Carcharhinus leucas.«

»Sieh an«, meinte Sternbach mit einem öligen Lächeln, »Sie wissen sogar über die Art Bescheid. Respekt! Ich habe das Foto an dem Tag aufgenommen, als Oborin starb. Kein sehr gutes Bild, ich weiß. Aber die Bedingungen waren nicht die besten.«

Lukastik zündete sich eine Zigarette an, die er sich in der üblichen Weise vom Leib hielt. Als Aschenbecher benutzte er sein Glas Wein. Er fand, daß er genug getrunken hatte. Er sagte: »Ja, ich kenne den Hai. Kurze, runde Schnauze, kleine Augen, dafür eine Unmenge Testosteron im Körper. Und ich weiß, daß Oborin genau einem solchen Tier zum Opfer gefallen ist. Stellt sich nur noch die Frage, wie das geschehen konnte. Wenn man bedenkt, *wo* es geschehen ist.«

»Es heißt doch immer«, begann Sternbach, während er sich langsam erhob und hinter das Sofa trat, »die meisten Täter könnten der Verlockung nicht widerstehen, an den Ort ihres Verbrechens zurückzukehren. Leider – oder auch Gott sei

Dank – werde ich dazu keine Möglichkeit mehr haben. Das müssen Sie schon selbst erledigen, Chefinspektor. Quasi als mein Vertreter. Wenn Sie das möchten. Und natürlich auch im Namen des Gesetzes, wenn es denn sein muß. Ich schlage Ihnen vor, sich noch einmal das Gebäude anzusehen, mit dem dieser Fall für Sie begonnen hat. Meine Wohnung allerdings können Sie vergessen. Das Buch haben Sie ja. Mehr ist dort nicht zu finden. Auch das Schwimmbad auf dem Dach ist nicht wirklich von Bedeutung, hat bloß dazu gedient, Oborins Leiche an einem Ort unterzubringen, an dem man sie auch finden würde. Denn in dieser Hinsicht habe ich gehandelt wie ein Mörder aus Leidenschaft. Ich wollte keinesfalls, daß Oborins Leiche unentdeckt bleibt. Was wäre das auch für ein Mord gewesen?«

»Ein lächerlicher«, unterstrich Lukastik. »Ein Mord ohne Polizei.«

»Sehr richtig. Genauso habe ich das empfunden. Die Leiche mußte einen guten, einen glaubwürdigen Platz erhalten. Eben jenes Schwimmbad unter den Sternen. Die Wahrheit aber, lieber Inspektor, liegt viel tiefer. Sie liegt im fünften Stockwerk. Klopfen Sie bei Barwick an.«

»Barwick? Wer soll das sein?« fragte Lukastik.

Sternbach schüttelte den Kopf und sagte: »Als ich beschlossen habe, mich überhaupt mit Ihnen zu unterhalten, war ich mir unsicher, wie lange ich reden würde und worüber. Es hätte sein können, daß ich kein Wort über Lisa verliere, kein Wort über Hölderlin, sondern bloß ein vages Geständnis ablege, einen Blankoscheck von Geständnis. Um die Angelegenheit irgendwie abzurunden. Aber was soll's, ich habe viel gesprochen, viel erzählt, und Sie haben so gut wie alles erfahren. Wie ich schon sagte, Sie verdienen es. Doch einmal muß Schluß sein. Ein bißchen was muß übrig bleiben, ein bißchen was an Arbeit für Sie. Also! Selber Gebäudetrakt, fünfter Stock. Der Name ist Barwick.«

»Ich würde dennoch vorschlagen«, sagte Lukastik, »daß wir die Reise nach Wien gemeinsam unternehmen. Und daß wir gemeinsam bei Barwick anklopfen.«

»Geht nicht«, sagte Sternbach, griff in eine Sporttasche und zog einen Revolver hervor.

Lukastik hätte nicht einmal sagen können, um welches Modell es sich handelte. Aber das war ja auch nicht die Frage. Die Frage war eine andere. Lukastik stellte sie: »Glauben Sie wirklich, auf diese Art weiterzukommen?«

»Natürlich«, sagte Sternbach, schob sich den Lauf an die Schläfe und drückte ab.

Sternbach fiel nicht gleich um, obwohl sein Kopf mit großer Wucht zur Seite gedrückt wurde. Beinahe sah es aus, als wollte sich der Schädel vom Rumpf lösen, um in Richtung des ausgetretenen Projektils davonzufliegen. Doch zog es den Kopf in seine ursprüngliche, aufrechte Position zurück, wie bei einem zurücklaufenden Film, wenn ein soeben zerbrochenes Ei sich sekundenschnell wieder zusammensetzt.

Sternbach stand also noch immer auf seinen Beinen und wirkte weit weniger lädiert, als man sich das im Falle eines Kopfschusses gemeinhin vorstellt. Was nichts daran änderte, daß er natürlich bereits tot war, denn er hatte sich ja keineswegs verfehlt, sondern eine Perforation geschaffen, die quer durch seinen Schädel verlief.

Endlich knickte der Körper ein, gleich einem Basketball, der mit einer leichten Drehung durch ein Korbnetz rutscht. Sternbach fiel zu Boden, ohne dabei ein heftiges Geräusch zu verursachen. Es klang nicht anders, als hätte ein Heimgekehrter sein Jackett fallen lassen.

Lukastik aber blieb sitzen, völlig perplex. Damit hatte er einfach nicht gerechnet. Jetzt war er es, der sich persönlich gekränkt fühlte, gedemütigt durch einen Suizid, der abseits seiner Vorstellungen gestanden hatte.

Als könnte ihn der Tote noch hören, erregte sich Lukastik lautstark: »Sie sind sich wohl zu gut fürs Gefängnis, Herr Friseur!«

Lukastik registrierte die eigene Stimme als sinnloses Gekeife. Schwerfällig erhob er sich aus dem Lehnstuhl. Der alte Anflug einer Grippe drückte jetzt schraubenartig gegen seine Glieder. Am liebsten hätte er sich gleich wieder gesetzt, überwand sich jedoch, preßte zwei Finger gegen die schmerzenden Augen und tat die wenigen Schritt hinüber zu Sternbach. Ein Blick genügte. Es war nicht nötig, eine brachliegende Halsschlagader anzufassen.

Was er statt dessen anfaßte, war sein Handy.

»Endlich!« drang die Stimme des Majors durch das Gerät. »Ich werde sofort den Befehl geben, in das Gebäude einzudringen, ganz gleich, Lukastik, was Sie sich da wieder ...«

»Bringen Sie einen Sarg mit«, unterbrach Lukastik und legte auf. Dann ging er zurück zu seinem Stuhl und ließ sich in das von Badetüchern abgedeckte Sofa fallen. Langsam wich der Druck aus seinen Knochen. Aber wirklich gut fühlte er sich dennoch nicht.

17

Lukastik blieb nicht länger als nötig. Während schwerbewaffnete Polizisten die Leiche umstellten und der eben eingetroffene Dr. Paul mit einer wortlosen Geste das Offenkundige bestätigte, nämlich den Tod des am Boden Liegenden, ging Lukastik zusammen mit Albrich ins Freie.

»Er hätte sich in jedem Fall erschossen«, sagte Lukastik, »ich habe ihn nicht extra darum gebeten.«

»Hat er ein Geständnis abgelegt?« fragte der Major.

»Ein Geständnis kann man es nennen, ganz klar«, meinte Lukastik und beschrieb jene tiefe Kränkung, die Sternbach erfahren zu haben glaubte.

Der Major machte ein entgeistertes Gesicht, das im Mondlicht faltig, schneeweiß und für seine Verhältnisse ziemlich militärisch wirkte. Er sagte bloß: »Man kann sich das Leben auch schwer machen.«

»Nun, es wäre vielleicht einen Versuch wert«, schlug Lukastik vor, »Sternbach verstehen zu wollen.«

»Verschonen Sie mich«, wehrte der Major ab, um dann die Frage nach dem Hai zu stellen.

»Sternbach hat sich leider Gottes geweigert, darüber zu reden. Ich denke, er wollte etwas in den Tod mitnehmen. Jeder Mensch will das. Seit jeher. Und Egon Sternbach hat sich nun mal für das Geheimnis entschieden, wie es ihm gelingen konnte, einen Haiangriff zu provozieren. Oder nachzustellen. Oder was weiß ich.«

»Seit wann genügt es Ihnen, sich mit einem Geheimnis abzufinden?«

»Ich habe nicht gesagt, ich bin zufrieden.«

»Na, wir werden das schon irgendwie hinkriegen«, meinte der Major. »Nicht, daß etwas vertuscht werden soll. Keinesfalls. Aber wenn wir die Existenz dieses Hais nicht begründen können, wird es vielleicht besser sein, sich nicht allzusehr darauf zu versteifen, daß es ihn überhaupt gibt, den Hai. Wir haben den Mörder, das ist das wichtigste.«

»Mir kommt es vor«, sagte Lukastik, »als wären Sie nicht ganz unglücklich über Sternbachs Freitod.«

»Um ehrlich zu sein, Kollege Lukastik, es ist mir lieber, Herr Sternbach ist tot als in Ungarn.«

»Können wir Ungarn nicht einfach vergessen?« sprach Lukastik und faltete seine Hände zu einer flehentlichen Geste.

»Natürlich«, sagte Albrich. Und ergänzte: »Denn bei aller berechtigten Kritik muß ich zugeben, daß wir es Ihnen, Lukastik, verdanken, keine achtundvierzig Stunden gebraucht zu haben, des Täters habhaft zu werden. So tot er sein mag. Ein paar offene Fragen sind da nicht von Belang.«

»Was ist mit dem Berater des Bürgermeisters?« fragte Lukastik, in Erinnerung an den ehrgeizigen Verteidiger der Pressefreiheit.

»Wurde zurückgepfiffen. Keine Haigeschichte in Wien. Es reicht, wenn von einer grausig verstümmelten Leiche die Rede ist. Wir haben ein namentliches Opfer, einen namentlichen Täter, und wir haben etwas, das man mit ein bißchen gutem Willen als Motiv verkaufen kann. Es gibt also nichts, was uns daran hindert, noch in dieser Nacht an den Rückmarsch zu denken.«

Lukastik erklärte nun, daß die Leiterin des Sanatoriums ihm ein Zimmer im Hotel zur Verfügung gestellt habe. Und dieses Zimmer wolle er jetzt auch nutzen. Es genüge ja, wenn er am nächsten Morgen die Heimreise antrete.

»Wie Sie wollen«, sagte der Major, froh um den Hubschrauber, der sich mit dem Geräusch kurzer, rascher Peitschenschläge näherte, um auf einer von Hecken umrahmten ebenen Fläche niederzugehen. Der Major haßte es richtiggehend, auswärts zu übernachten, weshalb ihn die Aussicht versöhnte, spät, aber doch in die Geborgenheit eines ehelichen Bettes einzutauchen und die Wärme einer Frau zu spüren, die er nicht unbedingt anzufassen brauchte, um sich wohl zu fühlen. Das eigene Bett hatte etwas von jener Opernloge, in der er so gerne mit irgendeinem lieben Menschen saß.

»Schlafen Sie sich aus«, empfahl der Major seinem Untergebenen. »Wir sehen uns dann morgen abend im Büro. Ich möchte mit Ihnen besprechen, wie wir den Fall in der Öffentlichkeit präsentieren.«

»Ungern«, sagte Lukastik, bekanntermaßen ein Feind der Journalistik, die er für ein Abfallprodukt der Literatur hielt, so wie ihm etwa die Medizin als ein Abfallprodukt der Religion erschien. Jedenfalls begegnete er auf seinen Pressekonferenzen den Vertretern der Medien mit unverhüllter Verachtung, ignorierte Fragen, die ihm zu dumm waren, oder stellte Gegenfragen. Auch verwendete er Fremdwörter, die er eigens für solche Zwecke einstudierte und die kaum jemand verstand. Er setzte der Presse ein kompliziertes Menü vor und zitierte immer wieder mal Wittgenstein, was zu den allergrößten Verwirrungen führte. Dennoch – oder genau darum – wurden Lukastiks Pressekonferenzen geradezu gestürmt. Er galt als unsympathisch, aber untadelig, als durchtrieben und verrückt. Und er galt – möglicherweise vollkommen zu Unrecht – als ein guter, wenn nicht perfekter Kriminalist. Der Major saß zumeist schweigend daneben, als wolle er die Anwesenden daran erinnern, daß auch hinter Lukastik der polizeiliche Apparat mit seinen Regeln und Weisungen, seinen Hierarchien und verordneten Strategien stand.

Lukastik und der Major gaben sich die Hand. Gleichzeitig brachte der Luftwirbel des aufsetzenden Helikopters beider Frisuren in beträchtliche Unordnung. Ein Wort zu wechseln war nun unmöglich. Die Stille dieser Nacht zersplitterte endgültig. Lukastik griff sich erneut an die Schläfen, als verkitte er zwei Löcher in der Wand. Dann drehte er sich um und ging mit raschen Schritten auf das Hotel zu.

Wieder Wien

18 In der Wärme des folgenden Tages steckte ein gehöriges Maß an Feuchtigkeit und machte alles noch schlimmer. In bezug auf das Unwohlsein und die Kopfschmerzen und die sonstigen Nebenwirkungen. Lukastik erwachte in der Art eines Sturzes, wie ein eben noch in Gedanken versunkener Spaziergänger über einen Ast stolpert und diesen Ast als dominante Wirklichkeit erkennen muß.

Während eines Frühstücks auf der Terrasse, inmitten einer Vielzahl verkaterter Kurgäste, trat Frau Dr. Gindler an Lukastiks Tisch. Sie schlug sein Angebot aus, sich zu setzen, blieb aber dicht an seiner Seite stehen, so daß er gezwungen war, eine unbequeme Haltung einzunehmen, um der Ärztin ins Gesicht zu sehen.

»War der Hubschrauber wirklich nötig?« fragte Dr. Gindler. »So stellt man sich vor, klingt es, wenn Krieg ist.«

»Nicht meine Schuld«, erklärte Lukastik. »So wenig wie der Tod Ihres ehemaligen Patienten Sternbach.«

»Ein Selbstmord, sagte man mir.«

»Ein Selbstmord«, bestätigte Lukastik. »Das war nicht zu verhindern.«

»Gott sei Dank. Ein verhinderter Suizid ist ja auch das Dümmste, was man sich denken kann. Dumm wie ein Schwangerschaftsabbruch.«

Die Äußerung befremdete Lukastik. Was meinte Dr. Gindler? Daß die Verhinderung keimenden Lebens – wenn man sich die Entscheidung des Keims als eine freie vorstellte – genauso anmaßend war wie die Verhinderung eines gewollten Todes?

Das war nun wahrlich kein Thema, über das sich Lukastik an diesem feuchtheißen Morgen unterhalten wollte. Weshalb er seinen Kopf zur Seite legte, die offen daliegende Schulter kurz anhob und wieder senkte. Dann erklärte er, der Fall wäre so gut wie abgeschlossen, Sternbach habe vor seinem Freitod ein Geständnis abgelegt. Das Motiv sei so banal wie vielschichtig: eine Kränkung, aber eben eine komplizierte Kränkung.

»Ein gutes Motiv«, bestimmte Dr. Gindler.

»Ein Allerweltsmotiv«, sagte Lukastik und meinte dann – in Erinnerung an eine Bemerkung der Ärztin vom Vortag –, er spare sich weitere Erklärungen. Die Details würde die Frau Doktor ja ohnehin aus der Zeitung erfahren.

»Natürlich«, gab sich Dr. Gindler unaufgeregt, während ihr Blick hinunter auf den Kiesweg fiel, der, von fortgesetzt müden Fahnen flankiert, das Hotel mit der Straße verband. In der Mitte des Weges standen Burton und Bacon. Burton riesig, aber völlig starr, ein Kalb, Bacon daneben winzig, aber bewegt, ein zitternder, springender Punkt vor dem weißen Hintergrund. Die Leute machten einen großen Bogen um die beiden.

Lukastik folgte Gindlers Blick hinunter zu den Hunden und meinte, es wäre vielleicht besser, die beiden philosophischen Köter nicht frei herumlaufen zu lassen.

»Wie? Soll ich sie vielleicht anketten?« fragte die Ärztin, wartete aber keine Antwort ab, sondern erkundigte sich, ob das Ipso Facto geholfen hätte.

»Ich habe Kopfschmerzen«, erklärte Lukastik, »und mir brennen die Augen.«

»Das kommt davon, wenn man sich gegen die positive Wirkung wehrt. Sie gehören zu den Leuten, die gar nicht gesund werden wollen.«

»Unsinn«, sagte Lukastik.

Aber Dr. Gindler war bereits grußlos gegangen, an einen der benachbarten Tische getreten und unterhielt sich in der charmantesten Weise mit ihren Patienten.

Eine halbe Stunde später saß Lukastik in seinem Ford Mustang, froh um die Klimaanlage, auch froh um die Abgeschlossenheit einer solchen Karosserie, in der man wie in einem kleinen Mond hockte. Einem Mond mit Fenstern.

Auf dem Nebensitz saß Dr. Paul. Er war Lukastik über den Weg gelaufen, genauer gesagt über den Kiesweg, als beide Burton und Bacon gerade auswichen. Dr. Paul hatte die Nacht ebenfalls im Hotel verbracht und eigentlich geplant gehabt, mit

Leuten von der Spurensicherung zurück nach Wien zu fahren. Es war ihm aber lieber, von Lukastik mitgenommen zu werden, obgleich eine kleine Peinlichkeit zwischen ihnen lag, die darin bestand, daß Dr. Paul das im Schwimmbad gefundene Hörgerät fälschlicherweise der Leiche zugeordnet hatte. Doch Lukastik verlor kein Wort darüber. So wie er übrigens auch mit keinem Wort erwähnte, daß Egon Sternbach vor seinem Tod den Hinweis gegeben hatte, bei Barwick zu klingeln, im fünften Stock desselben Hauses, auf dessen Dach Tobias Oborins Leiche gefunden worden war.

Natürlich bedeutete es eine weitere, ungeheuerliche Eigenmächtigkeit, daß Lukastik keiner Seele von dieser quasi testamentarischen Äußerung Sternbachs berichtete, dem Major nicht und auch sonst niemanden. Und zwar genau darum, weil er sich als alleiniger Nutznießer von »Sternbachs Testament« empfand, als einziger, der zu diesem Erbe berechtigt war. Nicht umsonst, dachte Lukastik, hatte Sternbach ihn seinen »Vertreter« genannt.

Lukastik wollte den ganzen Fall in derselben Weise zu Ende führen, wie er ihn bisher behandelt hatte. Nämlich als eine primär persönliche Angelegenheit. Als eine Auseinandersetzung mit einem Rätsel, das keines war, keines sein konnte, eben weil Rätsel nicht existierten, sondern bloß im Zuge falscher Betrachtungen und ungenauer Einsichten entstanden.

Lukastik war überzeugt, daß die Entzauberung dieses Rätsels nur dann restlos gelingen konnte, wenn er sich zunächst einmal ohne jegliche Assistenz Eintritt in jene Wohnung verschaffte, die zu Barwick gehörte, wer auch immer sich hinter diesem Namen verbarg. Wenn es sich überhaupt um den Namen einer Person oder einer Familie handelte. Möglicherweise wurde damit ein Unternehmen bezeichnet. Oder etwas, an das Lukastik nicht dachte, hier und jetzt noch gar nicht denken konnte. Sternbach hatte ja nicht etwa von *Herrn* oder *Frau* Barwick gesprochen, sondern den Namen fanal- und fanfarenartig, gleich einem Vermächtnis, in den Raum gestellt.

Lukastik und Dr. Paul fuhren durch ein Land, das im Sonntag wie gelähmt dastand. Auch die Einfahrt nach Wien war so schwach frequentiert, daß Lukastik die mehrspurige Fahrbahn dazu benutzen konnte, den Ford Mustang an die Grenzen seiner Möglichkeiten zu bringen, eine unsichtbare Peitsche einsetzend. Es war wohl der Kopfschmerz, der ihn dazu verführte, sich auf ein Tempo einzulassen, das jenseits dessen lag, was sich gehörte. Geradeso, als wollte er irgend etwas Utopisches und Phantastisches versuchen, eine Zeitmauer durchspringen oder in ein paralleles Universum eindringen. Oder auch nur sterben. Der Wagen begann deutlich zu vibrieren. Dr. Paul warf einen verstohlenen Blick zu seinem Chauffeur hinüber, wie um einen Irren zu beobachten, dessen Anfall man geduldig abzuwarten hatte.

»Entschuldigung«, sagte Lukastik, nachdem er zu sich gekommen und vom Gas gestiegen war. Er lenkte den Wagen die Brücke hinauf, die über das im Sonnenlicht silbrige Band der Donau führte. Man befand sich jetzt zwischen den beiden Teilen der Stadt, hinter sich, wenn man so will, das neue Wien, gewissermaßen den Rückstoß der Zukunft, die ja nicht wirklich existiert, die Zukunft, sondern eben bloß in Form solcher Rückstöße. Vergleichbar einem Automobil, das nur noch aus seinen Abgasen besteht.

Vor ihnen aber lag das alte Wien, allerdings bereichert um einige Neuerungen und zahllose Renovationen. Dieses alte Wien, von dem es heißt, der liebe Gott hätte es mit viel Herzblut, aber ohne Verstand geschaffen, flimmerte jetzt in der diesigen Mittagshitze und erinnerte an dampfenden Milchreis. Natürlich waren die öffentlichen Bäder vollgestopft und lagen die Menschen – aufgereiht wie abgeschossenes Wild – in den Parkanlagen, die Straßen aber waren leer. Doppelt so rasch wie üblich erreichte Lukastik Dr. Pauls Adresse. Der Arzt verabschiedete sich mit der Bemerkung, froh zu sein, daß alles so glimpflich ausgegangen sei. Allerdings habe er noch immer ein ziemlich schlechtes Gewissen wegen ...

»Keine Selbstgeißelungen«, befahl Lukastik und wünschte noch einen schönen Sonntag. Dann fuhr er davon. Er warf einen Blick in den Rückspiegel. Dr. Paul stand in dieser typischen Ein-Männlein-steht-im-Walde-Haltung auf dem Gehsteig und wirkte in der eigenen Gasse wie ein verlustig gegangener Tourist. Dr. Paul haßte Sonntage. Aber welcher Wiener tat das nicht?

Die beste Art, um mit diesem Sonntag-Haß fertig zu werden, bestand darin, zur Arbeit zu gehen. Und genau dies tat Lukastik nun, indem er seinen Wagen in Richtung jenes flachen, von neuen und neuesten Bauten geradezu zersägten Stadtteils lenkte, der Alterlaa heißt und auf dessen flachem Boden jene markanten Wohnhaustürme standen, die an geometrisierte Vulkankegel erinnerten. Schlanke, hohe Körper. Massiv, aber nicht unelegant. Elegant, aber ohne Pose. Denn wenn zuvor gesagt worden war, daß Gott diese Stadt mit viel Herzblut und wenig Verstand geschaffen hatte, dann war im Falle besagter Hochhäuser genau das Gegenteil der Fall. Kein Tropfen Blut, aber viel von Gottes Hirnschmalz.

Lukastik parkte den Wagen außerhalb des Geländes und spazierte dann hinüber zu dem auf der Westseite gelegenen Gebäude, in dem sowohl Sternbachs Wohnung lag als auch der luftige Fundort von Oborins Leiche. Und in dessen fünften Stockwerk eine Wohnung sein sollte, die unter dem Namen Barwick registriert war.

Den Haupteingang, eine Front aus dunklem Glas, versperrten zwei uniformierte Beamte. Nicht weiter verwunderlich, da man wohl noch immer dabei war, Sternbachs Wohnung zu durchsuchen. Vielleicht auch Nachbarn zu befragen, wie denn Sternbach so gewesen sei. Immerhin bestand die Möglichkeit, daß der Friseur noch weitere Verbrechen zu verantworten hatte. Jeder überführte Täter fiel sozusagen in ein Loch ungeklärter Fälle. Und es war mehr als legitim, nachzusehen, ob dessen Füße in bislang verwaiste Stiefel paßten.

Bezüglich Sternbach würde dies natürlich kaum der Fall sein. Davon war Lukastik überzeugt. Leute wie Sternbach taten alles nur einmal.

Als sich der Chefinspektor nun dem Eingang näherte, nahmen die beiden Uniformierten ein wenig Haltung an – so wie man ein wenig Milch verschüttet oder ein wenig Knoblauch ins Essen gibt –, salutierten und traten zur Seite. Lukastik marschierte grußlos an ihnen vorbei.

Zunächst fuhr er hinauf ins einundzwanzigste Stockwerk. Auf dem Gang vor Sternbachs kleiner Wohnung standen zivile Beamte, rauchend, plaudernd, Kaffeetassen in der Hand haltend. Eine Frau, die einen seidenen, luftigen Bademantel trug und auf ihren hochhackigen, fragilen Sandaletten geschickt balancierte, hielt eine offene Zuckerdose in der Hand. Ihre langen, hellrot lackierten Nägel bildeten einen blütenartigen Kranz um das Weiß des Kristallzuckers.

Als Lukastik den Flur betrat, schienen alle Anwesenden aus einer Art Idylle herauszufallen. Man blickte betreten zur Seite.

»Lassen Sie sich nicht stören«, empfahl Lukastik. Daß er dies ernst meinte, konnte sich niemand so richtig vorstellen.

Lukastik betrat das Appartment und sah sich um. Der kombinierte Wohn- und Schlafraum, der eine kleine offene Küche in der Art eines Wurmfortsatzes barg, schien nur wenig über den Menschen auszusagen, der beizeiten hier übernachtet hatte. Die Einrichtung wirkte unpersönlich, wie blind gekauft. Billiges und Teures standen nebeneinander, aber lange nicht so originell wie in *Rolands Teich*. An den Wänden hingen kleinere Geweihe, wobei sich Lukastik nicht wirklich vorstellen konnte, daß Sternbach je auf die Jagd gegangen war. Obgleich er natürlich die Pistole, die er gegen sich selbst richtete, durchaus zu benutzen verstanden hatte.

Ein einziger Beamter war damit beschäftigt, Teile des Parkettbodens zu entfernen, wohl in der Hoffnung auf ein Versteck oder Partikel von Bedeutung. Auf dem Balkon, der mehr in den Raum wuchs, als daß er nach außen führte, standen zwei Frauen und blickten hinüber auf den bewaldeten Stadtrand, auf eine Kette von Erhebungen, die trotz bescheidener Höhen einen bastionartigen Charakter besaßen. Als die beiden Frauen Lukastik bemerkten, kam eine von ihnen ins Zimmer zurück. Es war die Einsatzleiterin vor Ort. Sie begrüßte Lukastik mit einem Blick, der etwas von einer Schere hatte, die ruckweise durch hartes Papier geführt wird.

»Mein Gott, dieses fürchterliche Weib«, dachte sich Lukastik und ließ sich von dem fürchterlichen Weib erklären, daß man außer jenem Buch und jener Haifotographie noch nichts gefunden habe, was einen eindeutigen Hinweis auf das Verbrechen liefern könne. Oder auch nur auf außergewöhnliche Lebensgewohnheiten. Keine Waffen, keine Haifischzähne, nichts.

»Nicht einmal Pornographisches«, sagte die Polizistin, als würden pornographische Produkte die Mindestausstattung einer kriminellen Existenz darstellen.

»Wissen wir denn eigentlich«, fragte Lukastik und zeigte auf die Trophäen an der Wand, »ob Sternbach Jäger war?«

»Wenn *Sie* es nicht wissen?« meinte die Frau, äußerte jedoch die Vermutung, daß es sich hierbei um reine Schmuckstücke handle, vorausgesetzt, man könne sich dazu durchringen, die abgetrennten Hautknochenbildungen toter Paarhufer als bloße Dekoration zu begreifen. Jedenfalls würde außer diesen Geweihen nichts auf eine Jägerexistenz Sternbachs hinweisen. Bei den meisten Büchern handle es sich um Belletristik. Alles sehr gemischt: Tolstoi, die Brüder Mann, Ranicki-Kanon, aber auch Schund. Jedoch keine Haibücher, keine Jagdbücher.

»Hören Sie zu«, sagte Lukastik im Ton des Vorgesetzten, »ich will von Ihnen nicht hören, was Sie denken oder glauben. Ich will wissen, woher diese Geweihe stammen. Ganz einfach.«

Aber das stimmte nicht. Es war Lukastik völlig egal, was es mit den Geweihen auf sich hatte. Er spielte bloß seine Rolle, tat im Grunde, was man von ihm erwartete, indem er hier auftauchte, eine kleine Unruhe verursachte und wieder ging. Was er nun auch vollzog. Er verließ den Raum, trat vorbei an den erleichterten Polizisten und stieg in eine der orangefarbenen Liftkabinen.

Er fühlte sich nun wesentlich besser als noch kurz zuvor. Die Kopfschmerzen trieben bloß noch als ein Epilog durch seinen Schädel. Als winke jemand zum Abschied. Auch der Druck auf die Augen war gewichen. Möglicherweise hing diese Besserung mit dem plötzlichen Gefühl der Euphorie zusammen, einer Euphorie, die sich immer dann einstellte, wenn Lukastik meinte, auf ein Ende zuzugehen. Ein definitives Ende. Er drückte die Taste mit der Fünf.

Der Gang in der fünften Etage war menschenleer. Von den Aufzügen ausgehend, erstreckte sich der Flur nach zwei Seiten. Beide Abschnitte waren durch eine versperrte, von einem Drahtnetz durchwobene Glastür gesichert. Dahinter lagen die Wohnungen, so daß Lukastik gezwungen war, die neben der Glastür angebrachte Gegensprechanlage zu benutzen.

»Barwick«, las er laut, wie um einem unsichtbaren Publikum das Erwartete zu bestätigen. Dann drückte er die entsprechende Taste.

Nach einigen Sekunden meldete sich eine Stimme, die einen ungemein rauhen, blechernen Klang besaß, als trage die betreffende Person einen scheppernden Ventilator im Kehlkopf. Es war Lukastik unmöglich zu beurteilen, ob es sich um eine Frau oder einen Mann handelte. Allerdings war er überzeugt, einen jungen oder jüngeren Menschen ausschließen zu können. Man mußte schon eine ganze Weile gelebt haben, um über eine solche Stimme zu verfügen.

»Machen Sie auf«, ordnete Lukastik im Ton des Polizisten an, der er war. Natürlich nannte er weder seinen Namen noch seinen Dienstrang.

»Wer ist da?« verlangte die Stimme Auskunft.

Lukastik überlegte, sich als ein Freund Sternbachs auszugeben. Aber dann fiel ihm ein, daß Sternbach von ihm, Lukastik, als von seinem »Vertreter« gesprochen hatte. Und im Zuge dieser Erinnerung entschloß sich der Chefinspektor zu einer für ihn wohl typischen Tollheit, indem er sagte: »Mein Name ist Egon Sternbach.«

»O ja, natürlich«, mischte sich eine Spur von Süßlichkeit in den dunklen Gehalt der Stimme. »Kommen Sie herein.«

Lukastik drückte die surrende, auf eine sanfte, einladende Weise vibrierende Tür auf und trat in den schmalen, schachtartigen Gang, der zu beiden Seiten mit Wohnungstüren ausgestattet war. Lukastik hatte erwartet, daß die Person, die den Namen Barwick trug oder vertrat, einen Schritt auf den Flur machen oder zumindest mit dem Kopf hinter dem Türstock hervorlugen würde. Nichts davon war der Fall. Vielmehr stand eine der Türen halb offen. Ein Namensschild gab es nicht, aber es mußte sich wohl um die Barwicksche Wohnung handeln.

Eine gewisse Vorsicht war natürlich angebracht. Aber wie sah eine *gewisse* Vorsicht denn eigentlich aus? Eine Waffe, die er hätte zücken können, besaß Lukastik nicht und wäre sich auch lächerlich vorgekommen, eine solche vor sich herhaltend – als versuche er ein Loch in die Luft zu bohren –, eine fremde Wohnung zu betreten oder gar zu stürmen. Auch hielt er es für viel zu umständlich, noch einmal kehrtzumachen, um jene Beamten einzubeziehen, die sechszehn Etagen weiter oben ihren Dienst versahen und sich so völlig der Schönheit einer Blüte roter Fingernägel hingaben. Zudem wäre zu befürchten gewesen, daß die Einsatzleiterin augenblicklich Major Albrich benachrichtigt hätte. Nein, Lukastik mußte den einmal eingeschlagenen Weg konsequent zu Ende gehen. Denn erst ein zu Ende gegangener Weg bot jene Information, welche imstande war, ein Rätsel endgültig zu demontieren. Allerdings war die gegebene Situation, daß nämlich niemand sich in dieser offen stehenden Tür zeigte, ein viel zu deutliches, ein geradezu populäres Zeichen für eine Gefahr, als daß Lukastik jetzt völlig sorglos hätte eintreten können.

Die Idee, die sich nun einstellte, schmerzte ihn, erschien ihm aber dennoch sinnvoll. Er griff in seine Sakkotasche und zog das rote, handliche Büchlein heraus, das in all den Jahren sein Begleiter gewesen war und sich wahrlich als ein größerer, besserer Freund erwiesen hatte als je ein Mensch in seinem Leben. Und mit Sicherheit wäre auch kein noch so treuer Hund an die Treue dieses Buches herangekommen.

Er schlug seinen *Tractatus* auf und blätterte darin mit der Sicherheit eines Exegeten. Nicht, daß es wirklich wichtig war, was er auswählte. Aber es sollte eben nicht völlig unpassend sein. Er entschied sich schließlich für jene Seite, auf der die schematische Darstellung eines Auges samt einem tropfenförmigen Gesichtsfeld abgebildet war, eine Form, die Wittgenstein verneint, indem er behauptet, daß kein Teil unserer Erfahrung auch a priori ist, und somit alles, was wir sehen, auch anders sein könnte.

Es war eine schlichte, glasklare Kühnheit, welche diese Seite bestimmte. Gerade richtig. Die Rückseite allerdings war ziemlich massiv belegt mit jenen logischen Notationszeichen, die ein unmathematisches Gemüt in einige Verzweiflung stürzen konnte.

Lukastik griff an die obere, innere Kante des Papiers und riß die Seite aus dem Buch heraus. Sogleich dachte er an die grausamen Spiele seiner Kindheit, wenn er zusammen mit Freunden einen informativen Sadismus praktiziert und diversen Spinnen und Ameisen die Beine vom Rumpf abgetrennt oder die Körper von Regenwürmern portioniert hatte.

Er faltete in der Folge das vom vielen Gebrauch aufgerauhte Papier, und zwar so, daß jene Abbildung eines Auges samt tropfenförmigem Gesichtsfeld nach außen wies. Dieses nun auf die Größe eines Paßbildes zusammengelegte Blatt drückte Lukastik zwei, drei Millimeter in jene Spalte hinein, die zwischen dem äußeren Teil des Türrahmens und der Wand im Flur bestand. Und zwar ein wenig oberhalb der eigenen Augenhöhe.

Jemand, der die Wohnung verließ, würde dieses Stückchen Papier wohl kaum bemerken, sehr wohl aber jemand, der von draußen kam und vor dieser Tür stehenblieb. Einen detektivischen Blick vorausgesetzt.

Im Grunde war seine Handlung – auch wenn Lukastik sich dies kaum eingestand – eine rituelle. Wie um einen bösen Geist in die Schranken zu weisen oder eine unerfreuliche Zukunft zu bannen. Gerade darum hatte er sich ja dazu hinreißen lassen, ausgerechnet eine Seite aus seinem Lieblingsbuch, seinem persönlichen Evangelium, zu entfernen. Das war ein drastischer, dramatischer und im Grunde unnötiger, noch dazu verschlüsselter Akt, obgleich ein paar von Lukastiks Mitarbeitern von dessen Existenz als Wittgensteinianer wußten und deshalb der Verführung erlegen waren, einen Blick in den *Tractatus* zu werfen (wobei die meisten das Büchlein rasch wieder geschlossen hatten, in etwa wie man sich von bestimmten Bildern in medizinischen Publikationen abwendet). Doch wirklich vernünftig war Lukastiks Vorgehen natürlich nicht. Vernünftig wäre der Einsatz einer Spezialeinheit gewesen. Wenn man die Vernunft an der eigenen Sicherheit bemaß.

Genau dies tat Lukastik aber nicht, sondern schob die Eingangstür weiter zur Seite und betrat einen Vorraum, der im warmen, gelben Licht mehrerer kerzenförmiger Wandleuchten lag, deren Schein fächerartig zur Decke wuchs. Über das helle Violett der Tapete zog sich ein goldenes Blüten- und Vogelmuster. Ein ovaler, von dunklem, blütenreichem Schnitzwerk umrahmter Spiegel hing über einem bauchhohen Nußbaumschrank. Zwei Stühle mit dunkelgrüner, seidener Polsterung und medaillonförmigen Lehnen waren gegen die Wand gerückt. Auf einem davon lag der Prospekt einer Supermarktkette, der einzige Hinweis darauf, in welcher Zeit man eigentlich lebte.

Auf Lukastik machte dieses Zimmerchen den Eindruck eines Warteraums, eines ewigen Warteraums, der nicht wirklich einem Ziel oder einer Aktion vorgelagert war, sondern dem Warten an sich diente.

Eine weiterführende Tür war geschlossen. Allein das winzige Gleisen dort, wo ein leeres Schlüsselloch lag, verriet die Helligkeit des Raums, welcher sich dahinter befinden mußte. Lukastik drückte die geschwungene Klinke und öffnete die Tür. Eine Flut von Tageslicht blendete seine Augen derart, daß er sie für einen Moment schließen mußte. Als er sie wieder auftat, blickte er in einen Raum, der quasi eine Vergrößerung des Wartezimmers darstellte, die gleiche Tapete, die gleichen Sitzmöbel, die gleichen Wandleuchten, bloß eingefaßt in die Helligkeit des Tages.

Lukastik wollte jetzt »Hallo!« sagen. Er kam nicht mehr dazu. Etwas näherte sich rasch von der Seite her, wie ungefähr Autos oder Straßenbahnen ungesehen auf einen zuschießen, während man vor sich hinträumt oder auch nur in die falsche Richtung schaut. Lukastik konnte dieses Etwas bloß noch spüren. Er spürte gewissermaßen das Abnehmen der Distanz zwischen sich und der Bedrohung, worin auch immer sie bestehen mochte. Dann wurde es schwarz vor seinen Augen. Seine böse Ahnung hatte sich erfüllt. So muß es wohl hin und wieder sein, wenn man nicht will, daß böse Ahnungen zur schlichten Koketterie verkommen.

Lukastik erwachte in einer vollkommenen Dunkelheit. In dieser Hinsicht war das Schwarz, das ihn beim Eintreten der Bewußtlosigkeit ereilt hatte, nun sichtbar geworden. Er blickte in dieses Schwarz hinein. Es umgab ihn zur Gänze. Da bestand kein noch so geringes Pünktchen Licht, und da war auch nichts, was sich im Zuge einer Gewöhnung nach und nach aus dem Dunkel herausgeschält hätte, um eine vage Kontur zu bilden, wie dies bei Schlafzimmereinrichtungen zumeist der Fall war.

Nach einem ersten, stillen Schrecken wurde sich Lukastik bewußt, daß er weder in einem Bett noch in einem Schrank und daß er auch nicht in einem Sarg oder sargähnlichen Behältnis lag. Er spürte, daß er schwebte. Zudem registrierte er das Ungewohnte und Ungewöhnliche seiner Atmung. Daß er nämlich die Luft, die einen mineralischen Geschmack besaß, durch eine Vorrichtung atmete, welche wie ein aufgeblähter Frosch in seiner Mundhöhle einsaß. Er griff mit seinen Händen nach dem Frosch, wobei er den leichten Widerstand der Substanz bemerkte, durch die er seine Arme bewegte. Auch stellte er nun fest, daß sein Körper bis hin zu den Händen und Füßen von einer enganliegenden, kalten Hülse umgeben war. Lukastik fühlte sich gleichzeitig nackt und ummantelt.

Nun, es war das erste Mal in seinem Leben, daß er einen Taucheranzug trug. Und da er ja absolut nichts erkennen konnte, bedurfte es einer gewissen Kombinationsgabe, ein Bild von der Situation zu entwerfen, in der er sich befand. Wie es schien, steckte er in einem dieser durchgehenden Neoprenanzüge. Nase und Augen lagen hinter der Scheibe einer Tauchmaske, welche ein winziges Kabinett bildete. Auf dem Rücken lastete schwach das Gewicht einer Pressluftflasche, während das Mundstück, durch das er angestrengt atmete, mittels irgendeiner Verankerung am Kopf befestigt war. Um die Taille herum, so daß diese Taille deutlicher als gewohnt einen spürbaren Abschnitt bildete, lag der obligate Bleigürtel. Was jedoch fehlte, waren Flossen. Und das war nun so, als sei man ohne Schuhe aus dem Haus gegangen und müsse in bloßen Socken über einen feuchten Asphalt wandeln. Nur, daß Lukastik eben nicht wandelte, sondern im flüssigen Raum hing, ohne irgend etwas über die Tiefe des Gewässers und die eigene Position aussagen zu können. Für ihn war es vielmehr, als befinde er sich in einem toten kosmischen Gefilde, aus dem jegliche Materie und alles Licht entwichen war. Wobei er selbst sich schwer tat, zu beurteilen, ob er weiter absank oder etwa in einer feinen Strömung dahintrieb. Jedenfalls war es ihm kaum möglich, ohne Flossen eine eigene Bewegung zustande zu bringen. Auch hätte er nicht sagen können, wo oben und unten lagen, wenn dieses Oben und Unten überhaupt noch existierten. Denn es stellte sich die Frage, ob eigentlich von einem konventionellen Gewässer die Rede sein konnte. Und nicht etwa von einer jenseitigen Sphäre, in der es zwar Druckluftflaschen und Taucherbrillen gab, aber weder Flossen noch einen dreidimensionalen Raum.

Zunächst einmal war Lukastik vor allem daran gelegen, mit seiner Atmung zurecht zu kommen und endlich damit aufzuhören, die Luft zu schlucken, wie man Stücke groben, trockenen Brotes hinunterwürgt. Er bemühte sich um eine sorgfältige, ruhige und gleichmäßige Inhalation. Sodann entschloß er sich, den Gedanken, er befinde sich in einem Stadium des Todes, fürs erste ad acta zu legen und davon auszugehen, daß irgendein perverser Typ ihn in diese Situation gebracht hatte. Denn dazu gehörte nun wahrlich ein perverser Antrieb, einen Chefinspektor zu betäuben, in einen Taucheranzug zu packen, das Mundstück für die Zufuhr von Atemgas zu fixieren und den so präparierten und noch immer narkotisierten Polizisten in ein dunkles Gewässer zu befördern.

»Was für ein Gewässer?« fragte sich Lukastik. Um ein nächtliches Meer konnte es sich ja wohl kaum handeln. Und um von einem Bassin auszugehen, etwa einer verdunkelten Schwimmhalle, empfand Lukastik viel zu sehr die Weite des Raums, auch wenn dies auf einem bloß instinktiven Eindruck beruhte. Aber der Instinkt offenbarte sich Lukastik als elementar. Er konnte also gar nicht anders, als sich vorzustellen, daß jene Person, die Barwick war, ihn in einen See von beträchtlicher Tiefe geworfen hatte.

Er tat sich schwer zu beurteilen, wieviel Zeit vergangen war, seitdem er aus der Narkose erwacht war. Erst recht konnte er nicht sagen, wie lange er schon in diesem Wasser wie in einer Flasche Sirup steckte. Er griff hinter sich und fühlte den Körper einer einzigen Flasche. Wie ausgiebig war eine solche Flasche? Er wußte es nicht. Aber es konnten wohl kaum Stunden sein.

Es schien ihm dringend angebracht, etwas zu unternehmen, auch wenn er begonnen hatte, seinen Zustand zu genießen.

Wie man etwa ein Völlegefühl genießt. Oder einen hohen Grad an Betrunkenheit, noch bevor einem davon übel wird. Er hatte, so gesehen, kaum Lust, zu handeln, überwand sich jedoch, indem er zunächst einmal versuchte, seinen Bleigürtel zu öffnen. Allerdings erwies sich dies als unmöglich. Lukastik ertastete ein Vorhängeschloß, wie es der Absperrung von Kellertüren dient und welches die Teile des Gurtes untrennbar zusammenhielt. Jemand schien mitgedacht zu haben. Und zwar über das rein Perverse seiner Tat hinaus.

Wie um die Unmöglichkeit auszugleichen, sich von jenem Gurt zu trennen, fingerte Lukastik nun an dem Knoten herum, welcher das Band zusammenhielt, mit Hilfe dessen sein Mundstück am Kopf fixiert worden war. Es kostete ihn einige Mühe und Kraft. Aber es gelang. Freilich war dieses Gelingen ohne Sinn, solange Lukastik sich unter Wasser befand. Außer er wollte ertrinken, aber das wollte er nun mal nicht.

Es blieb ihm nichts anderes übrig, als mit Händen und Füßen zu strampeln, wie kleine Kinder strampeln, oder kleine Hunde, und zu hoffen, daß sich die korrekte Richtung von selbst ergab, falls eine solche rettende Oberfläche überhaupt existierte. Die Bewegung, die er nun vollzog, erschöpfte ihn bald. Er fühlte entgegen jener Schwerelosigkeit, die man angeblich unter Wasser empfand und die das Tauchen zur reinen Freude machen sollte, deutlich das eigene Gewicht. Das Gewicht der Flasche, des Gurts, des Anzugs sowie vor allem das eigene Lebendgewicht, solange von einem solchen noch die Rede sein konnte. Er gab auf. Er gab auch darum auf, da er jetzt meinte, nicht mehr alleine zu sein und sich sein wildes Gestrampel sparen zu können.

Es war zunächst bloß eine Ahnung gewesen, wie man den Umbruch des Wetters ahnt. Dann registrierte Lukastik zweifelsfrei – wobei er immer noch nichts sehen konnte – das Vorbeigleiten eines mächtigen Körpers. Er dachte zunächst an einen metallischen Gegenstand, die Bugwulst eines Schiffes oder den glatten, gewölbten Druckkörper eines U-Bootes. Etwas ungemein Kompaktes jedenfalls. In der Folge aber spürte er zusätzlich zu dieser Festigkeit auch eine Spur von Lebendigkeit, die ihn hier umgab. Eine Kraft, die aus ihrer schiffsartigen Steifheit plötzlich ausbrach und eine schöne runde Kehre zog. Die Bewegung, die Lukastik erkannte, war eindeutig die eines Fisches von bedeutender Größe. Auch konnte Lukastik ein mehrfaches Dahingleiten wahrnehmen, nicht bloß an seinen Flanken, sondern auch unter und über sich. Gar keine Frage, er befand sich inmitten dessen, was er vor kurzem als »Rudel« definiert und sich dabei die Frage gestellt hatte, ob im Falle von Fischen ein solcher Begriff überhaupt legitim sei.

Chefinspektor Richard Lukastik, siebenundvierzigjährig, allein von einer Gasflasche am Leben gehalten, eingepackt in kalten, feuchten Kunststoff und ohne Boden unter den Füßen, war jetzt froh um die Dunkelheit, die ihn mit völliger Blindheit schlug. Er brauchte nicht auch noch zu sehen, was er wußte, daß nämlich mehrere Haifische von der Art Carcharhinus leucas, auch Gemeiner Grundhai, ihn umschwammen. Wäre er dieser Tiere ansichtig geworden, hätte er ihre mächtigen Leiber vorbeiziehen sehen, ihre schneidigen Flossen, die aus dem Rumpf herausstanden wie die Teile eines Taschenmessers, hätte er in die kleinen, scharfen Augen und das von der runden Schnauze beschattete Maul schauen müssen, so wäre er kaum in der Lage gewesen, so vollkommen bewegungslos zu verharren, wie er dies nun tat, gewissermaßen getragen von der Hoffnung, daß diese Fische sich aus einem Neoprenanzug nichts machten, daß sie satt waren, wie solche Tiere nur satt sein konnten, und daß sie nicht zu jenen Exemplaren gehörten, die aus lauter Langeweile oder purer Lust einen Angriff vornahmen.

In dieser Hinsicht war es also ausnahmsweise so, daß eine völlige Dunkelheit die Panik eines Menschen milderte. Was sich rasch änderte, als Lukastik einen Stoß seitlich in den Bauch erhielt. Eines der Tiere hatte ihn mit der Schnauze gerammt, wohl um dic Bedeutung des reglosen Objekts zu erkunden.

Mein Gott, dachte Lukastik mit bitterer Ironie, vielleicht wollen die Viecher nur spielen.

Dann schloß er die Augen, in etwa wie ein Träumender, der einem Alptraum zu entgehen versucht, indem er tiefer in seinen Schlaf dringt. Oder zumindest zusieht, in eine bessere Art von Traum zu gelangen.

19 »Schöne Küche«, sagte Esther Kosáry und nahm in dem vom Tageslicht geradezu tapezierten Raum Platz.

Tatsächlich war die Küche der größte Bereich in Jordans Wohnung, um den herum mehrere kleine Räume gleich dünnen, kurzen Beinen angeordnet waren. Ursprünglich war an dieser Stelle das Wohnzimmer gewesen, doch hatte Jordan alles Stubenartige entfernen lassen, vor allem ein Monstrum von Einbauschrank, und sich auf der freigewordenen Fläche seinen Traum von einer hochmodernen, aber nicht gänzlich ungemütlichen Küche erfüllt.

Wie es sich gehörte, thronte in der Mitte ein mächtiger Kubus, der die kugellagerartigen Brennkörper eines überbreiten Gasherds beherbergte. Rechts und links davon eröffneten sich eine Abwasch- und eine Arbeitsfläche, welche Platz boten, die Präparation auch großer und größter Fleischteile vorzunehmen. Was allerdings nie der Fall war. Es hätte Jordan den Magen umgedreht, hätte er rohes Fleisch berühren, es durchschneiden oder sonstwie verarbeiten müssen. Hingegen schätzte er sehr wohl den Geschmack fertig zubereiteter Fleischgerichte, die er ausnahmslos in Restaurants zu sich nahm, am liebsten in panierter Form, wie um den Anblick von etwas »Nackertem« zu vermeiden.

Warum dann eine solche Küche?

Nun, Jordan liebte den Glanz der Materialien, die maschinen- und cockpitartige Eleganz der Einrichtungen und Geräte, vor allem aber den Zustand der Sauberkeit, der sich natürlich in einer kaum benutzten Küche viel leichter erhalten ließ. Was sicherlich nicht zuletzt damit zusammenhing, daß in der Küche seiner Mutter, einer freundlichen, aber leicht irritierbaren Frau, chaotische Zustände geherrscht hatten, Zustände, die Jordan eine Kindheit und Jugend lang zuwider gewesen waren.

Auch hatte er nie verstanden, daß ausgerechnet Küchen, in denen doch der Großteil der Menschheit – zumindest der Menschheit, wie er sie kannte – sich am liebsten aufhielt, größenmäßig hinter die meisten anderen Räume zurückfielen. Das hatte er geändert, auch wenn nicht geringe Umbauten und Investitionen solcherart entstanden waren.

Es gab Leute, die sich wunderten, daß Jordan in diesem Prachtstück von Küche wenig mehr als einen Kaffee kochte, Wurst- und Käsebrote zubereitete oder eine gelieferte Pizza auf Teller verteilte. Bereits die Benutzung des Toasters versagte er sich, um nicht eine unnötige und häßliche Krümelei zu verursachen, ganz abgesehen vom leichten Brandgeruch, den selbst moderate Toastungen zur Folge hatten.

Gar nicht so wenige Gäste hingegen schätzten in erster Linie die Reinlichkeit dieses Ortes, das Aufgeräumte und Museale, den inszenatorischen Charakter der Gerätschaften, und gaben sich ansonsten damit zufrieden, auf einem der hellrosafarbenen, ledernen, in ein engmaschiges Metallgeflecht eingefaßten Stühle zu sitzen und ein perfekt temperiertes Glas Wein zu genießen. Abendliche Gäste, versteht sich.

Seinen Morgen verbrachte Jordan lieber alleine. Selbst die Frauen, die er hin und wieder – und immer seltener – mit nach Hause nahm, zwang er dazu, noch in derselben Nacht seine Wohnung zu verlassen. Und obgleich er natürlich stets die Taxis bezahlte, welche diese Frauen nach Hause brachten, war seine Vorgangsweise dazu angetan, Frustrationen hervorzurufen. Weshalb er dazu übergegangen war, schon beim Bekanntwerden die Damen auf seine Eigenart hinzuweisen. Was in der Regel zu einer Vorwegnahme der Frustrationen führte.

Im Falle Esther Kosárys war die Sache freilich anders gelaufen. Es wäre unmöglich gewesen, die junge Frau im Schlafzimmer samt frischer Bettwäsche einzuquartieren, um sie dann des nächtens aus der Wohnung zu expedieren. Also saß sie an diesem Morgen auf einem der rosafarbenen Stühle und nippte an einem Espresso, den Jordan aus einer Maschine entlassen hatte, die sein ganzer Stolz war und deren technoide Gestalt an ein Elektronenmikroskop erinnerte.

Trotz der Lichtdurchflutung herrschte eine angenehme Temperatur, da hinter den Wänden gekühltes Wasser in Rohren auf- und abstieg, so daß der ganze Raum wie inmitten eines Baches lag.

Das klingt nun, als wäre Jordan Millionär gewesen.

Nun, er war es auch, wovon die wenigsten wußten, da Jordan es unterlassen hatte, mehr als eine Umgestaltung seiner

Wohnung vorzunehmen, im übrigen aber sein Geld hortete, wie manche Menschen alte Schokoladetafeln aufheben.

Sein Vermögen beruhte auf der Versteigerung eines Gemäldes, das ihm seine Mutter vermacht hatte und das sich entgegen der Annahme, eine kleine Kopie nach Tizian zu sein, glücklicherweise noch vor der Versteigerung zwar als Kopie, aber als eine aus Tizians Hand herausgestellt hatte. Mit dem solcherart gewonnenen Geld hatte Jordan einige nicht minder glückliche Aktiengeschäfte getätigt, um sich sodann aus jedem weiteren Versuch spekulativer Vermögenssteigerung auszuklinken, die geradezu flehentlich vorgetragenen Angebote seiner Bank auszuschlagen und sich allein mit einem simplen Sparbuch zu begnügen.

Jordan war reich. Doch abgesehen von der Einrichtung seiner Küche, abgesehen davon, daß er maßgeschneiderte Schuhe trug, die er aber auch schon vorher getragen hatte, wußte er nicht, was er mit seinem Vermögen anfangen sollte. Denn soviel Geld er auch besaß, es brachte ihn nicht in die Lage, die Polizei aufzukaufen und Leute wie Lukastik in den Außendienst oder zur Streife zu versetzen. Dies allein aber wäre es wert gewesen, ein Vermögen zu investieren. So jedoch vergammelte dieses Geld auf ein paar Sparkonten. Wo es freilich auch nicht weniger wurde.

»Können sich Polizisten solche Küchen leisten?« fragte die Ungarin, während sie eine Zigarette in Brand setzte.

»Offensichtlich«, meinte Jordan gereizt.

»War ja nur eine Frage«, stöhnte Kosáry.

Jetzt aber wollte Jordan wissen, wie sich Frau Kosáry denn eigentlich die Küchen von Polizisten vorstellte. Verdreckt? Voller Schimmel? Schmierig? Vollgeräumt mit leeren Weinflaschen?

»Fühlen Sie sich doch nicht gleich angegriffen«, sagte Kosáry.

Ein wenig merkwürdig kam es Jordan schon vor, daß sie beide sich siezten. Wenn man bedachte, daß sie miteinander geschlafen hatten. Was freilich noch lange nicht bedeutete, eine Verbindung eingegangen zu sein, die das gegenseitige *Du* zur Notwendigkeit machte oder gar als Ausdruck guter Sitten hätte erscheinen lassen.

Allerdings war es auch keine wilde Bumserei von jener Art gewesen, bei welcher das Wesen und die Person der Beteiligten völlig unbedeutend bleibt und nur noch das Funktionieren der »Werkzeuge« im Mittelpunkt steht.

Das, was zwischen Jordan und Kosáry abgelaufen war, konnte man durchaus als die Erfüllung einer Bestimmung ansehen, deren Hintergrund sich aus Lukastiks abstrusem Bedürfnis ergeben hatte, »Ehen« zu stiften. Wie kurz diese Ehen auch sein mochten.

Jordan hätte nicht sagen können, ob es eine gute oder schlechte Nacht für ihn gewesen war. Und noch viel weniger wäre ihm eine Vermutung darüber in den Sinn gekommen, was Kosáry bei dieser Geschichte empfunden hatte. Er dachte nicht einmal daran, daß sie sich bloß hingegeben hatte, um der Trauer über den Tod ihres Geliebten etwas entgegenzusetzen. In etwa wie jemand, der vor lauter Zahnschmerzen sich gegen die Backe schlägt.

Daß man trotz allem das *Sie* aufrecht erhielt, war sicherlich die bessere Lösung. Fand zumindest Jordan. Vertrautheiten, die sich aus einem Geduze ergaben, besaßen ihre Berechtigung im Gespräch der Kinder oder zwischen Menschen und Tieren. Im Gespräch erwachsener Leute aber hatte die Duzerei etwas Gemeines an sich. Etwas von einem Betrug oder Trick.

»Die Küche ist mein einziges Hobby«, erklärte Jordan in nun freundlicherem Ton.

Kosáry meinte, noch nie eine derart gepflegte Küche gesehen zu haben. Jordan nickte mit gesenkten Lidern, nicht ohne Stolz, da ja trotz der geringen Nutzung der Geräte eine konstante Pflege vonnöten war. Nicht anders als im Falle eines menschlichen Körpers, der sich wenig bewegt, selten ins Schwitzen gerät, aber dennoch irgendwann zu stinken beginnt.

Übrigens wäre es Jordan niemals eingefallen, eine fremde Person seine Küche putzen zu lassen. Das war eine Arbeit, die er mit großer Begeisterung selbst erledigte. Es gab sogar Momente, da er meinte, diese Küche gleichsam zu »verstehen«, sie putzend und polierend zu begreifen, wie man hin und wieder den Gang der Welt oder einfach die Natur begreift, um jetzt nicht von Gott zu sprechen. Wenn Jordan mit einem weichen, angefeuchteten Lappen über die metallenen Flächen fuhr, dann drang er in die Seele dieser Küche vor. Denn natürlich besitzen auch Küchen eine Seele, sicher viel eher als Autos oder Flugzeuge oder Krokodile. Es mag Küchen geben, die mehr Seele besitzen als so mancher dumpfe Bürger. Und hätte es eines Beweises für eine solche Ansicht bedurft, so hätte Jordan wohl erklärt, daß er ja nicht nur diese seine Küche verstehe, sondern sich umgekehrt auch von ihr, der Küche, verstanden fühle. Noch nie aber von einem Krokodil oder dumpfen Bürger. Was mit Liebesersatz nichts zu tun hätte. Auch nichts mit esoterischem Eifer. Sondern allein mit der Einfachheit im Verhältnis zwischen Mensch und Küche, zumindest dann, wenn diese Küche funktionierte. Und am besten funktionierte natürlich eine Küche, deren Geräte man so selten wie möglich in Betrieb nahm, sich aber gerne in ihr aufhielt.

Beinahe eine ganze Stunde lang saßen Jordan und Kosáry schweigend in ihren Stühlen und genossen die Stille, die sich daraus ergab, daß die hohen, atelierartigen Fenster hinaus auf eine Anlage mehrerer kleiner Schrebergärten wiesen, in denen ausnahmslos Rentner ihre Freizeit verbrachten und einen erbitterten Wettstreit darum führten, wer von ihnen der ruhigste Mensch auf Erden sei. Selbst wenn jemand einen Ast durchsägte oder einen Nagel ins Holz schlug, geschah dies so gut wie geräuschlos. Die Gärten unterhalb von Jordans Küche bildeten einen wirklichen Ozean der Stille, und es schien, als trauten sich nicht einmal die Vögel hier aufzumucken.

Kurz nach zwölf läutete das Telephon. Es war Major Albrich, der Jordan anwies, Esther Kosáry innerhalb der nächsten Stunde im Büro abzuliefern. Dort werde eine Beamtin die Ungarin befragen, auch wenn davon wenig zu erwarten sei.

»Das glaube ich auch«, sagte Jordan.

»Ich will nur«, erklärte Albrich, »daß wir auf der Zielgeraden keine Fehler machen, nicht über die eigenen Beine stolpern. Für sechs Uhr ist geplant, daß wir uns alle zusammensetzen, Sie und Lukastik, auch Frau Boehm, und besprechen, wie dieser Fall, dieser *gelöste* Fall der Öffentlichkeit präsentiert werden soll.«

»Was ist mit unserem Pressesprecher?«

»Den möchte ich vorerst aus dem Spiel lassen«, sagte Albrich. »Sie wissen ja selbst, wie ungeschickt dieser Mensch ist. Ein Stolperer par excellence.«

»Stimmt!« bestätigte Jordan.

»Dann ist also alles klar?«

Jordan seufzte leise, sagte aber: »Ja«. Er sprach in etwa wie ein Kind, das frühzeitig ins Bett geschickt wird. Dann verabschiedete er sich und legte auf.

Kurz nach eins lieferte Jordan die Ungarin ab. Als er sich von ihr verabschiedete, gab sie ihm – noch bevor er sich hatte abwenden oder wehren können – einen Kuß auf die Wange. Dabei lachte sie auf eine tonlose Weise, wie ein Tier, das seine Zähne zeigt. Jordan lief rot an, sah sich um und stellte mit einiger Erleichterung fest, daß niemand von den Leuten, die im Gang standen, herübergesehen hatte. Er faßte Kosáry ein wenig fester als nötig am Arm und schob sie in den Raum hinein, in dem bereits der Major und eine Frau warteten. Der Major empfing Esther Kosáry wie einen Ehrengast, war untröstlich in bezug auf Lukastiks Alleingang und beeilte sich zu betonen, daß hier und jetzt weder ein Verhör noch eine Zeugenbefragung geplant seien, sondern man allein darum bemüht sei, unter freiwilliger Mithilfe verschiedener Personen sich ein vollständiges Bild vom Leben des zu Tode gekommenen Tobias Oborin zu verschaffen. Dann sprach er sein Beileid aus, wobei er einen Moment innehielt, als überlege er, ob sich dies im Falle einer derart jugendlich wirkenden Lebensgefährtin überhaupt gehöre.

Jordan kehrte dieser Situation den Rücken, verließ wortlos den Raum und ging in sein Büro, das jenem Lukastiks benachbart war und welches er mit zwei weiteren Kollegen teilte, die jedoch beide ihren Sonntag so verbrachten, wie es sich gehörte, nämlich das Feuer eines Grills entfachend.

Bei der Vorstellung roher Fleischstücke, die auf einem verdreckten Gitter zu schwitzen begannen, deren Blut kochte und Bläschen bildete, schüttelte es Jordan. Er empfand dies als die abstoßendste Form der Fleischzubereitung. Jetzt einmal abgesehen von der japanischen Unart, eine Kunst daraus zu machen, alles so zu lassen, wie es ist.

Jordan schaltete den Computer an, schenkte kalten Kaffee in seine Tasse und begann damit, sich durch das sogenannte weltweite Netz zu bewegen. Der Begriff des »Surfens« erschien ihm übertrieben, viel zu sportiv und dynamisch angesichts der Trödeleien, dem unentwegten Hängenbleiben und Umherhinken, dem Durchwühlen sinnloser Anhäufungen sowie dem Erlahmen im Dickicht genau jener Informationen, die man gar nicht benötigte. Weshalb Jordan nur selten nach einer bestimmte Sache Ausschau hielt, sondern vielmehr in diesem Netz spazierenging und sich kaum darüber aufregte, wenn die Wege, auf denen er dahinschritt, absolut nichts zu seiner Weiterbildung oder auch nur Unterhaltung beitrugen. Manchmal genügte es, einfach in Bewegung zu sein.

Und er blieb eine ganze Weile in Bewegung. Den gesamten Nachmittag über blätterte er in den elektronischen Seiten, stolperte über so manche Kuriosität, wunderte sich wieder einmal angesichts der Interessen und Obsessionen der Menschen und staunte erneut über die Akribie, mit der die selbsternannten Genies sich einem Thema ungeniert näherten und dieses Thema mit Verbissenheit auseinandernahmen. Es waren ja vor allem größenwahnsinnige Laien, welche die Expansion des Netzes betrieben, seinen inflationären Charakter bestimmten und den Eindruck entstehen ließen, es handle sich hierbei um die endlose Explosion eines einzigen Gehirns. Selbst jene Seiten, die von Professionalisten stammten oder zumindest über eine professionelle Gestaltung verfügten, besaßen etwas Dilettantisches. Keine dieser »Bühnen« wirkte fertig. Eine jede Information schien auf wackeligen Beinen zu stehen und im ersten Moment ihres Aufscheinens bereits überholt zu sein. Alles im Netz, so neu und glänzend und perfekt es sein mochte, mutete wie von gestern an. Als studiere man die Wettervorhersage von vor zwei Tagen.

Nichtsdestotrotz genoß Jordan diesen Spaziergang, der ihn vorbei an allen möglichen und auch unmöglichen, weil gefälschten Sportresultaten zu Dingen wie bemalten Motorrädern, Dopinglisten, Wehklagen, Partnerbörsen, Bildhauerkursen, Aufrufen zum Widerstand, mathematischen Rätseln und kriminaltechnischen Erörterungen führte. Es kam ihm vor, als stecke er seinen Kopf in einen großen Haufen abgefallener Herbstblätter.

Es war bereits kurz vor sechs, als Jordan den Suchbegriff *Alterlaa* einsetzte und auf einer Seite landete, die den Namen *odyb* trug und für deren Gestaltung eine Gruppe mit dem Titel *Werk-Stadt-Team* verantwortlich zeichnete. Jordan meinte zunächst, daß es sich bei der quadratischen Abbildung, die auf seinem Schirm Stück für Stück, jedoch jedes Mal blitzlichtartig Gestalt annahm, um ein abstraktes Muster handelte, stellte dann aber fest, verschiedene kleine Standbilder vor sich zu haben, von denen je sieben Stück eine der sieben Reihen bildeten. Klickte man eines davon an, so blähte es sich auf und füllte den Bildschirm, daß nur noch ein schmaler Balken am oberen und unteren Rand freiblieb.

Es war zunächst einmal die am unteren Streifen eingeblendete digitale Uhrzeit mit den zügig sich abwechselnden Ziffern der Sekundenanzeige, die Jordans Interesse weckte und ihn dazu animierte, sich eine der Fotographien näher anzusehen. Eine Fotographie, die keine war. Vielmehr handelte es sich um eine Liveübertragung, auch wenn sich dieser Umstand vorerst nur schwer erschloß. Nicht die geringste Bewegung erfolgte. Zudem war wenig mehr als eine Gleisanlage zu erkennen, die entweder durch einen Tunnel führte oder im Dunkel einer fremden Nacht lag.

Ersteres war der Fall. Denn Jordan las jetzt die Aufschrift auf dem oberen Balken, die ihn darüber informierte, sich im Angesicht eines Tunnels der Wiener U-Bahn zu befinden, und zwar genau in jenem Bereich, welcher unterhalb des Donaukanals liege. Kurz darauf wurde dieser Hinweis insofern bestätigt, als aus der Schwärze heraus die Scheinwerfer eines sich nähernden Führerwagens rasch aufkeimten und in der Folge das undeutliche, vibrierende Bild einer vorbeischießenden U-Bahn sichtbar wurde. Danach schwebten kleine, glitzernde Partikel zu Boden, als schneie es mitten im Tunnel. Es folgte die alte Ruhe.

Jordan ging nun zurück zu jenem Gesamt-Tableau und klickte weitere Einzelbilder an. Er konnte feststellen, daß das *Werk-Stadt-Team*, aus welcher Leidenschaft heraus auch immer, diverse Kameras in den unterirdischen Bereichen der Stadt angebracht hatte (einer Stadt, die das Unterirdische ja verkörpert wie ein Hahn den Morgen oder ein Rührei die Zerschlagung dieses Morgens).

Durch die Livecams war es dem Benutzer der Webseite möglich, Einblick in ausgewählte »untertägige« Orte der Stadt zu nehmen. Teils handelte es sich um durchaus belebte Plätze, wie jene geschwungene, halb nach oben hin offene Unterführung nahe der alten Universität, dann wieder blickte Jordan auf ein im Licht einer herrenlosen Taschenlampe sich als völlig leer erweisendes Kellerabteil, welches sich laut beigefügter Beschreibung unterhalb des Sterbehauses Franz Schuberts befinde. Die verschiedenen Kameras, von denen einige mit Scheinwerfern ausgestattet schienen, präsentierten unterirdisch gelegene Archive, Kammern, Baugruben, eine Gruft, eine Tiefgarage, einen Heizraum, auch eine Küche, auch einen Weinkeller. Man sah Obdachlose, die sich trotz Sommer in einem ominösen Stollen einquartiert hatten, und konnte die probenden Mitglieder einer Rockband im Abflußschacht einer aufgelassenen Fabrik beobachten. Durch eine Minikamera gelang sogar der Blick in die Erdhöhle eines urbanen Nagetiers. Und selbstverständlich war eine der Übertragungen dem mit filmischer Weihe ausgestatteten städtischen Kanalsystem gewidmet.

Nachdem Jordan die ersten dieser subterranen Plätze mit einiger Aufmerksamkeit betrachtet und sich Gedanken über die Sinnhaftigkeit einer solchen Dokumentation in Echtzeit gemacht hatte, überkam ihn eine sonntägliche Schläfrigkeit, so daß er bald nur noch rasche und ziemlich achtlose Blicke auf die jeweiligen Kameraeinstellungen warf. Er vergaß allen Ernstes, über welchen Suchbegriff er überhaupt auf diese Seite gelangt war.

Genau darum konnte es passierte, daß Jordan erst im nachhinein – als er bereits seinen Computer ausgeschaltet hatte und sich auf dem Weg zu Major Albrich befand – eine Merkwürdigkeit zu Bewußtsein kam, die bis dahin bloß wie ein verhülltes Bild in seinem Hirn gehangen war. Jetzt aber drängte sich ihm eine vage Erinnerung auf, eine Ahnung dessen, was er bei der flüchtigen Sichtung unterirdischer Orte flüchtig wahrgenommen hatte.

Er rannte zurück in sein Büro, schaltete das Gerät an und begab sich erneut auf jene Seite namens *odyb*. Weil die im Tableau vereinten Bilder geradezu winzig waren und Jordan auch gar nicht so genau wußte, wonach er eigentlich suchte, benötigte er mehrere Versuche und geriet erneut in die Fundamente von Schuberts Sterbehaus und das einer Parteizentrale.

Dann jedoch entdeckte er jenen Übertragungsort, der sich ihm bloß unbewußt, aber mit dem nötigen Nachdruck eingeprägt hatte. Wobei Jordan zunächst einmal achselzuckend zur Kenntnis nehmen mußte, wenig Aufregendes zu erleben: dunkles Wasser vor einer fernen Wand aus Beton. Der schmale Schein der Kameralampe zog als linealartig unterteilte Linie über die Oberfläche. Das war es auch schon. Dann jedoch sah Jordan auf die Kopfzeile des Bildschirms und las mit nun klarsichtigem Erstaunen, daß es sich hierbei um einen »gefluteten« Bereich unterhalb der Wohnhausanlage von Alterlaa handeln würde, einen Bereich, welcher »offiziell nicht existiere«. Seine Überraschung nahm ein noch weit größeres Ausmaß an, als er für einen kurzen Moment, aber ohne einen Mangel an Deutlichkeit, eine markante, spitz zulaufende Rückenflosse aus dem Wasser auftauchen sah.

Jordan besaß nun sicherlich viel zuwenig Ahnung, um hundertprozentig die Rückenflosse eines Hais von der eines anderen großen Fisches, etwa eines Delphins oder Schwertfisches zu unterscheiden. Auf keinen Fall aber war ein solch städtisches Gewässer dazu angetan, einen Fisch zu beherbergen, der eine Rückenflosse von derartiger Größe und Schnittigkeit besaß. Jordan wartete noch eine Weile. Nachdem aber nichts weiteres geschah, das Wasser wieder dunkel und still und nur ein wenig gekräuselt dalag, schloß er die Seite.

Über ein Defizit an Information konnte er sich diesmal wirklich nicht beschweren. Er lief hinüber zu Albrich, der bereits zusammen mit Edda Boehm und einem unbekannten Mann um einen Konferenztisch aus bläulichbraunem Glas saß, in dessen Fläche sich eine jede Person wie eine von diesen Teichenten präzise spiegelte. Lukastik aber fehlte.

»Lukastik fehlt«, sagte Jordan, als ob dies nicht offensichtlich gewesen wäre. Ausnahmsweise war es so, daß er sich nicht durch die Anwesenheit, sondern die Abwesenheit seines Vorgesetzten verunsichert fühlte. Es widerstrebte ihm, von seiner Entdeckung im Internet zu berichten, bevor nicht auch der Chefinspektor zur Runde gestoßen war.

Was nicht geschah. Man wartete eine gute viertel Stunde, dann bemühte Albrich sich vergeblich, Lukastik über sein Handy zu erreichen. Ebensowenig schien sich Lukastik in der Wohnung seiner Eltern aufzuhalten, wo sich allein die Mutter mit abweisendem Ton meldete und meinte, daß wenn nicht einmal die Polizei wisse, wo ihr Sohn sich herumtreibe, seien gewisse Zustände in diesem Lande kaum verwunderlich.

Albrich tat, als wüßte er nicht, wovon die Dame da sprach, dankte und legte auf. Dann sagte er: »Das ist nicht seine Art, unpünktlich zu sein.«

Auch er selbst, der Major, fühlte sich unwohl, so ganz ohne Lukastik. Jeder in diesem Raum tat das, was ja nicht bedeutete, daß irgend jemand sich nach dem *Menschen* Lukastik sehnte. Man sehnte sich nicht einmal nach dem Kriminalisten, sondern ganz einfach nach der Person, welche eine ganz bestimmte Lücke füllte, wie dies unberechtigterweise von einer ganzen Reihe prominenter Leute aus Politik und Wirtschaft behauptet wird. Bei Lukastik aber war es tatsächlich der Fall. Er füllte eine Lücke, so wie ein bestimmtes Puzzlestück ein Bild komplettiert oder eine passende Lade in den Hohlraum unterhalb der Schreibplatte geschoben wird.

In diesem Augenblick der Ratlosigkeit und des Stillstands ergab es sich glücklicherweise, daß jene Polizistin, welche die Durchsuchung von Egon Sternbachs Wohnung zu verantworten hatte, hereinkam, um dem Major einen vorläufigen Bericht abzuliefern. Einen Bericht, der nichts Neues brachte. Neu war jedoch für die Anwesenden, daß Lukastik – wie die Polizistin jetzt nebenbei erwähnte – um die Mittagszeit in Sternbachs Wohnung aufgetaucht sei.

»Hat er gesagt, was er wollte?« fragte Jordan. Sein Verstand war ein einziges Mißtrauen.

Die Polizistin faltete ihre Lippen und meinte: »Scheinbar hat er bloß nach dem Rechten gesehen. Sie wissen ja, daß er nicht darauf verzichten kann, den Kollegen auf die Finger zu klopfen. Komisch ist allerdings, daß keiner von uns gesehen hat, wie er das Gebäude wieder verließ. Nicht, daß jemand wirklich darauf geachtet hätte. Warum auch? Aber ich hatte an einem jeden Zugang Leute postiert. Für alle Fälle. Und als ich jetzt von Alterlaa fort bin, da hat sich ... na ja, die Kollegen und ich haben über Lukastik gesprochen und wie arrogant ein Mensch sein kann. Und aus dieser Plauderei hat sich also ergeben, daß niemand hätte schwören können, daß Lukastik aus dem Haus auch wieder hinaus ist. – Was soll's? Vielleicht hat einer auf seinem Posten geschlafen.«

»Was ist mit dem Dach?« fragte Albrich.

»Ist natürlich noch immer abgesperrt. Jedenfalls ist Lukastik dort oben nicht aufgetaucht. Er kann uns also nicht davongeflogen sein.«

»Keine Ironie. Bitte!« ersuchte Albrich. Tatsächlich hielt er Ironie für eine üble Sache, geeignet, das Verhältnis der Menschen zu beeinträchtigen. Schon wegen der Ungenauigkeit, die der meisten Ironie innewohne.

»Da gibt es noch eine weitere Merkwürdigkeit«, sagte Jordan, ein wenig kleinlaut, weil er nicht gleich zu Anfang davon gesprochen hatte. Er begann nun, von jener Webseite zu berichten, die einen Blick auf neunundvierzig Örtlichkeiten der städtischen Unterwelt bot, vielleicht um das Ausgehöhlte und Unterwanderte dieser Welt zu dokumentieren. Vielleicht aus bloßer Lust an der technischen Raffinesse. Vielleicht sogar, eine gewisse Illegalität vorausgesetzt, im Dienste einer journalistischen Beweisführung, die aufzeigte, wie leicht es war, private Kameras an öffentlichen Plätzen zu installieren, auch an heiklen Orten wie dem Keller des Bundesministeriums für Landesverteidigung.

Wirklich überrascht waren die Anwesenden zunächst einmal nicht. Seit das Internet einer breiten Öffentlichkeit zur Verfügung stand, hielt sich jedermann für einen Künstler oder Soziologen oder Aufklärungsjournalisten, und es wurden unentwegt tatsächliche oder vermeintliche Staatsgeheimnisse entlarvt. So gesehen waren ein paar ungesetzlich entstandene Keller- und Tunnelaufnahmen wahrlich nicht umwerfend.

Freilich hob der Puls der Zuhörer an, als Jordan jetzt erklärte, daß gemäß einer dieser Live-Übertragungen nicht nur eine Art unterirdischer See im Bereich der Wohnhausanlage von Alterlaa zu bestehen scheine, sondern daß sich in selbigem Gewässer wenigstens ein Exemplar eines Fisches aufhalte, das über eine Rückenflosse verfüge, die recht eindeutig an die eines Hais erinnern würde.

»Das hat uns gefehlt«, meinte Albrich. Und meinte es im übertragenen Sinn.

»Ich will aber gar nicht ausschließen«, beeilte sich Jordan zu erklären, »daß es sich bei dieser Aufnahme um eine Fälschung handelt. Was ich gesehen habe, war nicht mehr als ein Bild auf dem Monitor. Und wir wissen ja, daß von zehn Bildern auf dieser Welt neun eine Finte darstellen. Was soll ich also sagen?«

Edda Boehm meinte, daß angesichts der bisherigen Ereignisse ein unter den Hochhäusern von Alterlaa gelegener See nicht gerade das Verrückteste sei, was man sich vorstellen könne.

»Ein darin lebender Hai aber schon«, sagte jener namenlose Mann, der ja auch noch hier saß und entweder für die hiesige Regierung oder den hiesigen Geheimdienst arbeitete.

»Wir werden glauben, was wir auch sehen«, verkündete Albrich pathetisch, mit einem Mal aufgeweckt, als bräuchte er bloß diesen einen Fall zu einem Ende führen, um dann den Rest seines Lebens in einer Opernloge zu verbringen.

Er gab die Anweisung, mehrere Experten und Mitarbeiter von ihren sonntäglichen Vergnügungen an ihre Arbeitsplätze zu kommandieren. Sodann sollten die Initiatoren jenes *Werk-Stadt-Teams* ausfindig gemacht werden (übrigens wurde nie geklärt, was eigentlich der Begriff *odyb* zu bedeuten habe; genauer gesagt, es wurde nie danach gefragt). Auch wenn diese Leute mit dem Tod Oborins nichts zu tun hatten – wovon auszugehen war –, so hatten sie dennoch eine Kamera an jenem mysteriösen Ort postiert und wußten somit über die genaue Lage und den Zugang zum See Bescheid.

Gleichzeitig wurde eine Mannschaft zusammengestellt, die sich augenblicklich nach Alterlaa zu begeben hatte, unter ihnen auch Jordan und Boehm, während Albrich zurückblieb, um die Einsätze zu koordinieren. Im Rücken jenen Regierungs- oder Geheimdienstmenschen, der nebenbei gesagt nichts von einem Wüterich an sich hatte, sondern aussah, als sei er in die eigene legere Körperhaltung verliebt. Genau genommen war er damit beschäftigt, die Härchen auf seinem Handrücken in eine gleichmäßige Lage zu befördern. Aber was wußte man schon?

Zum Abschied sagte Albrich, wobei unklar blieb, wen genau er ansprach: »Bringen Sie mir unseren Herrn Lukastik zurück.«

Die Stimmung in diesem Moment war schlichtweg rührselig zu nennen. Woraus sich ein im psychischen Sinn lästiges Wetter ergab. Ein Wetter, aus dem Jordan, Boehm und die andere Frau geradezu flüchteten.

20

Von Lukastik keine Spur. Und auch keine Spur von einem unterirdischen Gewässer. Sowohl das Stadtbauamt als auch der verantwortliche Stadtrat, und erst recht jene für die Wohnhausanlage zuständige Verwaltung dementierten vehement, daß Hinweise auf einen See bestanden. Oder etwas in der Art eines Sees. Absurd! Die bloße Vorstellung wurde als lächerlich, als ein Schabernack der Betreiber jener Internetseite abgetan. Wobei sich rasch herausstellte, daß es sich bei besagtem *Werk-Stadt-Team* keineswegs um irgendeine experimentelle Stadtguerilla handelte, sondern um eine Gruppe zumeist älterer Damen und Herren, die sich an der Volkshochschule kennengelernt und einige nicht uninteressante Projekte ins Leben gerufen hatten. Darunter jene Livecam-Installation namens *odyb*, welche übrigens vollkommen legal zustande gekommen war. So hatte man die Kameras mit Erlaubnis der jeweiligen Hausbesitzer als auch der Gemeindeämter und der Wiener Verkehrsbetriebe aufgestellt. Sie dienten mitnichten der Demonstration illegitimer Einblicke. Jordan hätte nichts anderes zu tun brauchen, als sich mittels eines einzigen Links das theoretische Konzept der Initiative zu Gemüte zu führen. Das Projekt als Ganzes besaß einen eher formalistischen Anspruch und war sogar mit einem Medienpreis belohnt worden.

Darüber gab nun der Kursleiter jener Volkshochschule telephonisch Auskunft, wobei er allerdings einräumen mußte, vollkommen überfragt zu sein, wer von den vielen Mitarbeitern es eigentlich gewesen war, der den unterirdischen See entdeckt und die durchaus komplizierten Bedingungen einer Liveschaltung erfüllt hatte. Allerdings sei auch ihm, dem Kursleiter, bereits die Idee gekommen, es handle sich bei dieser Übertragung um eine Fälschung, wogegen er persönlich nichts einzuwenden habe, da Fiktionen nicht nur einen Teil heutiger Erlebniswelt, sondern der Wirklichkeit an sich darstellen würden. Um so mehr im Falle eines Ortes, der öffentlich nicht zugänglich scheine und es somit bedeutungslos bleibe, ob er tatsächlich oder bloß als Projektion bestehe.

Bezeichnenderweise stammte von derselben Gruppe eine Webseite, die sich ausführlich und mit nicht geringem wissenschaftlichem Material der Präsentation eines dreiundzwanzigsten Trabanten des Saturn widmete. Nur, daß ein solcher Mond noch gar nicht entdeckt worden war. Dennoch behauptete man seine Existenz und entwarf ein äußerst genaues Bild. Von Wien aus. Das schien zu genügen.

Albrich hatte wenig Lust, sich über Monde und Wirklichkeiten zu unterhalten, weshalb er in einem ungewöhnlich scharfen Ton verlangte, jenen Menschen, der die Kameraaufstellung zu verantworten habe, schnellstens zu ermitteln und der Polizei zuzuführen. Ohne Rücksicht auf ein möglicherweise hohes Alter oder gar die Reputation der Volkshochschule.

Es war kurz vor elf Uhr nacht, als Jordan und Boehm den Fundort von Oborins Leiche betraten. Zu ihren Füßen ein Pool ohne Schwimmer, die Fläche glatt von unbewegter Luft, welche die Wirkung eines Bügeleisens besaß. Über ihnen ein Nachthimmel, in dem ja auch der Saturn feststeckte, angeblich zweiundzwanzigmondig. Es stellte sich die Frage, ob ein Mond, bevor man ihn entdeckt hatte, überhaupt existierte (zumindest wenn man der Theorie anhing, daß die Dinge nur dann bestanden, wenn sie auch beobachtet wurden).

Die Stadt Wien jedenfalls war *kein* dreiundzwanzigster Mond. Jordan und Boehm sahen hinunter auf den nächtlichen

Ort, der wie in ein Geflecht entzündeter Herde eingesponnen war. Die Suche war ergebnislos geblieben. Kein Lukastik, kein See, nichts Mysteriöses. Der Großteil der Polizeitruppe war bereits abgezogen, Sternbachs Wohnung fürs erste plombiert worden. Nur noch ein paar Leute waren damit beschäftigt, die Tiefgeschosse abzusuchen. Im Grunde ging man davon aus, daß die Existenz eines unterirdischen Sees tatsächlich auf einer Täuschung beruhte. Wie auch die Annahme, Tobias Oborin sei durch den Angriff eines Haifisches zu Tode gekommen. Fast alle Beteiligten hatten das Dubiose dieser ganzen Geschichte endgültig satt, allen voran Albrich.

Auch wurde gemutmaßt, daß Lukastik sich schon lange nicht mehr in diesem Wohnhausturm befand, sondern – ohne große Worte gemacht zu haben – sich irgendwohin zurückgezogen hatte. Vielleicht, um eine Depression loszuwerden. Für viele war er der typische Depressions-Typ. Arrogant und eventuell intelligent.

»Sie sollten jetzt nach Hause fahren«, schlug Jordan vor.

»Und was ist mit Ihnen?« fragte Edda Boehm, die tatsächlich froh war, endlich von hier wegzukommen. Sie konnte Hochhäuser nicht leiden. Sie fühlte sich dann immer wie auf Stelzen.

Jordan erklärte, noch eine Weile bleiben und nachdenken zu wollen. Zudem genieße er den Ausblick.

»Wie Sie meinen«, sagte Boehm und wünschte eine gute Nacht. Der beleuchtete Pool schien nun – wie man das eigentlich nur von Menschen behauptet – in sich selbst zu ruhen, vergleichbar einem Stück Eis, das in der eigenen Schmelze treibt.

Jordan ging um das Schwimmbad herum, mal das Wasser, dann wieder die Stadt betrachtend, und fragte sich fortgesetzt, warum ihn die Vorstellung, Lukastik befinde sich in Gefahr, derart beunruhigte. Ja, wie sehr ihm die Möglichkeit zu schaffen machte, sein ungeliebter Vorgesetzter könnte diese Gefahr nicht überleben oder sei bereits tot.

Als fürchte man, dachte Jordan, mit seinem Feind das einzig wirkliche Gegenüber zu verlieren.

Dieser Gedanke hatte bei aller selbstmitleidigen Dramatik durchaus etwas für sich. Lukastik war gewissermaßen Jordans ungleicher Zwilling, wie der verwaschene Abdruck der eigenen Schrift auf einem Löschblatt. Und so sehr Jordan diesen Löschblatt-Abdruck verachtete, mochte er ihn natürlich nicht missen. So häßlich kann ein Mensch gar nicht sein, daß er ernsthaft in Betracht ziehen würde, auf sein Spiegelbild zu verzichten.

Es war Jordan also alles andere als einerlei, was aus seinem Chef geworden war. Auch bedrängte ihn das beklemmende Gefühl, so rasch wie möglich etwas unternehmen zu müssen, um Lukastik wovor auch immer zu retten, obgleich er nicht hätte sagen können, was zu tun war. Es bedeutete somit eher einen Ausdruck von Hilflosigkeit, daß Jordan – den die Gebäudeverwaltung mit mehreren Generalschlüsseln ausgestattet hatte – nun damit begann, eine Arbeit zu wiederholen, die zuvor bereits von einer ganzen Truppe von Polizisten bewerkstelligt worden war, nämlich Etage für Etage zu überprüfen und nach einer Auffälligkeit Ausschau zu halten. Dabei benutzte er die Nottreppe, die in einem auskragenden Bauelement, einem senkrechten Schlauch steckte und im Gegensatz zum übrigen Haus den Charme angehender Verlotterung besaß.

Immer dann, wenn Jordan durch eine der schweren, grünen Metalltüren in jenes mit rohem Beton verschalte Treppenhaus gelangte, um ins darunterliegende Stockwerk zu steigen, hielt er kurz inne und lauschte einem anhaltenden Pfeifen, als hätten sich sämtliche Geräusche der Stadt zu einem einzigen, fadenförmigen Ton verdichtet, der nun an der äußeren Verkleidung entlangfuhr gleich einer energiereichen Ladung.

So kam es also, daß Jordan etwa eine gute Stunde lang die menschenleeren Gänge und Flure der Reihe nach durchwanderte (die Menschen existierten jetzt nur noch mittels der Stimmen ihrer Fernsehgeräte oder dem Ticken ihrer Wecker) und auf nichts anderes stieß als ein paar leere Zigarettenschachteln und ein paar Glasscherben, bevor er dann jene fünfte Etage erreichte, deren Bedeutung ihm natürlich in keiner Weise bewußt war.

Was sich jedoch rasch änderte, als er aus dem Augenwinkel heraus ein kleines, gefaltetes Stück Papier bemerkte, das in der

Spalte eines Türstocks klemmte und auf dem sich die schematische Abbildung eines Auges samt seinem tropfenförmigen Gesichtsfeld abzeichnete.

Jordan hielt inne und blickte eine Weile auf dieses Bildchen, das ihm zunächst einmal gar nichts sagte. Dann griff er danach, entfaltete das Papier und überflog den gedruckten Text über- und unterhalb der Abbildung des Auges. Er wußte sofort, daß es sich um eine Seite aus dem *Tractatus logico-philosophicus* handelte, auch wenn dieses Buch keineswegs zu seiner Leib- und Magenlektür zählte. Aber es versteht sich, daß er mehrmals darin geblättert hatte, wie um die Krankheit seines Vorgesetzten zu studieren. Wobei für Jordan das Krankhafte nicht in der Wahl dieses bestimmten Buches bestand, sondern in der bibelartigen Verwendung desselben. Davon abgesehen, hielt Jordan den Inhalt für gelehrte Idiotie.

Er erinnerte sich jetzt an das einzige Gespräch, das über Wittgenstein geführt worden war, wobei er, Jordan, sich darüber mokiert hatte, daß der aus einem der reichsten österreichischen Häuser stammende Philosoph zwar die ein wenig arrogante Größe besessen habe, sein beträchtliches Vermögen zu verschenken, dabei aber so unglaublich asozial gewesen sei, diese Millionen ausgerechnet unter seine wohl auch nicht ganz mittellosen Geschwister zu verteilen.

Lukastik hatte damals mit einem seltenen Feuer im Blick und einem ganz und gar freundlichen Lächeln gemeint, daß genau darin die Bedeutung von Wittgensteins Handlung liege, eben nicht bloß auf seinen Reichtum verzichtet zu haben, sondern auch darauf, diesen Verzicht als einen sozialen Akt zu entwürdigen, wie er dies noch fünf Jahre zuvor, 1914, getan hatte, als er bereit gewesen war, hunderttausend Kronen für bedürftige Künstler zur Verfügung zu stellen. Denn auch wenn Wittgenstein dabei anonym geblieben war, muß ihm später die Unsinnigkeit und Peinlichkeit einer solchen »guten Tat« zu Bewußtsein gekommen sein, was ihn wohl dazu animiert hatte, seine nächste Spende nicht an talentierte Künstler zu richten, sondern der Herstellung eines kriegswichtigen Mörsers zu widmen.

Wittgenstein – so hatte Lukastik erklärt – mag ein merkwürdiger, widersprüchlicher und in seinen außerphilosophischen

Einschätzungen mitunter kurzsichtiger Mensch gewesen sein, aber gerade der Umstand, daß er sein Geld *nicht* an die Armen verteilt hatte, sondern an die Reichen, noch dazu an die eigene Familie, beweist seine Einmaligkeit, seinen erhabenen Umgang gerade mit einer solch monströsen und eigentlichen grotesken Erscheinung, wie es ein millionenschweres Vermögen darstellt.

Auch wenn Jordan am Ende dieses Gespräches unwillig den Kopf geschüttelt und darauf bestanden hatte, daß eine solche Schenkung ihm schlichtweg menschenverachtend erscheine, war er dennoch ein wenig beeindruckt gewesen. Gar nicht so sehr von Wittgensteins Handlungsweise, sondern vielmehr von Lukastiks Interpretation derselben.

Und daran dachte er also, als er jetzt vor einer unbeschilderten Tür stand und eine Seite aus dem *Tractatus* in der Hand hielt. Überzeugt davon, daß Lukastik sie aus dem eigenen geliebten Exemplar gerissen und an dieser Stelle deponiert hatte. Die Wahrscheinlichkeit, daß jemand anders an genau diesem Tag und diesem Ort eine Seite aus genau diesem Buch in der Ritze genau dieses Türstocks befestigt hatte, war gleich Null. Woraus sich die Vermutung ergab – eigentlich war es eine Gewißheit –, daß Lukastik durch eben diese Tür gegangen sein mußte.

Jordan konnte läuten oder einfach gleich die Tür eintreten. Er konnte natürlich auch die Kollegen benachrichtigen. Was er jetzt tat, indem er Albrich anrief und ihm mit gedämpfter Stimme erklärte, wo er sich gerade befand und worauf er gestoßen war. Und daß er sich augenblicklich Zugang zu dieser Wohnung verschaffen werde.

»Warten Sie«, ordnete Albrich an, »bis wir da sind.«

»Unmöglich«, sagte Jordan mit dem Ton des Fiebernden und legte auf. Dann entschied er sich, an die Tür zu klopfen, obgleich auch eine Klingel vorhanden war. Doch meinte er, solcherart keinen Zweifel darüber zu lassen, daß es nichts nützen würde, wenn irgend jemand versuchte, sich taub zu stellen. Gleichzeitig holte er seinen Ausweis aus der Tasche und griff mit der freien, rechten Hand unter sein Jackett, wo er den Griff der bereits entsicherten Pistole umklammerte. Im Unterschied zu Lukastik hielt er die Verwendung einer Waffe unter Umständen für die bessere Lösung. Manches wurde einfacher, wenn man den Leuten in die Beine schoß. Und Jordan hatte noch nie auf etwas anderes als auf ein Bein gezielt. Selbst im Rahmen von Schießübungen weigerte er sich beharrlich, einen anderen Körperteil anzuvisieren. Das war sein Prinzip, über das zu diskutieren er nicht gewillt war.

Er klopfte also. Und ohne daß nun etwa das Näherkommen von Schritten hörbar geworden wäre, glitt kurz darauf – nicht minder lautlos – die Tür zur Seite, und vor dem Hintergrund eines surreal-biedermeierlichen Vorraums erblickte Jordan die kompakte, kubusartige Gestalt eines mittelgroßen Mannes, der einen weißen, seidenen Hausmantel trug, auf dessen einer Seite japanische Schriftzeichen eine senkrechte Reihe bildeten. Der Mann selbst war aber eindeutig kein Asiate. Ihn schmückte ein präzise geschnittener Schnurrbart, silbrig wie das kurze, stoppelige Haar. Seine Ohren waren leicht gerötet. Nicht jedoch die kräftigen Backen, die gleich Podesten die kleinen, in einem gutmütigen Blick geradezu kasernierten Augen stützten. Die ganze Person war von derartiger Akkuratesse, daß Jordan sich einen Moment geblendet fühlte. Obwohl er doch selbst einen überaus straffen Eindruck vermittelte, war die Straffheit seines Gegenübers überwältigend. Unter dem Saum des Hausmantels wurden die wechselnden Streifen von hellem Gelb und hellem Ocker sichtbar, die das Muster einer Pyjamahose bestimmten. Die Füße steckten in ledernen Sandalen von derselben Färbung und Streifung. Auch wenn der Mann in manchem Detail tuntenhaft anmutete, widersprach seine gesamte Erscheinung einer solchen Prognose. Er schien nun mal eine Person zu sein, die auf ausgewählte Kleidung auch dann Wert legte, wenn es der Nachtruhe entgegenging. Übrigens hielt er eine Zigarette im angewinkelten rechten Arm. Selbst die aufsteigende Rauchschwade wies in ihrer mehrfachen Schwingung eine gleichmäßige Form auf, was mit der ruhigen Haltung des Arms zusammenhing, bei gleichzeitigem Luftzug, der durch die Tür drang. Der Mann hob seine Mundwinkel leicht an, so daß zwar kein Lächeln entstand, aber das Gesicht als Ganzes eine Auflockerung erfuhr. Er fragte: »Womit kann ich Ihnen dienen?«

Jordan unterließ es, seinen Mundwinkeln ebenfalls eine Bewegung abzuringen und hielt statt dessen seinen Ausweis in die Höhe. Dann tat er zur Sicherheit einen unmerkbaren Schritt nach vorn, um einen Fuß in der Tür zu haben, nannte seinen Namen und fragte, ob er eintreten dürfe.

»Selbstverständlich«, erklärte der Träger des Seidenmantels und bewegte sich mit einer Vierteldrehung zur Seite. Sodann sagte er: »Sie erlauben?«, und schloß die Eingangstür, wobei er die Klinke anfaßte, als berühre er die Hand einer Tanzpartnerin.

Für einen kurzen, ruhigen Augenblick standen die beiden Männer in diesem Vorzimmer wie in einer Filmkulisse, so, als seien sie Teil dieser Kulisse, unbeweglich, Wachsfiguren: Polizist und Gentleman. Aus diesem Moment der Starre löste sich der Gentleman mit einer flüssigen Bewegung – ohne seine robuste, schrankartige Präsenz aufzugeben – und öffnete die Tür zum Wohnzimmer, welches als der größere Bruder des Vorraums fungierte. Auch hier das Violett und Gold der Tapete, auch hier eine ganze Reihe von Wandleuchten. Auf dem Boden lag ein ausladender, wohl antiker Teppich, den man durch einen Glastisch wie durch eine riesenhafte Lupe betrachten konnte. Auf einem Sofa, das mit seinem hellen Überzug und der dunklen, filigranen Schnitzerei den Eindruck einer offenen Kutsche entstehen ließ, saß eine Frau, die das exakte Pendant zu ihrem Mann darstellte. Nicht nur, weil sie einen ebensolchen Hausmantel und ebensolche Sandalen trug, sondern wegen derselben *gefaßten* Korpulenz. Sie blickte auf einen Fernseher, ein hochmodernes, flunderartig flaches Gerät, welches auf einem barocken Sockel stand. Die Frau drehte ihren Kopf in Jordans Richtung und betrachtete ihn mit den gleichen gütigen Augen, die auch ihrem Mann wie unveränderliche Knöpfe in den Augenhöhlen saßen. Sie neigte ein wenig ihren Kopf und wünschte einen schönen Abend.

»Meine Frau«, stellte der Hausherr vor und wollte nun wissen, inwieweit er der Polizei behilflich sein könne.

»Ihr Name?« fragte Jordan, während er den Raum nach einem Anzeichen Lukastiks absuchte.

»Barwick. Hans Barwick«, sagte der Mann.

Dazu passend fiel Jordans Blick auf eine Urkunde, die zwischen dem Fernseher und einem monolithischen Kaktus hing. In gedruckter Schönschrift wurden darin Herr und Frau Barwick in Anbetracht ihrer Verdienste um das Bestattungsgewerbe von der Wiener Kaufmannschaft geehrt.

»Ich kann mich erinnern«, sagte Jordan, »Ihren Namen mehrmals gelesen zu haben: Bestattungshaus Barwick. Nicht wahr?«

»Nun, wir sehen uns als Begleiter der Toten wie der Trauernden«, erklärte Herr Barwick, dessen sanfter Blick nun ebenso seine Berechtigung erhielt wie auch das zartfeste Timbre seiner Stimme. Man konnte sich gut vorstellen, daß dieser Mann bei allem tief empfundenen Mitgefühl, bei allem Verständnis für den Schmerz der Angehörigen das bildete, was allgemein als »starke Schulter« bezeichnet wird. Auch wenn wahrscheinlich noch nie ein Kunde gewagte hatte, sich tatsächlich an dieser Schulter auszuweinen. Barwicks Schulter wirkte symbolisch. Dieser Mann war durch nichts, auch keinen noch so schrecklichen Tod, in seiner vornehmen Straffheit zu gefährden. So war er auch in der Lage, trotz einer beinahe freundschaftlichen Beziehung zu allen Beteiligten (vielleicht sogar zum Wesen des Todes an sich) jene Kontenance zu wahren, die nötig war, um nicht nur alle Formalitäten zu erledigen, sondern vor allem die Frage nach den angemessenen ästhetischen Lösungen zu beantworten. Denn genau darum gehe es in erster Linie, erklärte Herr Barwick nun im Ton kontrollierter Leidenschaft.

»Worum?« fragte Jordan.

»Die wenigsten Hinterbliebenen wissen«, erläuterte Barwick, »in welcher Weise sie ihre Toten eigentlich bestattet sehen möchten. Natürlich gibt es prinzipielle Vorgaben, die sich zumeist aus einer bestimmten religiösen Gebundenheit ergeben. Aber das ist es dann auch schon. Nicht wenige Menschen sind allein durch die Frage nach dem richtigen Stein – ich meine bloß einmal die Steinart des Grabsteins – völlig überfordert. Sie verhalten sich, als müßten sie jemand beschenken, der schon alles hat.«

»Du übertreibst«, kam es vom Sofa her.

»Ich übertreibe nicht«, sagte Herr Barwick und drückte seine Zigarette in einer Manier aus, als falte er feines Briefpapier. Dann präzisierte er: »Die Hinterbliebenen sind weniger hilflos in Unkenntnis des lieben Verstorbenen als des eigenen Geschmacks. Ich meine einen Geschmack, der sich auf den Tod und das Ritual des Abschieds bezieht. Etwa die Frage nach der Poesie. Sie wissen schon, ein kleiner Spruch, ein kleiner Aphorismus, der die Nachricht vom Tode begleitet. Als wäre die Frage nach der Schrifttype nicht schon schwierig genug, muß man sich auch noch für einen bestimmten Text entscheiden. Und selbst wenn klar ist, daß es sich um eine Stelle aus der Bibel handeln soll, ist damit wenig gewonnen. Angesichts der ungeheuren Fülle verzweifeln die Kunden. Sie wissen selten, was sie wollen. Und genau darin besteht meine Aufgabe. Es ihnen zu sagen. Ich erkläre diesen Leuten, welches Zitat ihnen entspricht, ihrem Charakter und ihrer Erscheinung. Welcher Grabstein paßt, ob überhaupt ein Grabstein, welche Kränze, welche Blumen, welche Musik. Ja, ich gehe soweit, mir hin und wieder einen Ratschlag zu erlauben, der sich auf die Art des Trauerns bezieht. Welches Trauern welcher Person gerecht wird, ihr gut zu Gesicht steht. Verstehen Sie mich nicht falsch. Ich rede niemandem etwas ein. Aber ich studiere meine Kunden, nicht anders als ein Architekt, der für einen bestimmten Menschen ein bestimmtes Haus baut. Das Haus kleidet seinen Benutzer. Und die Bestattung kleidet die Hinterbliebenen.«

»Das klingt, als hätte der Tote gar nichts von der Sache.«

»Unter uns gesagt«, erklärte Barwick, »in den meisten Fällen ist das auch so. Wer tot ist, ist nicht nur zum Schweigen verurteilt, sondern hat auch selten etwas mitzureden. Außer natürlich, er war so weise, sich testamentarisch abzusichern. Man darf ja nicht vergessen, daß es sich bei einigen unserer Kunden um die Toten selbst handelt. Was also bedeutet, daß wir noch zu Lebzeiten des Verstorbenen von diesem beauftragt werden, post mortem in seinem Sinne zu verfahren. Leider hat das mitunter zur Folge, daß wir gezwungen sind, die Anmaßungen nächster Verwandter abzuwehren. Freundlich, versteht sich, aber ebenso bestimmt und konsequent. Es mag ein wenig morbid oder gar zynisch klingen, aber es steckt eine tiefe Moral und kaufmännische Gesinnung darin, wenn ich sage, daß bei uns auch ein toter Kunde König ist. Wir halten uns an Vereinbarungen, da kann kommen, wer will.«

»Das werden wir ja sehen«, meinte Jordan und ging nun in die Offensive, indem er fragte, welche Vereinbarung das Bestattungshaus Barwick denn eigentlich mit einem Mann namens Sternbach getroffen habe.

Hans Barwick ließ nicht die minimalste Erschütterung erkennen, kein Fünkchen seiner glatten, geraden Haltung geriet in Unordnung. Und das, obwohl er nach einer Packung Zigaretten griff, was aber in keiner Weise einen nervösen Eindruck machte, sondern ein Höchstmaß an Gelassenheit ausdrückte. In der ruhigen, kunstvollen Bewegung seiner Hände gewann das simple Päckchen den Rang eines eleganten Etuis, was wieder einmal die Binsenweisheit unterstrich, daß nicht wirklich das Stoffliche die Vornehmheit bestimmt, sondern die Geste, mit der jemand das Stoffliche präsentiert. Es gab Leute, die konnten sich beim Essen das Gebiß aus dem Mund nehmen und es wirkte so, als würden sie bloß den sauber entfleischten Kern einer Olive von ihren Lippen lösen. Umgekehrt sah man tagtäglich im deutschen Fernsehen, aber noch viel mehr im österreichischen, wie Menschen in teurer, zumindest ausgewählter Kleidung gerade dadurch Mitleid erregten, daß sie dem Publikum völlig verwahrlost erschienen.

Hans Barwick hingegen war in diesem Moment ganz Herr seiner selbst und erregte alles andere als Mitleid. Auch verzichtete er darauf, sich dumm zu stellen. Unterließ also die Behauptung, noch nie von einem Mann mit Namen Egon Sternbach gehört zu haben, sondern erklärte, daß er gerne über das Prinzipielle seiner Arbeit plaudere, aber mit Sicherheit nicht über konkrete Fälle.

»Ach was«, meinte Jordan und kratzte sich an der Wange.

»Was wollen Sie tun«, fragte Barwick mit einem feinen Lächeln, »mir ins Gesicht schlagen?«

»Ist das Ihre Vorstellung von der Polizei?« erkundigte sich Jordan, wartete aber eine Antwort nicht ab, sondern ließ seine Faust genau auf Barwicks Nasenbein krachen.

Es war kein Schlag gewesen, der sich geeignet hätte, jemand umzubringen. Nicht einmal besagtes Nasenbein brach. Das einzige, was zu Bruch ging, war die Selbstsicherheit des Bestatters, welcher offenkundig gemeint hatte, prügelnde Polizisten seien eine Erfindung des Kinos. Wobei Jordan mitnichten einen Schlägertyp verkörperte. Aber so, wie sich eben hin und wieder ein Dilemma dadurch bereinigen ließ, daß man jemand ins Bein schoß, kam es vor, daß einzig und allein ein Schlag ins Gesicht imstande war, einen Stau aufzulösen.

»Ich habe keine Zeit mehr«, sagte Jordan. Und: »Was haben Sie mit Lukastik gemacht?«

»Lukastik?« fragte Barwick, halb gegen den Fernseher gestützt, halb gegen die Wand, wohin die Wucht des Hiebs ihn geschleudert hatte. Ein wenig Blut rann aus seiner Nase und sickerte in seinen silbrigen Schnurrbart. Mit dem gepreßten Ton des in jeder Hinsicht Verletzten bekundete er sein Erstaunen: »Ich dachte, es geht um Herrn Sternbach.«

»Sternbach ist tot«, erklärte Jordan.

Barwick nickte, sagte aber, das könne man so sicher nicht sagen. Auf Haie sei bekanntermaßen wenig Verlaß. Es stehe in den Sternen, wann sie zubeißen würden und wann nicht. Freilich wäre da noch die Sache mit dem Sauerstoff ...

Barwick sah auf seine Armbanduhr und wog den Kopf zweifelnd hin und her. (Für die, die es interessiert, er trug eine LeCoultre-Futurematic, die etwa 1954 hergestellt worden war, ein wunderschönes Stück, dabei trotz des Aufwands zweier Hilfszifferblätter sachlich gestaltet.)

»Die Haie!«, schrie Jordan jetzt. »Mensch, wo sind die Haie?«

»Na, unten halt«, sagte Barwick, den seine Vornehmheit nun auch sprachlich verlassen hatte.

Jordan erhob erneut seine Faust, so ziemlich am Ende seiner Geduld.

»Hören Sie doch mit dem Theater auf«, sagte Frau Barwick. Sie hatte gewissermaßen die straffe Haltung ihres Mannes beibehalten und blickte fortgesetzt auf den Fernseher. Frau Barwick erklärte, an Jordan gewandt, ohne ihn dabei anzusehen: »Nehmen Sie den Aufzug und drücken Sie gleichzeitig auf die Fünfzehn, die Vier, die Fünfundzwanzig und die Zwei.«

»Und dann?« fragte Jordan.

»Na, was denken Sie?« sagte Frau Barwick und blickte nun doch zu dem Polizisten. »Der Aufzug bringt Sie hinunter. Hinunter zum See. Sie brauchen mich nicht so anzusehen. Weder haben ich und mein Mann dieses Wasser als erste entdeckt, noch haben wir den Aufzug manipuliert. Wofür halten Sie uns? Für kleine Götter? Und schon gar nichts können wir dafür, daß dort unten ein paar bissige Fische schwimmen.«

»Was haben Sie dann mit der ganzen Sache zu tun?« fragte Jordan. »Sie wissen schon, der Tote auf dem Dach. Und Sternbach. Und Lukastik.«

»Ich schwöre«, ließ sich jetzt wieder der Geschlagene vernehmen, »noch nie von einer Person gehört zu haben, die Lukastik heißt. Was ist das überhaupt für ein Name? Und mit dem Toten im Pool haben wir genauso wenig zu tun.«

»Und mit Sternbach?«

»Ein Auftrag«, meinte Barwick knapp.

»Reden Sie«, verlangte Jordan.

»Manche Leute wollen ihren Tod nun mal zelebrieren. Wir helfen diesen Leuten. Ich betone ausdrücklich das Wort *helfen*. Wir geben keine Giftspritzen, wir drehen keine Schläuche ab, wir stoßen niemanden in einen Abgrund, bloß weil er sich das wünscht. Wir sind also mit Sicherheit keine Mörder, wir ...«

»Schon gut«, unterbrach Jordan, »was ist mit Sternbach?«

»Ich muß hinzufügen, daß ich so spezielle Wünsche wie die Inszenierung des eigenen Todes nur für ganz bestimmte Kunden vornehme. Und nur auf Empfehlung. Herr Sternbach wurde mir empfohlen. Und zwar von jemand, den ich in einem ganz anderen Zusammenhang kennengelernt habe. Sie müssen wissen, ich sammle Handschriften. Nichts Wertvolles, alte Briefe und Postkarten.«

»Tobias Oborin!« rief Jordan aus, wie man ausruft: Gott lebt! Oder: Gott ist tot!

»Oh, Sie kennen Herrn Oborin bereits«, meinte Barwick beinahe vergnügt.

»Der Tote auf dem Dach«, erklärte Jordan.

Das war nun sichtlich eine weitere Überraschung für Hans Barwick. Selbst seine Frau hob den Kopf an, als müsse sie über irgendeinen Tellerrand lugen.

»Teufel noch mal«, entfuhr es Hans Barwick, »das ist ja schrecklich. Ich hatte keine Ahnung. Wir hörten bloß von einem Badeunfall. Wenngleich natürlich ein bißchen viel Polizei im Hause war.«

»Oborin hat Ihnen also Sternbach empfohlen.«

»Das hat er. So eine Angelegenheit ist fraglos heikel und bedarf der äußersten Diskretion. Mein Kontakt zu Herrn Sternbach ist bis heute nachmittag ein rein telephonischer gewesen. Es war alles genau abgemacht. Nicht, daß es mich erfreut hat, daß diese Sache in meinem eigenen Haus stattfinden sollte. Aber wie gesagt, der Kunde ist König. Herr Sternbach hat darauf bestanden, von mir höchstpersönlich empfangen, überfallsartig unter Narkose gesetzt und hinunter zum See gebracht zu werden. Aus dem restlichen Prozedere habe ich mich dann allerdings herausgehalten ... meine Mitarbeiter waren so frei. Hundertprozentig vertrauenswürdige Leute, obgleich nicht ganz unbescholten, aber sie werden für eine solche Tätigkeit niemanden finden, der ...«

»Meine Güte«, stöhnte Jordan im Angesicht der Erkenntnis, »mein Chef! Es war mein Chef, nicht Sternbach. Sternbach hat sich bereits letzte Nacht das Leben genommen.«

(Obgleich zu ergänzen wäre, daß Sternbach dennoch nicht darauf verzichtet hatte, auch seinem in der Schwimmhalle des Sanatoriums eilig improvisierten Selbstmord einiges an Theatralik beizufügen. Aber es war schon richtig: Barwicks Team unkonventioneller Sterbebegleiter hatte den falschen Mann betäubt und hinunter zum See gebracht, wo diesen ein Tod ereilen sollte, den Sternbach ursprünglich für sich selbst ausgedacht hatte. Ein Tod unter Haien. Absurd, aber frei gewählt. Lukastik hingegen hatte nichts dergleichen frei gewählt.)

»Welche Zahlen sagten Sie?« drängte Jordan Frau Barwick, als er nun endlich begriff, daß die Zeit noch knapper war, als er ohnehin angenommen hatte.

Frau Barwick verdrehte die Augen, wiederholte dann aber: »Fünfzehn, vier, fünfundzwanzig, zwei. Sie müssen die Tasten jedoch gleichzeitig drücken. Alles andere wäre sinnlos.«*

»Gut!« sagte Jordan und biß in seine Zungenspitze wie in ein fremdes Stück Fleisch, um für einige Sekunden in ein konzentriertes Nachdenken zu verfallen. Sodann warnte er die Barwicks, sich von der Stelle zu rühren, bis weitere Beamte eingetroffen seien. Noch im Sprechen begriffen, stürmte er aus dem Zimmer in Richtung Aufzug.

Nachdem eine der vier Lifttüren zur Seite geglitten war, sprang Jordan in die orangefarbene Zelle und spreizte Daumen und Ringfinger der linken Hand, um die Fünfzehn und die Fünfundzwanzig unter einen Hut zu bringen, während seine Rechte leichthändig die Zwei und die Vier betätigte.

Tatsächlich reagierte die Elektronik. Die Kabine schloß sich und der Lift setzte sich in eine völlig durchschnittliche Bewegung. Auf der digitalen Anzeige konnte Jordan das Herunterfahren der Zahlen beobachten. Und als dann auch der zweigeschossige Bereich der Tiefgarage vorbeigezogen war, setzte der Aufzug wie versprochen seine Fahrt fort, wobei die Anzeige in ein nervöses Blinkern ungereimter Zahlenkombinationen überging. Als tippe ein Affe in eine Rechenmaschine.

Es mochte an die sieben, acht Sekunden gedauert haben, in denen Jordan mit dem Gefühl steigender Beklemmung weiter abwärts gelangt war. Er blickte auf den Kunststoffboden unter sich, unterließ aber die Lächerlichkeit, sich zur Seite zu stellen,

---

* *Woraus sich freilich eine Frage ergab (die sich Jordan aber in diesem Moment nicht stellte), weshalb nämlich Frau Barwick die einzelnen Zahlen in dieser scheinbar unmethodischen Reihenfolge angab, wenn die Tasten doch ohnehin gleichzeitig gedrückt werden mußten. Möglich, daß dahinter ein Code verborgen lag, dessen Sinn schlichtweg darin bestand, das Wort odyb zu verschlüsseln, dessen Buchstaben der Reihe nach als fünfzehnter, vierter, fünfundzwanzigster und zweiter im Alphabet rangieren. Odyb stammt übrigens aus dem Dänischen und bedeutet »Untiefe« – eines von diesen Wörtern, welche die entgegengesetzten Pole ein und derselben Sache vertreten, eben die Steigerung wie auch die Abschwächung von »Tiefe«. »Untiefe« ist ein Wort, das bestens zu dieser Geschichte paßt. Ein Wort ohne Moral. Ein Wort vergleichbar den Leuten, die jedesmal eine andere Partei wählen.*

um einer möglichen Falltür auszuweichen. Tatsächlich verhielt sich alles sehr ordentlich. Die Kabine kam auf eine gedämpfte und ein wenig schwingende Weise zu stehen. Sodann glitt die Tür mit einem Klingelton zur Seite, nur daß dieser Ton in einen langgestreckten Gang hinaushallte. Dieser Gang in der Art eines betonierten Stollen war von in zwei Reihen angebrachten Neonröhren erleuchtet, deren gelegentliches Flackern erneut an die Tippserei eines Affen erinnerte.

Jordan ging ohne allzu große Vorsicht aus dem Lift hinaus und schritt jetzt durch den geraden Korridor. An den Wänden prangten verschiedene Graffiti, vieles davon für Jordan unleserlich, wenn es sich nicht ohnehin um abstrakte Kürzel handelte. Hin und wieder aber waren konkrete Symbole zu erkennen, die auf die Gestalt eines Hais verwiesen, auch Abbildungen einzelner Teile wie Flossen und Zähne, alles ein wenig archaisch in seiner Darstellung – zeitgenössische Höhlenmalerei. Auch waren klare Äußerungen zu lesen, beinahe in Schönschrift notiert, mädchenhaft, wenn man das sagen darf, etwa: *Laßt uns tanzen mit den blinden Haien!* Und jemand anders hatte verewigt: *Wenn sie einen von uns fressen, ist das Teil des Rhythmus. Wenn wir einen von ihnen aus dem Wasser angeln, ist das Teil des Rhythmus. Der Rhythmus ist Gott.* Ein Zyniker freilich hatte ergänzt: *Und wer füttert diese Schweine mit dem Müll der Stadt? Auch der Herr im Himmel?*

Möglich, daß irgendwo eine Antwort dazu geschrieben stand. Doch hatte Jordan nicht die Zeit, sich genauer damit zu beschäftigen, und trat am Ende des Gangs an eine der typischen waldgrünen Metalltüren, die er – quasi im Schatten der eigenen gezogenen Pistole stehend – rasch öffnete, so rasch es eben ging, da ihm die Tür einen beträchtlichen Widerstand entgegensetzte. Was damit zusammenhing, daß jemand gegen diese Tür gelehnt war. Dieser Jemand bequemte sich nun, aus dem Weg zu gehen und Jordan einen freien Blick zu gewähren, der auf einen hohen Raum von der Größe eines halben Fußballfeldes fiel. Von der kathedralisch gewölbten Decke, aus der mehrere, breite Rohre in den Raum standen, baumelten girlandenartig Neonröhren. Über eine betonierte Rampe gelangte man mehrere Meter hinunter zu einem dunklen, ja schwarzen

Gewässer, auf dessen leicht bewegter Fläche die Deckenlichter sich spiegelten gleich einem zerschnittenen Weihnachtsmarkt. Entlang der abschüssigen Fläche saßen Jugendliche und bildeten eine Gruppe. Ein paar jedoch standen außerhalb und sahen verträumt aufs Wasser hinaus. Auch die Hunde dieser Jugendlichen bildeten eine Gruppe, zerrten an irgendeinem Gegenstand, einem Stück Ball oder ... nun, es war mit Sicherheit ein Ball, denn ihr Spiel fiel relativ moderat aus. Einige der Jugendlichen machten einen rundweg verwahrlosten Eindruck, bei anderen basierte die Verwahrlosung auf einem definitiv kostspieligen Schick. Alle, wie sie waren, wandten sich zu Jordan um, auch jenes Mädchen, das er von der Tür gestoßen hatte. Sie meinte bloß: »Ach Gott, wessen Papa ist das?«

»Nur die Polizei«, sagte Jordan und hob seine Waffe höher, damit ein jeder sie sehen konnte.

Die Waffe beeindruckte, gar keine Frage.

»Wo ist der Mann?« rief Jordan. Seine Stimme hallte, als stünde er auf der Bühne eines Theaters.

Die Jugendlichen zeigten auf ein Seil, das in einer Entfernung von vielleicht zwanzig Metern aus dem Wasser gerade nach oben ragte, einen an der Decke angebrachten Haken durchlief und sodann steil zum Ufer hinüberführte, wo es an einem Betonklotz befestigt war.

Jordan erkannte nun eine mächtige, gipfelartig zugespitzte Rückenflosse, die für einen Moment die Wasseroberfläche durchbrach, mehr eine klarsichtige Scherbe darstellend. Aber es war dennoch ein Hai, der hier durchs Wasser trieb. Dann fiel irgendein Ding aus einer der Röhren und klatschte heftig auf, woraufhin eine beträchtliche Unruhe im Wasser entstand, wie bei einer kleinen Explosion. Wenig später war alles wieder vorbei, das Wasser glatt bis leicht gewellt.

Jordan rannte hinüber zum Seil, wobei er nach den Jugendlichen pfiff und sie anwies, ihm zu helfen.

»Der Mann ist doch noch gar nicht tot«, sagte einer, um zu argumentieren, warum er sitzenblieb. So wie die anderen.

Jordan streckte die Hand aus, in der er seine Waffe hielt und richtete den Lauf gegen das Bein des Jugendlichen. Dann sagte er: »Zwei Sekunden.«

Der Junge schnellte in die Höhe und beeilte sich, die zwei Sekunden zu nutzen, um an Jordans Seite zu gelangen. Mit ihm ein paar andere, denen an der Gesundheit ihrer Beine gelegen war. Gemeinsam löste man das Seil vom Stein und begann zu ziehen.

»Langsam wäre besser«, sagte ein Junge mit Haaren wie ein Bison. Und ergänzte: »Wegen der Haie und wegen dem bißchen Taucherkrankheit.«

»Du hast recht«, stimmte Jordan zu, »langsam also.«

21

Lukastik empfand jetzt eine große Freiheit, die darin bestand, sich dem Tod quasi zur Disposition zu stellen. Zwar nicht ehrerbietig, so doch ohne jedes Gejammer. Weil der Tod sich aber Zeit ließ – die Fische umschwammen Lukastik in spürbarer Nähe, verzichteten gleichwohl darauf, zuzubeißen –, kam Lukastik nicht umhin, sich ein wenig Gedanken über sein Leben zu machen. Einen rein persönlichen Strich zu ziehen. Ohne daß deshalb gleich seine ganze Biographie in hohem Tempo vorbeigezogen wäre. Vater und Mutter blieben in jeder Hinsicht unberücksichtigt und damit auch unbedankt. Allein das Bild seiner Schwester drängte sich ihm auf, ihre Schönheit, die ja in keiner Weise verblüht war, sondern hinter der Fassade einer eleganten, gebildeten und betont kühlen Endvierzigerin wie in eine Schatulle gebettet lag, praktisch ungenutzt. Eine Schönheit, die Lukastik in jeder Hinsicht stets perfekt erschienen war, gerade darum, weil er seine Schwester niemals für einen guten Menschen gehalten hatte. Die Schönheit guter Menschen war nicht wirklich auszuhalten. Hatte etwas von der Haut, die sich auf warmer Milch bildet. Solche Menschen, wenn sie Frauen waren, erinnerten alle ein wenig an die frühe Ingrid Bergman, die Bergman von *Casablanca* und die von *Notorious*. Unerträglich, wenn man genau hinschaut: Ein guter Mensch erstrahlt, haucht, zärtelt, gibt sich migränoid, gibt sich unergründbar, etwas jenseitig, und treibt gleich besagter Milchhaut durch die Szenerie.

Lukastiks Schwester hatte nie mit einem migränoiden Flair geliebäugelt. Ihre Schönheit war eine pure, direkte, von jeglicher Verpflichtung freie.

Lukastik dachte einen Moment an ihren Körper, den er einst hatte berühren dürfen. Eine Berührung, die ihm nun nicht nur als das großartigste Ereignis seines Lebens erschien, sondern auch als das sinnvollste. Alles andere fiel beträchtlich davon ab, wie erlahmte Jagdhunde hinter einen begnadeten Fuchs oder Hasen. Dieser begnadete Hase war in Lukastiks Leben ein Solitär geblieben, und das war im Prinzip auch gut so. Ein Leben voll von begnadeten Hasen ist undenkbar. Zudem auch nicht wünschenswert. Ein wenig mehr solcher Hasen hätten es freilich dennoch sein dürfen.

»Herr im Himmel«, stammelte Lukastik in sein Mundstück hinein, so daß seine Atmung für einen Moment durcheinandergeriet. Er spürte in seinem Rücken einen Zug, einen Schmerz, einen Hai ...

Es war kein Hai. Etwas riß ihn nach oben. Ein Gurt, den er bisher noch gar nicht bemerkt hatte, wand sich enger um seine Brust, spannte sich unter den Achseln und schien auf Höhe des Nackens in einen Karabiner zu münden, durch den die Schlaufe eines nun straffen Seils führte. Nach diesem ersten heftigen Ruck trat eine Pause ein. Lukastik bemerkte, daß die Fische davongeschreckt waren. Er konnte sich allerdings denken, daß dadurch ihre Neugierde neue Nahrung erhielt. Es folgte ein nächster Schub, milder als der erste. Sodann ergab sich ein halbwegs gleichmäßiges Ziehen, das ihn kopfvoran in Bewegung versetzte. Er selbst unternahm rein gar nichts. Er hing flossenlos im Seil und spürte die Annäherung der Fische. Erneut fuhr die Kante einer Schnauze in Lukastiks Seite, schlug mit Wucht gegen seine rechte Niere, so daß er einige Meter zu Seite getrieben wurde, nicht viel anders, als sei er durch die Luft geschleudert worden. Der Schmerz war so groß, daß ihm genau jener Schrei entfuhr, den er unbedingt hatte vermeiden wollen. Aus gutem Grund. Denn im Zuge dieses Schreis entglitt ihm sein Mundstück, dessen Befestigung er ja zuvor eigenhändig gelöst hatte.

Lukastik schluckte Wasser, schwarzes, süßes Wasser. Dabei strampelte er mit den Füßen, wie um eine Pumpe zu betätigen. Voll Panik griff er ins Dunkel hinein, fuhr mehrmals durch die Leere, bekam aber schließlich den »Frosch« zu fassen, den er sich zurück in die Mundhöhle schob. Er biß geradezu wütend in den weichen Kunststoff und hustete das Wasser aus dem Kanal hinaus. Seine Atmung galoppierte. Er schwitzte. Zumindest war dies sein Eindruck, der ihm absurd erschien: ein Schweißausbruch unter Wasser. Endlich beruhigte er sich und nahm die Luft wieder entgegen wie ein kleines, verpacktes Geschenk, dessen Glitzerpapier man nicht wie ein Verrückter aufreißt, sondern sorgsam Stück für Stück öffnet, um sich sodann in angemessener Weise zu erfreuen. Er atmete in Ruhe und Demut, die Verbissenheit bezog sich allein noch auf das Mundstück.

Lukastik wurde in der Folge – während eine namenlose Kraft ihn stückweise aufwärts zog – immer wieder von einem der Haifische angestoßen. *Attackiert* wäre ein zu hartes Wort gewesen. Die Tiere arbeiteten wie an einem Sandsack. Ein Sandsack ist kein Gegner, er simuliert nicht einmal einen Gegner, da er ja ohne eigene Bewegung bleibt. Daran hielt sich auch Lukastik, indem er jetzt starr wie eine Puppe am Seil hing. Wie lange das so ging, konnte er nicht sagen. Auch die Zeit verpuppte.

Doch selbst eine verpuppte Zeit vergeht. Freilich vergeht auch der Inhalt einer Druckluftflasche. Und wenn Lukastik zuvor in halbwegs freundlicher Weise an den Tod gedacht hatte, dann eigentlich an jenen, der sich im Zuge eines Haiangriffs ergab, und nicht an den des Erstickens. Dennoch: Sie ging ihm aus, die Luft. Sie ging ihm aus, nicht anders als die Batterie in einem Radiogerät. Einen Moment scheint die Musik oder die Stimme des Sprechers zu zögern, sich der eigenen Schwäche zu vergewissern. Dann Ende.

Es war famos. Famos und überwältigend. Wie in einem dieser Filme, wenn die Spannung in einem hysterischen Nullpunkt kulminiert. Lukastik, ohne Flossen, jetzt auch ohne Luft, sah ein Licht über sich, erkannte die Verzerrung einer Wasseroberfläche, erkannte nun sogar das Seil, das durch diese Oberfläche drang und einen optischen Knick erfuhr. Das Seil, an dem er hing. Freilich fehlte im Moment jeglicher Zug. Offenkundig bemühten sich die Helfer, eine allzu rasche Dekompression zu verhindern.

Für Pausen allerdings hatte Lukastik keine Zeit. Auch nicht dafür, sich um die Fische zu kümmern, deren markante Gestalt in der zitternden Scheibe von Licht sichtbar wurde. Lukastik benutzte endlich seine Hände, schlug mit den Füßen aus und tauchte nach oben. Doch war die Distanz länger, als er gemeint hatte. Was allerdings auch für seinen Atem galt. Ein wenig fühlte er sich wie jemand, der nicht zu atmen brauchte, weil er gar nicht mehr richtig am Leben war. Sehr wohl aber in Bewegung.

Den Körper eines Fisches touchierend – ein Mensch unter Haien, ein Polizist unter Haien – brach er durch die Oberfläche, riß den Mund auf und holte sich, was ihm zustand. Den ganzen Teller. Dann wurde ihm schwarz vor Augen. Wieder einmal.

22

Beide Teile des Fensters standen offen. Draußen wog und flitterte die schlanke Gestalt einer Birke im warmen Wind eines Sommers, dessen Hitze etwas an Schärfe verloren hatte und trotz fortgesetzt hoher Temperatur mild wirkte. Das Wetter erinnerte nun an einen dieser Boxer, die ungeachtet ihrer großen Gesten zu schwächeln beginnen. Kaum noch sichtbar, dennoch wegweisend.

Freilich ergab sich der Eindruck von Milde – der Eindruck einer Niederlage, die noch gar nicht besteht, wie man eben einen Boxkampf, den man verliert, von der ersten Runde an verliert – nur für den, der sich in dem kleinen Zimmer befand, das zur Gänze in einem hellen Schatten lag, der den Gegenständen eine graugelbe Färbung verlieh: den weißen, hohen Wänden, den weißen Stühlen, dem Krankenbett, der Infusionsflasche, dem dunklen Holzkreuz sowie dem kleinen Tisch, auf dem ein paar Blumen gerade aus einer Vase standen, gleich einer Gruppe verhexter Mannequins. Nicht zuletzt den beiden Männern, die sich in diesem Raum befanden. Der eine in seinem Krankenbett liegend, Chefinspektor Lukastik, während der andere, jener wasserscheue Haibiologe namens Erich Slatin auf einem der beiden Hocker saß und seinen Blick abwechselnd auf den Genesenden und dann wieder auf die weite Parklandschaft richtete, die hinter dem grobmaschigen Geflecht der Birke sichtbar wurde.

»Wie fühlen Sie sich jetzt?« fragte Slatin und schlug seine Füße übereinander, so daß ein Stück heller Haut zwischen Sokke und Hosenbein aufblitzte.

»Es ist merkwürdig«, meine Lukastik, »am Leben zu sein, wenn man eigentlich schon tot war. Ich müßte eine ziemliche Euphorie verspüren. Tue ich aber nicht. Eher ist es so, als habe man mir einen Gutschein in die Hand gedrückt. Sagen wir mal, einen Büchergutschein. Leider besitze ich aber schon alle Bücher, die ich glaube besitzen zu müssen. Und so stehe ich also da, mit diesem Gutschein in der Hand, und bin überfordert. Nicht, daß ich lieber tot sein möchte. Schließlich war es mir nicht vergönnt, irgendein Paradies zu schauen. Oder auch nur den Rand eines Paradieses.«

»Sondern?«

»Der Tod ist eine Verbeugung«, sagte Lukastik.

»Ach was, eine Verbeugung also«, meinte Slatin, wie man meint: Ach was, persische Eisbären also.

»Mehr kann ich Ihnen nicht sagen«, zeigte sich Lukastik bekümmert. »Vielleicht ist alles ganz normal, und diese Verbeugung ist gewissermaßen die Eingangsgeste in den Tod. Vielleicht aber handelt es sich um eine andauernde, eine möglicherweise ewige Verbeugung. Als sei der Tod ein radikaler Asiat. Ich kann es Ihnen wirklich nicht erklären, Slatin. Aber als ich starb, oder eben beinahe starb, da spürte ich die unbedingte Verpflichtung, mich zu verbeugen. Und ich spürte – und zwar mit einer Deutlichkeit, die keinen Zweifel ließ –, daß um mich herum alles und jedes eine Verbeugung war, das Wasser, die Haie, das Dunkel, der Raum. Nicht gekrümmt, sondern verbeugt.«

Zwischen Slatins Augen bildeten sich zwei schmale Wülste. Dann entließ er einen kurzen Seufzer, der selbige Wülste auflöste, und meinte, es sei, wie es sei. Wenn der Tod sich tatsächlich in einer Verbeugung erschöpfe, wäre es wohl gar nicht so schlecht, noch ein wenig auf dieser Welt zu bleiben, um die allgemeine Vielfalt zu genießen.

»Sie meinen wohl die Vielfalt der Fische«, sagte Lukastik,

auf dessen Drängen hin die ermittelnde Behörde Slatin als Fachmann beigezogen hatte.

In dem unterirdischen See waren an die zwanzig Exemplare einer Haipopulation gesichtet worden. Es konnten auch wesentlich mehr sein. Die Nachforschungen gestalteten sich äußerst schwierig. Ein ausgedehntes System von Höhlen und Kanälen schloß sich an den See an, der zudem mehrere, miteinander verbundene Räume ausfüllte. Wobei die Gewölbedecke, die auf den ersten Blick an Blöcke von Beton erinnerte, sich möglicherweise auf eine romanische Klosteranlage zurückführen ließ, was freilich in einer derartigen Tiefe ein Novum bedeutet hätte.

Leider würde kein Historiker je diesen Ort zu Gesicht bekommen. Der See, der intern die Bezeichnung *Sharks Pool* erhielt, wurde zur absoluten Verschlußsache erklärt. Die Frage nach romanischer Baukunst stuften die Ermittler als verzichtbar ein. Allein Slatin sowie einige Statiker wurden ins Vertrauen gezogen. Es galt einerseits das Haiproblem zu lösen und andererseits jegliches bautechnische Risiko zu beseitigen, das sich aus einem Gewässersystem ergab, welches zumindest teilweise unterhalb des Fundaments der Wohntürme gelegen war. Und all dies mußte verständlicherweise im Rahmen höchster Geheimhaltung erfolgen. Was auch bedeutete, daß man jene Jugendlichen, die *Sharks Pool* als eine Art kultischen Freizeitort benutzt hatten, nicht nur einer eingehenden Befragung unterzog, sondern ihnen auch ein Stillschweigen ob der Geschehnisse und der Tatsache heimischer Haie abverlangte. Eindrücklich abverlangte. Denn es gab nun mal Dinge, über die in der Öffentlichkeit beim besten Willen nicht diskutiert werden konnte. Schon gar nicht darüber, daß einige hohe Beamte von der Existenz des Sees gewußt hatten, allerdings erst nach Errichtung aller drei Blöcke zu dieser unerfreulichen Kenntnis gelangt waren. Wobei sie weniger aus Berechnung, denn in Folge ihrer Hilflosigkeit geschwiegen hatten. Ein solcher See war nicht einfach wegzuzaubern. Noch eignete er sich, politisch verantwortet zu werden. Dann eher kirchlich, wenn man den Umstand romanischer Baukunst bedachte. Aber wer wollte die katholische Kirche ausgerechnet wegen ihrer Baukunst anklagen?

Von diesen paar Beamten, einigen wenigen Mietern wie den Barwicks und der Gruppe der Jugendlichen jedoch abgesehen, war das unterirdische Gewässer eine Terra incognita geblieben. Und das, obwohl tatsächlich ein beinahe achtzigjähriger Dokumentarfilmer aus der Reihe des *Werk-Stadt-Teams* eine automatische Übertragungskamera installiert hatte, die in schönster Ordnung an der Stromversorgung der Wohnhaustürme gehangen war.

Der See, die Haie, das romanische Gewölbe und sämtliche Umtriebe waren somit – wenn auch bloß schemenhaft – öffentlich gewesen. Öffentlich, aber unbeachtet. Was erneut beweist, wie gering die Bedeutung des Realen ist, wenn selbiges ins Internet gestellt wird, um dort als nie geschautes Bild zu verkümmern.

Bezeichnenderweise war ja auch Sternbach keineswegs über die Livecam auf *Sharks Pool* gestoßen, sondern über Tobias Oborin, der wiederum von Hans Barwick auf diesen sagenhaften Umstand hingewiesen worden war. Oborin und Sternbach, bis zuletzt Tauchfreunde, hatten beschlossen gehabt, der Sache auf die Spur zu gehen, vor allem der Frage nach den Haien, deren Existenz zu diesem Zeitpunkt wohl eher ein Gerücht gewesen war.

Es gab nun keinen Grund, an der Aussage Sternbachs zu zweifeln, daß er auf Grund der Wem-sonst-als-Dir-Geschichte zwar auf Rache aus gewesen war, jedoch über keinen genauen Plan verfügt habe. Und schon gar nicht in der Lage gewesen sei, die Möglichkeiten eines Haiangriffs vorauszusehen.

Vielmehr schien es, als wären Oborin und Sternbach während ihres Tauchganges in höchste Bedrängnis geraten, und Sternbachs ganze Teufelei hatte darin bestanden, seinen sogenannten Freund im Stich gelassen zu haben. Jedenfalls war Sternbach unverletzt entkommen und hatte anschließend die von einem Hai verstümmelte Leiche Oborins aus dem Wasser gezogen. Beim Anblick des übel zugerichteten Körpers war ihm wohl die Idee gekommen, diesem Unfall den Anstrich eines durchdachten Verbrechens zu verleihen. Und also etwas Dramatisches und Skurriles zu tun. Weshalb er den Leichnam bis auf die Badehose entkleidet, in einen der vielen herumliegenden Müllsäcke gestopft und mit dem Lift an den entgegengesetzten Endpunkt des Schauplatzes verfrachtet hatte. From Sharks Pool to Our Pool.

Offenkundig war Sternbach von seiner Inszenierung – dieser Erhöhung des Todes in etwas ungleich Schillernderes – derart beeindruckt gewesen, daß er sich entschlossen hatte, auch seinen eigenen Tod so rasch als möglich in dem unterirdischen Gewässer stattfinden zu lassen. Nun aber im Rahmen genauer Regieanweisungen, für deren Umsetzung er den Bestatter Barwick in Kenntnis setzte.

Natürlich war Sternbach bereits längere Zeit mit Barwick in Kontakt gestanden und der Selbstmord eine längst beschlossene Sache gewesen. Sternbachs Lebensüberdruß bestand vermutlich seit dem Tag, da er Oborins Buch aufgeschlagen und seiner für originär gehaltenen Widmung ansichtig geworden war.

Was soll man tun? Manche Menschen sind Mimosen.*

Unglücklicherweise war Sternbach nicht mehr dazu gekommen, seinen Plan zu verwirklichen, obgleich er sich alles andere als Zeit gelassen hatte und gleich am Tage nach Oborins Tod darangegangen war, sein eigenes Ende in Auftrag zu geben. Doch ein Scheitern hatte sich angekündigt, als überraschenderweise die Polizisten Boehm und Jordan in seinem Zimmer aufgetaucht waren.

Es war ihm durchaus zuwider gewesen, die beiden ausschalten zu müssen. Ganz abgesehen von deren komplizierter Verwahrung. Spätestens aber mit dem Auftritt Lukastiks in *Rolands Teich* hatte sich Sternbach eingestehen müssen, daß er niemals unbehelligt bis nach Wien gelangen würde, um seinen höchst abenteuerlichen Selbstmord in die Tat umzusetzen. Beziehungsweise von Barwick und seinen Leuten umsetzen zu lassen. Weshalb er dazu übergegangen war, eine Improvisation vorzunehmen. Die ihm auch gelungen war. Denn wenn schon sein beabsichtigter Unterwassertod nicht hatte stattfinden kön-

* Es ist übrigens nur noch als schlechter Witz im schlechten Witz zu bezeichnen, daß Hölderlins Widmung nicht bloß ein Eigenzitat aus dem *Hyperion* darstellt, sondern möglicherweise gar nicht von ihm selbst stammt, sondern »stillschweigend« von einem anderen Autor entliehen wurde.

nen, so war er zumindest in der Lage gewesen, sich am Rande eines Pools recht effektvoll eine Kugel in den Kopf zu jagen. Dazu kam die Freude ob der Perfidie, ausgerechnet Lukastik nach Wien zu schicken, auf daß dieser seinen »Vertreter« spiele. Daß Lukastik sich jedoch tatsächlich als Egon Sternbach ausgeben würde, damit hatte auch Sternbach nicht rechnen können. Aber gewiß war ihm eine solche Idee durch den Kopf gegangen. Er hatte die günstige Verwicklung von Zufall, Schicksal und Blödheit ersehnt.

Und beinahe wäre seine ganze Hoffnung auch in Erfüllung gegangen. Beinahe.

»Eine erstaunliche Anpassung an die Lebensumstände«, erklärte Erich Slatin und wechselte die Position seiner Beine, so daß nun ein anderes Stück weißer Haut aufleuchtete. Dann wurde er genauer: »Zwar handelt es sich wie erwartet um Haie von der Art Carcharhinus leucas, aber, wenn Sie so wollen, um eine modifizierte Form. Modifiziert und perfekt. Nicht jede Blindheit ist schließlich ein Schaden.«

Lukastik richtete sich ein wenig auf, lächelte müde und fragte: »Blind?«, so wie man fragt: Sozialist?

»Ja«, sagte Slatin, »zumindest die beiden Exemplare, die man aus dem Wasser gezogen hat. Auch sind sie etwas kleiner, als man das von Swan River Whalers gewohnt ist. Ich nehme an, auf Grund einer gewissen Enge der Höhlen. Die Blindheit ist logisch. Dort unten gibt es nichts, was man mit den Augen schauen könnte. Ansonsten sind die Charakteristika der Art völlig erhalten. Dazu kommt natürlich eine totale Anpassung an die katastrophale Wasserqualität. Eine Kloake, doch die Fische scheint das nicht zu stören. Im Gegenteil. Sie ernähren sich vom Abfall, den es praktisch aus den Röhren regnet. Man muß sich das vorstellen, wir haben ein halbes Rind gefunden.«

»Wie kamen die Haie dort hinunter?« wollte Lukastik wissen.

»Da muß ich jetzt ein wenig spekulieren«, sagte Slatin, »aber ich glaube, wir können davon ausgehen, daß diese Fische keine Österreicher sind, zumindest nicht von ihrem Ursprung her, und daß dieser See auch sicher keine Ursuppe der Stadt

Wien darstellt. Andererseits benötigen genetische Veränderungen, wie diese Tiere sie erfahren haben, natürlich ihre Zeit, zumindest ein paar Generationen. Dazu kommt, typisch für die Art, eine lange Phase der Trächtigkeit sowie eine späte Geschlechtsreife der Männchen. Wobei ich nicht ausschließen kann, daß sich auch diesbezüglich eine neue Variante entwikkelt hat. Eine städtisch flinke. Jedenfalls bin ich von der Annahme ausgegangen, daß der Beginn dieser Geschichte ein paar Jahrzehnte zurückliegen muß. Ich habe in den Archiven Ausschau gehalten und bin auf einen Flugzeugabsturz gestoßen, der einiges erklären könnte. Das war 1963, zehn Jahre bevor man begonnen hat, den ersten Häuserblock zu errichten. Damals befand sich auf dem Gelände eine weitflächige Baumschule.«

»Meine Güte, was für ein Flugzeug?« fragte Lukastik, der durchaus – und sei es aus Erzählungen – Kenntisse der frühen sechziger Jahre besaß und wohl kaum etwas derart Dramatisches aus seinem Gedächtnis verbannt hätte.

»Nichts Besonderes«, winkte Slatin ab, »eine kleine Propellermaschine. Der Pilot mußte wegen eines brennenden Motors notlanden und hat es eben bloß noch geschafft, in diese Baumschule hineinzukrachen. Er und sein Begleiter sind mit ein paar Kratzern davongekommen. Schlechter ist es ein paar von den Versuchstieren ergangen, die sich in dem kleinen Laderaum befanden. Das Flugzeug gehörte einem italienischen Chemiekonzern. 1963 war eine Zeit, da sich das Mitleid mit Versuchstieren noch in beträchtlichen Grenzen gehalten hat. Wenn man die Tageszeitungen von damals liest, klingt eher so etwas wie Humor an. Humor angesichts toter Äffchen und toter Mäuse im Gestrüpp demolierter Jungtannen. Auch von Fischen ist die Rede. Das hat die Kommentatoren besonders belustigt, die Vorstellung vom Himmel gefallener Fische.«

»Und Sie wollen mir jetzt also weismachen ...«

»Ich will sicher nicht behaupten«, beeilte sich Slatin zu erklären, »daß ein drei Meter langer Hai sich an Bord eines vielleicht acht Meter langen Sportflugzeuges befand. Interessant ist aber, daß dieses Flugzeug, nachdem es eine Schneise durch die Baumschule gezogen hatte, im Bachbett der Liesing gelandet ist, wo es auseinanderbrach. Sie wissen schon, ich rede von diesem Rinnsal, das damals wie heute die Gegend durchzieht. Darin sahen die Berichterstatter jener Tage ja einen weiteren Spaß, daß nämlich irgendwelche italienischen Versuchsfische ausgerechnet in ein Wiener Flüßchen gefallen waren. Aber niemand sprach von einer Gefahr, nicht 1963. Man hat zu dieser Zeit der Chemie vertraut, sogar der italienischen. Es schien ja auch nicht wirklich einen Grund zu geben, sich Sorgen zu machen. Die toten und halbtoten Äffchen und Meerschweinchen und Nagetiere wurden eingesammelt, die lädierten Fische – soweit auffindbar – in Behälter gepackt, das Wrack und die beiden Leichtverletzten nach Italien geschafft, das war's auch schon. Kaum Aufregung. Wie gesagt, eher Belustigung.«

»Ich verstehe«, sagte Lukastik, »auf diese Weise könnte zumindest ein noch sehr junger Hai in den Bach und von dort in einen der Kanäle gelangt sein.«

»Nicht bloß einer«, korrigierte Slatin, »sondern mindestens zwei, und zwar verschiedenen Geschlechts, wenn man die weitreichenden Folgen bedenkt. Auch vermute ich, daß diese Fische bereits in einer bestimmten Weise präpariert gewesen sind. Müssen sie sogar. Schließlich kann man das kühle Wasser der Liesing in bezug auf Haie kaum als kompatibel bezeichnen. Nein, diese Fische waren genetisch verändert und haben sich wohl in den darauffolgenden Jahren weiter in Richtung auf eine beträchtliche Robustheit entwickelt. Wenn man den Carcharhinus leucas schon zuvor als einmaligen Fisch bezeichnen konnte, so ist er in diesem Fall zu etwas Herausragendem geworden – extrem flexibel, extrem angepaßt, auch extrem schön, bedenkt man diese exotische Färbung der blinden Augen. Ich wüßte eine solche Farbe nicht zu benennen ... Bergblau, aber klarer, schneidender und dennoch nicht so kalt wie Bergblau. Ich würde fast von einer Farbe als optischer Paradoxie sprechen. Herrlich! Die Forschung hätte ihre Freude. Aber man wird die Sache wohl unter den Tisch kehren. Nicht, daß ich glaube, die Italiener hatten damals vor, irgendeine ichthyologische Superwaffe zu entwickeln. Ich denke eher an Grundlagenforschung. Heutzutage freilich betrachtet man derartige

Dinge mit großer Ängstlichkeit. In den Labors der Privaten mag sich ja Abenteuerliches abspielen. Der Staat aber fürchtet sich. Der Staat fürchtet die Zukunft. Er meint wohl, ihr entkommen zu können.«

»Ich muß sagen«, äußerte Lukastik, der keinesfalls über den Staat diskutieren wollte, »ich kann mich über diese Fische nicht wirklich beklagen.«

»Ja«, nickte Slatin, »diese reformierte Art scheint sich auf Aas spezialisiert zu haben. Auch Tobias Oborin dürfte schon tot gewesen sein, als die Haie ihn attackierten, obgleich natürlich der gute Mann noch weit vom Zustand eines Aases entfernt gewesen ist.«

»Sie meinen, daß Sternbach ...«

»Muß nicht sein. Vielleicht hatte Oborin Probleme mit dem Sauerstoff, Probleme mit dem Herzen, mit der Orientierung. Jedenfalls bin ich mir ziemlich sicher, daß der Haiangriff, das Abreißen eines Beins, einer Hand, die Vielzahl der Verletzungen, als bloße Laune der Fische zu verstehen ist. Als heftige Spielerei. Hungrig waren diese Tiere keinesfalls. Eher gelangweilt. Würden wir danach suchen, würden wir das Bein und die Hand sicherlich finden. Jedenfalls deutet nun also doch alles auf eine Art von Badeunfall hin. Wenn man das so sehen will.«

»So wird man es wohl sehen wollen«, sagte Lukastik, »aber immerhin haben sich die mysteriösen Anteile dieser Geschichte so ziemlich aufgelöst.«

»Na, ich weiß nicht recht«, meinte Slatin mit einem Kopfschütteln, das die Bewegung der Birke zu imitieren schien, »ein solcher Fisch und ein solches unterirdisches Gewässer sind nicht gerade ein Vorbild an Eindeutigkeit.«

Auch darüber wollte Lukastik nicht diskutieren. Er war durchaus zufrieden über die Entschlüsselung der Umstände. Selbst die Tatsache eines Liftes, der bis hinunter zum See führte, würde sich schlußendlich in einer vernünftigen Weise enträtseln lassen. (Was leider nicht der Fall war, wohl auch darum, da man aus Gründen der Geheimhaltung weder Baufirmen noch Architekten einer Befragung unterzog. Vielleicht auch, um nicht allzu viele peinliche Details in Erfahrung zu bringen.

Die illegale Wegstrecke des Lifts blieb im Mysterium verhaftet, gleich einem abgebrochenen Schlüssel, dessen Bart im Schloß steckt, was dann quasi auf ein Einfrieren der Verschlüsselung hinausläuft.

Der einzige sinnvolle Hinweis bestand darin, daß die beiden Barwicks angaben, jenen Nummerncode aus vier Zahlen, der möglicherweise den Begriff *odyb* bezeichnete, einem Mann zu verdanken, dem sie Jahre zuvor ebenfalls bei dessen Suizid zur Seite gestanden waren. Und zwar in einem Sinne, der ihrer Aufgabe als »Dekorateure« voll entsprochen hatte.

Jener Mann hatte um den unterirdischen See gewußt und diesen als Ort seines Todes und seines Grabes erwählt. Er war ins Wasser gegangen. Allerdings ohne wieder aufzutauchen. Begleitet von schwimmenden Kerzen und schwimmenden Blumen und ein paar nackten Damen (die freilich am Leben blieben) sowie Händels Wassermusik. Alles sehr gediegen. Man konnte also auch »ins Wasser gehen«, ohne gleich trübsinnig zu werden.

Die Existenz von Haien war damals bloß kolportiert worden. Eine Rückenflosse aber hatte niemand zu Gesicht bekommen.

Bei jenem stilbewußten Selbstmörder hatte es sich um einen nicht weiter bedeutenden Geschäftsmann gehandelt, der nie in seinem Leben etwas mit Aufzügen oder Hochhäusern zu tun gehabt hatte.

Das Ganze ging schon sehr in Richtung einer dieser Freimaurergeschichten. Wobei die Freimaurer natürlich immer dann ins Spiel kamen, wenn man nicht weiterwußte und das Unwissen wenigstens mittels eines Begriffs zu kompensieren versuchte.

Lukastiks Motto jedoch lautete: Kein Zweifel an der Enträtselung. Schließlich war *er* hier der Patient und bestimmte somit die Themen. Was er nun auch tat, indem er meinte, eigentlich hätte dieser Fisch einen eigenen Namen verdient. Selbst wenn dessen zoologische Existenz niemals das Licht offizieller Wissenschaft erblicken würde.

»Stimmt«, sagte Slatin, »daran mußte ich auch schon denken. Es wäre jetzt das zweite Mal, daß ich meinen Teil zur Entdeckung eines neuen Fisches beitrage. Wenn man meine Analyse des Zahnsplitters berücksichtigt. Ich habe die Richtung vorgegeben. Die richtige Richtung noch dazu. Wann kommt so was schon vor?«

»Da gehe ich absolut d'accord mit Ihnen, *Professor*«, sagte Lukastik, obgleich Slatin eine solche Anrede gar nicht zustand. Und doch war dieser Titel – dessen Klang – ein Teil von Slatins Wesen, wie man das etwa von der natürlichen Haarfarbe eines Mannes mit Glatze behaupten kann. Denn eine Glatze schließt selbstredend eine natürliche Haarfarbe nicht aus. Ein Professor war man oder war man nicht. Mit einer faktischen Professur hatte das herzlich wenig zu tun.

Slatin überging wohlwollend die unberechtigte Titulierung seiner Person und erklärte, sich überlegt zu haben, daß Bezeichnungen wie *Sharks Pool Whaler* oder *Alterlaa-Hai* zwar vom sachlichen Standpunkt entsprechen würden, ihnen aber jene poetische Note fehle, welche dieser herrliche blinde Fisch unbedingt verdiene.

»Slatin«, sagte Slatin, »finde ich, ist ein durchaus poetischer Name. Auch wäre es angebracht, nach so vielen Jahren doch noch einen Hai nach mir zu benennen. Warum also nicht von einem *Slatinhai* sprechen?«

»Ja, daran wollen wir uns halten«, meinte Lukastik. »Freilich wird das unter uns beiden bleiben müssen.«

»Das geht in Ordnung. Ich hoffe nur, daß man darauf verzichten kann, die gesamte Population der *Slatinhaie* auszurotten.«

»Sieht schlecht aus«, sagte Lukastik. »Man wird sicher versuchen, sämtlicher Tiere habhaft zu werden. Und ich glaube nicht, daß geplant ist, dabei Gefangene zu machen. Außerdem sollen große Teile des Sees und der Gewölbe mit Beton ausgefüllt werden. Das versteht sich von selbst. Eine Frage der Sicherheit. Jeglicher Sicherheit.«

»Selbstverständlich«, meinte Slatin bitter. »Da kann man auf ein paar Fische keine Rücksicht nehmen.«

»Ich hätte Ihnen so viel Sentiment gar nicht zugetraut.«

»Sie haben recht«, sagte Slatin, »ich vergesse mich. Das muß nicht sein.«

»Ich nehme an«, äußerte Lukastik, während der an seinen Körper angeschlossene Computer orakelhaft zirpte, »man hat Sie in dieser Sache zu absoluter Verschwiegenheit verpflichtet.«

»Es gibt Kollegen von Ihnen, Herr Lukastik, die einen absonderlichen FBI-Habitus an den Tag legen. Nicht, daß man mich bedroht hätte. Es ist diese Art der Andeutungen, diese blumige Sprache, die sich in wackeligen Bildern erschöpft. Das Wackelige, denke ich, soll die Bereitschaft zur Gewalt zum Ausdruck bringen. Sehr enervierend alles.«

Lukastik hob gottergeben seine Hände. Womit er wohl bedeuten wollte, daß der FBI-Habitus nun einfach dazugehöre. Wie auch die wackeligen Bilder. Damit müsse man leben. Gleich darauf benutzte er eben diese Hände, um sich von zwei Seiten an den Kopf zu fassen.

»Schmerzen?« fragte Slatin.

»Na, sagen wir«, antwortete Lukastik, »mir steckt ein Fisch im Schädel.«

»Den werden Sie kaum wieder loswerden«, prophezeite Slatin.

»Das fürchte ich auch.«

Erich Slatin erhob sich. Der helle Fleck seiner Beinhaut verschwand hinter dem tunneligen Vorhang der Anzughose. Slatin warf einen verächtlichen Blick auf die mitgebrachten Blumen, ganz so, als wolle er sich für selbige entschuldigen. Seine eigentliche Entschuldigung galt dann aber dem Umstand, Lukastik so lange belästigt zu haben.

»Keineswegs«, erklärte Lukastik, »außerdem war ich es ja, der Sie hat rufen lassen.«

»Richtig«, sagte Slatin. »Draußen stehen Ihre FBI-Kollegen, um mich zurückzubringen zu meinem *Slatinhai*. Ich soll zusammen mit Dr. Paul eine Sektion vornehmen. Einerseits freue ich mich darauf. Andererseits erscheint es mir als Schande. Einen Körper zu öffnen, das hat etwas Gottloses. Nicht, daß ich gläubig wäre. Aber es schreckt mich, wie ein Dieb in einen Leib einzudringen. Als bohre man ein Loch in einen Tresor.«

»Da müssen Sie wohl durch«, sagte Lukastik.

»Da muß ich durch«, bestätigte Slatin, gab Lukastik zum Abschied die Hand und warf einen letzten sehnsüchtigen Blick hinaus auf den Park wie in eine unerreichbare Welt. Dann ging er nach draußen. Aus der Ferne vernahm man das Geläute von Kirchenglocken. Es war wie auf dem Land. Aber man befand sich natürlich mitten in Wien.

23

Richard Lukastiks Blick folgte dem Verlauf des Ofenrohrs, das sich von einer Längsseite des Raums zur anderen streckte und durch das hindurch die Hitze polterte. Monate waren vergangen. Der Sommer, den viele als »ewig« apostrophiert hatten, war klammheimlich dahingeschieden, wie einer von diesen alten, angeblich weltberühmten Schauspielern, die heutzutage keiner mehr kennt.

Wer jetzt nach draußen blickte, sah Schnee herabsinken, dicke Flocken, groß wie Kolibris. Allerdings blieb der Schnee nicht liegen, sondern zerfloß auf den Flächen städtisch-warmer Gassen und Straßen. Da es sich um den ersten Schneefall des Jahres handelte, staute sich der Verkehr. Nicht aus einer wirklichen Not heraus. Jeder harmlose Regen wäre geeigneter gewesen, ein Verkehrschaos zu bewirken. Aber es war nun mal die Hochachtung vor dem ersten Schnee, der die Menschen dazu veranlaßte, sich ungeschickt und umständlich zu geben. Man könnte sogar von Demut sprechen und einer daraus resultierenden Verpflichtung, durch komplizierte Fahrweise eine Verstopfung der Straßen zu verursachen. So wie es sich gehört, am Heiligabend die Kirchen und während sogenannter Hitzewellen die Eingänge der Freibäder zu verstopfen. Verstopfungen, egal welcher Art, sind so gut wie immer ein Ausdruck von Demut. Vor dem Gewicht der Natur, den Segnungen der Moderne, vor dem Geworfensein des Menschen und ähnlichem.

Lukastiks Blick ging jedoch nicht nach draußen, sondern wanderte von dem mehrere Meter entfernten Ofenrohr wieder zurück zum Antlitz der Person, die ihm gegenübersaß. Nicht nur, daß er sich zum ersten Mal in Begleitung einer Frau im *Weinhaus Sittl* befand, war es noch dazu seine Schwester, mit der er sich hier sehen ließ. Und zwar auf deren eigenen Wunsch hin. Niemals hätte Lukastik es von sich aus gewagt, eine solche Einladung zum Abendessen auszusprechen. Seine Schwester hatte dieses Zusammensein richtiggehend gefordert, wohl aus einer merkwürdigen Laune heraus. Eine Laune von der Art, die auch die korrektesten Menschen dazu verführt, unbezahlte Waren einzustecken oder in aller Öffentlichkeit eine Blähung loszuwerden.

Jedenfalls saßen die Geschwister an einem der Tische des *Sittl*, jeder eine Portion Kalbsbeuschel mit Knödel vor sich. Ansonsten trennten sie nur noch Salz, Pfeffer und Suppenwürze sowie ein kleiner Strauß von Seidenblumen. Wobei diese Gegenstände einen ausgesprochen antiquarischen Eindruck machten, die Suppenwürze noch mehr als der künstliche Strauß. Man könnte sagen, daß dieser Ort dazu angetan war, den beiden Geschwistern jene Zeit in Erinnerung zu rufen, als sie ein »Paar« gewesen waren. Und wirklich empfand Lukastik ein Gefühl der Berührung, auch der peinlichen. Seine Schwester hingegen schien souverän wie eh und je, lobte das Kalbsbeuschel und plauderte ein wenig mit dem Wirt, ganz die Dame von Welt, die sie ja auch wirklich war. So sehr Dame von Welt, daß sie auch in einem einfachen Wirtshaus zu beeindrukken verstand, ohne sich deshalb anzubiedern und auch nur den kleinsten Teil ihrer Vornehmheit preiszugeben. Vielmehr präsentierte sie sich in einem wunderbaren Abendkleid, einem Streifen von Kleid, vergleichbar dem einzelnen, schmalen Wolkenband, welches das Blau des Himmels weniger schmückt als es unterstreicht, somit das Blau als Blau erst so richtig zu Bewußtsein bringt.

Nicht anders diente dieses Kleid dazu, den Betrachter daran zu erinnern, von welcher schönen und eleganten Frau es getragen wurde. Was ebenso für die Perlenkette galt, die perfekt den Kopf mit dem Rumpf verband, gleichzeitig aber auch so etwas wie eine magische Grenze zog, derart, daß sich die Frage nach der Echtheit der Perlen als geradezu banal ausnahm.

Vor allem aber bewies Lukastiks Schwester dahingehend Geschmack, daß sie die Leistung eines wahrhaft gelungenen Kalbsbeuschels zu beurteilen und zu schätzen wußte. Heutzutage keine geringe Leistung, wo kaum jemand in der Lage war, ein Stück Fleisch von einem anderen Stück Fleisch zu unterscheiden. Man hätte den Leuten Leguane vorlegen können, und sie hätten es nicht gemerkt.

An den würdevollen Umgang, den diese Frau ihrer Umgebung zuteil werden ließ, paßte sich nun auch der Wirt an, indem er nämlich auf ein untertäniges Gewinsel verzichtete und statt dessen das Kompliment bezüglich seines Beuschels mit dem bloßen Anflug einer Verbeugung entgegennahm. Einer Verbeugung, die mit Sicherheit nicht mit jenem Tod zusammenhing, wie Lukastik ihn geschaut hatte. Oder glaubte, geschaut zu haben.

Sodann nahm der Wirt die Bestellung von zwei weiteren Gläsern Weißwein entgegen und ging wieder hinter der Tresen. Er war ein dicker, schwitzender Mann, der hinkte. Dennoch war Lukastik kaum noch ein Mensch untergekommen, der sich erhabener durch einen Raum zu bewegen verstand.

»Vater wird wohl sterben«, sagte Lukastiks Schwester und zerteilte ein Stück ihres Knödels, was aussah, als entferne sie eine unsichtbare Gräte. Sie sprach wie nebenbei, weder triumphierend noch betroffen.

»Ich weiß nicht«, meinte Lukastik, »er ist im Grunde eine robuste Natur. Kränkelnd, aber robust.«

»Jede Robustheit hat ein Ende«, erklärte die Schwester. Und: »Obwohl ich es Mutter gar nicht vergönnen würde, ihn zu begraben. Wie ich sie kenne, wird sie kaum darauf verzichten, alles so zu gestalten, wie es Vater mit Sicherheit nicht gefallen hätte. Er haßt Lyrik. Also wird sie seinen Tod nur so mit Lyrik zustellen. Er haßt Beethoven. Versteht sich, daß es Beethoven regnen wird. Er haßt Kreuze. Also ein Kreuz. Er haßt Blumen. Also Blumen.«

Lukastik mußte an Barwick denken, jenen Sterbebegleiter, der neben seiner konventionellen Tätigkeit auch den bizarren Wünschen gewisser ausgewählter Selbstmörder nachgekommen war. Und dessen Pflichterfüllung Lukastik beinahe das Leben gekostet hatte. Wobei nicht allein Lukastik, sondern schlußendlich auch Barwick im Glück gewesen war. Nicht nur, weil Jordan alles richtig gemacht hatte, was man nur richtig machen konnte.

Nicht nur, weil die Haie in dieser Nacht eher verspielt denn aggressiv gewesen waren. Sondern vor allem, weil die Behörden einen »Fall Barwick« zu vermeiden gedachten. Eine Festnahme des vielfach ausgezeichneten Bestatters hätte natürlich einen Wust unschöner Aufdeckungen nach sich gezogen. Weshalb man sich damit begnügte, auch Barwick eine bloße, wenngleich einprägsame Warnung zukommen zu lassen, nämlich zu vergessen, was zu vergessen war und sich in Zukunft auf die traditionelle Form seines Geschäfts zu beschränken.

Barwick war ein Irrer, gar keine Frage. Aber er war auch vernünftig genug, zu begreifen, gerade noch einmal davongekommen zu sein. Mit Sicherheit würde er nie wieder einem Selbstmörder zu irgendeiner Form tödlicher Selbstverwirklichung verhelfen.

Übrigens hatte die Gruppe von Jugendlichen mit dieser Sache nicht wirklich etwas zu tun gehabt. Oder bloß in einem dekorativen Sinn. Sie waren wie jede Nacht am Rande von *Sharks Pool* zusammengetroffen, um einem harmlosen Kult zu huldigen. Weder opferten sie sich den blinden Haien – wie dies einige Graffiti suggerierten –, noch versuchten sie, die Fische zu harpunieren oder zu angeln. Sie sprachen bloß magische Formeln, zitierten Texte der Popliteratur, schluckten irgendein Zeug, von dem man rote Ohren, blaue Zähne und weiche Knie bekam, und verhielten sich ansonsten recht gesittet. In dieser Nacht jedoch waren sie Zeugen geworden, wie Barwicks Leute den noch immer betäubten Lukastik in einen Taucheranzug gesteckt und mit einem Druckluftgerät versehen hatten, um ihn sodann an einem Seil befestigt in das schwarze Wasser zu befördern. Alles gemäß der präzisen Angaben Sternbachs. Barwicks Leute hatten unumwunden erklärt, was sie hier taten und inwieweit dies den Wünschen der reglosen Person zu ihren Füßen entsprach, jenes vermeintlichen Zwettler Friseurs und einstigen Rekordtauchers. Die Jugendlichen waren geradezu verzaubert gewesen über solche Dramaturgie und hatten sich spontan entschlossen, die ganze Aktion mit einer Form von Gebet zu begleiten. Ein derartiger Selbstmord war ihnen durchaus nachvollziehbar erschienen. Ein Tod unter Fischen. Zudem ein Tod als Ritual. Und damit außerhalb jener langweiligen Ordnung stehend, die vorsah, daß Menschen in Spitälern oder im Auto zu sterben hatten.

»Hör auf«, bat Lukastik, »von so was zu sprechen. Vater wird noch hundert werden. Das spüre ich in den Knochen.«

»Und du meinst wirklich«, zweifelte die Schwester, »auf deine Knochen sei Verlaß?«

»Absolut«, behauptete Lukastik und schob sich ein Salatblatt in den Mund, das die Form eines Papierfliegers besaß. Doch noch bevor er dazu kam, es hinunterzuschlucken, ließ er die Gabel fallen und griff sich an den Kopf, wobei er beide Handballen gegen die Seiten des Stirnbeins preßte. Ein Schmerz umgab Lukastik gleich einem schwarzen Ring. Wenige Sekunden nur, dann war alles vorbei.

»Was ist?« fragte die Schwester. »Deine Migräne?«

Sein Salatblatt zu Ende kauend, meinte Lukastik verärgert: »Ich habe dir schon einmal gesagt, daß von einer Migräne keine Rede sein kann.«

Es gab wenig Dinge, die Lukastik derart verabscheute wie Menschen mit Migräne. Menschen, die sich ihrer Migräne brüsteten. Lukastik hielt diese Leute allesamt für radikal selbstverliebt und größenwahnsinnig. Zwar nicht für Betrüger, aber doch für Blender, die eine tatsächliche und tatsächlich höchst schmerzhafte Erkrankung in eine Auszeichnung der eigenen Person uminterpretierten. Als seien sie von Gott persönlich mit dieser Krankheit geschlagen worden. Weshalb sie ihre Migräne über jedes andere Leiden stellten und meinten, daraus das Recht beziehen zu können, ihre Umwelt zu terrorisieren. Sie besaßen die Frechheit, sich selbst in ein erzengelartiges oder madonnenhaftes Licht zu stellen. Ganz abgesehen vom Licht schwermütiger Brillanz. Sie waren Meister darin, sämtliche Aufmerksamkeit zu absorbieren, ganz gleich, ob sie gerade einen Anfall erlitten oder nicht. Auch wenn sie allergrößte Banalitäten von sich gaben, haftete diesen Banalitäten der angebliche Adel einer kopfschmerzenden Persönlichkeit an. Migräniker taten alle, als seien sie Nietzsche.

Verständlich also, daß Lukastik mit solchen Leuten nicht in einen Topf geworfen werden wollte. Die Kopfschmerzen, die ihn alle paar Tage aufsuchten und für einen kurzen Moment in eine absolute Dunkelheit versetzten, brachte er fortgesetzt mit seinem »Fisch im Kopf« in Zusammenhang. Dieser Fisch, so Lukastik, sei ein Produkt jener kleinen Ewigkeit, die er in den lichtlosen Tiefen von *Sharks Pool* zugebracht habe. Auch gehe er davon aus, den zerebralen Begleiter bis ans Ende seiner Tage zu behalten. Wogegen nichts zu sagen sei. Der Schmerz bedeute eine Art von Reinigung, welche das Kiementier in seinem Schädel vornehme. Nicht anders als ein symbiotisches Wesen, das seinen Partner von Parasiten befreit.

»Ein Putzerfisch in meinem Kopf«, erläuterte Lukastik.

»Meine Güte«, stöhnte die Schwester, »du bist wirklich verrückt geworden von dieser fürchterlichen Geschichte.«

»Kaum«, sagte Lukastik und dachte sich, daß, wenn er wahrhaftig verrückt geworden wäre, er jetzt seiner Schwester ein Kompliment gemacht hätte, etwa wie wunderbar ihr dieses Kleid stünde und wie schön sie noch immer sei und wie nobel es anmute, wenn sie ein einfaches Kalbsbeuschel verzehre und so weiter und so fort. Statt dessen sagte er: »Na ja, vielleicht ein wenig. Aber nicht so schlimm, als daß ich deswegen aufhören müßte, Polizist zu sein.«

»Das zu hören, wird unsere liebe Mutter grämen«, sagte die Schwester und wirkte nun auf eine dezente Weise vergnügt.

In diesem Moment betrat eine Frau mit dem Rücken voran das Lokal. Zwei Männer, die an der Theke standen, beeilten sich, ihr die Tür aufzuhalten, da sie einen Kinderwagen ins Innere schob und damit eine Kehre vollzog.

Die beiden Männer begaben sich unbedankt, doch nicht minder zufrieden zurück zu ihren Gläsern gespritzten Weißweins, welche auf dem Ausschank thronten. Ein Relikt des Sommers, der gespritzte Wein, gleich altem Porzellan. Es gab Leute, für die der Sommer einfach nicht aufhörte, da hätten ganze Eisbären vom Himmel fallen können.

Es war dieselbe Frau mit Kinderwagen, die Lukastik gesehen hatte, als er vor Monaten das letzte Mal im *Sittl* gewesen war und eine telephonische Merkwürdigkeit ihn dazu veranlaßt hatte, nach Zwettl aufzubrechen. Wo er dann seine Kollegen Jordan und Boehm aus ihrer mißlichen Lage hatte befreien dürfen, um in der Folge seinerseits in eine weit mißlichere Lage zu geraten. Daß ausgerechnet Jordan zu seinem Lebensretter avanciert war, hatte Lukastik schwer getroffen und seinem Überlebthaben eine bittere Note verliehen. Ganz nach dem Motto, daß ein Mensch mit Charakter sich nicht von jedermann aus der Bredouille helfen ließ.

Was man sich freilich nicht immer aussuchen kann. Ganze Völker werden von anderen Völkern gerettet, ohne die Möglichkeit eines Einspruchs. Worauf im allgemeinen kaum geachtet wird. Die Rede ist immer nur von Mord und Totschlag und Unterdrückung, selten aber davon, wer alles ungefragt und ungewollt seine Rettung zu erdulden hat.

Daß umgekehrt er, Lukastik, Jordan aus einem verdreckten Verlies befreit hatte, war kein wirklicher Trost. Jordans lebensrettende Tat wog weit schwerer, bedeutete eine Schuld, die Lukastik niemals würde ausgleichen können. Jordan hatte sich einen Vorteil erschwindelt, der sich eignete, ewig zu halten. Jordan war der Retter, Lukastik der Gerettete. Das war das Manko, an das Lukastik durch den Auftritt dieser Frau samt ihrem orangefarbenen Kinderwagen nun erinnert wurde.

Auch diesmal nahm sie an dem Tisch nahe der Essensausgabe Platz. Gut möglich, daß sie im Unterschied zum rekonvaleszenten Lukastik in letzter Zeit mehrmals hier gesessen hatte. Von dem Kind war freilich noch immer nichts zu sehen, es schien in seiner Kinderwagenhöhle wie eingefroren. Na ja, vielleicht auch geborgen. Jedenfalls war kein Ton zu vernehmen. Auch die Frau gab sich unverändert, warf einen überheblichen Blick in die Leere, als fechte sie mit dieser Leere einen Zivilprozeß aus. Und natürlich rauchte sie.

Auch wenn Lukastik in einigen Metern Entfernung saß, kam es ihm vor, die Frau blase ihm den Rauch ins Gesicht. Fast wollte er etwas sagen. Daß sie gefälligst aufhören solle, die Luft zu verpesten. Etwas in dieser Preisklasse.

»Kennst du die Frau?« fragte die Schwester, die seinem Blick gefolgt war.

»Wie?« stammelte Lukastik. Und, als sei er eben erwacht: »Nein. Gar nicht.«

Er griff in seine Jackettasche und kramte jenes kleine rote Büchlein hervor, das sich nun wieder in einem kompletten Zustand befand. Denn Jordan hatte ja nicht nur die Unverschämtheit besessen, Lukastik das Leben zu retten, sondern war auch noch so rücksichtsvoll gewesen, jene gefaltete Seite aus dem *Tractatus* aufzubewahren und sie im Zuge eines Krankenhausbesuches Lukastik mit einer beiläufigen Geste zu überreichen. Gewissermaßen um die Demütigung auf die Spitze zu treiben. Doch bei allem Ärger, den Lukastik empfunden hatte, war er auch überglücklich gewesen, das herausgerissene Blatt zurückbekommen zu haben, um es in fürsorglichster Weise dem Buch wieder einzuverleiben. Auf daß der Kosmos wieder in alter Vollständigkeit erblühte.

Lukastik legte den schmalen Band neben sich auf den Tisch, betrachtete eine Weile den abgegriffenen Umschlag, plazierte sodann seine Hand auf der roten Fläche und wurde ungemein ruhig. Um ihn herum ergab sich eine Stille, in der bloß die Wörter und Sätze aus dem *Tractatus* ein wenig knisterten. Und das, obgleich er beobachten konnte, wie sich der Mund seiner Schwester bewegte.

Lukastik lächelte. Der Putzerfisch in seinem Kopf trieb gemächlich dahin.

SERIE PIPER

Heinrich Steinfest

Ein sturer Hund

Kriminalroman. 314 Seiten. Serie Piper

Wer ist die Mörderin, die ihre Opfer porträtiert und anschließend mit ritueller Präzision köpft? Und was hat sie mit dem Wiener Privatdetektiv Cheng zu tun? Denn als er sich selbst porträtiert findet, startet sein Wettlauf gegen die Zeit, und er muß feststellen, daß nicht nur sein Mischlingsrüde Lauscher ein sturer Hund ist ... Der zweite Roman um den einzelgängerischen, sympathischen Detektiv Cheng.

»Ein Virtuose des geschmackvollen Pöbelns, ein Meister der schrägen Figuren, ein sanfter Terrorist.«
Thomas Wörtche

05/1758/01/L

Morten H. Olsen

Das Kind aus dem Moor

Roman. Aus dem Norwegischen von Dagmar Lendt. 327 Seiten. Serie Piper

Über Oscarshavn, eine verschlafene norwegische Kleinstadt, brechen unerklärliche Ereignisse herein. Die Vergangenheit wirft gespenstische Schatten – in Gestalt von Toten, deren Leichen nie gefunden wurden. Ein kleines Mädchen taucht aus dem Nebel auf und treibt das Leben des Antiquars Francis Falckenberg in die Katastrophe. Was verbirgt sich hinter diesen Phänomenen? Ein geschickt inszeniertes Verbrechen oder das Werk magischer Kräfte?

»Eine verwunschene Geschichte, die Morten H. Olsen raffiniert erzählt. Ein Mystery-Thriller, den man sich am besten gemütlich am Kamin zu Gemüte führen sollte.«
Brigitte

05/1759/01/R

Arne Dahl

Misterioso

Kriminalroman. Aus dem Schwedischen von Maike Dörries. 345 Seiten. Serie Piper

Kaum ist Paul Hjelm, Inspektor der Stockholmer Polizei, zur Sondereinheit für besonders schwierige Fälle berufen worden, da hat er es schon mit einem kaltblütigen Serienmörder zu tun: drei unbescholtene Geschäftsleute – hingerichtet mit Kopfschüssen aus nächster Nähe, nach einem präzisen Ritual. Eine erste Spur, die zu einer Geheimloge führt, erweist sich als Sackgasse. Ist womöglich die russische Mafia in die Morde verwickelt? Doch dann die heiße Spur: ein Jazzstück mit dem bezeichnenden Titel »Misterioso« …

»Sein Erzählstil ist dicht, seine Figuren sind glaubwürdig gezeichnet, seine Geschichte gut durchdacht und geschickt konstruiert.«
Westdeutsche Zeitung

05/1525/01/L

Krystyna Kuhn

Die vierte Tochter

Kriminalroman. 283 Seiten. Serie Piper

Verlieben will Franka sich so schnell nicht wieder, das steht nach der Pleite mit Magnus fest. Ihr Job als Grabforscherin ist schließlich aufregend genug: Sie kann in den Knochen lesen wie in einem Buch, sie kann Alter, Abstammung, Ernährung und Todesursache erkennen. Doch dann liegt plötzlich keine anonyme Leiche vor ihr, sondern eine schlanke Frau mit hüftlangem Haar – und ausgerechnet Franka hat sie als letzte lebend gesehen. Die Fremde bestand darauf, eine Urenkelin der Kaiserin Sisi zu sein … Mit Tempo, Spannung und doppelbödigem Humor zieht Krystyna Kuhn den Leser in den Bann ihres neuen Romans.

»Krystyna Kuhn schreibt mit Witz, Charme und Leichtigkeit. Ihr Krimi bringt nicht nur das Zwerchfell, sondern auch die Gehirnzellen in Schwung.«
Marie Claire

05/1683/01/R